阅读之前 没有真相

午夜文库

鬼笑石（上）

呼延云 著

NEWSTAR PRESS
新星出版社

本书故事纯属虚构，书中的人物、情节、组织、机构、团体等均为艺术创作的产物，与现实中的个人、事件、组织、机构、团体等无任何关联，个别真实景观和单位的位置、环境、职能等，仅为增强叙事沉浸感，与现实情况并不相符。

一真一切真,万境自如如。

——《六祖坛经》

目录

1	第一卷 九十年代
173	第二卷 六十年代
257	第三卷 ○○年代

第一卷 九十年代

第一章

后来，呼延云一直在反反复复地回忆那个噩梦。梦境具体而清晰：在深秋寥廓而阴郁的天空下面，一个穿着红色圆领毛绒上衣的女孩，站在斑驳的虎皮石围墙前，他认得她，知道她是自己的同班同学，却就是叫不出她的名字。她朝他挥了挥手，嘴唇翕动着，似乎在说"再见"，却一点儿声音也没有，他预感到什么极其可怕的事情将要发生，伸手去拽她，但拽到的只是一片虚空，她消失了，只看到虎皮石围墙上有一个很大的豁口，上面一丛丛的爬山虎已经干枯成黄色。他想要翻墙过去找她，可是那个豁口很高，他费了很大的力气才扒着石头间的缝隙攀上去，正准备纵身一跃，目之所及，却看到墙的另一面是深不见底的万丈深渊……

他忘了那一瞬间，自己是被吓醒的，还是被昨晚睡前定好的闹钟吵醒的，总之他醒了，闹钟却还不识趣地丁零零响个不停。他烦躁地从被子里伸出手来"啪"一下拍灭了它，喘了半天粗气，才慢慢地揉着酸痛的眼睛坐起身，摸着黑把搭在床边的衣服一件件往身上穿，觉得衣服和皮肤的摩擦间有一种很涩的感觉，才发现浑身上下都汗津津的。

穿好衣服，脑海里还在翻滚着噩梦的残影，他木然站起身，向窗外望去。十月底的凌晨五点，夜色浓得没有一点儿化开的迹象，路灯在空荡荡的大街上投射出两排椭圆形的黄色光斑。寂静中，忽然传来一下又一下拖得长长的"唰唰"声，紧接着，有个扫大街的清洁工从人行道上的一棵槐树影子里冒了出来，很快又被下一棵槐树的影子吞没了。

拉开卧室的门，客厅里亮着灯，穿着藏青色小坎的母亲已经起了床，正把几个刚刚洗干净的苹果往他的双肩旅行包里塞。他装成没看见，到洗手间打开水龙头，用冰凉的清水胡噜了一把脸，感觉头脑清醒了些，然后擦也不擦，直接走到餐桌前，把旅行包一背就往外面走。母亲絮絮叨叨地说着让他注意安全的话，他像所有十七岁的少年一样面带厌倦地默不作声。

来到门口，他想起了什么，转身折回了卧室，卧室里传来拉抽屉的声音，眨眼的工夫他走了出来，步速明显加快，像要夺门而逃似的。

这一下引起了母亲的警觉："你拿什么去了？"

他拍了一下左边的裤兜，含混地说了一句"忘了拿车钥匙了"，就扯开防盗门跑下楼去。

母亲怔了怔才反应过来：哪儿有把车钥匙放抽屉里的？但是再想追问却来不及了，儿子噔噔噔的脚步声已经在楼道的深处渐行渐远。

来到二楼，呼延云把为了防止被偷而拴在栏杆上的自行车开了锁，扛到楼下，推着出了楼门。扑面一股清爽的冷空气，让他的精神为之一振。他跨上车，脚在车镫子上狠狠一蹬，自行车像脱网的鱼一样滑出小区，沿着阜成路风驰电掣般一路向西而去。

街上空荡荡的，连清洁工也看不见了，酣睡的城市凝固了一切景物，只有他和自行车疾驰的影子被间隔的路灯投射出变幻不定的形状。四周十分安静，只能听见自行车链条运转的咔嗒声和车轮在地面上摩擦的嚓嚓声，还有浅浅地划过耳际的风声，在脸上蛰起怪舒服的刺痛。仰起头，深黑色的穹顶上高挂着几盏星光，欲熄未熄地闪烁不停。

然而，这片静谧，这些星光，在自行车驶过轻工业学院门口的一瞬，就像路两旁的道边树一样突然消失了。自行车轮猛地一顿，地面由水泥路变成了渣土路。远处，无数盏大功率投射灯将天地之间照耀得恍如白昼，来来往往的卡车、起吊车、搅拌车、推土机、挖掘机正在一片巨型工地上忙碌不休。车轮的轰鸣声、建材的倾倒声、桩基打桩的连续撞击声和机械臂刺耳的扭转声交杂在一起，沸反盈天，它们把大地开膛破肚一般挖掘出无数个深坑和长沟，又沿着东西向的道路搭建起高大的钢筋水泥骨架，仿佛刚刚把一具梁龙化石发掘出来，就迫不及待地原地复原似的。

呼延云知道，这是市政府为缓解交通拥堵，沿西三环由北向南建设的紫竹桥、航天桥和新兴桥"一路三桥"施工现场——眼前正在建设的就是航天桥。平时，他宁可绕远也不愿意走这条爆土扬烟、坑坑洼洼的道路，但今天实在是没办法，谁让自己领了那个任务呢？他只好弯着腰，低着头，屏住呼吸，沿着白底黄字的安全指示牌小心翼翼地往前骑，在西三环和阜成路交叉的十字路口，穿过一条由脚手架和安全网搭起的悬挑式安全通道，折向北边，又磕磕绊绊地骑了十几分钟，终于望见了站在路边的两个人影。

来到近前，他停下车，定睛一看，两个人中，个子矮的那个戴眼镜的圆脸女孩，正是他要接的同班同学袁莹，而旁边那个长得跟袁莹一模一样的，只是看上去年龄在四十开外的女性，不用说，一定是袁莹的妈妈。

袁莹扶了一下眼镜，就要往自行车的后架子上坐，她妈妈一把扯住她，盯住呼延云问："你是她同学？"

呼延云长这么大，还是第一次面对女同学妈妈的盘问，顿时结巴起来："我……我叫呼延云，跟袁莹一个班的，阿姨您好。"

"莹莹倒是经常提起你……"袁莹妈妈把眼前这个厚嘴唇、小眼睛，看上去不怎么精明的男生仔细打量了一番，"路上注意安全。"

"您放心吧！"呼延云自作聪明地拍了拍裤兜，"我带着家伙呢。"

袁莹捂住了眼睛。

"什么家伙？！"袁莹妈妈立刻提高了声音。

呼延云也后悔了，可是说出去的话就像泼出去的水，收是收不回来了。他只好把离家前特意从卧室抽屉里拿的东西从裤兜里掏了出来——一把木柄的折刀。

袁莹妈妈毫不客气地伸出手："你们出去玩儿用不着带这个，我给你保管，回头再还给你。"

看她那架势，如果他不把折刀交给她，她就不会把女儿交给他。一个女孩和一把折刀，很明显是后者更有价值——至少呼延云是这么认为的，可是如果真的为了一把折刀，没有带着袁莹按时赶到集合地点，那可不是开玩笑的，他只好垂头丧气地把刀交了出去。

袁莹走过来，拉着妈妈说了句什么，然后跳上自行车的后座，一揽呼延云的腰："走吧！"

直到自行车走出很远，袁莹才哈哈大笑起来："大哥，您还能不能更蠢点儿？哪儿有当着我妈的面儿说自己带着家伙的？"

"坐好了，别乱晃！"呼延云气愤地说。

事情是这样的。海淀区教委每年都要组织各个高中在十月份搞合唱比赛，预赛前六名的再进行决赛，今年获得决赛资格的是人大附中、师院附中、花园村中学、理工附中、八一学校和呼延云所在的华文大学附属中学。不知道哪位领导出的点子，决定把决赛跟香山红叶节结合起来，六个参赛队都到风景如画的眼镜湖畔放声歌唱去，这个奇异的点子引起了北京电视台的兴趣，派记者跟踪报道。这一下阵势越搞越大，区教委高度重视，要求六所学校的高中生都要到现场给自家的合唱队助威，还要在合唱比赛后举行以校际为单位的登山比赛。

决赛的时间定在上午九点，参赛团队和各自学校的"啦啦队"必须八点前就到达眼镜湖畔做准备。按照常理，像华文大学附属中学这样的距离，开大巴车一个小时也就到香山公园了，但由于西三环修路，车辆必须绕行，又考虑到学生们上个学都难免迟到，何况是参加活动，必须预留出一点儿时间，所以学校把在校门口集合发车的时间提前到早晨六点。问题是有些家住得远的同学，不得不提早出发，而那么早公交车还没有发车，特别是西三环修路搞得沿线乱糟糟的，让孩子摸着黑往学校赶，家长们也不放心。于是团委动员家住在附近的男同学骑车去接女同学，就这么的，呼延云被分配去接袁莹了。他们俩都是高二（1）班的，平时关系不错，呼延云家住在阜成路，袁莹家住在公主坟，相距不算太远，所以他想也没想就接受了任务——谁知到头来居然赔掉了自己心爱的折刀！

越想越憋屈，呼延云很长时间都不说话，闷着头往前骑。此去一路往北，路况更加复杂，地面像开了随机模式一样交替不定，忽而是颠簸的土路，忽而是生锈的钢板，忽而是布满裂缝的木板，从缝隙间甚至可以窥见下面深坑里的灯光，这一切由不得他不专心致志地握紧车把。直到过了车公庄西路和玲珑路交接的路口，远远望见已经接近完工的紫竹桥，不仅道路渐趋平坦，天色也像兑了牛奶一般泛起乳白，他才轻轻吁了一口气。

"好点儿啦？"身后传来袁莹的声音。

呼延云没吭声。

"行啦，不就一把刀，你至于吗？这要是搁人家张振宇，交出去的东西别说惦记了，都不带往回要的。"

一听张振宇的名字，呼延云更来气了："那是，我可不像他那么有钱，去小卖部买个镜子还带'见者有份'的。"

"这也没吃饺子，你说话咋一股醋味儿。"袁莹笑道，"待会儿到了学校，可别再摆个臭脸了，今天电视台的来拍摄，给你那倒霉样儿拍进去，晚上六点半在北京新闻里播出来，非把老黄气出心脏病不可。"

"老黄"是班主任，教数学的，对一直偏文科的呼延云很冷淡，所以，呼延云才不在乎她气得出气不出心脏病呢："播出来就播出来，谁怕谁！本来么，我又不是合唱队的，凭啥逼着我大老远的跑香山去当托儿？"

袁莹叹了口气："是啊，何况是给邓云鹏当托儿。"

邓云鹏跟张振宇一样，也是他们俩的同班同学。不过邓云鹏跟呼延云的渊源更深，从小学四年级开始，俩人就同班了三年。那时邓云鹏没啥特点，就是一被欺负急了就眼角发红，所以有些坏小子专门欺负他，就为了看他活像溢出血的眼角，而呼延云平生最厌恶欺负人，经常过来把坏小子们劝开，是以邓云鹏跟他颇为要好。上了高中，俩人又到了一个班，按理说应该很亲近才对，没想到时过境迁，他俩却因为一个奇怪的理由形同陌路。

九十年代，一些中学存在着严重的校园霸凌现象，为了反抗小流氓们无休止的辱骂和殴打，呼延云组织起了一个包括附近多所学校学生在内的读书会，从一开始通过定期聚会增进友谊，到后来团结起来以暴制暴，特别是轰动全市的"白皮松林之战"以后，校园流氓们大为收敛[①]。与此同时，呼延云也在思考，到底是什么原因导致社会风气变得如此糟糕，把本来应该单纯善良的同龄人搞得一个个行为放荡、面目全非，最终他得出了结论——都是那些不良文化大肆传播，造成了这样的恶果，而在诸多罪魁祸首之中，首当其冲的便是港台流行歌曲。

也实在怨不得呼延云那时的肤浅，一来他涉世不深，泳池里泡大的人发现海水并非清澈见底，难免会生气；二来彼时叼着烟卷儿、穿着黑布鞋白袜子的小痞子们满嘴哼唱的都是《护花使者》《独自去偷欢》之类的粤语歌，那调调儿在呼延云耳朵里，也像他们的做派一样"不正经"。此外，世间最高明的驯服，大多是从让人自惭形秽开始的，当时不少中学的德育工作，就是逼学生们牢记"万恶淫为首"这五个字，使他们对一切涉及"性"的内容因羞耻而免疫，不仅杜绝早恋，还能安分守己——呼延云本就好古，哪怕是具包浆的枷锁，他也恨不得主动戴上，因此对动辄就吟唱"我对你爱爱爱不完""今夜你会不会来""明天你是否依然爱我"的港台歌曲，就更加切齿痛恨，不但自己不唱，而且对喜欢唱的同学嗤之以鼻。

偏偏邓云鹏在上初中时，成了一名狂热的流行音乐发烧友。他不仅熟悉一切港台歌曲，还非常迷恋列侬、迈克尔·杰克逊、麦当娜等西方歌手演唱的歌曲，甚至对那年月很多国人闻所未闻的U2乐队、齐柏林飞艇乐队和老鹰乐队都颇有了解。上高中以

[①]参见拙作《父亲的复仇》。——著者注，下同。

后，他订了《音像世界》《环球摇滚》等杂志，并不厌其烦地向同学们普及流行音乐知识，每每说到兴起都唾沫星子横飞，眼角竟如儿时受欺负一般溢出可怖的红色。每当中午在学校吃过饭，他就把从家里带来的三洋收录机放到讲台上，调大声量，放各种流行歌曲，一边打着拍子，一边跟着唱，眼角偷窥着其他同学是否被他的歌声所感染。可惜，大多数同学在午休时间只想安安静静地温书或打盹，对他的行为十分反感，赶上脾气暴的直接上去拍灭了收录机……直到有一次，他把一盘刚刚上市的磁带放进录音机，喇叭里吼出一声凄厉无比的"梦里回到唐朝"，居然把教导主任招了来，他才不得不停止了这一厢情愿的布道。

同一样事物，呼延云畏若毒药，邓云鹏视如蜜糖，可想而知两个人必然会产生严重的对立。偏偏这次合唱比赛，学校看中了邓云鹏在流行音乐方面的才干，请他配合音乐老师组建和训练合唱队，甚至在选择演唱曲目、演出服装等方面完全听他的主意，这一下邓云鹏可是狗戴铃铛跑得欢，整日价干得热火朝天。呼延云见了气不打一处来，邓云鹏看在眼里，少不得恶心他一两句："呼延你来参加合唱队不？我可在最后一排给你留着空位呢。"这就更让呼延云火大了。这次决赛的活动，他本来想请病假，但老黄在班会上撂了一句"爬也得给我爬到香山去"，他才打消了念头。

袁莹知道他的心事，所以才有此一叹，呼延云却不领她的情，哼了一声道："我看你们女生一个个儿的可都挺待见他的。"

"才不是呢，要说起来，咱们班喜欢你的女生，可比喜欢他的多多了。"

车子恰好行驶到紫竹桥下面的那个大下坡，本来出溜得就快，呼延云听了袁莹的话，心一慌，手一颤，车子打了个滑，险些摔倒，吓得袁莹一声惊叫，搂紧了他的腰。呼延云攥住车把，借着一股不知从哪儿来的力气一阵猛蹬，耳畔的风呼呼的，一口气竟从坡底直骑上了坡顶。

"我说你行不行啊！"袁莹惊魂未定，"这辈子没听说过女生喜欢你？至于这么大反应么！"

老实说，呼延云长这么大还真没听说过有女生喜欢他。他知道自己长得丑，自忖不会被那帮在铅笔盒上贴满刘德华郭富城贴画的女生看上。这会儿冷不丁听了袁莹的话，才发现自己竟然如此在意这件事，不禁又羞臊又好奇，忍了半晌，才放下脸来小声问袁莹："谁那么不开眼啊？"

"刘恋——你信不？"袁莹笑着说。

刘恋是班里最漂亮的女生，个子很高，白净的一张鹅蛋脸，眉眼精致得像用勾线笔描出来的。

"我不信，谁都知道她喜欢张振宇。"

"杨玉彤——这回你信不？"

这就真的是一个天上一个地下了，杨玉彤是班里长得最不好看的女生，也许是因为家里穷、营养不良，她不仅皮肤黑，个子矮，还有点儿含胸。

呼延云觉察出袁莹在逗自己，有些生她的气，也有些生自己的气，不再理她。

自行车继续往前，在经过八一剧场的时候，袁莹转过头，向来路望去：泛起鱼肚白的天空下面，缭绕着一些似絮非絮的白色雾气，尚未拆除脚手架的紫竹桥上挂满灯泡，在雾气中明明灭灭地闪烁着，不知这景象撩动了心中怎样的情愫，她突然就哼起一首歌来：

好多事情总是后来才看清楚,
然而我已经找不到来时的路,
好多事情当时一点也不觉得苦,
就算是苦我想我也不会在乎……①

过了北京外国语大学的西门,只见辅路上停了一长串的大巴车,大批的学生正在以班级为单位往各自的车里面涌。他停下,让袁莹先上大巴车,然后将自行车拐进位于魏公村路的华文大学附属中学车棚里停好,气喘吁吁地跑了过来,发现袁莹还站在街角,没有上车。

"干吗呢,你?"他问。

袁莹把一样东西塞进他手里。

他一看,正是自己那把木柄折刀,才明白袁莹临上自行车前拉着她妈妈说了几句话,其实是把刀要了回来。

心里堵了一路的疙瘩,顷刻间化解开来,呼延云有点儿不好意思:"谢谢啊……"

"笨蛋!"袁莹轻轻地骂了他一句,转身向大巴车走去。

上车才发现,因为来得晚了,前面几排都被同学们坐满了,呼延云只好一直往后走,没几步,发现左手边有个双人座,靠窗的座位是空的,而靠过道的座位上,把半张脸塞在上衣的立领里呼呼大睡的,正是张振宇。

呼延云踢了踢他的小腿:"往里去!"

这要搁在平时,张振宇肯定得揉着眼睛,一边往里去一边笑

---

① 《爱似流星》,李宗盛作词作曲。

着说："得得得，我给您老腾地儿。"

但是今天，他连眼睛都没睁，只把两条腿缩了缩，那意思摆明了是自己不会动，让呼延云坐到靠窗那个座位上去。

呼延云仄着身子进到里面坐下。这时老黄开始点名，全班到齐。大巴车开动了，呼延云把双手反背到身后，向前抻抻酸痛的背颈，头一偏，在车窗玻璃上看到了张振宇蜷缩在座位上的侧影，那侧影本是凝固的虚像，由于车子的行驶，叠映在窗外变幻无定的景致上，随着天光一点点放亮而变得模糊。

呼延云转过头，看了看依然在沉睡的张振宇，突然觉得，自己其实从未真正看清过他。

张振宇是高一下学期转到他们班的，几乎是从跨进教室的那一刻起，他就引起了全班同学的注意。因为跟其他男生相比——那些男生长满了痤疮的脸上总露出一副蠢相，上下一般粗的身材套上任何衣服都能穿出病号服的感觉——他不仅生得天庭饱满，而且浓眉大眼，面颊丰满得一笑就鼓起两块苹果肌，嘴唇上两撇小胡子修剪得一丝不苟，一头自来卷的头发上喷着发胶，衬衫从领口到袖口的扣子都系得齐整，手腕上戴着一块银光闪闪的手表，看上去活像是从三四十年代的上海老电影里穿越来的明星，有一股十七岁的年龄罕见的成熟气质。

老黄安排他坐在呼延云前面的座位上，坐下时，他很场面地朝呼延云点了点头。

凭直觉，呼延云断定这个家伙跟自己不是一类人，料想将来也不会有什么交情，谁知没过多久，张振宇就露了一次"峥嵘"——而且和他有关。

那是一次数学单元考试，呼延云的数学成绩在班里一向垫底，这次居然及格了，正拿着考卷无限欣慰呢，就听见老黄喊张振宇的名字："你这卷子怎么做的？错了这么多！"

呼延云伸长了脖子一看，张振宇那张卷子的成绩栏上居然是个位数！

"报告老师，这可不赖我。"张振宇大声说。

老黄一愣："不赖你赖谁？"

张振宇的神情愈发沉痛："人家都说，成功的男人背后一定有个成功的女人，您看您给我安排的座位，后面坐一傻老爷们儿，我能考出好成绩吗？"

全班哄堂大笑，呼延云气坏了，照张振宇的椅子就是一脚。

由此开始，张振宇算是露出了庐山真面目，且一发而不可收。他上学天天迟到，上课除了睡觉就是接下茬，下课铃刚一响就往外跑，老师问他干吗？他说自己肾虚憋不住尿，其实是去找狐朋狗友一起到小树林里抽烟；午休时他拿着两把墩布，像双枪陆文龙一样跟其他班的同学在楼道里对打，溅得墙上斑斑泥点；放了学也不回家，在篮球场上闪转腾挪，滋哇乱叫。直到乌鸦都归了巢，他才唱着郑智化的歌往校园外面走，"哦年轻时代年轻时代，有一点天真有一点呆，哦年轻时代年轻时代，有一点疯狂有一点帅……"

说来奇怪，这个家伙在班里最喜欢跟呼延云逗贫，大概是他太玩世不恭而呼延云又太一本正经，因此这俩人的对话经常把同学们逗得哈哈大笑。

比如，张振宇又没考好，他拿着缀满红×的卷子，转过身，挺大的俩眼珠子瞪着呼延云，一言不发。

呼延云低着头假装没看见，很久，见张振宇还不动窝，只能抬起头，特别认真地对他说："你的座位，真不是我安排的。"

"我知道。"张振宇叹了口气，"这都是命……"

呼延云跑到年级办公室找老师，要求调换座位，老师们听了他的申诉，一个个强忍着笑，脸憋得通红。等他回到班里，见张振宇在课桌上摆了蓝色、白色和黑色的三把削铅笔用的折叠小刀，把一片瓜子壳粘在额头中间，端坐在椅子上，唱起了正在热播的电视剧《包青天》的主题歌："开封有个包青天，铁面无私辨忠奸"！

突然，他狠狠一拍桌子，大吼道："呼延云，你知法犯法，居然去年级办公室状告本官，你可知罪？"

"屁！"呼延云轻蔑地说。

"死到临头，还敢狡辩，来人哪——"他看了看三把折叠小刀，将黑色那把立在桌上打开，"狗头铡伺候！"

说着，他拿起一块不知从哪里搞到的橡皮，塞在刀口下面，用力一压而切为两截，只见橡皮上用圆珠笔写着"呼延云"三个字。

铡了自己也就罢了，却连名字都写错了，呼延云上去就要揍他。这时上课铃响了，笑得前仰后合的同学们一哄而散，呼延云赶紧回座位上坐好。这节课是英语考试，老师用收录机放听力题，学生用2B铅笔填写机读卷，涂着涂着涂错了一个，文具盒里却怎么都找不到橡皮，呼延云正在发呆，从前座"砰"地扔过来一东西，落在他的桌面上，定睛一看：正是自己的橡皮，却在刚才开封府的处刑中只剩下了半块……

见天这么打打闹闹的，时间一长，倒也处出了交情。张振宇觉得呼延云身上那股书呆子的"拗"劲儿一旦发作起来，蠢萌蠢萌的特别有趣；而对于在初中时代和校园流氓进行过殊死斗争的呼延云来说，过去他一直把同学们按照被欺负的和欺负人的，分成好与坏、善与恶、正与邪的两类人，并认为这两类人泾渭分明、截然对立,不是西风压倒东风,就是东风压倒西风,但张振宇是个非常特殊的存在,他绝对算不上什么好学生,但他又不欺负别人。遇到同学之间打架,他从来不像呼延云那样认为必须辨个是非,并旗帜鲜明地支持一方,而是上前各搂一个肩膀嘻嘻哈哈地劝开了事。呼延云说他"就知道和稀泥",他却没皮没脸地笑道:"和啥稀泥?我不就是摊稀泥么!"

说自己是摊稀泥,说明他还有点儿自知之明。让呼延云困惑的是,自己完全无法用简单的黑与白来定义张振宇,他就是稀泥样的灰色,直到很久以后,呼延云才意识到,恰恰就是这么一个人,无形中动摇了他把所有人做简单的二元划分的执念。而在当时,他只觉得张振宇的各种"不正经"总是搞得自己哭笑不得,还有一点隐隐的嫉妒:嫉妒他这么一摊稀泥的德行居然还颇有女生缘。

刚刚转学过来没几天,张振宇忽然发现自己的镜子不见了——对着镜子用一把小木梳梳理自己那两撇精致的胡须可是他的一大乐趣——于是他下楼到校门外的小卖部,一进去发现刘恋、袁莹等几个女生正在买小浣熊干脆面。他问老板有没有镜子?老板说便宜的没货,只有贵的,是《圣斗士星矢》的限量版周边,说着拿出几面外壳绘有雅典娜并镶嵌了一圈水钻的折叠化妆镜,几个女生一看就眼睛发亮。张振宇问多少钱一面?老板说五十元,这对于当时兜里的零花钱以块八毛居多的高中生而言不啻天价。因为镜子的大小、形状和图案都一模一样,所以张振宇也不挑,随便拿了一面,正掏钱呢,刘恋在旁边妩媚地一笑道:"这镜子可是女生用的。"张振宇直接把几张钞票拍在柜台上对老板道:"我这几个同学,每人一面。"这下刘恋乐得眉开眼笑,抢了一面拿在手里,袁莹等同学犹豫了片刻,还是没要,而来买圆珠笔芯的杨玉彤早在张振宇拍出钞票的第一时间就走了出去。

这之后,刘恋就跟张振宇好上了,每天出双入对的。一天午休时,张振宇坐在课桌上,背靠着墙用随身听听音乐,耳朵里只插着一只耳机,另一只耳机则插在刘恋的耳朵里,她正趴在他的腿上打瞌睡,被老黄逮了个正着,把他俩叫到办公室一顿呲儿,反复申讲早恋的危害,讲得口干舌燥时,张振宇笑嘻嘻来了一句:"啥早恋啊,我们俩就是瞎玩儿,上学并肩作战,毕业一拍两散。"

话音未落,刘恋哭出了声。

老黄更生气了:"张振宇,你知不知道不以结婚为目的的谈恋爱都是耍流氓?!"

张振宇眨巴着眼睛:"您的意思是,催我们俩抓紧领证?"

老黄直接把他轰出了办公室。

呼延云听说后,忍不住对张振宇说:"感情的事儿,你怎么也能拿来开玩笑?"

"这世界上还有不能开玩笑的事儿吗?"张振宇笑道,"有的话,你说出来一个我听听。"

"刘恋对你的感情可是真的。"

"拉倒吧!我今天出校门让车撞死,明天她就趴别人腿上了。"

不过,就在几天以后,呼延云突然发现,张振宇的心里,其实是有个柔软而不容触碰的地方的。

那是一天放学后,身为语文课代表的他到资料室取了第二天随堂测的卷子,拿到年级办公室,刚到门口,就听见了语文宋老师的声音:"你这个成绩,不要说高考了,会考都未必能通过,继续念高中毫无意义,不如早点转到职高或中专去。这样吧,明天把你妈叫来，我跟她谈。"

接着是张振宇的声音："宋老师，我一定好好学习，您再给我一次机会好不好？"

"从你转学过来，我都给你多少次机会了？"

"最后一次，最后一次……"

"不行，这一次你必须把你妈叫来。"

"宋老师……"张振宇的口吻突然变得极其凄怆，"我妈她有病，出不了家门。"

"真的假的？你这孩子嘴里没真话。"

"是真的，宋老师，您想啊，转学的事儿还是我舅给办的呢……"

呼延云敲敲门，走了进去，把卷子放在宋老师的桌子上，正要出去，余光一扫，发现张振宇的一对儿大眼珠子竟蒙着一层水光。

于是他对宋老师说："张振宇的语文成绩不好，我当课代表的也有责任，我每天放学给他补补课，您看行吗？"

宋老师想了想，点点头道："好吧，张振宇，既然呼延云愿意帮你补课，那这次我就先不叫你妈来学校了，不过你最好赶紧把考试成绩提上来，不然下一次别怪我不留情面。"

出了办公室，在黑暗的楼道里，张振宇一把搂住呼延云的肩膀："好哥们儿，啥我都不说了，为了感谢你，我帮你补数学，咋样？"

"滚！"呼延云又好气又好笑地说。

那年六月，接连下了几场雨，教学楼的楼顶有些渗水，学校请来施工队，天天放学后就在楼顶上敲敲打打的，教室里没法补习，他俩就骑车到紫竹院公园去。公园的大湖南岸有两块假山石，一跃可上，他们便在其中一块稍微平坦的石头上补课。说是补课，多半是呼延云一个人闷着头讲，张振宇用岸边捡到的石头打水漂，看那一圈圈的涟漪往对岸的水榭漾去。直到夕阳在湖面上投射的万道金光一点点燃尽，他们还坐在石头上，遥望着连绵起伏的西山，听湖水不断拍打河岸的哗哗声，心里翻涌起无限的惆怅。

有一次，很晚了，他俩往公园外面走，呼延云问张振宇："那天你跟宋老师说你妈身体不好，是真的吗？"

"大人的事儿，小孩少打听！"

呼延云追上去打他，张振宇撒腿就跑，很快，他的身影就消失在一片茂密而纷乱的竹影中了。接着，竹林深处传来一阵低沉的歌声：

> 我要从南走到北，我还要从白走到黑。
> 我要人们都看到我，但不知道我是谁。[①]

此时此刻，坐在开往香山的大巴车上，望着蜷缩在椅子上、把半张脸埋在衣服领子里酣睡的张振宇，不知道怎么的，呼延云忽然想起了这首歌：他要人们都看到他，但不知道他是谁……

人们喜欢叫它"二防火"，顾名思义，它是相对于山腰上的"一防火"而命名的第二条防火带，位于距离山顶十几米远的地方。早年间的"二防火"还没有后来的水泥铺路，只是在山林中间辟开了一条五米来宽的土路，歪歪扭扭的，假如是冬天万木凋

[①]《假行僧》，崔健作词作曲。

零的时候,从山下望去,好像是马莲绳在黄米粽子的尖儿上勒出了一道痕。

攀登到"二防火"的时候,呼延云停下来喘了口气,看了看手表,现在是下午三点半。按照计划,合唱比赛本来会在上午十一点前结束,但为了配合北京电视台的拍摄,不停地对演唱队的出场顺序和站位进行调整,好不容易理顺了,音响设备又出现故障,导致现场一片混乱,一直折腾到中午快一点才结束。各个学校就在眼镜湖畔原地用餐,吃完饭已经是两点。有的学校建议取消原定的登山比赛,教委领导却不同意,于是六所学校的人马又不得不扛着校旗沿着山路往香炉峰攀登,远远望去好像是一大群残兵败将正在枫叶红遍、层林尽染的山间溃逃。

不过年轻人到底是年轻人,走得如此懒洋洋,大多也在一个小时左右就成功登上了香炉峰。呼延云之所以落在后面,是因为看老黄一把年纪,爬山的时候俩腿直打战,就跟在她不远处,偶尔扶一把什么的,这样终于到达"二防火"的时候,从不远处的山顶上传来同学们的哄笑声:"呼延,你咋比老太太还慢?"老黄扶着路边一块石头,弯着腰一边骂"这帮没良心的",一边跟呼延云说"你先上去,甭管我"。

呼延云拔腿往上冲,一鼓作气登到了山顶,只见重阳阁里里外外已经坐满了人,别说座椅和游廊上找不到空位,就连地面铺开的一张张报纸上都万头攒动,而且净是其他学校的,想请人家让个座都张不开嘴。正不知道该到哪里歇脚,忽然听见有人喊他,一看原来是刘恋,她的手里拿着一个浑圆的苹果,和袁莹、杨玉彤等几个同学坐在一棵大松树旁的台阶上,他赶紧跑了上去。刘恋向他借水果刀削皮,他从兜里掏出折刀递了过去,然后瞪了一眼正在坏笑的袁莹,在她让出的一点儿空位上坐下,从背包里掏出水壶牛饮起来。

"要我说,咱们学校合唱队没拿冠军是必然的。"有个女生说。

"为啥?"袁莹问。

"还为啥?明摆着,唱那歌儿就不对,《十七岁那年的雨季》,你看看今天哪儿有一滴雨,气氛根本不搭。师院附中合唱队唱的是啥,《蝴蝶飞呀》,歌词儿好像就嵌在眼镜湖那画儿里,评委们能不喜欢吗?"

"都怪邓云鹏。"刘恋一边削皮一边说。

"我倒觉得不全是邓云鹏的错。"袁莹说,"有啥说啥,师院附中那领唱的女生也确实太漂亮了,往那儿一站,北京电视台的几台摄像机全对准了她,没有一个照着观众的,评委们都不是瞎子,肯定要考虑到新闻播出来的效果,能不把冠军给他们学校吗?"

"有你说的那么夸张吗?"刘恋用刀尖插好一块削下来的苹果递给她,然后又分给其他人每人一块,连呼延云也没忘了。

最后一块,她偏过头对大松树下面喊道:"你吃不?"

呼延云这时才发现,张振宇正坐在大松树下面,背靠着树干抽烟呢。他没有理会刘恋,灰败的脸上神情木然,两只大眼睛全无昔日的神采,偶尔低头看看手表,抬起头时,脸上的肌肉就又绷紧了几分。

"爱吃不吃,不吃拉倒!"刘恋嘟囔了一句,正好看到一脸沮丧地从不远处走过的邓云鹏,便喊他来吃苹果——邓云鹏一直喜欢刘恋,这是班里每个同学都知道的事情,但刘恋很少搭理他,现在明显是为了气张振宇才这样做的。邓云鹏被暗恋已久的女生召唤,心里大概有些激动,来到近前脚下一绊,"扑通"摔倒,手向前一撑,竟在刘恋的胸口摸了一把!刘恋尖叫一声跳了起来，邓云鹏狼狈不堪地爬起，嘴里不停地说着对不起。

刘恋见目睹了这一幕的张振宇无动于衷，顿时玉面溅朱，又不好当着这么多同学发作，便忍了一口气，掏出梳子梳理被弄乱的头发，却找不到自己的镜子，就问张振宇："你带镜子了吗？"问了两遍，张振宇才慢条斯理地从兜里摸出镜子，朝她一抛，谁承想刘恋没接住，镜子"啪"的一声掉在地上。刘恋觉得张振宇是故意的，捡起镜子就向张振宇砸去，张振宇顺手接住，面不改色地塞回兜里。这一下刘恋可真的是气坏了，掩面大哭，袁莹上前劝了半天，她才慢慢停止了抽泣，拎起背包，摸索了半天才找出自己的那面镜子，跑到不知什么地方接着梳头去了。

呼延云走上前来对张振宇说："你没事儿吧？"

"没事儿……我能有什么事儿？"

就在这时，班长跑过来跟大伙说："黄老师说了，接下来自由活动，想玩儿的继续玩儿，不想玩儿的现在就下山，出公园东门，沿买卖街一直往下走，到停车场找咱们班来的时候坐的那大巴车。现在是四点，六点发车，迟到了就自己想辙回家吧，你们看到其他同学帮忙通知一声儿。"

话音未落，张振宇抬起屁股就走。呼延云问他去哪儿，他只冷冷说了一句"甭跟着我"，就下了重阳阁，很快就消失在蚂蚁一般密集的人群中了。

接着，身边的几个同学也散开了。呼延云望着远处那个在午后时光的研磨中变得晦暗和粗粝的巨大城市，突然有一种自失的感觉，想想也没什么别的事可做，还不如尽早下山是正经，便也沿着台阶往下走去。

下到"二防火"，袁莹不知从哪里钻了出来，劈头就问："你看见刘恋没有？"

"没看见啊。"

"怪事,刚才她本来和我在一起,突然说瞧见张振宇了,要跟上去看看他去干什么,我系个鞋带的工夫,就找不到她了。"袁莹嘀咕道,"难道他俩一起下山了?"

呼延云摇了摇头:"要是张振宇往山下走,那是再正常不过的行动路线,还有必要说'看看他去干什么'吗?"

"也是……那他们俩去哪儿了?"

呼延云和袁莹四下里寻找,被正在缓缓下山的人潮冲散,好不容易才又聚合在一起时,一个摇头一个耸肩。

"算了。"呼延云说,"天也不早了,咱们先下山吧,到车上去等他们。"

袁莹心有不甘:"我总觉得他们俩今天都怪怪的。"

忽然,呼延云看到邓云鹏从公园围墙墙根下的一条小径里钻了出来,鬼鬼祟祟的,便迎上去问:"你看见刘恋和张振宇没有?"

邓云鹏怔了一怔,指着那条小径说:"我看见刘恋往那边儿去了。"

这座围墙是用虎皮石砌成的,两米多高,虽然年深日久,早已斑驳不堪,但挂满爬山虎的墙体依然如红背灰腹的巨蟒一般蜿蜒于香山的山脊之上,将公园划分出内外两个部分。内侧的墙根本来长着茂密的野草、荆棘和矮树,却被游客生生踏出了一条小径,呼延云正好奇沿着小径能通往什么地方,袁莹已经拉着他的胳膊说:"走,找他们去!"

没办法,呼延云只好跟着她钻进了小径,贴着墙根,拨开树枝,一直往前闯,七扭八拐的,很快就将"二防火"、重阳阁和鼎沸的人声都甩在了很远很远的地方。光线越来越暗,四周也越来越静，只能听见彼此的呼吸声。

走了不知多久，围墙突然出现了一个很大的豁口，上面拴着一条破破烂烂的绳梯，也许是有很多人攀爬绳梯翻到围墙那一边的缘故，墙头稀疏的爬山虎被压成了枯黄色。有个身材粗壮，满脸横肉，穿一身脏兮兮的迷彩服，敞开的怀里露出蓝色秋衣的男人站在墙边，一见他们就吆喝起来："五块钱一位！"

袁莹问他："有个穿米色外套，长得挺漂亮的女生是不是从这儿翻过去了？"

那人点了点头。

袁莹掏出十块钱递给他："两个人。"说完就要往绳梯上攀，见呼延云没跟上来，回过头对他说："赶紧的啊！"

接下来的一幕，呼延云永生无法忘记，那情景令他毛骨悚然，不寒而栗——直到此时此刻，他才发现，袁莹身上穿的，正是他在今天凌晨的噩梦中见到的那件红色圆领毛绒上衣！而眼前的其他景物，也几乎与梦中一模一样：深秋寥廓而阴郁的天空，斑驳的虎皮石围墙，墙头那个很大的豁口，豁口附近那一丛丛枯黄色的爬山虎，还有梦里那个女生微笑着与他道别，并将消失在围墙后面永远不会再见的可怖预感……

有什么事，要发生了。

非常非常可怕的事。

不！袁莹，你千万不要翻过去，千万不要……

他想要嘶吼出上面的话，但不知道为什么，干燥的嗓子突然失音，嘴唇无论怎样闭合，就是说不出一句话来。

就在这时，站在墙边的男人说："你们过不过去？不过去，这钱可不退啊。"

一听这话，袁莹立刻往绳梯上攀去，跨过了墙头以后，一跃而下，跳到了墙的那一边，矮小的身躯立刻被墙体遮没，只听她甩给呼延云的最后一句话是："你快点儿跟上来啊！"

呼延云一动不动，浑身的血都冷了。不知过了多久，僵硬的身体才缓解了一点儿。他木然地挪到豁口边，攀上绳梯，向围墙的那一边望去，眼前没有深不见底的万丈深渊，只有层峦叠嶂、连绵起伏的群山，它们无限延展的巨大阴影犹如造物主压覆在大地上的黑色羽翼，既像是蓄势待发，又像是缓缓落下。

第二章

起风了？

王长顺抬起头，从静止的枝丫间向天空望去，几块铅灰色的云朵悬在头顶，纹丝不动。

没有风……

那怎么刚才小腿下面像冰水流过似的，滑过一丝丝寒意？

算了，不管它。

王长顺往树林的深处走去，一直来到那个用碎砖头垒起的，活像是半个公厕的值班室门前，用钥匙打开挂锁，走了进去。他拿起桌子上的记事本。本子里有一根圆珠笔，用绳子拴在左侧的塑料软线圈上，这时从里面掉了下来。王长顺习以为常地一把接住，看了看手表，借着窗外一缕薄光，在本子上写下——

"下午五点五十八分，正常。"

然后签上日期和自己的名字。

值班室所在的这片山林位于万安山上，与香山公园相距不算太远，遥遥可以望见公园虎皮墙那斑驳的一线，但在管辖权上隶属于完全不同的两个单位。香山公园归北京市园林局管辖，而这里则归西山林场管辖，王长顺就是林场巡山员之一。他每天的任务是从山腰处的金山陵园停车场出发，沿山路走到竖立着两根立柱的石条门，再顺着台阶登上顶峰鬼笑石。从这里开始，分成往北和往西两条道路：往北，到达人称"快活林"的一片树林，再往西北直通香山公园虎皮墙；往西，途经陈家沟村、板凳沟村或绕行双泉寺村，下到黑石头村。两条路都巡视完毕后，再折返回鬼笑石，沿台阶下到金山陵园停车场。

这些路段全程翻山越岭，一个来回要三四个小时，但他可不是游山玩水，而是要检查有无违法砍伐树木、破坏附近文物的现象以及监督森林防火，走走停停真得要一天时间。好在太平年月，极少出现什么严重事态，顶多就是给迷路的游客指指路，对设网捕鸟的山民批评教育并没收"作案工具"，提醒上坟烧纸的人把火熄灭什么的，只要每天晚上六点前在这处值班室里登个记，就算万事大吉。

值班室的具体位置，就在石条门附近一道东西向山梁的北坡，这里光照条件不佳，不单林稀叶疏，就连地上的草都是青苔似的暗绿色，平日里本就清幽，加上现在又是傍晚，静谧得咳嗽一声都有回音。所以，当王长顺走出值班室，锁好门转过身的时候，被一只差点一头撞在自己脸上的山雀吓了一大跳。

山雀噼里啪啦扇动着翅膀飞走了。

"怎么飞的你！"他挥着手骂了一句，好像在骂胡乱开车的司机。

然后，他看到了一幕奇诡的景象：大群大群的飞鸟像从山梁上激射出来一样，呼啦啦飞向天空，铺成一片妖异的黑影。

一种不祥的预感袭上了心头，他拔腿就往山梁上跑，一边跑一边惊恐地发现，刚才还风平浪静的天上突然乌云翻飞，将大地冲刷得明暗不定，狂风摇撼着大树、撕扯着灌木，在覆满杂草的山坡上掀起黄绿色的波浪。一股呛人的气味直刺鼻孔，抬眼看时，半空中扬起灰色的尘烟，尘烟下面的山梁像发怒的棘龙拱起了暗红色的背帆，紧接着，灰色的烟尘变成了黑色的浓烟，暗红色的背帆升腾成了巨大的火墙！

那一刻，王长顺有些茫然，居然停下了脚步，往左右看了看，山坡上一个人都没有。

后来他向警方作证时也是这么说的——

"山坡上一个人都没有"。

跟王长顺做出同样证词的，是鬼笑石旁边那座气象站上一位名叫麦有恒的工作人员。按照他的说法，当天下午他在机房处理一个变压器故障，"就看见窗户玻璃上有红色的闪光，离近了一瞅，是下面的山上着火了。风很大，呼呼呼地把火从山梁南边往北边吹，因为烟太浓了，挡住了视线，我看不清山梁南边的情况，只看见北边的山坡上站着王长顺一个人，一动不动。他跟我们太熟了，不用看眉眼也能确认是他，他站了一会儿拔腿就往值班室的方向跑，我猜他肯定是打报警电话去了。我也打了一一九，然后请示了领导，带着一群同事，抱着灭火器下山灭火去了。"

"你们从鬼笑石往石条门去的路上，有没有看到什么人呢？"

面对警方的问题，麦有恒十分肯定地回答："没有。"

从鬼笑石下到石条门，一千多级台阶，平时怎么也要十来分钟，可麦有恒他们几个台阶一跳的，四五分钟就赶到了火场。看到滔天的烈焰被狂风席卷着吞没了越来越多的草木，大家抱着灭火器材就往上冲，但是火势太大了，那点儿泡沫喷上去比一泡尿的作用大不了多少。倒是有几个赶来的山民脱下衣服，在附近一处泉水里蘸湿，追着火焰抽打，效果更好些，但无法遏制火势向山梁北边蔓延。

正焦急间,麦有恒看到王长顺从山梁东边的一条小路翻了过来,迎上去就喊:"消防队啥时候到?"

"不知道啊!"王长顺带着哭腔说,"本来好好的啥事儿都没有——"

麦有恒拽了他一把:"先救火!"

这时,越来越多的山民拿着各种工具,什么笤帚、锄头、铁锹、墩布之类的,从四面八方涌来,加入了灭火大军。他们三五成群,弯着腰、埋着头,一边喊叫着,一边抡起手中的家伙拍打跟前的火焰,在火光的照耀下,每张面孔都像要熔化一般红通通的。麦有恒却看出,这样下去不是办法,一来风助火势,绝不是单单靠人力所能扑灭的,不要说涌上山梁的烈火遥不可触,就说脚下,很多刚刚熄灭的火苗,转眼间又死灰复燃;更加糟糕的是,由于缺乏统一的指挥,山民们在扑打中不知不觉跟山火交错在了一起,有的甚至已经陷入了火焰的包围圈……

情势越来越危急了!消防队怎么还没到?

山坡下面的土路上忽然传来一阵叮叮当当的马铃铛响,随着马蹄声一起,由远及近,越来越近,麦有恒他们把目光投了过去。等那匹马和骑在马上的人从烟尘中现出身影时,每个人的脸上都露出了失望的神色。

那马是一匹棕黄色的老马,眼珠凹陷,骨瘦如柴,脖子上的毛都掉了好几撮,马鞍子上盖着两边挂穗的花布,显得不伦不类。骑马的人来到近前,一勒缰绳就纵身跳下,抬着脑壳往山坡上跑。这是一个四十岁左右的汉子,一身蓝布衣裤,腰间拴着根红布带,脚下一双解放鞋露着俩大脚趾,他的脸蛋胖嘟嘟的,眉毛稀疏,一对小眯缝眼儿,厚嘴唇下面的肉肥得起了褶皱,好像长了两个下巴似的。跑到火场近前,他想往前冲又不敢,最后竟挥舞着胳膊原地蹦跶了起来。

就在这时，发生了一件奇怪的事情，那匹原本低着头啃草的老马，突然一声长嘶，扬起蹄子，朝山下跑去。

麦有恒觉得不对劲，大喊了一声："大家快跑啊！"

然而已经晚了，原本刮的南风，不知怎的突然转向成了北风，火浪翻卷，像潮水一样反扑过来，将很多正在打火的山民捂在了里头！麦有恒和王长顺冲上去，一个一个地把他们往外拽，被救出来的人，头上、身上都还冒着火苗，他们疯狂地哭喊着，有的在地上打滚，有的拍打着衣服，空气中飘来头发烧焦的臭气。

就在所有人都四散奔逃的时候，却见一道黑影朝火海猛扑过去！

麦有恒定睛一看，就是刚才那个骑马来的汉子："疯子，你要干吗？！"

疯子不管不顾，继续往前冲，麦有恒一扯他的袖子，谁知他冲劲儿太大，竟嘶啦啦扯裂了袖管！

眼瞅这个家伙就要葬身火海，突然从后面冲上来两个人，一左一右抱住他往后拖，其中一个大个儿一边用胳膊勒住他的脖子，一边用拳头哐哐哐地砸他的脑壳："你他妈不要命了！"

疯子拼命挣扎着，一双眼睛瞪得血红，嘴里发出呜呜的怪叫。

"你说啥？你他妈的倒是说清楚啊！"大个儿问。

另外一个小个儿掰他的胳膊："你勒着他脖子，叫他怎么说话？"

"哦哦！"大个儿这才醒悟过来，赶紧把胳膊松了松。

疯子使劲咳嗽了几声，刚想说话，大个儿一看烈火正在北风的鼓吹下呼啸而来，一把将他和小个儿拉起，往山坡下面跑去。

"完了，全完了……"王长顺望着不断逼近的山火哭出了声，"这可咋办啊？"

"逃命要紧！"麦有恒拖着他，一直跑到山坡下面的那条土路上。

这条土路也就三米来宽，是平时来往的车马和行人蹚出来的一条小道，散布着稀疏杂草的土黄色地面，将上下坡茂密的植被稍作隔离。麦有恒想这大约也可视为一条防火道，但眼看着烈火像岩浆一样不断喷涌下来，这么窄的一条小道恐怕起不了多少阻挡的作用。现在，山坡上面已成焦土，如果火势被狂风裹挟着越过这条小道，一路倾泻而下，那么整座山——甚至山下的几个村落，恐怕都要化为灰烬了。

一棵高大的白皮松被一条红色火蟒绞缠着，轰然倒下，火蟒吐着血红色的信子，差几寸就跨越了土路。

危急时刻，耳畔突然传来了一阵"突突突突突"的声响。

麦有恒转头一看，竟是一辆推土机从不远处开了过来，链轨紧贴着下坡一侧的边缘笔直地驶过。巨大的铲刀从地面铲起丛生的泥土和杂草，将土路转眼间拓宽了近一倍。坐在驾驶楼里紧握操纵杆的正是先前的大个儿，而疯子和小个儿跟在推土机的后面，拿着山民丢下的锄头和铲子，将土路上的杂草扒拉到一旁，使得上面再无一点助燃之物。

麦有恒拽了正在发呆的王长顺一把，两个人也上前帮忙。

仿佛看穿了他们的意图，风力陡然加强了，熊熊烈火犹如滚木礌石一般，从他们的头顶直扑而下，利箭一般激射过来的火星甚至烧着了他们的头发。王长顺撒腿就往山坡下跑，麦有恒想要拦他，一双腿不听使唤地也跟着他跑，小个儿看万千赤焰已到近前，抱着疯子往山坡下面滚，只有大个儿坐在灼热的驾驶楼里，满头大汗却目不转睛地开着推土机继续铲动地面。在他的身后，那些差一步就流泻而下的山火被阻断在土路上，心有不甘地呲呲呲舔舐着冒烟的地面。

就在这时，由远及近传来了一连串尖锐的鸣笛声，几辆红色的小型消防车出现在了视野。大个儿赶紧把推土机往旁边开，让出一条路，使消防车进入了火场。接着，越来越多穿着绿色消防衣的消防员跳下车，架起水龙或抱着灭火器具，对准了火海……

终于熄灭了。

滚滚的黑烟涌向深灰色的天空，已成焦土的山野间不时响起哔哔剥剥的爆裂声。大个儿、小个儿和疯子三个人互相搀扶着站在土路上，遥望着鬼笑石，蒙了一层灰的脸上神情凝重。

麦有恒走了过来，拍了拍大个儿的肩膀："红军，好样儿的——你在哪儿找的推土机啊？"

高红军一愣，缓了缓神才说："就停滑道工地那边，我还怕油箱是空的，结果一看，里面还有油，一蹬底梁一转摇把就开起来了。"

小个儿笑道："我看那铁推子身上写的是红旗100吧，咋你也会开？"

"这都要谢谢指导员。"高红军一边用衣裳擦着脸一边说，"当年我跟他学开推土机的时候，学的是斯大林80[①]。他提过一嘴，说红旗100是仿斯大林80的，配件通用，启动操作都一个路数。我这一上手，嘿，还真是！"

"成了，救火英雄，等着立功受奖吧！"麦有恒刚刚说完这

[①]苏联产履带式推土机。

句话，却见王长顺匆匆跑了过来，把他拉到一旁，用低得不能再低的声音说："出大事了，几个山民刚刚在下面的树林子里发现了两具尸体……"

事后证明，名列"九十年代十大悬案"之一的鬼笑石案件，之所以迁延二十年没有破获，最大原因还不是罪犯采取了多么高超的反侦查手段，而是令人始料未及的坏天气。

那天傍晚，消防队刚刚把山火扑灭，天上突然下起雨来，宛如冷箭齐发，打得本来就灰头土脸的队员们更加狼狈不堪，缩着脖子直骂娘，说这雨早下一会儿都不用费这么大劲灭火了。

雨水也打湿了台阶，让一路狂奔的麦有恒摔了好几个跟头，才登上鬼笑石。

得知树林里有两具尸体之后，他一面让王长顺看住现场，不让围观的山民靠近，一面赶到山顶的气象站，给万安山派出所打电话报警。所长章敏派警员赶赴现场的同时，向区分局上报了这一情况，时任副局长的许瑞龙一听就急了，对于犯罪现场勘查而言，最不利的自然条件分别是：风、火、雨、夜，现在四样占了三样——更加糟糕的是，出于距离的原因，从区刑侦支队派刑警过去，就算到了金山陵园停车场，最快也要二十分钟，再加上登山到达现场，估计最后那一样"夜"，也该补齐了。

刚刚给刑侦支队下达完赶赴现场的命令，章敏的电话又打过来了："许局，刚才我呼了张队，他正好在南下洼村，带着两个人直接上山去了。"

南下洼村是万安山南边山坳里的一个小村落，刑侦支队支队长张万全怎么刚好在那里？许瑞龙有些糊涂，只叮咛了一句："老张有胃病，不能饿着，你赶紧给他送点儿吃的上去！"

雨脚如麻，将盖着厚厚一层落叶的山坡蒙上了一层水色。张万全带着手下得力干将林凤冲和法医杨普，拨开扑面的荆棘，蹚着湿滑的野径，终于来到现场时，这里除了几个身穿橄榄绿警服的万安山派出所民警之外，还有一些围观的山民没有离开，他们和周围那些奇形怪状的树木一样，探着身子朝这边张望着。

张万全让民警们配合林凤冲，马上对围观者展开登记和问询，自己则带着杨普开始勘查现场。

在一个由三棵槭树半包围的土坑里，躺着一个用消防服盖着上半身和脑袋，只露出黑色长发的人。下半身的白色裤子上沾满了杂草和灰土，一条纤细的镂花皮带呈解开状，耷拉在裤腰两侧，一只脚上穿着皮鞋，另一只脚上只有袜子。

杨普走进土坑，用戴着乳胶手套的手掀起了消防服：被盖在下面的是一个敞着上衣的女孩，袖子上血迹斑斑，微微鼓胀的脸上，一双半睁半闭的眼睛翻着眼白，张开的嘴里吐出一小截舌头，嘴角处残留有一道半透明的涕涎，脖子上有一条清晰的暗褐色索沟。

杨普在尸身上下检查了一遍，从死者口袋里翻到了一串钥匙和一个钱包，装进牛皮纸证物袋，交给张万全。接着抬起头，朝土坑周围望了望，看到正上方一棵槭树的树干上绑着一截粗麻绳，放开的一头耷拉着，底端系着个挺粗的疙瘩。他先用相机拍了几张照片，然后将整根绳子从树干上解了下来，双手取中段抻直，与女孩脖子上的缢沟比对了片刻，站起身问围观的山民："这女孩是谁从树上解下来的？"

没人说话。

"现在不说，等会儿想说可就来不及了！"

有个山民赶紧说："是我，我见她吊在树上，想救她来着。"

"这麻绳一开始是怎么打的结?你又是怎么把她解下来的?"

那山民一边比画一边说:"绳子的一头绑在树上,有疙瘩的那头卡在旁边那根树杈间,她就吊在中间的绳套里,俩脚垂进土坑。我把有疙瘩的那头从树杈间扳起,绳子一松,她就掉在土坑里了……"

张万全使了个眼色,林凤冲将那山民带到一旁,做进一步问询去了。

杨普将粗麻绳拿在手里看了半天,然后绕着树转了两圈,在山民所指的那根虽然粗壮但开口很窄的树杈边停下,打开手电筒照着,看了又看,用镊子夹了些什么放进证物袋里。

张万全问他有什么发现?杨普说:"那山民没撒谎。您看这根绳子,绑住树的一头都勒进树皮里面了,一看就是很久没有解开过,另一头疙瘩的根底色泽发白,应该是长期搭在什么地方,没有翻动造成的。我在旁边那根树杈的里侧提取到一些纤维,估计是疙瘩搭在上面,突然吊住死者后,麻绳的受重骤然加大,磨损留下的。"

"也就是说,这个'吊索'不是今天才设置的。"

"肯定不是。"杨普说,"我就是搞不明白为什么在树林里挂这么个东西?总不能是提前给来上吊的人'行个方便'吧?"

张万全让他去找刚才那个山民咨询一下。

很快,杨普回来了:"搞明白了,这山上有个泉眼,据说流出的泉水喝了能治百病,所以附近的山民有时用这种麻绳绑了塑料桶来背水,那疙瘩其实是提前打好、把水背上肩时做'把手'用的。有的山民不小心多带了根绳子——迷信的说法,这不是啥好事,得把多出来的绳子绑在树上,才能保平安——估计这根绳子的主人把绳子在树上绑好以后,随手把另一端往树杈上一搭,由于疙瘩的直径比树杈的开口要大,便卡住了,中间的绳子耷拉下来,就形成了个绳套。"

"你的意思是,死者是找了这么个'吊索'自杀?"

"死者缢沟内的花纹与麻绳的纹路一致,且呈'八字不交'①;绳索在树上的绑痕呈原始形态,并无被人取下用作凶器后再重新绑缚的交叠痕,冲这两点,肯定不是他杀——我更倾向于是一起意外事故。"杨普指着土坑上端一处很清晰的鞋印说:"您看这处鞋印——我与死者脚上的那只鞋比对过了,可以做同一认定——鞋尖前倾后继续滑动形成带状擦痕,并在土坑的边缘突然中断,只留下鞋跟向下紧急制动时造成的挫压面,导致泥土出现坡状板结。这说明死者下山的速度很快,到这里时突然脚下打滑,身子往前倾倒时,脖子刚好挂在了绳套上。脚下因为有个土坑,够不到底,身边又没人及时解救,造成缢死。"

"那敞开的上衣、袖子上的血迹、解开的裤带又怎么解释?还有最重要的——"张万全的目光在周围的林地缓缓扫过,"我没有在这附近找到另外一只皮鞋。"

杨普一愣,才知道自己的结论下得草率了。

这时,从山坡上面噌棱棱跑下一个人来,个头不高,身材敦实,到了张万全面前,一边喘着粗气一边自我介绍说是西山林场的巡山员王长顺:"我这天天巡山,一个瞌睡不打、一段路不落的,谁承想竟出了这么大的事儿,又是着火又是死人的……"

打断了他的絮叨的,是来汇报信息采集情况的林凤冲。从问询的结果来看,山民们发现尸体的经过很简单,就是从下面赶上来救火时撞上的,没有人认识或见过死者,除了把她从树上解

---

①自缢者的缢绳经耳后越过乳突,升入发际,在头枕部上方形成提空,所以索沟不闭锁,这是鉴定死者是否自杀的参考要素之一。

下来之外，也没有碰过她身上的任何东西，"另外，山民们都说，他们从不同的道路上山的时候，没有看到任何陌生或可疑的人。"

张万全皱起眉头："这么大的山，真要有什么陌生和可疑的人，走哪条路不能下山，哪儿那么容易就被他们撞上？"

"那倒也不是。"王长顺小心翼翼地说，"这山很野的，往东通往金山陵园，山坡上好多荆棘丛，不走正路走野路，把裤子撕烂了都下不去；往西去，鬼笑石的下边就是一溜悬崖，而且因为山顶有气象站，怕仪器被偷，好多道上拉了铁丝网，根本走不通；南边上来的几条小路，都是在附近长大的人才知道的。俗话讲'千道万道，兜回正道'，意思是说：越是野山，走来走去越容易兜到人们常走的路上，外人想下山又不被撞上，难！"

一听这话，张万全马上把万安山派出所的那几个民警找来，下令道："你们立刻下山，集合附近几个村的民兵、联防队员，封锁附近所有上下山的道路，盘查过往行人，有身份证的登记，没身份证的扣留，等待核实。另外每个村找几个可靠的人，挨家挨户了解每一个村民今天的动向——别忘了最后他们自己的也要查。刑侦支队的同志赶到后，找几个路熟的山民带路，开始搜山！"

望着他们下山的背影，林凤冲若有所悟："您的意思是，犯罪分子还藏在山上？"

"如果真有犯罪分子的话，"张万全望了一眼杨普，"他不是怀疑死者是意外死亡的么。"

"不能够，肯定是凶杀啊。"王长顺突然来了这么一句。

几道怀疑的目光一齐盯住了他，吓得他赶紧解释："不信，您上去看看另一具尸体就知道了。"

饶是当了二十多年刑警，参与了无数大案要案的侦破工作，在看到第二具尸体的惨况时，张万全依然感到一阵反胃。

与前一个现场相比，第二个现场位于林中的一块平地，四周密布着高矮不一的各种绿植，茂密的枝叶或攀扯或叠压，在风雨中哗啦啦地交响着，舞动起一片令人心寒的铜锈色。尸体就躺在平地的正中央，头北脚南，呈侧卧状，破裂变形的脑壳上覆了一层红白糊糊，以至于连眉目都看不清楚，只有一张缺了牙齿的嘴巴半张着，从鼻腔里流出的血渗进里面，好像含着一口血在笑似的。他上身穿着一件棕色条绒夹克，下身的蓝色裤子的裆部，不知被什么戳得稀烂，从几个窟窿里涌出的血还未干涸，看上去仿佛蒙了一层蝇团。

张万全想起了那个吊死的女人血迹斑斑的上衣袖子。

趁着杨普做尸检的工夫，张万全和林凤冲勘查起现场来：在尸体的周围，发现了大小不一的石块若干，有些石块上沾有血渍，附近地上的草叶和枝茎，存在多处揉搓和凹陷的迹象，显示曾经发生过搏斗；除了在一处苎麻丛里找到一面外壳绘有雅典娜并镶嵌了一圈水钻的折叠化妆镜外，还在斜坡下面一个长满蝎子草的窠臼里发现了一只皮鞋。

林凤冲说："应该就是吊死的女孩丢掉的那一只鞋。"

"什么应该不应该的！"张万全把皮鞋塞给他，"下去比对一下，我要个落地能叮当响的结论。"

林凤冲赶紧跑下山坡，没多久就回来了："号码、底纹、鞋跟形状甚至侧面缀的花钉，都跟另一只鞋完全一样，确定是同一双鞋。"

"这下，两起并一起了。"张万全说。

"两起并一起"是刑警的口头禅，意思是在不同的现场发现了具有明确关联性的证物，可以归结为同一组的连续行为。

"哪个在先？哪个在后？"林凤冲问。

这句话是问，女尸和男尸的陈尸现场，依照案件发生的顺序，应该怎样排序。这个看似显而易见——毕竟女尸疑似意外死亡，而男尸明显是他杀，按照正常的逻辑可以马上得出结论——但一旦定性，影响极大，搞错了就会造成侦破工作的提前闭环，放跑真正的凶手。

所以，张万全沉思了半晌才说："暂时将这里定为先发现场，下边那个是继发现场。"刚说完，就看到一直蹲在尸体身边的杨普站起了身，忙问："怎么样？"

"头骨多处凹陷性骨折，初步判定是被人用石块砸死的，至于阴部的大量刺创，应该不是致死原因，而是加害者的泄愤行为。"

"就是这些石块？"张万全指了指那些沾有血渍的石头。

"这个要等我做进一步的鉴定。"杨普边说边把石头一一装进证物袋。

"有没有找到能证明死者身份的东西？"

"死者的口袋都是空的，周围也没有找到任何能证明他身份的证物，问了一些山民，都说从来没有见过这个人。"

"那就扩大搜索范围！我就不信，他就这么两手空空地跑到山上来了。"张万全说。

雨势渐大，已近深秋的枝叶被风雨一打，扑簌簌地纷纷坠落，将地面搞得凌乱不堪。张万全暗暗叫苦，忽听远处传来"哎哟"一声，他赶紧朝着声音的方向跑去，没跑几步，发现斜下方有三道灰色的身影在晃动。

来到近前，才发现是王长顺和另外两个人，正蹲在一长截的不锈钢U形槽前查看着什么。那U形槽本来是与下面的U形槽串联在一起，嵌进山体自然形成的一条泄洪沟里的，现在被大雨引发的山水冲断了，从裂口往外哗哗地吐着水。

"你们干啥呢？"张万全很响亮地问了一句。

雨声遮住了他来时的脚步声，所以这一句突然的发问，吓得那三个人几乎跳了起来。王长顺一见是张万全，赶紧向另外两人介绍他的身份，又给张万全介绍说，那个头发谢顶、神情阴郁的家伙名叫金波，是南下洼村的村主任；另一个叫麦有恒，是鬼笑石上气象站的工作人员，"那两具尸体上盖着的消防服就是他找消防队借的，说是怕下雨破坏了证据。"

张万全没接他的茬，依旧问了一句："你们干啥呢？"

麦有恒噗噗地吐了两口雨水说："张队，您知道八大处的富思特滑道吧，开通后很受游客欢迎，金主任就考虑在鬼笑石也架设这么一条，开发个旅游项目，搞活村里的经济。前不久贷款买了U形槽，找了施工队，架了起来，谁知道连今天这么一场秋雨都没禁得住，您说金主任他能不心疼吗？"

富思特滑道，张万全是知道的，北京电视台天天放广告，女儿每次看了都吵着让他带自己去玩儿，可工作实在太忙，到今天都没抽出空来。

金波怒气冲冲地说："要我说，不赖滑道质量不过关，要怪就怪消防队龙头喷出来那水里面有化学剂，顺着U形槽往下流的时候给腐蚀了，回头你看我不找他们索赔去！"

"老金你省省吧，我都懒得说你，刚才救火时各个村的村民都上山来了，你这个村主任哪儿去了？"麦有恒讽刺道，"消防队救火时开车撞死人都不负全责呢，更别提你这个U形槽了，说到底就是这块山体不适合搞滑道，趁着没出大事，赶紧停工得了。"

"停工？"金波瞪圆了眼睛，"那我贷的款咋办，你替我还账？"

听着他们这通吵吵，张万全一阵心烦，接着胃部隐隐作痛起来。这时，嘈杂的落雨声中隐约好像有人在喊他的名字，张万全便朝那声音走了过去，看见几个穿着军绿色帆布雨衣的人，为首的正是万安山派出所的所长章敏，跟着他的都是自己刑侦支队的部下。

"老张，遵照你的指示，刑警同志们到了以后，我安排大部分人搜山，想着你勘查现场没准儿也需要人手，就擅自抽调了几个带来，您老可别降罪啊！"章敏跟他特别熟络，眼下在自己的辖区内发生了这么大的案子，心情难免沉重，所以一番故作轻松的话，听起来字字句句都比平时客套。

张万全一边披上他递来的雨衣，一边大笑道："扯淡，这叫想啥来啥！"然后让那几个刑警对先发现场、继发现场以及它们之间的通路展开搜索，然而看着他们的背影消失在雨幕中，又不禁叹了口气。

"咋了？"章敏问。

"这么大的雨，下到现在，就算有什么有价值的线索，八成也被冲刷得差不多了。"说完，他的胃疼得厉害起来，不禁用手捂了一下。

章敏从口袋里掏出一包饼干递给他："许局让我带给你的。"

"管得还挺多……"张万全一边嘀咕着，一边撕开包装，拿出一块饼干塞进嘴里，突然想起了什么，把剩下的全都放回了衣兜。

章敏困惑不解地望着他。

张万全嚼了几下，把饼干吞进肚子，才说："饼干渣子掉在地上，回头再被搜索物证的同志'提取'到，不是添乱吗？"

章敏从兜里掏出一个东西，"说到物证，刚才我让几个同志把那两具尸体装进袋子，往山下运的时候，突然看见男尸陈列现场下面的一块石头底下有个玩意儿，捡起来一看，是这个——"

那是一把包在塑料袋里的木柄折刀。

刀刃上还可以看到几缕清晰的血痕。

张万全照着章敏后背"哐"地给了一拳："老伙计，你可太棒了！赶紧把杨普叫来，与男尸上的刺创做一下比对。"

章敏一边咳嗽一边说："杨普已经押着装尸袋下山了，说是带回鉴定所做详细的尸检，要不咱们也往下走吧，看看附近几个村调查的情况怎么样。"

张万全知道他是好意，想让自己到山下避避雨，但望着被大雨冲刷得支离破碎的夜幕，望着在支离破碎的夜幕中摇曳不休的山林，望着山林最高处那块猛兽一般窥伺着山下的鬼笑石，一种前所未有的不安感袭上心头。

他抹了一把脸上的雨水，摇摇头说："不了，我就盯在这里，等同志们勘查完现场，再跟他们一起下山。"

第三章

回到南下洼村的时候，已经是晚上九点多了，雨虽未停，却已经小了许多，淅淅沥沥地在墙头、草垛、房顶和铺着石板的小道上碎响着。

与水汽一起在黑暗中弥漫的还有秋雨后特有的寒气。张万全在下山的路上虽然吞咽了几块饼干，但毕竟是空腹吃冷硬之物，一时间胃疼得竟连走路都打晃，多亏章敏和林凤冲一左一右搀扶着他，才挨到了村西头一间亮着灯的民舍前。他们听见里面传来炒勺在油锅里翻动的声音，又闻到一股葱花的飘香，顿时馋得口水都流下来了。

敲了半天门，门才打开。门口站着一个衣服脏兮兮，头上用橡皮筋扎着两个羊角辫的小姑娘，黑里透红的脸蛋上挂着几颗米粒，望着来人的目光充满了警惕。再往屋子里看，只见好多个和她差不多大小，一眼看上去都有些"野"的孩子正围着桌子吃饭。

"加饭喽！"随着这跑堂伙计似的一声吆喝，屋子里间的一道布帘被一个大脑壳顶开，钻出个人来，笑嘻嘻地端着一锅蛋炒饭放在桌子上。孩子们刚要往上扑，被他一个个摁着脑袋坐回原位，一边用勺子给他们添饭一边说："急啥？管够！不够我再去炒。"

"疯子。"章敏叫了一声就往屋里走，"给我们也来三碗！"

疯子应了一声，刚要进厨房，林凤冲见张万全扶着墙在一张凳子上坐下，赶紧朝他喊了一句："你先倒杯热水来。"

疯子在墙角那张布满裂纹的橱柜里翻了半天，才找到一个玻璃杯，用暖壶倒了杯热水，递给了林凤冲，林凤冲赶紧递到张万全手上。张万全捂住水杯的一瞬间，竟被从手心传导进身体的一股热流暖得打了个哆嗦。

"疯子，赶紧炒饭去，我们还要吃！"几个饭碗又光了的小家伙拍着桌子喊了起来。

"什么疯子，叫疯爷！"疯子嘟囔着进厨房去了。

章敏在张万全身边蹲下："老张，先喝几口热水暖暖胃，等会儿饭得了你赶紧吃上几口。"

张万全点点头："可惜，忙了半天，最后还是收获不大，太晚了只能让大伙儿都撤下来了……"

"这就不错了，得亏你今天在这边处理物证临时存放所的事儿，不然，接到报案，从市区赶过来再勘查现场，那才真叫三九天吃冰棍——凉透了呢！"

为了使公安工作适应即将到来的二十一世纪的需要，市公安局从九十年代中期开始在刑事技术领域开展全方位的升级行动，其中就包括将原本设置在各个分局办公楼里的物证室独立出来，建设更加专业可靠的物证存放中心，并将原有的物证转移进去。问题在于，因为申奥，市里的一大批基建工程纷纷上马，有些在电力、通信、燃气、供水的管道敷设方面与刚刚建好的物证存放中心发生冲突，导致后者不能及时启用，而原来的物证室已经划归其他部门，必须限期腾空。因此，只能按照就近原则，在非常短的一个时间里，将那些物证分散放置到可靠的地点，待中心正式启用后再收回。

这其中，南下洼村两里地外有一大片房子被相中了：山墙、后墙全部用石头砌的，四个墙角压的是青砖，房顶是纯青石板覆盖，压有四角硬的瓦垫。这是老年间西山最富裕的人家才能住得起的宅院，通风、透气还能防火，做存放东西的仓库简直再合适不过。本来分局犹豫能不能跟房东谈下来，结果万安山派出所打听到，房东对解放军感情极深，就请附近一个军队干休所的干部出面沟通，房东一听，不但马上同意了，还坚决不要房租。分局领导闻讯大喜，让刑侦支队配合刑事技术处，尽快把轨道柜、冷藏柜之类的"大件儿"先搬进去。下午张万全带着林凤冲和杨普赶过来，就是给搬家打前站，谁知道刚刚忙完，就听说了山上着火和发现尸体的事情……

听了章敏的话，张万全苦笑了一下，喝了一口水。这时，疯子端着刚出来的一锅蛋炒饭，先给孩子们逐个满上，然后又盛了三碗，端给张万全他们三人。张万全等人早已饿得前胸贴后背，那蛋炒饭又炒得金黄喷香，于是他们狼吞虎咽，转眼间就吃得见了碗底。

"哐"的一声，大门突然被撞开了，有个人闯了进来，照着正在收拾碗筷的疯子就是一脚，骂道："我让你挨家挨户统计今天下午的动向，你这儿他妈干吗呢？"

张万全一看，来人正是南下洼村的村主任金波。

疯子揉着被踢疼的屁股说："大人都被你们带走了，孩子们没饭吃，我就给做个饭……"

金波又是一脚："交代给你的事儿你不干，跟你没关的事儿你他妈干得贼来劲！"

就在这时，门外闯进两个人来：一个又高又壮，浓眉阔眼，留着桀骜不驯的板寸;另一个个子虽矮,但脑门奇大,一双狭长的眼睛精光四溢。只可惜他的脸骨有点内陷,好像勺面一样,给人一种聪明反被聪明误的感觉。

大个儿一看疯子屁股上的脚印,勃然大怒,上前一把掐住金波的脖子,将他摁在墙上,挥拳就要打,被小个儿一把拉住。金波好不容易才挣脱了大个儿钳子一样的大手,捂着喉咙逃到门外,回头恨恨地骂了一句:"高红军,你个傻青,这事儿咱没完!"

高红军拔腿要追,金波撒丫子跑远了。

高红军一口恶气出不来,照着疯子的屁股又给了一脚:"窝囊废,他踢你,你咋不踢他?"

这时小个儿才发现屋子角落里还蹲坐着仨人,拽了高红军一把,然后笑嘻嘻地跟章敏打招呼:"章所,没事儿,我们闹着玩儿呢。"

"闹着玩儿?"章敏板起脸来,"要不是金主任跑得快,这会儿都趴地上了吧?山上出了这么大事儿,赶紧回家去,别当夜游神啦!"

"成嘞!"小个儿挎着高红军和疯子就往外溜,章敏突然想起了什么,把他喊住了:"上午中关村工商所给我打电话,说你在海龙[①]开的那电脑摊儿涉嫌卖盗版光盘,不仅零售还搞批发,有这事儿没有?"

"您听他们瞎白话,一准儿是同行看我生意好,背地里给我上眼药呢。"小个儿笑嘻嘻地说,"本人遵纪守法,绝对的良民,从不卖盗版的玩意儿,正版倒是有不少,回头我给您捎两盘来。

---

① 中关村海龙大厦。

前不久上映的美国大片《铁蛋你好》,可过瘾了!"

"精豆儿,你甭跟我这儿耍贫嘴,这次工商所没查到货,不代表你小子就真没事儿。别忘了,你那文化公司的注册申请可刚刚交上去,把人家得罪了,就不给你审批,到时候你哭都找不到地方。"

小个儿连连作揖:"冤枉啊,章所,可冤死我了。不能因为我跟窦娥一个姓儿,就把屎盆子都往我脑袋上扣啊!"

章敏摆摆手,小个儿他们仨才出去,夜深人静,还能听到他们一路聊天的声音:

"精豆儿,啥是《铁蛋你好》啊?"

"铁达尼号,就是《泰坦尼克号》。"

"我告诉你,你可不许卖黄盘啊,被我知道了可别怪我削你。"

"放心吧老大,咱不跟街边抱孩子的老娘们儿抢生意!"

章敏听得哭笑不得,回头一看张万全,只见他眼神发直,忙问:"老张你咋了?"

"没事儿,没事儿……"张万全慢慢地站起身说,"咱们赶紧定个地方,等各路人马回来,杨普那边的验尸也该有个初步结果了,立刻召开案情分析会。这么大的案子,分秒必争,你别看许局让你给我带饼干,一副关心下属的样子,案子破不了,他翻脸比翻书还快。"

走出屋子,夜已深,雨虽然停了,半空中依然有丝丝点点的冰凉不时飘落。他们沿着石板路一路向东,一会儿上坡,一会儿下坡,在两侧沟渠的潺潺流水声中,穿过乌漆漆的村落。

章敏给张万全介绍说,南下洼村并不大,从山上往下看,宛如一条东西走向、中间打结儿的飘带，那个"结儿"就是一排砖房组成的村委会。以此为中心，东边住的主要是原住民；西边的房子大多租给了在城里的天意、天外天批发市场做买卖的外地人。两边人的矛盾很大：东边的嫌西边的是外地人，村里不管出什么烂事，哪怕丢个针头线脑的也往西边赖，就说今天吧，山上一出事，东边就把西边的几个"可疑分子"扣在村委会了；西边觉得自己饱受排挤和欺负，却不敢惹地头蛇，只能忍气吞声。"你看刚才那家子，就是外地来的，户主叫马跃，梳羊角辫的是他闺女，那小子在西边算是个领头的，可不是个省油的灯。前一阵子他卖假货，被工商局把执照给吊销了，跑到香山公园里挂了个梯子，靠着把想去八大处或附近野山玩儿的游客往围墙外面带挣钱。还搞了匹老马，雇了疯子给游客牵马，跑一圈十块钱。不过疯子是东边的人，所以马跃把对东边那点儿火都撒在他身上，不是骂他就是扣他工钱，多亏疯子脾气好，从来也不跟他计较。

"那个疯子是不是姓石？"

章敏惊讶地问："你认识他？"

张万全没有回答。

章敏说："他大名叫石劲风，念起来好像'使劲疯'，年轻那会儿好像受了什么刺激，后来就一直疯疯癫癫的，大家干脆就叫他'疯子'了。另外两个，大个儿叫高红军，在市建设公司当质检员，轴脾气，专好打抱不平；小个儿外号'精豆儿'，本名叫窦京，那小子做生意的，眼珠儿一转八个主意，鬼精鬼精的。他们仨从小在这村里一起长大，中学是同班同学，后来一起去了黑龙江生产建设兵团，感情好得不得了。"

"高红军和窦京都在城里工作，每天还要大老远的回村里住吗？"张万全看似随口一问。

"不会啊,他们在城里都有宿舍。"

"那怎么早不回来,晚不回来,偏偏今天又着火又死人的时候回来了?"

此言一出,章敏不由得一凛:"我马上派人去调查一下。"

"不急。"张万全一笑,"接下来的工作还有很多,不能轻易撤出人手去,还是集中精力捞大鱼,也许捞着捞着,就什么都浮出水面了。"

眼前忽然一亮,原来是到了村委会,正中一间用作会议室的大屋子里灯火通明,推开门一看,靠墙站着几个人。在他们的对面,是村里的几个民兵和四仰八叉地坐在一条长桌后面、嘴里叼着根烟的金波。

一见章敏,金波跳了起来:"章所,您坐,您坐。"

"你这儿唱的哪出啊?"

"这不是奉了上级的指示,审审这几个可疑的人吗?熬了一晚上了,到现在也没审出个响屁来!"

"胡闹!"章敏把眼一瞪,"上级领导只说调查村民的动向,谁给你的执法权让你抓人审人了?"

金波一下子傻了眼。

张万全正背着手看挂在墙上的几面锦旗,听身后没了动静,回头一笑:"都辛苦了,赶紧回家吧——哪个是马跃?留一下。"

顷刻间,会议室里原先的人大都溜走了,只剩下一个满脸横肉,穿着一身脏兮兮的迷彩服的粗壮男人,神情冷漠地靠墙站着。

林凤冲关上门,屋里安静得只能听见屋檐滴水的声音。

张万全在刚才金波坐过的椅子上坐下,盯了马跃一会儿,从怀里掏出一个夹子,又从里面拿出一张月票,指着右上角盖着钢印的一张照片问:"马跃,这个女孩你认识吗?"

林凤冲知道,那张月票原本夹在一个钱包里,被杨普从女性死者口袋里发现,张万全翻看过了,里面除了月票和一些钞票,什么都没有。因为月票上有死者的照片,他就把月票单独取出,钱包交给杨普做进一步物证鉴定去了。

马跃只远远地扫了一眼:"不认识!"

"看仔细了再说话!"章敏说。

"我们刚刚从你家出来,你女儿吃过饭了,我们还蹭了两碗。"张万全望着马跃,用温和的口吻说。

马跃一愣,紧绷的脸孔慢慢放松了下来。

"你也是有女儿的人,再看看这张照片。"张万全说。

马跃走到桌子边,认认真真地看了看,神情有些犹豫。

"你在香山公园搭梯子帮客人翻墙的事情,我已经知道了,按照相关规定,罚款五百元,这五百元钱,我替你交。"

这句话的意思是,搭梯子这事就此了结,绝不会因为今天的命案而做更进一步的牵连。

"这个女孩,好像是今天下午从香山公园翻墙出去的。"马跃说。

张万全立刻对章敏说:"章所,麻烦你,把马跃带到别的房间,详细了解一下情况。"

两个人出去以后,林凤冲忍不住说:"张队,真服了您了,您怎么知道马跃可能见过这个女孩?"

"那张月票是学生月票,虽然没有写校名和人名,但看女生的打扮,可能是刚参加完什么大型集体活动。今天上午香山公园不是搞了个中学生合唱比赛吗,我就怀疑是那里边的学生参加完比赛之后,从公园里翻过来的,这不正好跟章所介绍的马跃的情况对上了么。"张万全道："赶紧准备准备，一会儿就在这屋开第一次案情分析会吧。"

凌晨五点，当南下洼村还在黎明前的黑暗中沉睡时，村委会的会议室里已经聚集了满满一屋子警察。他们都熬夜工作到现在，个个眼珠子里泛着血丝，不停地打着哈欠，全靠一根接一根的香烟提神，烟雾把所有人的面孔都缭绕得模模糊糊的。

张万全坐在长桌最里头，玻璃杯子里的浓茶已经喝得没了颜色。他看了看手表，拍了两下桌子，本来一直人声鼎沸的屋子马上安静了下来。

"时间紧迫，我就直奔主题了。现在开始按照时间线汇报情况①，凡是有线索的马上说，允许加塞，会后再找补的别怪我呲儿你。"

任何重大案件的第一次案情分析会都非常重要，某种意义上决定着未来的侦办方向。因此，会前张万全接到了许瑞龙的电话，说他正坐着车往南下洼村赶，要亲自参加这一会议，搞得张万全一阵手忙脚乱，但不久之后许瑞龙又打电话来，说眼下正在申奥的关键时期，突然出了这么大的案子，市领导、市局领导都高度重视，让他马上去汇报案情，所以参加不了会议了："有雷我给你挡着，会不会劈到你，就看破案的速度了。"这一个反复，让张万全的压力更大了，饶是他再有城府，也掩饰不了脸上的一团黑气，下属们看在眼里，都不免心惊胆战，导致很多人回忆起这次会议时，都觉得自己"不像是办案的，倒像是被办的"。

---

①梳理清晰案件发生的时间线，研判每个重要节点的情况，由参与现场勘查、现场访问的刑警各自陈述已经掌握到的线索，并结合尸检、物证鉴识的结果，分析案件的真相，对下一步刑侦工作进行部署。

首先发言的是香山派出所一位姓廖的副所长。虽然案件发生地及南下洼村一带划归万安山派出所管辖，但受害人之一可能是从香山公园翻出来到达现场的，途经区域分属香山派出所和西山派出所辖区，因此这两个派出所的领导也列席了会议。他首先将昨天白天海淀区六所中学在公园内举行合唱决赛和登山比赛的情况大致介绍了一遍，然后说："参与活动的学生总人数超过一千人，大部分在六点左右下山，乘各自学校的大巴车返校回家，也有少数学生继续滞留公园或自行回家。今天是周末，我们准备天亮后马上联系各个学校的负责人，请他们逐一给学生家长打电话，核实学生的情况，并汇总上来，以查明女性死者的身份。"

"会后你联系一下一一〇指挥中心，看看有没有接到中学生的家长关于孩子失踪或彻夜未归的报警电话。"张万全说。

"好。"廖副所长看了一眼章敏，接着说，"关于马跃的情况，他最近一段时间在公园'二防火'西边的一处围墙豁口搭了个绳梯，帮游客翻墙，每位收费五块钱。他回忆说，今天下午一共从绳梯那里过去了八个人，先是两点左右，有一男一女两个成年人，像是一对情侣；后来三点半左右，又翻过去了一个，是同村一个名叫佟宽的男人，因为都认识，就没收他钱；这之后，陆陆续续有三男两女五个学生模样的人翻墙过去，其中就包括女性死者。"

"他能保证这个数字绝对准确吗？"

"能。"章敏在一旁说，"马跃对此非常肯定。"

"廖所，难道香山的围墙上就没有其他豁口可以让游客翻越了？"林凤冲问。

"没有，今年夏天公园刚刚对围墙进行过加固和加高，就马跃那个豁口，还是他在施工期间用铲刀从外面把砌墙的水泥掏空了，等工程结束后再撬开石头造成的。"

"你刚才说的那个佟宽，跑到公园里面去做什么？门票又不便宜，我看村民都不富裕，他舍得花这个闲钱？"张万全问。

"张队您不知道，香山里面现在还有好多住户，所以公园一直有个优惠政策，附近的山民如果想进去串亲戚什么的，只要走东边的一个小门，说清楚要去的人家的姓名，就放进去了。"

"就算可以免费入园，那他出园时为什么不走原路，偏偏要翻墙？这个问题一定要弄清楚。"张万全见廖副所长不再说话，便对章敏说，"从那个豁口到达命案现场，有几条山路可以走？所需时间大约是多少？你给同志们详细介绍一下。"

章敏从座位上站起身，把一张大白纸挂在了墙上，纸上用黑色的油墨笔勾勒了几座山形以及连接山形的几根弯弯曲曲的线条。由于会议室的灯光有些昏暗，照明欠佳，所以他一边用手指着白纸一边说："我根据自己的了解，结合巡山员王长顺的介绍，手绘了一张地图，给同志们看一下。从豁口翻墙后，沿着这一条往东南方向的路走半个小时，可到达快活林。而从快活林到达鬼笑石的路有两条：一条是直接往正南方向走，十分钟左右可以走到鬼笑石，然后由鬼笑石往东下台阶抵达石条门，不远处就是命案现场。这条路是由香山翻墙出来后到达命案现场的'主路'，总耗时大约五十分钟；还有一条，就是地图上这条细线，也是以快活林为起点，先往东再往南，是一条穿越密林的羊肠小径，最终沿着万安山的防火道——也就是分割开起火现场和命案现场之间的那条土路，抵达位于土路下坡的命案现场，我们暂时叫它'副路'。由于它不用翻越鬼笑石，所以用时较短，总耗时估计四十分钟左右也就差不离了，但这条路比较隐蔽，只有附近的山民和经常来这边游玩的游客才知道。"

为了加深大家的印象，他又顺手拿起一张白纸写了个"口"字说："同志们可以想象，快活林就是'口'字的左上角，鬼笑石就是'口'字的左下角，命案现场是'口'字的右下角。主路就是从'口'字的左上角先往下再往右；副路则是从'口'字的左上角先往右再往下，最后殊途同归。"

所有的警察都点点头，表示听明白了。

章敏补充道："除此之外，还有几条小路，也可以从快活林到达命案现场，但我认为女性死者完全没可能走，所以她翻墙出了香山公园后，必定是从主路和副路之间选了一条，到达命案现场的。"

张万全一怔："你怎么能肯定女性死者不会走你说的那些小路呢？"

"因为女性死者的外衣上虽然有血迹和打斗痕迹，但划痕并不多。"章敏说，"那几条小路不仅艰险难走，而且路上的灌木十分茂密，现在已经是深秋了，灌木的叶子掉了不少，全都是枝杈，如果人从中间穿过，衣服早就划花了。"

"有道理。"张万全的指尖磕了磕桌面，"那么你觉得女性死者走哪条路到达命案现场的可能性更大呢？"

章敏用手指在地图的那条细线上狠狠一划："我几乎可以肯定是这条！"

"为什么？"

"昨天下午，鬼笑石上的气象站出现设备故障，有个电工一直在户外检修。他回忆说，四点以后，只记得有一个女孩从快活林方向走主路过来，走得很急，到达鬼笑石的时间大约是五点十分，找什么人找不见，就问了一下这个电工，有没有见过一个头发自来卷，嘴唇上有两撇小胡子的男生。电工说没见过，女孩又问从哪条路下山快，电工就指了一下西边——往西下山的话，途经陈家沟村，板凳沟村或绕行双泉寺村下到黑石头村，确实比往东下台阶到石条门再途经金山陵园下山更快一些，然后就看见女孩往西走了。"章敏说，"这之后过了十来分钟吧，倒还真有那么个模样的男生，背着个双肩背，不紧不慢地从主路走到了鬼笑石，不过他倒不像要找那个女生的样子，直接往西走了。再往后直到六点起火，再没有人来到过鬼笑石，所以女性死者不可能是走主路到达命案现场的，而是走的副路。"

"问题是她为什么要走副路，而不走主路，难道她经常来这一带游玩吗？"张万全盯着地图想了片刻，又对章敏说，"虽然你很肯定她走的是副路，但所有的结论最终还是要靠证据来说话——有没有从副路上提取到她的足迹或什么物证能够证明这一点？"

"没有。"章敏摇了摇头，"副路主要分成两段，一段是穿行于树林中，这一段地上积满了落叶，走在上面留不下什么足迹；另一段是防火道——"

"防火道基本上是土路，应该可以提取到足迹吧？"有个刑警问。

"本来是这样的，谁知山上一着火，村民们来救火时，把土路踩得乱七八糟。当然如果仔细辨析，也能辨析出女性死者的足迹，谁知后来为了扩大防火道，有人开着推土机在地面铲了一遍，啥足迹都划拉没了，然后消防车又来轧了一遍，接着是下雨……"说到这里，章敏不禁苦笑起来。

张万全面无表情地说："章所，你再介绍一下命案现场的情况吧。"

"好。石条门附近有一道东西向的山梁，命案现场位于山梁的南坡，具体来说，可以以防火道为界线，划分成上下两个部分，上半部分就是过火区域，而两处命案现场都在下半部分。其中，男性死者的死亡现场位于防火道往下五十米左右的一处林间草地上，再往下三十米左右是女性死者的陈尸位置。"说完他把两处命案现场的环境和地貌描述了一番，最后说，"关于尸检和现场勘查的详细情况，还是请杨普和林凤冲两位同志说一说吧。"

杨普是尸检做到一半被张万全叫来开会的，浇雨兼熬夜，这会儿嗓子有点哑，咕嘟咕嘟喝了两口水，打开一个本子说："正式的尸检报告还要过几个小时才能出来，我先跟大家讲一些初步的判断。先说那个女性死者，年龄在十六七岁，根据胃内容物的消化情况和各种尸体现象推断，死亡时间应该在昨天下午四点到六点之间。双眼球结膜充血，睑结膜见点状出血，右侧口角见涕涎流注。颈部右侧见暗褐色缢沟，向两侧延伸，于枕部及左侧下颌角处提空，颜色逐渐变浅。组织病理学检验未见致死性疾病改变，毒物检验未验出常见毒药物成分。"

屋子里十分安静，只有笔尖在纸上做记录的沙沙声。

"我们仔细检查了缢沟的情况，缢沟周边皮肤有充血和出血的现象，皮下软组织和颈部浅深肌群有出血，颈动脉内膜撕裂，舌骨甲状软骨骨折出血，这些都说明死者是缢死的，而不是被人勒死后悬尸。另外，结合死者缢沟内皮肤擦挫伤较为严重，颈椎二至三节脱位，以及命案现场的死者鞋印出现带状擦痕和在地面紧急制动时形成的挫压面，初步判断死者是狂奔下山时，意外踩空而悬吊在山民挂在树上的绳套里。"

听说是如此离奇的意外死亡，很多警员都瞪圆了眼睛。

"什么原因让她跑得这么慌不择路？"张万全问，"是看到了什么可怕的事情,还是被什么人追击?"

没有人能回答。

他接着问杨普:"我还是在山上时的那几个问题:她敞开的上衣、袖子上的血迹、解开的裤带,该怎么解释?"

杨普说:"虽然她的上衣敞开,裤带解开,但尸检并未发现性侵现象,不过她的腕关节有软组织撕裂伤,眼角、面部和下颌有多处皮下出血伴表皮剥脱,说明她曾经遭到强行拉拽和殴打,但出于某种原因,挟持行为半途中止了。在她一块破裂的指甲内,我们提取到一些皮屑,对衣服上的血迹也正在分析和检验,接下来会进行比对——"

"比对的对象是什么?"张万全打断他问。

杨普犹豫了一下才回答:"男性死者。"

此言一出,大多数警察不约而同地浮现出了"果不其然"的表情,只有张万全不动声色地冲着杨普做了个"继续"的手势。

"如果比对成功,那么就可以确认:意图对女性死者进行侵害的正是男性死者。"杨普说,"接下来我谈一下对男性死者的尸检情况:从体貌特征和发育情况看,年龄应该也在十六七岁。死者头面部存在面积较大、形状不规则的点、线、片状表皮剥脱和皮下出血,口鼻腔、左外耳道均有血性液体流出,几处致命性损伤集中在左顶部、左颞枕部、左枕部等部位,创口形态大多为斜楔形,创底颅骨凹陷性骨折——综上所述,死者系头部遭受严重的暴力打击致颅脑损伤而死亡。根据死者头面部的损伤状况,特别是创口形态大多为斜楔形这一点,分析造成伤害的为带有棱角的钝器类工具。我们在现场发现了一些带血的散碎石块,疑似凶器,目前还在做进一步分析。

"除此之外,死者的小腹和阴部有多处刺创口,均具有创缘整齐、刨壁光滑、一侧刨角锐、一侧刨角钝的特征。另外在现场附近提取到木柄折刀一把，与创口的比对正在进行中。"

见杨普说完了，林凤冲开始汇报现场勘查的情况，重点是男性死者的死亡现场："虽然在这一现场，除了一面所属权尚不清晰的折叠化妆镜和女性死者的一只鞋外，并没有发现更多物证，但以尸体为中心的草地上，除了部分喷溅型血迹外，还存在着一些重压面的草茎与叶的纤维被破坏而挤出泥草浆的情况，说明鞋底与草地有过激烈摩擦，可能发生过打斗。可惜草地上的足迹提取本来就不容易，一下雨更没戏了。"

"也就是说，无法判定这里是男性死者遇害的第一现场，还是被死后移尸到此的喽？"有个刑警问道。

"如果是死后移尸，现场上下通路以及附近地面应该有连贯的拖拽痕迹或'负重特征足迹'①，但上述情况都没有发现。此外，那几块被当作凶器的石头，根据底部的形状与现场草地压痕的比对，可以做同一认定这说明，这一处林间草地是男性死者遇害的第一现场的可能性更大。"

那个刑警还想说话，被张万全制止了："让凤冲把情况介绍完——说说那个挎包。"

张万全不仅是区刑侦支队的支队长，也是全市公安系统屡破奇案的"名探"，有很多人想拜他为师，都被他拒绝了，唯独对林凤冲有那么一点儿"师带徒"的意思。这倒不是因为林凤冲多么精明强干，而是在这个年轻人的身上，张万全看到了浮躁的时代中非常罕见的品质：老实、踏实和扎实。很多年轻刑警都认为

---

①负重通常使人体的总重心升高，行走时迈步不稳，造成步幅变短、步宽变宽，因而立体足迹出现痕迹加深、压痕加重，易出现擦痕、挑痕等特征。

刑侦工作就像福尔摩斯，靠的是"聪明劲儿"，其实不然，真正优秀的刑警最需要的恰恰是肯下苦功夫和笨功夫：蹲守两个月等待犯罪嫌疑人出现，翻遍垃圾车或下水道寻找物证，为排查一个疑点在几万人口的小区挨家挨户上门问询……哪一样都不是聪明人喜欢干的，而林凤冲对这些工作就是不厌其烦。他为人厚道、性格温和、行事稳重，在警队有个"林婆婆"的外号，但是所有同事都知道，"林婆婆"也许不是具有强劲爆发力、可以直接撕裂猎物的犬齿，却绝对是一颗通过慢慢咀嚼能将猎物研磨成齑粉的白齿。

昨天晚上就是这样。当所有勘查现场的刑警都觉得"可以撤了"时，林凤冲却认为张万全那句"我就不信，他就这么两手空空地跑到山上来了"很有道理：既然男性死者并非本地人，那么作为游客也好，作为其他身份也罢，爬这么一座野山，至少得带瓶水吧？何况根据现场的情况，女性死者是被挟持到树林中的，那么挟持者为了"办事"方便，动手之前很可能把一些随身之物放在什么地方了。本着这个思路，林凤冲打着手电筒细细搜寻，居然真的在一棵大树的树坑里发现了一个人造革挎包。

林凤冲先把发现挎包的过程大致讲了一遍，然后说："在挎包内，我们发现义利牌维生素面包半个、双汇火腿肠包装皮一枚、六百毫升绿色塑料水杯一个，最有价值的是一张粉红色纸条，由于受潮，看不清楚上面的字迹。经过反复辨析，怀疑是身份证的收据，而收据的底部并无公章，只草草地写了'迎宾'或'迎客'的字样。我们怀疑是挎包的主人在办理旅店入住手续时，把身份证抵押后，旅店前台开给他的。"

"是否能确认挎包的主人就是男性死者？"廖副所长问。

"目前还不行，没有发现挎包本身和其中物品与男性死者之间存在什么关联性的证据。"

即便如此，那张收据已经对寻找犯罪嫌疑人具有无比重要的意义，张万全果断下令："马上复印收据和男性死者的照片，在本市所有区域盘查名叫'迎宾'或'迎客'的旅店，第一确认收据是哪家店开出的，第二店员是否见过死者或其他嫌疑人，要抓紧，避免有同案犯脱逃。"

林凤冲补充了一句："从收据的简陋程度分析，这很可能是一家小旅店开出来的，所以网眼要扎得密一点儿。"

一位刑警马上离开会议室，去组织警力落实这一工作了。

不知何时，一缕晨光爬上了结着一层霜的窗棂。利用短暂的间歇，有人喝水，有人出外方便，有人换了一根烟，也有人跟邻座交流回家该怎样跟老婆解释又是彻夜未归……会议室里的紧张空气稍微放松了一会儿，然而杨普和林凤冲两个人却神情紧张地低声讨论着什么，因为他们知道，接下来才是真正的"大考"。

看看差不多了，张万全清了清嗓子，屋子里马上安静了下来。他望着杨普和林凤冲说："根据尸检和现场勘查的结果，说说你们对作案过程的初步分析吧。"

案件发生迄今不过十二个小时，尸检得出的只是个初步结果，现场的勘查收获又不大，这种情况下，要对作案过程做出分析，确实是一个相当严峻的考验，因为这一分析不仅会被记录在案，还会导引甚至决定下一步刑侦工作的重点和方向，绝不能出现原则性的错误。

杨普和林凤冲对视了一眼，最终还是由林凤冲发言，他好一番斟酌，才慢慢地说："综合两起命案的尸检结果和现场勘查情况，我们倾向于，这是一起由男性死者挟持女性死者试图性侵，但最终被女性死者反杀,而女性死者下山时由于惊慌失措,不幸意外缢死的案件。"

此言一出,会议室里一阵骚动,有人同意,有人不同意,有人窃窃私语,有人高声反对,张万全拍了拍桌子,他们才又重新安静下来。

林凤冲定了定神,继续说:"做出这一结论的主要原因,是在尸检和现场勘查的过程中,并没有发现有第三人在场的证据,即所有证据都只与两名死者形成关联。首先是男性死者的死亡现场,虽然有搏斗的痕迹,但并不过分杂乱,从几处致命性损伤集中在左顶部、左颞枕部、左枕部等部位来看,可以猜测为男性死者将女性死者仰面按压在地面时,女性死者趁其不备,用右手抓起草地上的石头猛击男性死者头部,待其昏倒后继续打击造成其死亡。在女性死者的掌心和指缝,我们提取到与现场碎石相一致的成分,可以证明这一观点。至于持刀戳其小腹和阴部,既是为了置对方于死地,也符合女性受害者在极度愤怒和狂乱下的报复心理。如果接下来能证明女性死者上衣袖子上的血液、指甲中的皮屑来自男性死者,并在那把折刀的刀柄上发现女性死者的指纹,就更可以确认这一结论。另一方面,从女性死者的死亡现场来看,各项证据都证明她是在奔跑下山的过程中,失足套在了那个绳套上缢死的——绳套是原始存在的,足迹的带状擦痕和紧急制动时形成的挫压面不可能伪造,而缢沟是典型的'八字不交',这些都表明:完全没有他人将她勒死后吊起伪造现场的可能。

"除了上述证据外,还有一点也值得同志们参考:据我们对山民的走访,昨天起火后,包括南下洼村在内的附近几个村的村民都主动上山来救火,甚至包括一些住在北坡下面的居民,看火势一开始从南往北吹,不敢迎着火头去打火,就从山梁东边的几条小路，绕到南坡来参加灭火，客观上形成了一个'包围圈'。假如真的在命案现场还有另一个凶手，那么当时的情况是，他的南边和东边是从不同道路涌上山的山民；西边只有一条通路，就是从石条门登台阶上鬼笑石，但气象站的同志们已经证明，他们下山救火的路上，没有看到任何人；至于北边，则是一道巨大连绵的火墙，试问凶手是怎样突出这个'包围圈'的呢？"

"有没有可能是，他在火刚刚烧起来的时候，就越过山梁，从北坡下山了呢？"有人问道。

"起火时，护林员王长顺正在北坡下面的值班室写值班记录，气象站的工作人员麦有恒正好站在窗户边，他们都证明在起火的第一时间，北坡上'一个人都没有'，而那片山坡很空旷，没有什么遮挡物，王长顺和麦有恒的视野是完全可以覆盖到的。"

又有一个警员问："如果凶手作案之后原地不动，等山民上山救火时混在他们当中，再寻机溜下山去呢？"

"这一点我们也考虑到了。"林凤冲说，"万安山并不算大，住在附近的几个村的居民互相都认识，好多还是亲戚关系，据他们回忆，火扑灭以后，各个村的干部怕有伤亡和失踪的情况，都自发组织起来点名，并没有发现任何陌生的面孔。其后，张队又安排民兵、联防队员封锁了附近所有上下山的道路，盘查过往行人，也没有发现可疑分子。"

那警员说："照你这么讲，假如真的还有一个凶手，他要么就还在山上藏着，要么他就是参与救火的本地山民之一。"

林凤冲正要说话，一直没吭声的张万全突然开了腔："这么说，大家都默认为，这场大火与两起命案之间存在着必然的联系喽？"

会议室里瞬间安静了下来，大家面面相觑。确实，由于火灾与两起命案在时间和空间上相距太近,所以大部分警员早就在心中认定,纵火者与命案绝脱不了干系,但现在张万全这么一说,每个人的心里又打起鼓来。

林凤冲鼓起勇气说:"现场勘查并没有发现火灾与两起命案之间存在着任何联系,这很可能只是一个巧合。"

"那也未免太巧了些……"张万全说完,停顿了片刻才接着道,"当然,如果真的有这么个纵火者,你和杨普的那个结论就不能成立了,因为男性死者不可能在性侵前去点火,女性死者更不可能在杀人之后,先爬上去点把火,再往山下跑,而且两个人的身上似乎都没有发现打火机之类的引火物品。所以现场一定还有第三个人——问题在于,假如真有这么个人,他为什么要点这么一把火呢?另据消防队反映,他们在清理火场时并没有发现汽油、火药之类的助燃物痕迹,那纵火者又是怎么让火一下子就烧得那么大的呢?"

警察们精神一振,就连原本哈欠连天的,也加入到了激烈的讨论中:有人认为放火的目的就是为了毁尸灭迹,可是立刻遭到反驳。"命案现场在防火道下面的山坡,与火场有相当的距离,哪儿有这么舍近求远的'毁尸灭迹'";有人认为犯罪的第一现场很可能在防火道上面的山坡,放火是为了烧掉来不及毁灭的证据。又有不同意见说,那他何必再费劲巴拉地把尸体搬到防火道下面来呢,何况沿路并没有发现负重的足迹;还有人认为凶手是故意制造混乱来个"火遁",好几个声音响了起来:迄今并没有发现案件发生时有目击证人,凶手完全可以很从容地借着暮色下山逃跑,何必干这种画蛇添足的事情……争论到最后,就连几个平时脑瓜最灵活的警员都用两个巴掌咯吱咯吱地揉着太阳穴,嘴里念叨着:"是啊,为什么要点这一把火呢?"

张万全从座位上站了起来，一边围着长长的会议桌遛弯，听每一位警员各抒己见，一边像个晨练的老头子似的活动着有些麻木的腿脚。绕了几圈，他回到了自己的座位前，待争论的声音渐渐变小，才扶着椅背，慢慢地说："我的主张，不急于下结论，凤冲和杨普的分析看起来无懈可击，但太完美了，像是有人用稻香村的点心匣子给咱们装的一盒糕点，整整齐齐严丝合缝，反而显得不真实，别的不说，就男性死者的死亡现场，我也去看过了，虽说草地上像是发生过打斗，还找到了女性死者跑丢的一只鞋，但以死者死亡的惨烈程度看，似乎地面应该更加凌乱些才对；再比如，在现场始终没有发现女性死者的背包或挎包，一个十六七岁的女孩子爬山，就这么空着手？还有一些疑点……"

他没有再说下去，会议室里也鸦雀无声。

很久，他才嘱咐林凤冲道："现在的关键，就是要确定两位死者的身份，这是重中之重。"

"是。"林凤冲说，"女性死者如果是参加合唱比赛活动的学生，应该很快就能找到。但男性死者比较麻烦，不仅没有任何身份信息，而且脸部有损毁，全身皮肤干净得连块胎记或刺青之类的标志物都没有，恐怕最终还是要靠盘查旅店那条线发现线索了。"

就在这时，会议室的门开了，从外面走进来一个浑身散发着寒气的警员，杨普一眼认出他是法医物证鉴定所的一位同事，连忙迎上前去。那位同事将一个档案袋递给他，并低声耳语了几句。杨普听完走到会议桌前，一边将档案袋打开一边说："这是鉴定所刚刚出具的四份物证鉴定报告，考虑到可能对案情分析会有用，所以马上送来了。"

在所有目光的注视下，他从档案袋里拿出了四张纸，先念第一张:"在那面折叠化妆镜上发现了女性死者的指纹,证明是女性死者的物品。"

在念第二份报告时,他稍稍提高了声音:"女性死者上衣袖子上的血液,血型与男性死者相符;指甲中的皮屑,与男性死者部分面部损伤比对后,呈因果关系;对现场发现的带血散碎石块的检验证明,血型与男性死者相符,且在石块上只发现了女性死者一个人的指纹。"

会议室响起一片窃窃私语声,因为这一鉴定结果,有力地支持了此案的涉案人均已死亡,并不存在其他犯罪分子的观点。

待议论声平息后,杨普又念第三份报告:"在女性死者的钱包夹层的表面,发现一些印痕,可能是长期搁置塑料饭票,导致饭票上的油墨脱色烙印在上面的痕迹,经过仔细鉴识,发现其中有'华文'两个字。"

"华文?"廖副所长一听就说,"昨天参加歌唱比赛的六所中学里,有一所是华文大学附属中学。"

会议室里顿时沸腾起来,因为这样一来,女性死者的身份等于被锁定在了一个相对狭窄的区域内,对于每次破案都要把大量精力耗费在漫无边际的排查上的警员们而言,这无疑是一个极好的消息。

接着,杨普拿起第四张纸看完,脸上浮现出惊讶的表情。

"怎么了,你倒是说话啊!"有性急的警员催促起来。

"第四份鉴定报告是针对那把折刀的。"杨普说,"首先,在折刀的刀柄上找到了女性死者的指纹,还有几枚指纹不是很清晰,与此同时,在刀柄的底部,发现刻了一个很小的字。"

这下连林凤冲都坐不住了:"什么字?"

杨普把纸翻过来,上面有一张放大的复印图片,是一个歪歪扭扭的"呼"字。

警员们面面相觑，猜不出这是什么意思，林凤冲搔着脑袋说："难道是呼和浩特产的折刀？"

张万全瞪了他一眼："你那眼睛长脚后跟去了？那个字看也知道不是机刻的而是手刻的，你马上联系华文大学附属中学，看看学生中有没有姓'呼'或名字中带'呼'字的，这个人很可能是鬼笑石案件的涉案人！"

第四章

周末，赶上妈妈加班的时候，呼延云总是跟着她一起到单位去，不仅仅是为了中午能蹭一顿从京华自选市场买的"老唐烤鸡"，更重要的是，办公楼四层的图书室往往也会开着。

妈妈所在的市建设公司位于三里河北街，是一家负责承建公路桥梁、轨道交通、自来水厂等城市基础设施建设的老字号国企。妈妈大学毕业后就来到这家单位工作，现任党委副书记。最近一阵子不知什么缘故，她一到周末就加班开会，而呼延云则跑到图书室去看书。

图书室并不大，除了门口一台挂满报纸的报刊架以外，靠墙摆了一圈棕褐色的木头书柜，里面是排列整齐的各类图书。房间正中摆着一张阅览桌和几把折叠椅，西边放有一张管理员谢阿姨的办公桌，上面堆满了胶水、剪刀、口取纸之类的东西，每次呼延云看见她，她总是在给图书修补、分类、贴标签，像个嫌女儿穿得不好看所以换来换去的妈妈。

早在初中时代，呼延云就来过这里，一开始他以为书柜里都是跟修路架桥有关的专业书籍，打开柜门一看，才发现自己大错特错。这里绝大多数都是七八十年代出版的小说、诗歌和散文，由于看的人少，一本本都崭新得上过浆一样硬邦邦的，别看纸张已经泛黄，翻开就散发出一股油墨的陈香。从那以后，他就时不常来看书和借书。

长着一张圆脸、一笑就浮现出两个小酒窝的谢阿姨是个话痨，可偏偏她做的是全公司最寂寞的一份工作，所以每次见到呼延云都十分高兴，跟他山南海北地聊天，说得最多的就是"你这孩子爱看书将来肯定有出息"和"我那个不爱看书的儿子将来可咋办"……呼延云烦她烦得不行，却又无计可施，只能有一搭没一搭地应和两句，直到她自己觉得没趣了，闭嘴为止。不过有一说一，谢阿姨可是个热心肠，自从她知道呼延云周末会来单位，就专门跑来打开图书室让他看书，呼延云跟她道谢，她总是说："谢啥，我来单位，总比在家里被那个活祖宗气死强！"

正是在这间图书室，呼延云阅读了大量的侦探小说：福尔摩斯探案全集、阿加莎·克里斯蒂的小说以及埃勒里·奎因的《希腊棺材之谜》和《荷兰鞋之谜》……他沉迷于逻辑推理的乐趣之中，幻想着自己将来也能成为一名了不起的侦探，在众目睽睽之下直指真凶，语惊四座。

不过，有几本书，谢阿姨似乎是"据为己有，概不外借"的。

从书口发黄发旧的程度看，那应该是五六十年代出版的图书，她用挂历纸给它们包上白色的书皮，整齐地摞起来，放在办公桌的一角，时不时地抽出一本翻看几页，然后放下书，久久地望着窗外的天空。呼延云发现，每当这个时候，快人快语的谢阿姨好像换了一个人，神情迷惘而哀伤。他很好奇那些是什么书，又不好意思跟她借阅，因为他预感到，那里面藏着一些她只愿深埋在自己心底的东西。

直到今天——

一早他来到图书室，谢阿姨跟他打了个招呼就出去了，说是家里有事，下班前才能回来。

等她走后，办公楼四层只剩了呼延云一个人，安静得能听见厕所水龙头的滴答声。

等待已久的机会来了。

他小心翼翼地走到谢阿姨的办公桌边，上午的阳光刚刚探到桌角，恰好将那一摞书笼罩在深秋特有的金黄色光晕中。

他从最上面拿起了三本。

这样做是不是不太好？

也许我想多了，这只是一些谢阿姨喜欢翻来覆去看的书，就像我读了四遍还想重读的《在人间》一样，并没有什么特殊的意义。

一边劝说自己，一边把三本书逐一翻开，没有看内容，只是看了看书名：一本叫《雁飞塞北》①，一本叫《征途》②，还有一本薄薄的，叫《大豆摇铃的时节》③，都是他此前从没听说过的。

就这几本书，能让谢阿姨每次看上几页都跟丢了魂儿似的？

他抱着三本书来到阅览桌前，坐下开始读。先读的是那本《征途》，因为掀开书皮，封面描绘的是一群战士打着红旗走在林海雪原中的情景，说不定是写剿匪故事的，可是看了半天，并没有什么战争情节。他很失望，又去看《大豆摇铃的时节》，文字倒是十分优美，可他一个从小在城市里长大的，对农村题材的文艺作品未免感到隔膜。这时已近中午，他下楼吃了个饭，回来后开始看《雁飞塞北》，从故事性上讲，这本比前两本要好看一些，不过黑龙江他从没去过，北大荒更是只在韩磊唱的歌里[4]听过，至于屯垦戍边什么的，他只觉得遥远而陌生，看到一半就弃

---

①描写解放军复员转业官兵开垦北大荒的长篇小说，作者林予。
②描写知识青年到黑龙江边疆插队落户的长篇小说，作者郭先红。
③描写北大荒风情的散文集，作者林青。
④指电视剧《年轮》的片尾曲《天上有没有北大荒》。

书了。

他想，反正谢阿姨下班前才会回来，先把这三本书搁在手边，去找找别的书看吧，就到书柜里拿了一本《霍桑探案集》，这回看起来有意思多了。

也许是读得入迷的缘故，他竟然没注意到谢阿姨提前回到了图书室，等察觉时，她已经抱起那三本书放回到自己的办公桌上了。

这下可把呼延云窘坏了，他像做贼被当场拿住一般走过去，嚅嗫道："对不起，动了您桌上的书……"

"这有啥。"谢阿姨一副毫不在意的样子，"好看不？"

世间的事，说来有趣，多行半步，错说一字，便可能导向完全不同的结果，假如呼延云这时候敷衍一句"挺好看的"，也许接下来的故事就根本不会发生了，偏偏他鬼使神差地来了一句："不好看。"

谢阿姨一下睁圆了眼睛："咋不好看了？"

这倒把呼延云问住了，毕竟那三本书他看得并不仔细，只是潦草一翻，但人就是这样，越是没理，说出话来越有几分理直气壮："我觉得写得太假了。"

"哪里假了？"

"比如那里面的年轻人，动不动就说一些豪言壮语，跟诗朗诵似的；比如零下几十度的严寒，拖拉机陷进冰河，为了把它拉出来，好几个人轮流潜进水里挂钢丝绳的搭钩，不怕被冻死吗？再比如夏收时放着康拜因[①]不用，非要人力收割，还说这是什么'小镰刀打败机械化'，这不是缺心眼儿吗？还有，书里是个人就

[①]联合收割机。

能扛着两百来斤的麻袋走上七八米高的跳板，往粮囤里倒粮食，快赶上奥运冠军了……总之，我觉得写的都是一些突破极限和违反常识的东西，假得很。"

图书室里静悄悄的，一些肉眼可见的尘埃，在呼延云和谢阿姨之间浮动着。

很久很久，见谢阿姨哑口无言，呼延云想还是赶紧溜走的好，就在他转过身的一刹那，身后突然响起了一句嘟囔——

"怎么会假呢？这都是我们真实的生活啊。"

呼延云惊讶地回过头。

"真的，我就是这些书里面写到的，黑龙江生产建设兵团的战士。"谢阿姨指着自己说。

呼延云一下子歉疚起来，虽然他从来不知道什么黑龙江生产建设兵团，更不知道谢阿姨曾经是一位兵团战士，但无论如何，轻慢地评价别人的人生经历，是一件非常失礼的事情："谢阿姨，我不知道——"

谢阿姨一边说着"没关系，没关系"，一边拖过一把折叠椅，摁着呼延云的肩膀坐下："咱们聊两句，聊两句。"

呼延云心里暗暗叫苦，却只能在椅子上老老实实地坐正。

"听你妈说，昨天你去香山公园玩儿啦？"谢阿姨问。

这算哪门子开场白？呼延云皱着眉头说："不是去玩儿，是参加海淀区的合唱比赛。"

"你是自个儿去的，还是跟同学们一起去的？"

"早晨六点在校门口集合，坐大巴车去的。"

"几点回家的呢？"

呼延云犹豫了一下说："下午四点下的山。"

谢阿姨掰着手指头算了算："这么说去了十个小时啊。"

呼延云心想，你找我就聊这些吗？

然而接下来，谢阿姨盯住他的双眼问出的一句话，却令他永生难忘——

"那么，假如你和同学们坐上那辆大巴车，一去就是十年呢？"

十年……

十年？！

凌晨，深黑色的穹顶上高挂着几盏星光，骑车带着一个女同学，穿过坎坷不平的街道，来到集合地点，登上自己班所在的大巴车，车子开动了。窗外的景致随着车轮的转动而变幻无定，心情却没有什么波动，因为知道傍晚时分，将会坐上同一辆大巴车，伴着同一群同学，沿着同一条道路踏上归途……

一去就是十年？开什么玩笑！

"我没开玩笑。"谢阿姨看出了他的想法，"就是跟你一模一样的年纪，我和我的同班同学们，从永定门火车站出发，坐上了终点站是黑龙江北安的专列。三十年过去了，可那一天的事儿啊，一想起来，眼前就跟过电影似的：站台上敲锣打鼓的，还有洪亮的歌声，老师、家长都来给我们送行，窗口、车门口挤得满满登登的全是脑袋，每张脸上都笑嘻嘻的，互相说着鼓励的话。可火车一声长鸣，哭声一下子就响了起来，震天动地的，车轮子滚得轰隆隆的都遮不住——"

"你们为什么要去黑龙江啊？"呼延云有些困惑。

"屯垦戍边啊。"谢阿姨笑着说，"那时国家粮食紧张，边疆也不太平，社会上乱糟糟的，学校停课、工厂停工，学生们毕了业没有工作。正好黑龙江生产建设兵团来招人，说兵团前身是参加抗美援朝的老铁道兵集体转业后开荒建设的农场,吃的是白馒头,住的是砖瓦房,平时搞生产,战时是后备役。那会儿没有比参军更光荣的事儿了,可当兵的条件多,自己身体要好,爹妈还得没问题,相比之下,参加兵团就容易多了,我们心里都有小九九:兵团是不是归解放军管?是就行啦!加上我们上学的课本、看的小说,还有电影《老兵新传》里,一说起北大荒就是'棒打狍子瓢舀鱼,野鸡飞进饭锅里',谁不想去啊,就一股脑儿地跑到老师那儿报名去了。"

"可你们都还未成年,爹妈舍得放你们到那么远的地方去吗?"

"舍不得也没办法。那时除了本人有病的,或者家里生活太困难需要特殊照顾的,都不能留在城里。我妈就是,当面装得跟没事人似的,背地里没少抹眼泪儿,可转念一想:毕竟孩子有解放军管着,还有固定工资拿,总比到农村插队①强。所以当爹妈的不是到合作社②买吃的,就是买了棉花絮棉被,再不就是跑百货大楼买帆布箱子去,得给孩子归置出远门的行李啊。至于我们,倒没想那么多,正是青春期,最烦家长管的时候,一个个巴不得远走高飞呢。别看火车一开都哭得震天价响,还没到唐山呢,就把眼泪甩在脑袋后面了,把带的面包、粉肠拿出来跟同学们分了吃,不知谁起了个头,满车厢——不,是整个专列都响起了'伟大祖国天高地广,中华儿女志在四方'的歌声,可热闹啦!"

呼延云一乐:"这不跟我们学校组织的春游、秋游一个样儿

---

①上山下乡的一种模式,落户到农村生产队,通过挣工分分口粮,由于无须政审和体检,所以比进入兵团容易,但收入和生活条件不如兵团。
②指当时城里的副食店。

嘛。"

"是啊,一直折腾到了晚上,唱不动了,也闹不动了,才一个挨一个地坐着睡着了。我睡不着,跑到车尾巴去,隔着玻璃窗,看夜色中的田野和山峦不停地往后退。车轮声哐哧哧、哐哧哧地撞进耳朵里,不知为什么,听起来觉得空落落的。有那么一阵儿,我突然觉得特别难受,好像一棵小树被连根拔起似的……"

谢阿姨叹了口气,接着说:"由于兵团专列是临时加车,所以一路走走停停,直到第三天的下午四点才到地儿。我们揉着酸痛的腿脚下了车,天阴沉沉的,一些人打开行李车厢门,从里面往外扔行李,行李顺着高高的路基往下滚。指导员吹响了哨子,集合点名,然后排成队出了车站的栅栏门,站前的空场上停着十几辆解放牌大卡车,也有前面两个轱辘小、后面两个轱辘大的拖拉机,叫'蹦蹦'的,负责拉行李。我们按照点名时分派的连队,上了大卡车,车队朝连队的驻地出发了。

"没走多远,天上下起了雨,雨越来越大,远处是无边无际的荒草甸子,还有几座锥形的小山,都灰蒙蒙的。土路不平,可车子开得飞快,我们像坐在船里一样颠簸来颠簸去,你紧紧地拉着我,我紧紧地拽着你,生怕掉下去。不知开了多久,车停下了,说前面的路况太差,实在开不过去。我们只好下了车,背着沉重的行李,排成稀稀拉拉的长队,跟着连长和指导员往前走,那个路糟的啊,比龙须沟闹过水还泥泞。我们穿的都是当年时髦的白底、松紧口、灯芯绒面的懒汉鞋,一脚踩下去,泥水就没过脚面了,再一抬腿,脚是拔出来了,鞋却陷在泥里了,那可都是出发前爹妈给买的新鞋啊。我们顾不得心疼,把鞋从泥水里抠出来,拎着鞋,光着脚,吧唧吧唧一步一滑地往前走,走了好久好久,远远望见一个木头门楼——终于到连部了。

"这个时候雨停了,我们也走累了,眼瞅着要到'家'了,难免松懈下来。突然,有个男同学指着不远处的树林子说:怎么乌云又上来了?我们一看,真的,一大片黑乎乎的云彩,树梢那么高,往这边飘了过来。我们还纳闷呢,也没有风,这云怎么飘得这么快啊?就听指导员喊了一声'快跑'!我们也不知道咋回事,甩开脚丫子跟着他往宿舍跑,眨眼的工夫,'乌云'就把我们围住了,哪儿是什么云啊,那是铺天盖地的一群大蚊子!还没等我们缓过神来,已经落在胳膊上、脸上、手上,我们想打,可左手提溜着一双鞋,右手拎着装脸盆的网兜,根本腾不出手来……

"一进宿舍,顶上门,把行李往地上一扔,坐在那儿开始挠痒,才多大点儿的工夫,两只手的手背都被叮成蛤蟆皮了。挠着挠着手停下来了,不是不痒了,而是被眼前的景象惊呆了——这叫啥宿舍啊,就是'弯着腰,拄着棍,披头散发掉眼泪'的泥草房①。一盏煤油灯挂在房梁上,放出昏黄的灯光,整个房子有二三十米长,面对面的两排大通铺。通铺其实就是土炕,上面铺着炕席,并排放着一床床被褥,都散发着潮味儿,在脑袋顶上有一根和炕沿平行的绳子,上面挂着衣架、毛巾。通铺下面杂七杂八地放着五颜六色的脸盆和鞋子,屋子中央砌着一个大砖炉子。先来的上海、天津和哈尔滨的知青帮我们打好了水洗脸,这一洗才发现,我们一个个的脸都变胖了,眼睛却变小了,都是被那群该死的蚊子咬的啊!

---

①这种房子的前后房檐都比较低,房子前面斜撑着圆木,好像老人弯着腰、拄着拐棍防止跌倒;房顶铺着茅草,一旦下雨就散落下来挂在房檐上,犹如披头散发;开春时房檐上挂满一串串冰溜子,往下滴水好像在掉眼泪。

"指导员喊我们吃饭,我们来到食堂。兵团来北京招人时,说的是顿顿都能吃上白面馒头,可来北大荒的第一顿饭,我们吃到的却是'金黄色的晚餐'。"

"什么是'金黄色的晚餐'?"呼延云问。

"主食是玉米面发糕、玉米面窝头,副食是玉米面糊糊,还有限量供应的小菜——金黄色的酱萝卜条。"

呼延云皱了皱眉头。

"大概是看我们实在难以下咽,指导员让炊事班临时加煮了一大锅面条汤,等端上桌我一看,哟,汤里居然还撒了虾皮,真是太好了。喝了两口觉得味儿不对,再一看,妈呀,哪儿是虾皮啊,是一层蚊子的尸体!估计就是炊事班送饭来的路上,成群结队的蚊子扑进了汤桶的缘故,好多喝了汤的同学当时就哇哇哇地吐了起来。

"那天晚上,我们这吃了一肚子粗粮的肠胃消化不了,个个都烧心,躺在土炕上翻来覆去睡不着,后悔'受骗上当',来到这原始得不能再原始的破地方。不知是哪个起的头哭了起来,很快,呜呜的哭声连成一片,不光女生宿舍哭,男生宿舍也哭……后半夜,大家都不睡了,坐了起来,屋子里弥漫着熏蚊子的艾蒿烟雾,有人唱起了熟悉的歌:'远飞的大雁,请你快快飞,捎个信儿到北京……'所有的女生都跟着唱,唱着唱着,又开始哭,那一夜啊,感觉整个北大荒都回荡着我们的歌声和哭声。

"这么稀里糊涂地过了一夜,第二天一早,连长当当当地敲食堂边上那口用炮弹壳做的钟,把我们吵醒。我们无精打采地走出宿舍,才听说是要下地干活了……在北京我们也参加过劳动,无非就是打打麻雀、采采树籽、擦擦玻璃什么的,这会儿一下子拿起了锄头——好些人还没锄头把高呢!我们扛着锄头,走了好远，才到了地里，一片绿油油的大豆田。在连长的指导下，几百号人，一人一垄依次排开，开始锄地。我们都是第一次干农活，手忙脚乱的，草没锄走几根，倒把刚长出来的豆苗铲了个干净，气得连长嗷嗷叫：'你们这些城里的少爷小姐，都没看过《朝阳沟》①吗？'说完他瞪着眼睛想戏词儿，可那是段唱词，说他反而不会说，实在没办法居然唱了一段儿：'那个前腿弓，那个后腿蹬，把脚步放稳劲使匀，那个草死苗好土发松！'不知哪个坏小子躲在人群里起哄：'连长再来一段！'田里顿时一片大笑，连长哭笑不得，一边摆着手一边说：'你们就照着戏词儿唱的那样，握紧锄把，腰别绷着，看准地面下锄，用力一拉就行。'我们照他说的那样，还是不行，好把式说可说不出来，真得干多了才能练出来。

"大家闷着头锄地，就听见锄头沙啦沙啦的划动声，还有我们越来越粗的喘息声。发梢上的一串串汗水像下雨一样落在脸上，杀得皮肤又疼又痒……这个时候要是停下来挺一挺腰，感觉整个脊梁像被抻断了一样酸疼。然后拄着腰，望着看不到尽头的田地，心里别提多绝望了。

"北大荒那地界，大夏天的，夜里冷得要盖被子，可白天，火辣辣的太阳能把人烤化了。干着干着，每个人的衣服都像小孩的尿布一样汗渍斑斑，嗓子眼儿渴得直冒烟儿，想回宿舍喝口水，可是回去的路太长了。估计半道上就得被活活晒死，我们问先前来的人怎么办，他们说去找牛马的蹄印，我们不懂，找到了一看才明白，原来黑土地湿润，牛马一脚下去能把地底下的水踩出一汪来。那水都是黄的，一股臭鸡蛋味儿，恶心得要死，

---

① 表现知识青年从事农业生产并扎根农村的著名豫剧。

可是实在渴得没办法，捧起一捧，水里居然还游着几只'筋头虫'①。撒开手，往前再找个蹄印子，可这回捧起来的水还是那样。我们实在是渴得不行了，闭上眼把水往嘴里一送，往下吞的时候，胃里一阵抽抽儿。有第一口就有第二口，最后好多人干脆趴在地上，吸着蹄印子里的水喝，一边喝一边哭，觉得自己简直就没个人样子了……"

说到这里，谢阿姨沉默了好一阵子，也许是口渴的缘故，她拿起桌上的水杯，刚要喝水，不自觉地往里面看了一眼，苦笑了一下，喝了两口，继续说："这么一天下来，晚上回到宿舍，握着锄把的手都伸不开了，得在炕沿上压住弯成钩子的手指，慢慢地'撬'开，再请别人帮忙，一点点捋直。

"那一年，四个月的时间，北大荒来了几十万知青，床铺上人挨着人跟没搓的苞米粒儿似的。每来一批就得哭上几场，而我们这些先来的有'义务'劝劝后来的，可是越劝哭得越厉害，一个个的边哭边念叨着想家。最后我受不了了，我也想家啊，就找了个偏僻的树林子，靠着个土堆大哭了一场。第二天下地的时候路过那里，才发现自己靠的居然是个坟包子，估计里面那死人也纳闷，这是哪个远房亲戚给我哭了一夜坟头啊？"说到这里，谢阿姨不由得笑了起来，擦了擦眼角继续说，"这种情况下，整个连队的情绪特别低落，每个人都在抱怨，也都很迷茫，不知道在这里还要待多久，不知道待下去到底有什么意义……

"突然有一天，大概是来北大荒一个月以后吧，连长说今天不下地了，带你们出去转悠转悠。我们可高兴了，整个连队的人，坐着马车一路往北，那天天气特别好，蓝天，白云，黄绿色

---

①蚊子的幼虫孑孓。

的草甸子像海浪一样随风翻滚,远处是连绵起伏的群山。一阵山风吹过,扯来一片云,挡住了阳光,山林和草甸子的颜色变暗了,鸟不叫了,河汊子里的水也不流了,就那么静静地等着。没多久,太阳从云缝中射出一道光,一下子,草地、树林、群山、河水,像被唤醒了一样流动起来,把身上的光亮可着劲儿地往远处泼洒——那个景色,神话似的,把我们这些城里长大的孩子都看傻了。

"不知不觉开始往山上走,山路陡峭,马拉不动车了,我们就下来,打着红旗步行,天上有几只鹰在飞翔,让我们的心情更加敞亮。漫山遍野的白桦和红松,都老高老高的,风一吹,海啸一样哗哗响。偶尔能看到一些废弃的水泥坑道,坑道口长满一丛丛的榛子棵。走着走着,耳畔的'海啸声'更大了,绕过一道山梁,远处开满鲜花的原野上,出现了一条弯弯曲曲的墨蓝色大江,江面翻滚着白色的波浪。我们欢呼着往山下冲去,一直冲到江边,有个同学发现鞋帮子像踩了水一样发光,不知道怎么回事,指导员随手挖了一把他脚下的细沙土,原来细沙土的下面,全都是油亮油亮、泛着腥味儿的黑土地。指导员揉搓着黑土说:'这腐殖质至少有三寸多,养分非常充足,绝对是种啥长啥、旱涝保收的宝地啊!'

"不远处的江岸边伫立着一座木塔,塔上有几个肩扛钢枪、目不转睛地注视着对岸的解放军战士。这时,连长喊集合。我们赶紧列队站好,指导员走到一棵叶子已经泛红的槭树下面,大声说:'同志们,你们来到北大荒已经有一段时间了,因为要赶农活,就没有带你们来这里,今天过来,是希望你们知道:你们站着的到底是什么地方。'

"我们不大明白他说的是什么意思,我们脚底下不就是北大荒吗？来之前拿着地图找过，就'鸡冠子'那个地方……这时指导员指着远处那条大江说：'这条江，你们上学时一定听老师讲过很多遍，它就是我们祖国北疆的界河——黑龙江！'

"听到这句话，大家一下子激动起来，原来这就是黑龙江啊！我们过去在课堂上无数次地听过它的名字，现在它真的出现在眼前了，也就是说，我们万里迢迢地来到北大荒'屯垦戍边'并不是一句空话，而是真的就在边陲，就在祖国最前沿的防线上。

"指导员说：'同志们，我和连长都是转业的老铁兵[①]，没有上过学，更没有你们读书多，你们肯定比我们懂历史，比我们更知道过去这一百多年里，有多少侵略者想要抢走咱们脚下这一片黑土地，有多少祖祖辈辈生活在这里的父老乡亲惨遭他们的杀害。别的不说，就说你们刚才路过的那些坑道，就是关东军修筑的工事，在那些工事的附近随便拿锹一挖，就能挖出工事修完后被杀死掩埋的中国工人的白骨……一九四九年十月一日，五星红旗在天安门广场上升起，为了让中国人民再也不受欺负，党中央和毛主席高瞻远瞩，制定了开发边疆、巩固国防的伟大战略，来自五湖四海的复员转业军人响应号召，聚集到黑土地上，屯垦拓荒。可是你们也看到了，北大荒太大了，就算再多的人来开发建设，就像一把盐撒进海里，还是远远不够。特别是近几年，更需要你们这样有知识、有文化、有热情、有朝气的年轻人加入进来，一手拿枪，一手拿锄头，平时是农民，让这块肥沃的土地产出更多的粮食，战时是军人，把那些想再到中国的地面上横行霸

[①] 一九五五年，铁道兵八〇五部队在结束黑龙江汤旺河森林铁路的建设后，奉命在虎林建设八五〇农场，此后铁道兵第二、三、四、五、六、九、十一师共七个师外加一个军官预备队集体转业进入北大荒，被称为"老铁兵"，他们和一九五四年集体转业的农建第二师的八千三百名官兵，是北大荒开拓史上的先驱。

道的豺狼,统统打回去!'

"'我和连长都知道,你们来到这里以后,吃了不少苦,受了不少累,也流了不少泪,抱怨来北大荒是上了当,受了骗,其实不是的,那些招你们来的首长讲述的北大荒丰收富饶的图景,早晚会实现,一定会实现——只是将由你们亲手描绘!既然你们来了,既然成了兵团战士,就不再是孩子,就要对自己高标准、严要求。大地就是战场,哨声就是命令,荒草就是敌人,锄头就是钢枪,滚一身泥巴,炼一颗红心!你们要热爱边疆、扎根边疆、建设边疆、保卫边疆,用辛勤、汗水、热血和忠诚,建筑起保卫祖国的钢铁防线,同志们能不能做到?"

"'能!'我们齐刷刷地喊!那声音,要多嘹亮有多嘹亮,要多激昂有多激昂。直到今天,我都忘不了在叶子泛红的槭树下讲话的指导员,忘不了笑眯眯看着我们的老连长,忘不了和我肩并着肩站在一起的兄弟姐妹们,忘不了墨蓝色的黑龙江水……从那一刻起,我们突然都长大了,不再是为了远离家乡而哭哭啼啼的孩子,而是满怀理想、屯垦戍边的兵团战士。我们都暗暗发誓,要永远扎根在这里,为改变北大荒的面貌而奋斗终生——呼延,可能你觉得好笑吧,笑我们幼稚、单纯,是不是?可我们那一代人,就是为一句豪言壮语就能上刀山下火海的一代人啊!"

呼延云问:"那以后,你们真的就一下子改变了消极的态度,在北大荒开始新的生活了吗?"

"怎么可能,都说五分钟热血,北大荒那么冷,再热的血,只会凉得更快一些。"谢阿姨笑着说,"其实,在北大荒最后能扎下根,与其说是屯垦戍边的理想起作用,还不如说艰苦到极点的环境,把我们每个人的求生意志给'逼'了出来。"

呼延云没听明白。

谢阿姨站起身,从一个书柜里拿出一本淡蓝色封面的《聂绀弩诗全编》问:"你知道聂绀弩①吗?"

呼延云点点头。

谢阿姨翻开那本诗集,指着上面的一首诗说,"他写的这首《北大荒歌》,算是把那里的自然环境说透了。"

呼延云一个字一个字地慢慢读去:

北大荒,天苍苍,地茫茫,一片衰草和苇塘。

苇草青,苇草黄,生者死,死者烂,肥土壤,为下代,作食粮。

何物空中飞,蚊虫苍蝇,蠛蠓牛虻;

何物水中爬,小脚蛇,蛤士蟆,肉蚂蟥。

山中霸主熊和虎,原上英雄豺与狼。

烂草污泥真乐土,毒虫猛兽美家乡……

谢阿姨解释道:"什么是北大荒?其实就是一片千百万年没有人迹的原始森林和大沼泽地。那地界遍布大大小小千百条河流,雨季一到就洪水泛滥,形成数不清的大酱缸,看上去平平展展的不见明水,风一过草也在起伏,其实很多地方深不见底,陷进去就出不来。这样的地方,别说人了,连野兽都不敢走过,地面上经常可以看到各种野生动物的头骨和残骸,至于它们是怎么死的,只有天知道。

"在这样的地方,为了能活下去,我们这群打小在城里长大的学生,愣是像原始人一样,从头开始学习各种生存技能:喝水

---

①现代著名诗人、散文家,曾在北大荒生活多年,参与《北大荒文艺》的编辑工作。

要自己打井，衣服破了要自己缝补，绑东西的麻绳要去水泡子里沤麻之后，自己动手编，盖房子要脱坯烧砖，自己备料，就连苫粮囤的草帘子，也要到塔头地①里割下草，背回家自己做……

"开始的时候，来自四面八方的知青聚拢到一起，动不动就吵架，甚至打架。但随着时间的推移，大家都明白了，要想活下去，甭管你过去是北京人上海人天津人还是哈尔滨人，统统都得变成北大荒人。有饭一起吃，有水一起喝，有衣一起穿，有活一起干，拧成一股劲儿，与天斗，与地斗，与恶劣环境斗：一个陷进泥沼，一群人像拔萝卜一样排成队往外拽；一个晚上下地没回来，怕他被狼叼了，全宿舍的人敲着脸盆去找；一个被拖拉机轧伤，全连战友跑到团部医院给他献血……就这样，我们这些没有血缘关系的知青，成了一群同生共死、比亲兄弟亲姐妹还要亲的亲人。

"刚到北大荒那会儿，因为营养不良和体力劳动过重，病倒了一片：受寒感冒的，喝了牛蹄印里的脏水，肚子疼得在炕上打滚的，蚊虫叮咬导致全身皮肤从头烂到脚的，缺乏维生素大把大把掉头发的……锻炼了两三个月，溃烂的皮肤长了新的出来，适应了大碴子粥和脏水的肠胃也不折腾了，顶着风干上一天农活也不会感冒了，最关键的是，甭管锄头还是镰刀都使得有模有样了，手脚利落的还能帮种得慢的战友接垄②。再看我们下地时的样子：男的手插裤兜，胳膊夹着锄头，女的把锄头扛在肩上，两手往袖笼里一抄，压在锄把上——我们已经与当地人没有任何区别，完全成了一群'下大田的'。

---

①指布满塔头墩子的大沼泽地，塔头墩子是上万年间各种苔草交杂生成的草墩，好像一个个扣在地上的大草球。
②种田的快手沿着自己的垄到达地头后，先不休息，找一个慢手的垄，从地头与之相向而铲，会合后再一起走回地头休息，等于是帮助慢手完成既定的劳动任务。

呼延云松了一口气:"太不容易了,总算把最艰苦的阶段熬过去了。"

"这才哪儿到哪儿啊!"谢阿姨笑道,"真正艰苦的日子还没来呢。"

呼延云惊讶地扬起眉毛:"怎么会?"

"我给你讲了老半天,说的其实都是夏秋时节的事儿,而北大荒最恐怖的'鬼龇牙'是在冬天啊!"谢阿姨说,"这个我就不给你细讲了,哪天质检科的高叔叔过来,你问问他,他可是和几个战友死里逃生,从冰天雪地里爬出来的。"

"您说的是高红军叔叔吗?"

"对,就是他。我是一师的,他是独立师的——"谢阿姨突然停了下来,"什么声音?"

呼延云也听见,楼道里传来一阵争吵声,似乎很激烈,只是隔着一道门,听不大清楚。

他们俩一起走出图书室,死寂的楼道里悄无声息,正在面面相觑时,争吵声突然又响了起来,比刚才还大,震得四壁嗡嗡的。

循着声音一路找去,他们才发现是从三楼西头的会议室里传出来的。会议室的门虽然紧紧关着,可是里面的人说的每一个字,都被激烈的腔调传送得异常清晰。

"这个下岗名单,我坚决不能同意!公司上上下下几千口子人,凭什么专拣这些老知青欺负?"呼延云听出来了,正在说话的是妈妈。

"王副书记,你这个话我就不爱听。下岗再就业是市里的精神,公司在制定这一名单时,考虑的是实现公司的人才优化,精简掉那些学历不高、年龄又偏大的员工，按照这个标准，一刀切下去，绝对做到了公平、公正，根本没有故意针对某个群体，只能说某个群体恰好是撞在枪口上了。"说话的是一个副总经理，呼延云认得他，一个就算下工地也要把皮鞋擦得锃亮的小个子。

"公平？公正？"又是妈妈在说话，"他们当中绝大多数人本来就是合同工，不是铁饭碗。真正捧着铁饭碗无所事事的机关干部，尤其某些领导的亲属或关系户，屁股可都在椅子上坐得牢牢的，这叫公平？他们当年响应党和国家的号召上山下乡，耽误了学业不说，还落下一身伤病，现在都四十多岁了，本来就拖家带口的，一下子让他们下岗，全家喝西北风，这叫公正？"

"王副书记，你不要动气，有话好好说。"讲话的是公司总经理，"你说机关干部没有精简，这不是事实嘛，这次咱们机关也有下岗的啊……"

"我正要说这件事。"妈妈寸步不让，"整个质检科，就高红军一个人是真正的一片公心，为公司严把质量关的，就因为性子轴一点儿，眼里不揉沙子，上上下下得罪了不少人，可他给公司堵住了多少漏洞，挽回了多少经济损失，数都数不清。结果这回机关下岗名单里，质检科其他人纹丝不动，就把他一个人精简下去了，简直岂有此理！"

会议室里一下子安静了下来，很久很久，再也没有人说话。

终于，又响起了妈妈的声音："我绝不是反对下岗再就业的政策，我就是觉得，于情于理，咱们都不能搞这样的一刀切。你们平时可能下去得少，如果你们到工地上看看就知道，最能吃苦、最不怕累的，到底是什么人。好几次了，施工遇到困难的时候，只要'知青突击队'的大旗一竖，一群四十多岁的汉子甩开膀子往上冲；挖沟遇上三合土，挖掘机上不来，他们汗流浃背地用镐刨；装卸沙土赶工时，一天六吨的定额，他们能干到六十吨；运输滑轨出了故障，为了不耽误前方用料，一百来斤的水泥袋他们扛起就走……当年他们离开城市到农村是从头再来，返城之后，历尽千辛万苦才安家就业还是从头再来，现在下岗又拿他们开刀——总不能让他们这辈子，就是把《从头再来》那首歌唱个没完吧！"

呼延云听见谢阿姨在轻轻地抽着鼻子，他没敢看她。

就在这时，突然有人在轻声叫他们，回头一看，原来是值班室的大刘，呼延云和谢阿姨走了过去。大刘说："公司买的冬储大白菜到了，都堆在院子里，每人分三十棵，今天公司没人，你们俩赶紧去挑，能带就带回家去——呼延，你妈那份儿你负责啊。"

谢阿姨和大刘聊些别的事，呼延云跑到楼下，看院子南墙根儿的白菜堆得跟山似的，便推来自行车，车筐里塞上两棵，后车架上用绳子绑了八棵，骑上往家走。大约十五分钟骑到阜成路南一楼，他家位于五楼的顶层，抱起五棵白菜上楼放回家，上下两趟齐活儿，骑车又往市建设公司赶……运到第三批的时候，他有些累了，偏偏还要逞强，抱了五棵上楼，下楼时脚一软，居然踩空了，稀里哗啦地摔下楼梯，趴在地上半天站不起来，胳臂腿儿断了一样疼不说，两个手掌愣是蹭掉了一层皮。他拽着楼梯栏杆爬回家，用红药水抹了抹伤口，喘了半天气，想起还有五棵白菜在楼下，自行车也没锁，怕被人一起顺走了，只好一瘸一拐地重新往楼下走。

下到一层的时候，楼门突然被撞开了，两个人匆匆冲进了楼道，与呼延云擦肩而过，噔噔噔往楼上跑。

呼延云出了楼门，见自行车和白菜都还在，才放了心。这时天色变得粗粝起来，他正要把剩下的五棵白菜抱起，就听见身后的楼门又被"哐"的一声撞开，接着，刚才擦肩而过的两个人一左一右地站在了他的身边。

"你叫呼延云？"个子高的一个问。

呼延云一脸茫然地点了点头。

高个子一扳他的肩膀："跟我们走一趟。"

呼延云把肩膀一甩："干吗呀你！"

那俩人一起动手，拧着他刚刚受过伤的胳膊，往路边一辆看上去像"面的"的黄色小车里塞，疼得他龇牙咧嘴。他被激怒了，又喊又骂、连踢带打地反抗，甚至用头撞对方的肚子——

最终导致他停止挣扎的，是高个子的夹克衫被掀起一角，露出了裤腰上挂着的一副明晃晃的手铐。

第五章

"这么说，这几个人不是绑匪，而是警察喽。"

坐在那辆伪装成"面的"的警车上，两个便衣警察一左一右地夹着呼延云，始终一言不发。呼延云的脑子里却翻江倒海，把自己看过的推理小说和刑侦文学回忆了个六够，尤其是有审讯细节的：应该怎样像那些老谋深算的罪犯一样，面不改色心不跳地用诡辩或话术，驳倒警方出具的一个个证据，让他们哑口无言……琢磨了半天，他才发觉自己简直蠢透了，明明没有犯罪，为什么要给自己加这么多脱罪的戏码？现在应该想的难道不是他们为什么要抓自己吗？

可是这个比怎么脱罪还要难想。作为一个高中二年级的学生，呼延云从来不惹是生非，唯一跟警方打交道的经历还是"白皮松林之战"，可那都过去两年了，而且当初还是以"反抗校园暴力"定的性，难不成现在要翻旧账？

车窗外的景色越来越陌生，道路两旁的楼房消失了，取而代之的是低矮的平房，后来变成了果园和农田，车子行驶的道路明显变窄，与迎面开来的卡车会车时，好像贴着车身擦过，从车轮轧过地面的格棱格棱声判断，路况似乎也在变差。他抬了抬脑袋，往前车窗望去，居然看到远处有山形的轮廓，这让他更加吃惊了。

"坐好！"高个子厉声喝道。

呼延云本想问问他，自己究竟犯了什么事儿，以及到底要去哪儿？这一声怒喝，让他彻底打消了提问的念头。

车子拐进了一个村落，从挂有"万安山派出所"牌子的两扇铁门开进去，眼前出现了一个很大的院子，里面停了各式各样的车子，最多的是顶上挂着警灯的蓝白两色切诺基，还有富康、捷达和夏利什么的，估计跟自己坐的这辆"面的"差不多，都是用来执行监控和抓捕任务的警用车辆。

下车以后，呼延云被带进了一个乡卫生所样子的门脸，里面的通道七拐八拐的，又长又深，天花板上每隔十米才有一个灯泡，将两边的墙壁照得昏黄不定。在他走得晕头转向的时候，高个子突然喊他停下，打开旁边一扇门，把他推了进去，屋里没有窗户，只有一张桌子和两把椅子，高个子让他在桌椅的正对面靠墙站好，然后走了出去，并从外面把门锁上了。

呼延云老老实实地站在那里，心里却像滚着开水一样不安，他翻来覆去地想自己可能是犯了什么事儿，想得脑仁疼，终于摸到了一点儿门道，但又怀疑警方怎么可能为了这么点儿小事如此大动干戈，明明是教导主任就可以搞定的嘛……他盼着警察早点儿来"过堂"，把事情说清楚了就放自己回家，可过了好久好久，房门还是紧紧地关着，一点儿也没有打开的迹象。

就在他以为自己被彻底遗忘在这里的时候，门开了。

走进来两个人，在椅子上坐下，一个是那位高个子，还有一个三十多岁，长着一双金鱼眼，薄薄的嘴唇，两个嘴角微微下撇，给人一种刻薄的感觉。

"撂了没有？"金鱼眼问高个子。

"那能行？你看他那副不服气的样子，且得扛呢！"高个子用讥讽的口吻说。

金鱼眼在呼延云身上打量了一番才说:"你是准备自己交代呢?还是我们帮你交代?"

呼延云连声说:"我自己交代,自己交代!"

金鱼眼抬了抬下巴:"说。"

"我上周末在甘家口书摊买了几本黄书……"

"都是什么书?"

"一本大薮春彦的,两本西村寿行的……其实也不算是黄书,就是封面有点儿那个。"

"都叫'兽行'了还不是黄书?!"金鱼眼把桌子一拍,"还有什么事儿,别避重就轻!"

"没有了啊……"呼延云哭丧着脸说,"真的没有了。"

"成,那我给你提个醒儿,昨儿你干吗去了?"

呼延云一脸茫然:"昨儿我没干吗啊。"

"没干吗是干吗?"

"学校组织我们到香山公园参加合唱比赛,我跟同学们一起去了啊。"

"你跟我这儿挤牙膏呢!说具体一点儿!"

呼延云就把凌晨五点从家出发,到学校集合坐车去香山,先给合唱比赛当观众,后来又参加登山比赛的经过讲了一遍……看那两个警察的神色越来越不耐烦,他的心也越来越慌,讲到自己下了山,到公园东门的停车场发现学校的大巴车已经开走,只好坐360路公交车回家的时候,声音小得连他自己都听不见了。

"也就是说,没人能证明你下山以后是直接回家的喽?"金鱼眼问。

呼延云点了点头。

"四点在香炉峰解散自由活动,两个小时你还下不了山?"

"我半路上去找同学,没有找到,耽搁了一会儿,后来又到昭庙里边转了转,所以不知不觉地就下山晚了。"

"找同学?找什么同学?"

"就是有几个同学跟我走散了,我就去找……"

"说细点儿,在哪儿走散的?在哪儿找的?"

"在'二防火'走散的,沿路找了找,没找到,我就下山了。"

"在公园里边找的?"

呼延云犹豫了一下,点了点头。

金鱼眼站起身,打开门,站在楼道里喊了一声,走过来一个人,站在门口往里看。呼延云抬起头,看见他穿的那身迷彩服和套在里面的蓝色秋衣,猛地想起:他就是在围墙豁口搭了个绳梯,靠着帮游客翻墙挣钱的那个人。

"有他。"那人低声说了两个字。

犹如迎头泼了一盆冰水,呼延云从上到下、从里到外都寒透了!他意识到刚才撒的那个小谎,可能把自己带入万劫不复的深渊。

金鱼眼关上门,重新坐回到座位上,现在,他注视呼延云的目光,好像一只用爪子死死摁住了老鼠尾巴的老猫。

呼延云低着头,后腰靠在墙上,整个身体撑不住了似的。

"站直了!"金鱼眼突然一声大吼!

吓得呼延云打了个激灵,触电一样绷直了身体。

金鱼眼厉声问道:"你不是说你一直都在公园里边吗?为什么撒谎?"

"对不起,对不起……"呼延云都快哭了,他把为了找刘恋和张振宇，跟袁莹一起追到虎皮石围墙，然后袁莹翻墙过去，自己犹豫了片刻才翻过去的事情讲了一遍："翻过墙之后，我找不到袁莹了，沿着山路往前追了很远，还是没有看到她，我害怕迷路，就往回走，发现刚刚经过的地方还有一条小路，想可能是跟袁莹走岔了，再追下去也没有什么意义，就从那个豁口又翻回到公园里面，然后下了山……我是觉得我一个男生，在那种情况下无论如何应该保护女生，不能让她一个人爬野山，自己这事儿办得太不爷们儿了，才没说实话。"

"'那种情况'——哪种情况？"金鱼眼钉了一句。

呼延云说不下去了，他总不能把自己做了个噩梦，梦见袁莹要出事，后来真的看到和梦中一模一样的情形讲给警察听吧，没准儿会挨揍的。于是他含糊地回答："就是天色越来越晚啊……"

"你说你找不到袁莹，就原路返回公园，这个时间有多久？"金鱼眼问。

呼延云想了半天，摇了摇头："我不知道……没多长时间吧。"

"没多长时间？恐怕花了不少时间吧！"金鱼眼冷笑一声，"都到这个地步了，你还跟我们这儿兜圈子是吧？"

"我没兜圈子，我说的都是实话啊！"呼延云知道袁莹一定是出事了，而且是非常非常严重的事情，情急之下他问了一句，"袁莹她现在怎么样了？"

"她现在怎么样，你最清楚吧？"

"我真的是什么都不知道啊！"

一直没有说话的高个子把桌子一拍："还狡辩！你手上那伤是哪儿来的？"

呼延云看了看自己涂着红药水的手掌："您说这个啊，我下午从我妈单位往家搬白菜，下楼时不小心摔了一跤……"

"早不摔晚不摔，偏偏我们找上门之前摔一跤。"高个子说，"你说这话你自己信吗？"

还没等呼延云回话，金鱼眼站起身，走到他的面前，换了一副温和的语调说："小伙子，年纪轻轻的，谁都难免犯错，你还没满十八岁吧，不管犯的错有多大，都还有改正的机会。你想，如果我们不是掌握了大量的证据，怎么可能把你带到这儿来。但我们还是愿意给你留一条出路，让你自己坦白，争取从宽处理，可你要是自己把路都给堵死了，我们想帮你也没辙，你懂不懂？"

呼延云稀里糊涂地点了点头。

"很好，那你说吧，把自己的作案经过，一五一十全都讲出来。"金鱼眼坐回桌子后面，朝高个子使了个眼色，高个子拿起笔，准备在审讯簿上记录呼延云下一步的口供。

不幸的是，呼延云看到了那个眼色，那个宛如大鱼上钩般志得意满的眼色。

呼延云一下子意识到对方是在诱供，从被捕到现在一团混沌的头脑瞬间冷静了下来，他明白，如果再不发起反击，没准儿真的要把牢底坐穿了，于是那些大量阅读过的刑侦书籍开始发生作用。在几秒钟的时间里，他回忆了一下刚才的全部对话，并迅速找到了对方的短板——"如果我们不是掌握了大量的证据，怎么可能把你带到这儿来"——一般来说，这句话恰恰是警方在没有掌握太多证据的情况下，才会讲出的，所以，只要了解到对方到底掌握了哪些证据，指出其中的逻辑破绽，就能一举翻盘。

于是他装出最后防线即将弃守的腔调，可怜巴巴地说："我这脑袋里乱糟糟的，都不知道从哪儿说起，您能不能给我提个醒儿。"

金鱼眼轻蔑地一笑,从放在桌子上的文件夹里摸出一张照片:"这把木柄折刀,你认识不?"

呼延云一下子就明白了自己是怎么被警方"锁定"的,那把木柄折刀,他下山回家后才发现找不见了,仔细回忆,借给刘恋削苹果以后,她跟张振宇吵架,现场一团混乱,刀子不知被谁拿走了。他倒也不是很着急,想着周一问问同学就能找到了——没想到竟然成了警方的物证。

呼延云望着金鱼眼,缓慢而清晰地说:"不认识。"

金鱼眼本以为这张照片是让呼延云缴械投降的终极杀器,没想到他居然矢口否认,不由得勃然大怒:"你敢说你不认识这把刀?"

"这把刀又不是我的,我为什么要认识它?"

"嘿!我还真是小看你小子了,没想到是个不见棺材不掉泪的主儿!"金鱼眼气急败坏,"你兴许忘了,这把刀的刀柄上可是刻着你的姓呢!"

"不会吧。"

"怎么着,要是这上面刻着你的姓,你就认罪?"

"那要是上面没有刻我的姓,你们就把我放了?"

"还嘴硬!"金鱼眼走到呼延云的面前,把照片塞到他鼻子下面,"瞪大你那俩小眼看清楚了——刀柄上是不是有个'呼'字?"

呼延云只看了一眼,嘴角就滑出一抹微笑,这是他被捕以来的第一次微笑:"您真的是搞错了,我不姓'呼',而是'呼延'。"

金鱼眼呆了三秒,挥起手来,用照片在呼延云的脸上狠狠拍了一下："你他妈敢耍我？！"

虽然脸有些疼，但呼延云的口吻更加平静："我没耍您，我是复姓'呼延'。假如你们认为刀柄上刻着的字代表着罪犯的姓氏，那么应该去找一个姓'呼'的人，而不是我。"

金鱼眼一把薅住他胸口的衣服，正要大骂，却被高个子拖到了审讯室外面："老柴，你只是个临时帮忙的，别被这小子拱火失了控，再背个处分。等张队从局里回来再说吧。"

金鱼眼名叫柴永进，是某派出所负责审讯工作的民警，眼下区刑侦支队全员出动去查案子，人力不足，所以才把他调到专案组办公的万安山派出所支援一下。

传来一阵脚步声，好几个人顺着狭窄的楼道往外面跑，柴永进拉住一个问："怎么了？"

"凤冲回来了，听说是把人也带回来了。"

今天早晨天还没亮，区刑侦支队的刑警们就按照张万全的部署，拿着男性死者的照片和落款疑似为"迎宾"或"迎客"字样的收据的复印件，开始在全市进行紧急排查。本来，大家都以为这会是个大海捞针的工作，谁承想中间出了一个"情况"，使局面豁然开朗。

案情分析会结束以后，香山派出所的廖副所长找到南下洼村村民佟宽，问他案发那天的下午跑到香山公园去做什么？佟宽一开始支支吾吾，后来廖副所长警告他说，眼下鬼笑石出了大案子，"你要知道什么可别藏着掖着"，佟宽的脸孔痛苦地扭曲了几下才说："我实在是张不开口啊……"

原来，他上高中的女儿前几天跟同学一起到香山公园秋游，回家时为了抄近道，从马跃搭的那个绳梯翻了出来，没走多远碰上个小伙子，向她打听下山的路，她就带着他往山下走。没想到走到一处林深叶密的地方时，小伙子突然从后面把她搂住，她奋力反抗，到底是山里长大的姑娘，身强体健，不仅挣脱了对方的魔爪，还仗着熟悉路况，成功甩掉了追击，跑回了家。佟宽一打听才知道，同村还有一个女孩也遭遇了类似的事情。为此佟宽磨了把柴刀，每天就在香山公园到鬼笑石的路上晃来晃去，想找到那个欺负他女儿的坏蛋。案发那天他忽然想到香山公园里面去找一找，"啥也没找到，我就去问马跃，这阵子有没有看见过那么个长相的人从他那儿翻墙出来，他说记不得，我就爬绳梯出来，沿着旧路继续找了"。

在张万全的要求下，佟宽的女儿和同村另外那个险遭性侵的女孩一起来到派出所，廖副所长把男性死者的照片混在一堆照片里拿给她们看，两个人都很快认出，在山上谎称迷路、欲行不轨的，正是那个男性死者。

刑警们都很高兴，认为这一发现将来对案件的定性能起到重要作用，而张万全想的却是现在："你们说，最近一段时间，这个人在香山和万安山之间频频现身，说明了什么？"

刑警们若有所悟，商量了一番认为，此人住的旅店或藏身的窝点，很可能就在附近一带，才能如此便利地进山出山。

"凤冲，说说你的想法。"张万全说。

"如果我是他，就算是为了逃避警方盘查，也不会选择在这附近居住。"林凤冲说，"我倒觉得，他的居住地点应该是在通往香山的公交线路沿线，这样他作案完毕就回城里，不是比住在这附近安全得多吗？"

"尤其是360路沿线，毕竟这是从城里开往香山的最重要的公交线路。"张万全说。

按照这一思路，刑警们拿着男性死者的照片到西直门公交场找360路的司乘人员了解情况，一个售票员回忆，曾见到他在动物园站下车，步行往动物园批发市场的方向去了。于是，东起展览路，西到文兴街，北至西直门外大街，南抵车公庄大街这一区域内的所有旅店均受到盘查。最终在一个由小区的防空洞改建而成的"迎宾旅馆"里，取得了重大发现，确认男性死者在最近七天，一直住在这里，并获取了他的身份证。

此人名叫闫虎，今年十七岁，家住河北省高碑店市闫家庄。从身份证上的照片看，他浓眉大眼、高鼻窄口，神情显得凶狠而又阴郁，死亡时的相貌与之相比，略瘦一些。

据前台的服务员说，闫虎以前来京就曾经住在这里，每次都是一个人住单间，早出晚归。他的话很少，除了办入住手续，跟旅店里的其他人几乎没有任何交流，加上他"模样凶巴巴的"，所以也没人愿意主动搭理他。

刑警们搜查了闫虎住过的房间，由于他曾经交代过他的房间不用收拾，所以迄今依然保持着他最后一次离开时的"原貌"：枕头、被子乱糟糟地堆在床上；几件换洗的衣服搭在一根铁丝上，地下室返潮的缘故，摸起来居然还有些湿；小桌子的抽屉里有几本《军事天地》杂志和色情小说；在垃圾筐里，提取到几张揉搓成一团的公交车票，从车票上的编号可以确认，都是坐360路公交车时购买的，而票价都是单程最高的三角钱。

"案子上线了！"刑警们万万没想到在案发的第二天就获得如此重大的突破，都激动不已。带队的林凤冲问前台服务员，闫虎住店期间，有没有人来找过他？服务员说没有。林凤冲看了一眼柜台上的电话机："那么他是否往外打过电话或接到过外面打来的电话呢？"服务员说也没有，因为旅店电话的话费贵，客人们更习惯买了IC卡到附近的电话亭去打。

"这么说你见过闫虎在电话亭里打电话喽,还记得是哪个电话亭吗?"林凤冲问。

服务员说没有见过,只是有一次看到他手里拿着一张IC卡往外走。

林凤冲立刻安排人手去调查附近贩卖IC卡的报刊亭和小店,并统计周边电话亭的数量和位置,试图通过找到闫虎购买的IC卡编号,经由电信局查询出他在哪些电话亭拨打电话以及通话号码,进一步搞清楚他来京的联系对象和目的究竟是什么。但很快就证明此路不通,因为紧挨动物园批发市场,商家和外地客户交易频繁,虽然人手一个大哥大,但市场内不仅嘈杂,信号还奇差,通话话费又贵得要死,所以都更喜欢去电话亭拨打沟通,附近的IC卡贩卖者不可能记住每天如过江之鲫的购买者,而电话亭更是多到数不胜数。

好消息也有,分局和闫家庄派出所取得了联系,接电话的刘所长表示,闫虎的父亲很早就去世了,只和妈妈在村子里相依为命:"你们过来调查的话,我们一定全力配合。"

从北京驱车到闫家庄,大约需要三个小时。考虑到案情重大,时间紧迫,林凤冲给张万全打电话,申请马上赶过去,得到了张万全的批准:"把闫虎的妈妈带回来,让她认认尸,也便于我们了解闫虎生前的情况。"

林凤冲带了一个刑警,开着切诺基赶往高碑店市,到达闫家庄时已经是下午两点,他们顾不得吃饭,直奔派出所。

据刘所长介绍,闫家庄不算大,常住人口不到五千人,过去均以务农为生。但从八十年代末期白沟崛起,成为北方最重要的箱包、五金、皮革和针织品市场以后,这里凭借距离白沟很近,得近水楼台之势，很多家庭都开设了小作坊，生产诸如拉锁、纽扣、拉杆、胶轮之类的物件，给那些大商户供货，几年下来，家家户户都发了财。"闫虎的爸爸死得早，就靠他妈妈撑起那个家，那是个勤快、能干又本分的女人，买了几台编织机，雇了村里几个女孩子，织尼龙背带卖给箱包生产厂家，挣了些钱。可她这一忙活起来，就顾不上管孩子，咱们这地界又不太重视教育，闫虎早早就辍了学，成天跟村里的地痞流氓混在一起，学了一身的坏本事，尤其喜欢调戏小姑娘，人家不答应就来硬的，此前被抓过好几次，毕竟未成年，关两天就放了。我们没少找他妈妈做工作，可他妈妈除了哭也没啥办法。闫虎那孩子还算孝顺，一见他妈掉眼泪儿，能好两天，可两天一过，老毛病就又犯了……"

"最近一段时间他表现咋样，都做了些什么？"林凤冲问。

"最近倒是没听到他的消息，跟同龄的那帮混混比，闫虎不怎么张扬。"由于搞不清闫虎在北京到底犯了什么事儿，刘所长出言谨慎，"不过我听说他有时候跟他妈要钱去吃喝嫖赌，他妈不给他，他就去北京找一个朋友一起做生意，每次都能赚到钱，又够他花天酒地一阵子。"

"生意？什么生意？"

"这咱就不知道了，估计不是什么正经生意。"

又谈了一会儿，见实在没有什么别的线索，林凤冲说："那就劳烦刘所带我们去一趟闫虎家，找一下他妈妈吧。"

他们踩着石板路穿过村子，村子里新建起一栋栋灰色的高墙大院，每个院子的角落都挺拔着几棵迎风招展的白杨。来到一座门脸比较小的院子门口，院子的两扇大门开着，门口趴着一条大狼狗，见来了人，站起身汪汪叫了两声，刘所长骂了一句什么，它就乖乖地让开路到旁边趴着去了。一行人进了院子，听到两边的厢房里传来编织机"哐当哐当"的声音，刘所长让林凤冲他们等一会儿，自己一边叫着"孙萍"，一边推开用挂历纸卷儿编成的门帘儿，往里屋去了。

正在这时，有个个子不高的人扛着一个麻袋，低着头，弯着腰，从后院一步一步走了过来，一直走到前院一块画着白色虚线的空场上。林凤冲看他有些吃力，连忙上前帮忙，一上手才发现麻袋重得惊人，那人一边说着"不用不用"，一边肩一斜，腰一抹，戴着棉纱手套的一双手在麻袋上只一拧，就将它卸到了地上，里面装着满满一袋子尼龙背带。林凤冲这才发现，扛东西的竟是个中年女人。这时刘所长从里屋走了出来招呼道："孙萍，我刚才进去没找见你，敢情你在这儿呢。"

孙萍问："你咋来了呢？"

刘所长给她介绍林凤冲，"这位北京来的同志想跟你打听点儿事，你知道啥就说啥。"

林凤冲看了看孙萍，这是一个在长年累月的辛苦劳作中过早衰老的女人：身穿一件沾满了灰的蓝布衣服，虽然年纪并不大，但黧黑而瘦削的脸上已经刻满了皱纹，深凹的眼窝里，一对呆滞无神的眼珠给人一种格外悲苦的感觉。现在她站在那里，背脊仿佛还扛着麻袋似的弯着。

"你儿子去哪儿了你知道吗？"林凤冲问。

孙萍摇了摇头。

"他出远门都不跟你打招呼吗？"林凤冲又问。

孙萍还是摇了摇头，接着问了一句："他是不是惹啥事了？"

按照刑警的习惯，这个时候应该回问一句"你觉得他惹什么事了"？但林凤冲有些不忍："你跟我们上车，去趟北京吧。"

返京的车上，开车的林凤冲透过内后视镜不时看看后座上的孙萍,她一直半张着嘴,神情呆滞,身子随着车子摇晃,好像坐在一条不知开往何方的船上。

进入市区以后,林凤冲戴上耳机,用车载电话打给张万全,请示下一步工作。

张万全想了想说:"你觉得她知道的情况多吗?"

"不多。"

"那就先带她去激一激。"

林凤冲觉得这样做有些残忍,但从技术层面上讲,对于一个陷入麻木状态的人而言,突然受到某种强烈的刺激,有助于回忆起一些有价值的线索……他只好一拨方向盘,往区分局所属的法医物证鉴定所开去。

此前,林凤冲有过带领农村妇女认尸的经历,所以能够想象那种拍着大腿、坐地恸哭的场景,但孙萍看到儿子尸体时的样子,完全出乎他的预料。

当杨普把他们带进存放尸体的冷库,哗啦啦地将一台冒着白色冷雾的太平屉从冷柜中拉出时,望着躺在屉上覆盖着白布的人形物,孙萍像承受不住房间内的寒冷一样浑身颤抖,抽搐的嘴角居然浮现出傻傻的一笑。

杨普掀开白布,露出闫虎那张血污被洗净后的脸孔。

孙萍呆呆地看着儿子紧闭双眼、布满创口的头颅,不知什么时候慢慢地跪倒在了地上,伸出颤抖的双手,一寸一寸地抚摸着闫虎的胳膊、手腕、手掌和手指。睁得大大的眼睛里,忽然就滚下了一颗颗豆大的泪珠儿,泪珠儿顺着她的面颊流过,瞬间变成了两条浑浊的河。这么无声地哭了一会儿,她忽然喘不上气来,抓住胸口使劲抠着,林凤冲想上去劝劝她,杨普却冲他做了个"不要"的手势,这手势冷漠得让林凤冲一阵恶心。孙萍终于缓过劲儿来，又开始一寸一寸地抚摩着儿子的胳膊、手腕、手掌和手指，并继续无声地恸哭……

带孙萍去万安山派出所的路上，林凤冲让另外一个刑警开车，自己陪她坐在后座上。一路无话，只在用夜幕做了背景的黑色车窗上，看到倒映出的孙萍那张比来时更加凄恻的脸。

按照张万全的部署，孙萍到了万安山派出所以后，马上由林凤冲主持对她的问讯。事实证明，目睹儿子的尸体，非但没有帮孙萍回想起什么有价值的线索，反而让她神志昏乱，无论林凤冲问什么，她的记忆都死死停留在儿子最后一次离开家的情形："缝纫机的皮带缠进轮轴里边了，我正搁那儿解呢，听见他掀开门帘出去了，我问他去哪儿，他说出去一趟，就跟晚上还会回家吃饭一样。解下皮带，我走到院子里，院子里没有人，空荡荡的就趴着条狗……"

林凤冲再三努力，孙萍才回想起来，有一次儿子出去了一个月才回家，问他去哪儿了，他说去北京找朋友做生意，孙萍问他做什么生意，他说卖光盘。由于家里作坊的活儿太多，孙萍也没顾得上多问，"他倒是真挣了些钱，还给我买了一块精工牌的手表"。

张万全到市局汇报案件的侦办情况，回到万安山派出所的时候已经是晚上七点半了，他召开了一次专案组的紧急会议，把上级领导要求从速破案的指示给大伙儿传达了一下，然后向各个小组了解目前工作的进展：章敏说他带着女性死者的家属认尸，死者的父母都悲痛欲绝，但由于是参加学校组织的活动出的事，所以没有更多的线索可以提供；林凤冲这边，找到闫虎身份和将其母带回北京的全过程，张万全均已掌握，只听他陈述了一下孙萍接受问讯的过程，说到闫虎来京是做光盘生意这一点，他想到了什么，眉头皱了很久；最后是柴永进汇报抓捕和审讯呼延云的情况，等他说完了，张万全要来审讯簿仔仔细细地看了一遍。

趁这工夫，林凤冲问柴永进："老柴，你觉得呼延云的犯罪嫌疑大吗？"

"当然！"柴永进把眼一瞪，"我敢打包票！"

"那你觉得他在这个案子中扮演了什么角色？"

"他跟闫虎合谋，把那个女同学诱骗到犯罪地点，然后他跟闫虎因为什么原因起了争执，用石头把闫虎砸死了，女同学吓得落荒而逃，不幸吊死在了半道儿。"

"证据呢？"

"那把折刀不算吗？别忘了，折刀刀柄上可还刻着——"柴永进想起呼延云的反驳，一时间竟没有说下去。

"虽然这个呼延云摆明了是在跟我们玩儿文字游戏，但不能不说，他指出的，确实是我们将他与案件关联的不够严密之处。"张万全合上审讯簿说。

"其实老柴出了审讯室，我进去和呼延云好好聊了聊，他承认那把折刀就是他的，只是忘了被谁拿走了。"这时章敏说话了，"我向女性死者的班主任——也是呼延云的班主任，了解了一下他的情况。据她说，这个学生思想品德上没什么问题，初中的时候曾经率领班上的同学，跟校园流氓打过一场远近闻名的大群架，算是唯一有暴力倾向的事情了。不过她提出一个值得注意的地方，就是这个学生非常喜欢看侦探小说……"

"看得出来。"张万全拍了拍那个审讯簿，然后对柴永进说，"既然呼延云说他翻过墙去找同学，没找到，又翻回到公园里面，那你为什么不向马跃和石劲风打听一下他来去的具体时间，不就知道他有没有时间到鬼笑石作案了吗?"

柴永进嘀咕道:"都怪那小子不老老实实坦白,搞得我也稀里糊涂的……"

"他要是真的没涉案,你让他坦白个什么?"张万全说完,转头对章敏道,"你现在就去把马跃和石劲风找来——对了,你还没问高红军和窦京他们俩怎么那么巧,昨晚着火的时候回到村里来了吧,顺便也一起带来吧!"

四个人很快带到。为了表明这只是普通的问询,谈话的地点设置在小会议室,由林凤冲和章敏主谈,柴永进做记录。

令柴永进沮丧的是,马跃一听他们的问题就表示"那个学生翻墙过去没多会儿就回来了"。

"你不要说得这样笼统,能不能回忆一下他翻墙出去再回来,具体用了多长时间?"林凤冲说。

"十分钟吧,不会更长了。"

从香山公园的围墙豁口到达鬼笑石下面的犯罪现场,单程最短时间也要四十分钟。柴永进忍不住问:"你能肯定翻墙回来的是他,不是另外一个长得像的人?"

"怎么可能!前边那个女生翻墙过去之后,他扒着绳梯说上不上说下不下的怂样儿,我可记得牢牢的。你们要不信,可以去问问疯子,他当时应该在墙那边牵着马溜达呢,能看得见。"

下一个谈话的对象正是石劲风,听完林凤冲的问题,他瞪着一对儿小眯缝眼开始想。三个警察怕打扰他的思路,大气也不敢出一口,愣是让他想了足足有三分钟,章敏实在忍不住了才问:"你想的咋样了?"

"我一直在想呢。"

"想出来没有?"

"我在想你刚才问的啥？"

柴永进大怒："你捣什么乱呢！"

石劲风的嘴一扁一扁的，好像要哭似的，章敏赶紧站起来，走到他身边，胡噜着他的后背，一边把问题重复了一遍，一边像哄孩子一样说："疯子，没事儿啊，没事儿，你想不出来就接着想，咱们不着急，不着急……"

石劲风这才慢慢和缓了下来说："他翻过墙，问我看没看见那个女孩往哪儿跑了，我说没看见，我问他骑马不？十块钱跑一圈，我给牵着摔不着，他没理我，就跑远了，后来又回来了，我问他骑马不？十块钱一圈，我给牵着摔不着，他还是没理我，翻过墙又回公园里边了。"

"这中间用了多少时间呢？"

"没多少时间……"

"没多少时间是多少时间？"柴永进把眼一瞪，"你说出个分秒数来，要不就想办法让我们感觉一下。"

谁知此言一出，石劲风坐在座位上瞪着眼、闭着嘴，一动不动，像被孙悟空念了"定"字诀似的。林凤冲他们不知道这位唱的是哪一出，待了好一阵子，看石劲风还没有解咒的迹象，章敏轻轻地叫了他两声，石劲风依然没有反应。

"我说！嘿！您动换动换行吗？"柴永进拍了拍桌子。

石劲风喘了一口大气，很不高兴地说："喊啥！我这儿不是正让你们感觉当时花了多少时间呢吗？"

柴永进气坏了："你他妈脑子有病啊！"

还没等石劲风犯情绪，章敏不干了："老柴，你有话不会好好说吗？"

"你让我怎么好好说？这孙子摆明了是拿咱们逗闷子呢！"

"谁是你孙子?!"章敏发了火,"人家是来配合咱们调查的,你充什么大辈?"

柴永进也知道自己刚才言语不妥,但还要摆硬:"他这叫什么配合调查,明明是先装傻,再充愣——再说了,我叫他孙子怎么了?你还叫他疯子呢!"

石劲风坐在椅子上眨巴着眼睛,看看章敏,又看看柴永进,一脸迷糊。

这时,一直站在门外听着里面动静的张万全走了进来,把柴永进和章敏都叫了出去,说了几句都是为了工作,要注意团结之类的话,然后打发柴永进先去办别的事了,翻回头问章敏:"你这泥人咋还犯上土性子了?"

"我就是看不惯老柴那做派——凭啥啊,不欺负老实人有罪?"

"可石劲风也确实有点儿不着调。"

"疯子是个好人,好到全村是个人——哪怕马跃那样的外来户都敢明着欺负他,这个我没法管,也管不了,可咱们干公安的,绝不能欺负他。"

"为啥?"

"我就问你一句,南下洼村两里地外那青石板的大院子给分局做临时物证库,算不算帮了咱们大忙?"

"那还用说!"张万全道,"要是没那院房子,我现在就得火上房。"

"这不结了,那院房子,就是人家疯子的。"

张万全大吃一惊:"你说的那个对解放军感情极深,所以军队一出面就答应租给咱们房子,还不要房租的,就是他?"

章敏点点头:"那院房子解放前就是疯子家的,后来被没收了，八十年代落实政策又还给他们家了，可那个时候他全家人都死光了，就剩疯子一个。院子又离公路很远，就那么一直荒着……"

张万全神色凝重地站了片刻，想说什么，却又什么都没有说。

与石劲风的谈话又继续了一会儿，总算是摸清了呼延云翻墙出去又回到公园的时间不长，确实没有跑到鬼笑石作案的可能。此外，结合此前马跃提供的信息，摸出了一个新的情况：那就是案发那天下午四点以后，一共有三男两女五个学生模样的人翻墙出公园，最后一个却并不是呼延云，而是一个嘴巴和眼睛都扁扁的、说话有些公鸭嗓的人。他翻墙出去的时间，恰在呼延云翻出去后两三分钟，而这个人一去就没有再回来。

谈话结束，章敏让石劲风早点儿回家，他不肯，非要等高红军和窦京。章敏带他到门厅的长椅上坐下，一抬头，却见西山林场的巡山员王长顺正站在门外面跟柴永进说着什么。章敏知道王长顺是个好打听闲事的，而柴永进又是出了名的管不住嘴，正想去提醒一下，后来想到这俩人是表兄弟，说不定正在聊些家长里短，自己又刚跟柴永进起过冲突，没必要去讨那个没趣，就转身往回走。

回到小会议室，张万全一见他，就指着桌子上的记录本道："你来得正好，我看完刚才的谈话记录，有个地方想听听你的意见：那个马跃在说石劲风可能看见呼延云翻墙时，有这么一句话：'他当时应该在墙那边牵着马溜达呢，能看得见。'——'应该'这俩字是什么意思？"

章敏愣住了。

林凤冲说："我的理解是，石劲风牵着马招徕游客的地方可能距离豁口比较远，所以马跃站在墙里面看不见他。如果是这样的话——"

如果是这样的话，就多了一种可能：石劲风当时根本就不在豁口附近，而是骑着马跑到鬼笑石作案并纵火，之后远离犯罪现场，等到火烧大了之后再骑马回到火场。"马跃讲过，看见鬼笑石着火后，他想去救火，但翻墙出了公园，并没有看到石劲风，想他肯定是骑马先过去了。后来很多人在火场附近看到石劲风时，也都'觉得'他一定是从香山赶过来的——谁知道石劲风是不是利用了人们思维上的盲区，打了个时间差。"林凤冲说。

"这不可能。"章敏摇了摇头，"疯子不是装疯，是真的精神不正常。他那个病在北大六院①做过鉴定的，说话跑调儿走道儿拌蒜的一个人，怎么可能想出这样的诡计，还在犯罪现场一点儿痕迹都没有留？"

"不过……"林凤冲犹豫了一下，还是讲了出来，"如果是他干的，倒是可以解释纵火这一行为的无必要性和无逻辑性。"

看章敏还要争辩，张万全道："这样好了，凤冲，你去问问呼延云，看他记不记得那天翻过墙以后遇到个牵马的人。如果时间、地点、外貌都能跟石劲风对得上，那么不仅石劲风的嫌疑可以解除，连呼延云的嫌疑也可以解除了。"

林凤冲起身出门，一会儿回来了说："呼延云记得那天遇到这么个人，只是按照他的说法，他翻过豁口就碰上石劲风了，不存在马跃看不见的问题。"

章敏脸色一沉："马跃这个浑蛋！"

"这就是暗箭伤人了。"张万全道，"算了，眼下咱们忙，没时间跟这路人置气，带高红军来吧，这回我旁听。"

---

①北京大学第六医院，是治疗精神疾病的专科医院。

108

人高马大的高红军往椅子上一坐,好像在小会议室里又竖起了一堵墙。面对桌子对面的三个警察,他揣着兜,仰着头,连正眼都不带看的。

"高红军,鬼笑石出事那天,你怎么回南下洼村了?"林凤冲问。

"我的家,我想回就回,想走就走,这个还要人管?"

"红军,好好说话!"章敏来了一句。

对一向情系群众、踏踏实实为百姓服务的章所长,高红军是服气的,他把大身板子坐正道:"章所,是这样,那天下午我接到单位通知,说让我停职一段时间,我就想干脆回村里住两天。在村口遇到精豆儿,跟他聊了几句,他知道我心里烦,拉着我上山散散心,没走几步看见山上起火了,赶紧跑上去救火,就是这么回事。"

"单位为什么停你的职?"

"市里面最近翻修市政管道,包工队把挖出来的黄土卖给其他工程公司,填埋的时候回购不值钱的沙石土,赚中间的差价,里外里坑公家的钱。我是质检员,发现了不能不向上级报告,不知道耽误了哪位老爷发财,就把我这绊脚石给踢一边去了。"

"窦京是因为什么回村的呢?"

"他?好像是有同行看他那电脑摊儿生意好,跑工商局告黑状,说他卖盗版光盘。他听到消息,干脆把摊儿关了,回村里避避风头。"

这时林凤冲说话了:"那石劲风呢?他是约好了跟你们在鬼笑石下面会合的?"

"没有啊,他不是跟马跃在香山那边搭伙挣钱吗,看见鬼笑石着火了就骑马跑过来了——他年轻那会儿受过刺激,一见着山火就又恨又怕的。我跟精豆儿赶到的时候，他正要往火里面冲，我们俩赶紧上去把他拉下来了——"高红军突然瞪圆了眼睛，"你们该不会认为鬼笑石那案子跟我们仨有关吧？这可真是天大的笑话，你们扫听扫听去，为了救火，我们哥儿仨差点儿把命搭进去！"

对于高红军他们仨人在扑灭山火中的表现，警方早已经从麦有恒和王长顺等人那里了解得一清二楚。尤其是消防队，连竖大拇指，说要不是他们开着拖拉机拓宽了防火道，火再往下面烧，就算是后来下起了雨，山林的受灾面积也要扩大一倍以上——但警方不是这个思路，在他们看来，拖拉机在土路上的一通"突突"，将上面的鞋印铲得干干净净，使通过足迹锁定哪些嫌疑人到过案发现场成为泡影。从这个角度上讲，高红军自以为的功劳恰恰是疑点。

"你放心，我们扫听到的肯定比你说的全面。"林凤冲说："比如，前一阵子你因为寻衅滋事被派出所拘过，是怎么回事？"

高红军一下子火了："那是你们他妈冤枉好人！"

"红军！"章敏喝道，"这是你撒野的地方？"

高红军咽了好几口唾沫，才把火压下去："是这样，我去知青信访办反映情况都十来年了，他们就是拖着不办。那天我火了，跟一个工作人员吵吵两句，出来个领导模样的赶我出去，我跟丫撕巴起来，谁知道丫那么废物点心，我一个大别子，丫就倒地上起不来了。后来派出所就把我带走了，拘了七天……"

"你反映啥情况能反映十来年？"林凤冲有些好奇。

高红军看了他一眼，耷拉下眼皮："一九七四年，北大荒着大火，我们兵团独立师六团十连的十二个女战士为了救火牺牲了，一直没有评上烈士……"

张万全站起身，拉开房门走到外面，一会儿拿了个白瓷缸子进来，放在高红军面前，里面是一缸白水。

高红军惊讶地看了张万全一眼，端起杯子，喝了几口。

林凤冲又问了高红军几个问题，见张万全和章敏都没有其他的表示，就结束了谈话。高红军离开小会议室以后，林凤冲问张万全是否马上叫窦京进来，却见他站在窗口，望着黑黢黢的院子不言声，便走上前去，站在他身后。许久，张万全微驼的背影轻轻一颤，掩饰地咳嗽了两声，回过头对林凤冲说："继续吧。"

窦京一进屋，就从兜里掏出一盒中华烟来，点头哈腰地请三位警官抽，却都被婉拒了。林凤冲让他在对面的椅子上坐下："今天请你来，是想向你了解一下，鬼笑石案件发生那天——"

谁知话还没说完，就被窦京打断了："这位警官，您不找我我还要找您呢，我有一个重要的情况向您汇报：我知道那天那场大火是谁放的！"

林凤冲赶紧把记录本摊开，拿起笔："你详细说说。"

"放火的八成就是我们村的村主任金波。"

"你怎么知道的？"

"那天下午我开车回村，刚把车在院子里停好，远远就瞅见山道上，金波抱着一沓黄纸往上面走。我想起那天是他爹死了一周年的日子，他准是去坟地烧纸去了，后来一不留神引发了山火。"

"照你这意思，今后只要山上起火，就得从上坟的里面扒拉嫌犯喽？"林凤冲又好气又好笑，"再说了，就算上坟烧纸，不留神把旁边点着了，扑打扑打就灭了，能跟那天似的，没多大工夫就把半个山头给燎红了？"

窦京一笑："林警官，瞅您这年纪，大概没在乡下待过，不知道坟地着火的厉害。这坟地的底下，其实就是一个又一个装着棺材的大窟窿，连成片的话，全都是可燃物，还空气流通，一旦着火，一开始从表面上看着不大，跟浮着一层红茸毛似的，都在下面烧着呢。等火在地底下沤肥了，猛地蹿到地面上，一下子就能烧大发了。"

三个警察面面相觑，没有发现助燃物却燃起燎天大火的谜底，原来在这里。

章敏严厉地说："既然知道，你怎么不早说？"

"金波是村主任，我就这么一猜，又没有十足的证据说明火就是他放的，怎么好跑过来掐人后脖颈子呢？"

"那你怎么现在又来说了？"

"这不是你们找到我了么，我寻思主动说出来，能帮你们少走点儿冤枉道儿。"

"这么说我们还得谢谢你喽。"林凤冲冷笑一声，"窦京，转移视线这一招儿在我们这儿不好使，金波的问题我们过后会了解，现在还是说说你自己吧。"

"我有什么可说的啊，就是一买卖公平、童叟无欺的电脑商人，违法乱纪找不着我，遵纪守法少不了我——"

"那光盘的事儿你怎么说？！"

林凤冲这断然一喝，令窦京神色一变，但顷刻之间，他就恢复了那副笑不唧儿的表情："光盘？我那个电脑摊儿确实卖光盘，系统盘刻录盘游戏盘影碟都有，不知道您问的是哪一种？"

"我问的是盗版光盘！"

"盗版光盘？这个我可就不了解了，您甭瞪我，我从来不沾那玩意儿。"

这时外面有人敲门，一个警察送来一张纸，林凤冲一看，把它往桌上一压，平推给对面的窦京："既然你从来不沾那玩意儿，这笔账又是怎么冒出来的？"

林凤冲汇报突审孙萍的情况时，说孙萍讲闫虎来北京是做光盘的生意，张万全马上想到：鬼笑石案发那天晚上，他们在马跃家吃饭时，曾经听章敏对窦京涉嫌卖盗版光盘的一番训斥，便立刻与中关村工商所取得联系，并联合区文化市场执法大队，采取了紧急行动，抓捕了从外地将盗版光盘运抵京城后出售给窦京的"上家"。据当事人交代，窦京是海龙大厦盗版光盘销售的"碟头儿"，发展了一批外地来京的闲散人员，把光盘带到平安里、达官营、平乐园等地的小商品市场走零售，销售额十分惊人。张万全分析，闫虎很可能是窦京的"下线"之一，鬼笑石案件的起因，说不定就是两个人分赃不均造成的。因此他让"上家"开列出窦京进货的详细时间、地点、数量和交易金额，并把传真件发了过来。

从某种意义上讲，这份传真件，对窦京而言无异于一张"夺命符"。

窦京看着那份传真件，灯光照在他的头顶，打着摩丝的头发每一根都油光锃亮，但随着他的头越来越低，头发上的光泽渐渐黯淡……就在林凤冲以为他将要认罪的时候，他忽然抬起头来，嘴角的一抹微笑让林凤冲的心顿时凉了半截。

"我不知道这份账单是谁开的，不过既然上面写着的收货人跟我同名，想必您是把我当成倒卖盗版光盘的不法商贩了，可我真的没干过这种事儿。"

林凤冲冷笑道："你的'上家'都供出来了，你还死撑个啥，难不成还要我们把你的那些'下线'也找来，挨个儿跟你对质？"

"行啊，您要不怕累，我就不嫌烦。"窦京笑嘻嘻地说，"捉奸要捉双，拿'盘'要拿赃，您但凡能从我的摊位、库房和家里边找着一张盗版光盘，您找棵树种我身上我都认栽！"

林凤冲的脸一沉。迄今为止，无论是工商所还是文化市场执法大队，都没有从窦京的摊位和库房里找到一张盗版光盘。据他们分析，像窦京这样的"碟头儿"，为了自身安全，只会在暗中操纵交易，具体的进货和出货都"过眼不沾包"，所以极少留下证据。本来，前两天工商所听说有几千张盗版光盘会运到北京，走窦京的渠道出货，因为数目太大，他会亲自"端盘"，所以特地放出风（比如打电话给章敏让他"警告"窦京），就是想让窦京不敢交易，只能把货暂时留在自己手里，这样稽查时就能人赃并获——今天傍晚被捕的"上家"也承认了有这么回事。奈何在随后展开的搜检行动中，与窦京相关的几个窝点都一无所获……没有物证，就算是把全北京卖盗版光盘的归拢到一起指证窦京，也没有法律效力，所以他的气焰才如此嚣张。

正当林凤冲想不出往下该怎么办时，张万全开了腔："窦京，既然你不愿意如实交代，就先在派出所里好好想想，什么时候想明白了，什么时候再跟我们谈。"说完也不等窦京分辩，就让章敏把他带了出去。

章敏回来的时候，端着三份盒饭，三个人像打仗一样狼吞虎咽地吃。张万全边吃边叮嘱他俩，有两件事需要抓紧办：一个是找到金波，核实他上坟时是否引燃山火；第二是到窦京在南下洼村的住所展开搜查："鬼笑石案件发生那天中午，他不是开车回村里了吗，恐怕不光是躲风声那么简单吧。"

林凤冲恍然大悟："我明白了，保不齐那几千张盗版光盘当时就在他车的后备厢里搁着呢。"

"除了他的住所,看看他在村里还有没有其他储存东西的地方,不要遗漏。"

林凤冲点点头又问:"那个呼延云怎么办?现在已经九点半了,要不要放人?"

"还有几个涉案的学生不是没找到吗,等全都到案以后,挨个审透彻了,对照他们的供词,确认没有问题再说。"

吃完饭,林凤冲和章敏刚刚起身要走,张万全突然说:"我想起个事儿来,那个石劲风,我看他身上穿的衣服都露肉了,马跃那翻墙的'生意'一关张,估计他也没事做了。虽然他不肯要房子的租金,但无论如何是帮了咱们大忙,总不能让人家喝西北风吧。你们看能不能想个由头,给他申请笔补助什么的。"

章敏笑道:"老张,你别看石劲风那么一副疯疯癫癫的样子,脾气死犟死犟的,可白给他钱他肯定不要。所以我安排他到那临时物证库当个看大门的,算是份工作,每月发工资,他同意了——这个事儿,我没跟你申请就先斩后奏了,你可不要怪我。"

张万全一听非常高兴:"这样好,这样好!"

章敏来到门厅,见高红军和石劲风正坐在长椅上抽烟,知道是在等窦京,便告诉他们窦京的问题还待查,"你们俩先回家"。高红军一听,少不了要问几句,章敏不好多说,只推着他俩往外面走。

院子里挂着几盏灯泡,照出的亮儿比烟屁股大不了多少,石劲风一个不留神,脚下不知被什么东西绊了一下,往前一扑,摔了个狗吃屎。高红军见绊倒石劲风的是一个靠着墙坐在地上的人,上去薅住她的脖领子,一把拎起就要骂,却觉得那人浑身软塌塌的,定睛一看竟是个女人,连忙松开手。女人身子一晃又要栽倒，高红军扶住她的肩膀问："你怎么了？"章敏看那女人正是孙萍，便低声告诉高红军：她就是鬼笑石案件中男性死者的妈妈。然后想起一直忙着办案，也没顾得上给孙萍安排个住处，自己还有一大堆事情要处理，便让高红军和石劲风带她到村口的小旅店住下。刚刚说完，就听身后的门板一声响，只见一个警察押着一个人走了出来，往留置室的方向走去。高红军一看那人面熟，喊了一声："呼延云！"

呼延云又惊又喜："高叔叔！"

高红军一边问着"你怎么在这儿"一边朝他走去，被一个箭步冲过来的章敏拦住："红军，后退。"

"这孩子我认识，我们公司领导的儿子。"说着，高红军还要往前走——

章敏加重了口吻："红军，往后退，别让我说第三遍！"

高红军无奈地站住了。

呼延云赶紧喊了一声："高叔叔，您给我妈打个电话！"

"闭嘴！"身后的警察狠狠推了他一把，"快走！"

眼睁睁看着呼延云走进了留置室，高红军冲章敏嚷了起来："这孩子我知根知底的，你们搞没搞清楚情况就乱抓人？"

"行啦行啦！"章敏拽着他的胳膊往外推，"你跟疯子赶紧去把我交代的事儿办了。"

石劲风搀着孙萍，跟高红军一起出了派出所。夜风习习，隔着衣服都感到一阵阵凉。没走几步，身后有人喊他们，回头一看，是王长顺追了上来："我这紧赶慢赶的，你们走那么快干啥，哥儿俩一起娶媳妇吗？"

高红军抡起巴掌就要抽他，吓得王长顺直往后躲："老高老高，我开玩笑呢……对了，你跟刚才那小子认识？"

"认识，咋了？"

"那你想不想知道他犯了啥事儿才被抓起来？"

"不想！"

"你不想我也得告诉你，他就是鬼笑石案件的凶手！"

"放你妈的狗屁！"高红军骂道。

"真的，我没骗你。"王长顺把自己从柴永进那儿听到的一些抓捕和审讯呼延云的情况讲了一遍，"还说啥知根知底的，白长俩牛铃铛大的眼睛，好人坏人你都分不清。"

高红军一拳将他打翻在地："滚！看见你我就不烦别人。"

王长顺站起来，骂骂咧咧地一溜烟儿跑了。

高红军他们来到村口的小旅店，一打听方知，这阵子来了好多远道到香山看红叶的客人，附近一带的每家旅店都客满了。高红军望着在夜风中身子直打晃的孙萍，一时间没了办法，最后还是石劲风出了个主意："要不带她到我家去吧。"

"你家不是租给警察做物证库了吗？"

"他们请我看大门，我还是能搁里边住啊。"石劲风说。

高红军同意了。

三个人出了村子，沿着一条蜿蜒的小路往前走，路边的草丛里不时传来几声蛐蛐叫，在瑟瑟秋风里既清脆又凄凉。星光下的原野缓缓起伏，犹如黑色的波浪涌向不远处的一座大山。走到山脚下，眼前出现一个用条石砌成围墙的院子。石劲风来到近前，在两扇新装的大铁门上捶了几下，没多大工夫，一个披着警用大衣的瘦高个开了门，这人是分局物证室的，姓欧，被派来驻守临时物证库。问清了石劲风带来的两个人是做什么的之后，欧警官放他们进来，自己接着回库房睡觉去了。

石劲风带着高红军和孙萍走进大门里侧的一间砖房，屋子虽小，却用一扇上半截安着玻璃格窗的木门分成里外两间：里间有一张铺着绿色被褥的钢丝床；外间改造成了传达室的模样，贴墙立着个双开门的大衣柜，靠窗根儿摆着一张桌子和一把椅子，墙角还有个火炉，上面接着烟囱，一直通到外面。

屋子里冷得像冰窖一样。石劲风用火筷子夹了几块蜂窝煤，填进炉子，点上火，坐上水，在炉台子上搁了几块红薯烤着。一会儿，屋子暖了，水也开了，裂开皮的红薯飘出香气。石劲风用报纸包起一块儿，问孙萍吃不吃，孙萍不说话；他又往搪瓷缸子里倒了些水，问孙萍喝不喝，孙萍还是不说话。他带她到里屋，孙萍鞋也不脱，往钢丝床上一倒就闭上了眼。石劲风走了出来，将门掩好。

高红军给呼延云家里打了个电话，找到他妈妈，把情况大致说了一下，然后搬了个马扎，坐在火炉边，望着被膛火烧得黑里泛红的炉台，神色阴沉。

石劲风却不管那些，捧着烤红薯，一边剥皮，一边呼呼地吹着被烫疼的手指头。

望着石劲风，高红军的嘴角突然浮现出一丝笑意："你们俩啊，这么多年了，就没一个让我省心的。"

石劲风把烤红薯一掰两半，递给他一块。高红军接过来，刚放到嘴边，又忍不住问："疯子，你知不知道精豆儿犯的啥事儿？"

"不知道。"石劲风摇着头，又补了一句，"我可没骗你。"

这却是此地无银三百两，高红军一下子板起脸来："你要知道什么可不能瞒着我，回头再把精豆儿给害了！"

石劲风犹豫了老半天，才站起身，打开大衣柜的门。先把上面一摞摞衣服、被褥什么的抱下来，再掀起蒙着的一块毛毯，从最下面拎出两个大皮箱来。

高红军立刻站起，先来到门口，把插销插上，然后蹲下身打开皮箱——

一箱子盗版光盘，塞得满满登登的。

再打开另一个箱子，里面的东西也一样。

"这他妈怎么回事？"高红军压低了嗓门问石劲风。

"精豆儿拉过来的，就着火那天，说放我这儿最安全了。"

"浑蛋！"高红军骂了一句，他知道窦京的意思：警察怎么也不会想到他们要找的物证，就在自己的物证库里。

望着那两个皮箱，不知过了多久，他突然抬起头，对正吃着烤红薯的石劲风说："你拎着这俩箱子，到老树坑那儿等我，小点声，千万别被姓欧的听见。"然后打开插销，跑出门去。

石劲风放下烤红薯，拎着箱子走出了院子，摸着黑七绕八绕，来到一片茂密的树林里，在树林中间有一个很大的土坑，里面有许多残存的根须。一会儿，高红军也来了，跑得气喘吁吁的，左手拿着两把铁锹，右手拎着个塑料桶。他把两个箱子推到坑底，打开箱盖，又拧开塑料桶的盖子，给箱子的里里外外都浇上汽油，然后用打火机点着一根烟，狠狠嘬了两口，把烟朝箱子弹了过去。

"轰"！

两个箱子瞬间被烈火覆盖，火舌舔舐着光盘和盛装它们的塑料纸，发出吱啦吱啦的声音。随着光盘的熔化，火光不断地扭曲变形，并接连燃起好几处特别明亮的光点，并响起放鞭炮一样的噼啪声。

石劲风有些害怕，直往身后看。

"甭担心，这儿离南下洼村远得很，没人能听见。"高红军说。

"精豆儿回来，非跟我算账不可。"

"不这么干，警察就该找你们俩算账了。"

烧了十多分钟，火才渐渐熄灭，空气中散发着一股刺鼻的糊焦气味儿。

高红军拿起一把铁锹，一边铲土一边往余烬上面盖，干了好一会儿，见石劲风呆立在一旁，拿起另一把铁锹丢给他："还傻站着干吗，赶紧埋呀！"

第六章

这一夜，伴着此起彼伏的犬吠声，十几位刑警在南下洼村展开了空前的大搜索，梳头篦子一样把窦京及其亲朋好友的房子、仓库、车辆都翻检了个遍，可惜直到天亮都一无所获。

与此同时，章敏在村委会对金波进行了问询，一听说有人举报他上坟烧纸引燃了山火，金波气得五官都拧巴了："这他妈谁在背后给我扎针儿啊，你告诉我是谁，看我不把他打出屎来！"

"有你就说有，没有就说没有，哪儿那么多废话！"章敏把眼一瞪。

"没有！烧完纸我特地把火踩灭了才走的，我还怕坟地着火烧了我那滑道呢！"

章敏一想也是。

第二天一早，华文大学附属中学把鬼笑石案发当天下午，从香山公园翻墙而出的另外三个学生送来了：其中那个女生，正是鬼笑石气象站的电工在五点十分见到的那一位；而在她之后十来分钟从主路"不紧不慢"地走到鬼笑石的男生，名叫张振宇，这个学生正如前面那个女生向电工描述的"头发自来卷，嘴唇上有两撇小胡子"。无论相貌还是做派都远比他十七岁的年龄成熟，不过也正是他身上那股子玩世不恭的气质，使警方一开始并没有太在意他，问了问他当天翻墙的缘由和行动过程之后，没发现任何疑点，就让他去门厅等着，准备跟呼延云一起释放了事。

谁知在问询最后一个男生时，陡然生变！

这个男生名叫邓云鹏，白净的面皮上有两条细细的眼睛和两片薄薄的嘴唇，说话公鸭嗓，警方发现这些特征完全符合马跃说的"最后一个翻墙出去"的人，问话时不自觉就加重了语气。邓云鹏吓得不行，竹筒倒豆子一样吐了个干净。

按照他的说法，案发那天下午，集体解散，自由活动之后，他看见同班同学刘恋走进公园围墙下面的一条小径，"不知道她要去干什么"，就跟在后面。小径两侧草木茂密，走起来会发出"扑簌扑簌"的声响，他担心刘恋发现他尾随，对他产生坏印象，就往回返，在入口处撞上了袁莹和呼延云，他们俩正在找刘恋，得知去向便一起钻进了小径，邓云鹏想这下就算被刘恋发现也是"法不责众"了，重新进入小径。一直走到围墙豁口，也没见他们的踪影，问了豁口处看绳梯的男人，得知那仨人先后翻墙而过时，便花了五元钱也过去了。

"刚刚翻过墙，碰上了一个牵马的人，问清了呼延云和袁莹的去向，我就顺着一条往东南方向的路走。走了一会儿忽然想撒尿，其实荒山野岭的，就算站在路当间尿也没事儿，可我还是不好意思，钻进旁边一片树林里。尿完出来，正看见呼延云急匆匆地沿着路往回走，要不是我撒尿，没准儿就撞上了……我想叫他，可他走得太急了，转眼就不见了，我就继续往东南方向去了。我以为很快就能追上袁莹和刘恋，谁知走了好远，连她们俩的影子也没瞅见。前面有一大片松树林，我有点儿累，就靠着一块大石头坐下，休息了好一会儿。觉得树林越来越暗，看了看手表，五点十五分，这时，忽然听见林子里响起脚步声，探头一看，居然是张振宇从一条东边的小道里钻了出来——"

听到这里，坐在桌子对面进行笔录的警察大吃一惊，马上把这一情况向林凤冲报告。林凤冲带着章敏几乎是冲进了审讯室，他们把那张手绘的从香山通往鬼笑石的路线图铺在邓云鹏面前，邓云鹏看了片刻，指了指用三棵松树记号标识的快活林，又指了一下旁边那条羊肠小径："张振宇就是从这里钻出来的。"

"张振宇还在不在门厅？"林凤冲对章敏喊道，"马上把他扣下！"

邓云鹏吐露的这一信息，令刑警们如获至宝。本来，鬼笑石上电工的证词也好，张振宇自述的情况也罢，都说明张振宇是从快活林走"主路"到达鬼笑石的，其后径直往西下山。但邓云鹏的证词，说明张振宇在到达快活林以后，并没有继续走主路，而是拐进了羊肠小径。"从时间上看，张振宇大约是四点十五分翻墙出了公园，而被电工目击到达鬼笑石的时间，大约是五点二十五分，耗时七十分钟。问题是如果他走到快活林再走主路到鬼笑石，用时应该在四十分钟左右，这就出现了半小时的'空白区'。"林凤冲分析道，"我们之前计算过，从快活林走羊肠小径到达命案现场，用时十分钟左右，一来一回是二十分钟，假如再用十分钟作案行凶，时间是非常充裕的。"

"那么，张振宇在第一次问询时是怎么解释他路上耽搁的时间的？"听取汇报的张万全问。

"张振宇说他翻墙出去就是为了爬野山，所以一路走走停停的，看见风景好的地方，就往野道儿上蹚，然后再回大路上来，不知不觉速度就慢了。"章敏说，"从翻出公园围墙的顺序来看，第一个就是张振宇，而那位电工目睹的女生是在他后面的，结果反而比他早到达鬼笑石十分钟。这一点我们一开始也注意到了，只是以为他贪玩儿，没想到——"

张万全拦住他的话头："那么，邓云鹏看到张振宇之后怎样？"

"邓云鹏说他当时很害怕，把头往石头后面一缩，听张振宇走远了，才转身沿着来时的道路往回走，后来找了条小路下的山。"

"同班同学，有什么好怕的？"

"邓云鹏说虽然就远远地看了张振宇那么一眼，却觉得他神色很难看，凶神恶煞的——对了，他回忆说，当时张振宇手里好像拿着个红色的背包。"

在命案现场，尽管警方进行了十分细致的搜索，却并未发现女性死者身上携带的任何包具。早在第一次案情分析会上，张万全就指出，这不符合女生出游的特征，在随后对死者同班同学和老师的调查中，很多人都回忆，当天确实见死者背着一个红色的单肩背包上山——恰恰是这一点，让那些反对"内化说"[①]的刑警认为，这证明现场一定还有第三个人，并在作案后将它拿走了，否则怎么会凭空从现场消失？也有支持"内化说"的刑警指出，案发当天，现场一度有大量山民围观，不排除有些人在发现背包后，贪小便宜将其拿走，事后害怕警方追究而不予归还……而在这一证物消失的消息并未对外公布的情况下，邓云鹏突然说出了它的去向，这不大可能是他信口开河。

"问题在于，假如张振宇真的将包拿在手里，邓云鹏远远地看了一眼，怎么能看出是背包还是挎包呢？"张万全说。

重审张振宇，林凤冲和章敏一起上阵，他们让张振宇反复讲

[①] 刑事案件中，施害者与受害人均在现场死亡。

述自己从翻墙之后到下山的全过程,对每个细节都一而再再而三地核实。张振宇虽然有些不耐烦,但相当合作,只是偶尔打个哈欠,擦擦眼角溢出的泪水。

"你说你在一片松树林歇了一会儿,那个地方是叫'快活林'吗?"林凤冲突然问。

这是为了搞清楚张振宇是否熟悉香山到鬼笑石一线的地形,然而张振宇一听就乐了:"啊?那野树林子还有名儿?"

"别嬉皮笑脸的!你在林子里是光歇着,还是在附近转了转啊?"

"就歇着,没转。那地界有点儿阴森森的,瘆得慌,我就在林子边儿上歇着,没敢往里走。"

"不会吧,穿过那林子往东边走,有一条风景很美的小路,你不是说自己就为了看风景才翻墙爬野山的吗?"

"我都没敢往林子里面走,哪儿知道穿过去之后是啥风景啊。"

"不对吧,据我们了解,你不仅往东去了,还一直走了很远很远。"

"爬山又不是梦游,我往没往哪儿走,自己还不知道?"

林凤冲一声冷笑:"那可就奇了怪了,你没往东走,你手上那个红色背包是打哪儿来的?"

此言一出,两个警察的目光齐聚到张振宇的脸上,看他在这突如其来的一剑面前,是何表现。

一般来说,假如犯罪嫌疑人在猝不及防的状态中,突然被戳到"痛点",正常的反应是神色惊惶,半天说不出话来。接下来的语言,会因为思维上的混乱而出现明显的结巴、迟钝甚至停顿。

而张振宇先是一愣,然后满脸困惑:"什么红色背包?"

林凤冲有些失望,旁边的章敏说:"甭跟我们打马虎眼,当天有人看见不仅你走进了快活林东边那条小路,出来的时候,手里还拿着一个红色的单肩背包!"

张振宇脸上浮现出无奈的一笑:"成,您把说这话的人叫来,我跟他对质。"

"不急。"章敏说,"需要对质的时候,我们自然会把人叫来,不过现在,你还是先把红色背包的事儿说清楚。"

"警察叔叔,我真的不知道什么红色背包,我那天就背过一个迷彩的双肩背,不信你们可以调查去。要是查出来我拿过红色背包,枪崩了我我都不带喊冤的。"

一审就是俩小时,最终的结果是,张振宇对邓云鹏的证词一概否认,不仅如此,最后还不屑地说:"放屁的先捂鼻子,谁说看见我拿红色背包的,八成那包当时就在他手里!"

"这人是不是进过局子?"张万全听完林凤冲他们的汇报,问,"一个高中生,面对这个力度的审讯,还能保持这样好的心理素质,只有两种可能:一种是他以前就没少犯事儿,'进宫'多,练出来了。"

有个了解情况的警员汇报说,张振宇早先在石景山的一所中学里读书,学校的校风不好,他也不好好念书,经常跟社会上一群不三不四的人瞎混。因为参与打架斗殴什么的进过几次派出所,但派出所一调查就发现,他每次不是去打架而是去劝架,然后也被裹在里面了……他家里担心他学坏,给他办了转学手续,"他原来的班主任和现在的班主任,都说他干不出什么幺蛾子"。

张万全听完,没吱声。

旁边的林凤冲好奇地问:"您说两种可能,还有一种是什么?"

"还有一种,就是他真的无辜。"

"我也觉得他不像是犯了事儿的。"林凤冲说,"再者说了,要是鬼笑石那案子真跟他有关,那把火怎么说?他五点二十五就到鬼笑石了,六点整才着的火,这俩明显不挨着嘛,除非他从西边那条路下山后,又走野路回石条门去作案。但据山民们讲,这种走法是绕了大远了,没一个小时根本到不了——"

说到这里,林凤冲忽然想起了什么。正在这时,消防队来人,把对鬼笑石火灾现场的分析报告送交张万全,张万全翻了一下,大致了解到,虽然最终还是没有确认火源到底是什么,但基本排除了生产性火源[①],疑似人为性火源,引燃物为打火机、火柴、烟蒂之类的物品。火势之所以迅速扩大,与窦京说的差不多,"火源先是在地表有焰燃烧,之后由于坟地本身的地下空洞效应,造成地下火蔓延,形成急进地表火"。

消防队来人正要离去,林凤冲将他叫住,把刚刚想到的问题提了出来:"有没有可能,纵火者采取了某种延时装置,比如在离开后半个小时才让火着了起来?"

"通过对烟熏痕迹面积较大、炭化较重的多个区域的反复勘验,我们锁定了产生火源的地点,分析火源能量和起火过程后证明,现场不存在任何延时点火的装置。"回答得很书面也很官方,听上去硬邦邦的。

消防队来人走后,张万全拍了拍林凤冲的肩膀:"发散性思维结束,现在该拢拢脑子了。"

几分钟以后,专案组的刑警们被"拢"到一起,根据昨晚到

[①] 人们为了从事生产活动所产生的火源,如烧炭、冶炼、爆破、机械漏火、电线短路等。

今天获取的最新情况，对几个嫌疑人的涉案程度做出分析：首先是窦京，人人皆知那些盗版光盘肯定在他手里，但就是找不到，找不到就是死无对证，拿他毫无办法。另外，电信局帮忙调出了窦京最近一个月的"大哥大"通话记录和BP机传呼记录，并未发现他与高碑店市闫家庄和动物园批发市场的座机和电话亭有过任何联系。这下，闫虎是窦京的"下线"这个结论就大可怀疑了，而且无论孙萍还是迎宾旅馆的服务员，都不记得闫虎配备了BP机，这就更让张万全犯了嘀咕："这年头就是卖破烂的也得拉个BP机联系业务吧——闫虎来北京真的是做生意吗？"

然后是呼延云，他的涉案嫌疑被彻底排除，通过他后来的解释，那把折刀基本认定是被女性受害人带到命案现场的。

关于张振宇，在火灾现场没有发现延时点火装置的认定，使他的涉案嫌疑大大下降。"如果像邓云鹏说的那样，他从羊肠小径走出快活林的时候，手里拿着个红色背包，而鬼笑石上的电工看到他时，他只背着一个迷彩双肩背，那也就是说，他必然是把红色背包抛在或藏在半路某个地方了"。按照这一推论，警方决定沿着从快活林到鬼笑石的"主路"，对周围地带（含快活林）展开搜索，如果没有找到红色背包，那么张振宇说的那句"放屁的先捂鼻子"，就显得话糙理不糙了——下一步重点调查的目标，反而应该是邓云鹏。

最后一个是金波，虽然他对自己上坟烧纸引燃了山火一事矢口否认，但在调查中，南下洼村的绝大多数村民都说"就是他放的火"！这倒不是大伙儿亲眼得见，而是当初集资修滑道，他逼着村民们掏钱，现在U形槽一断，整件事泡了汤，他却说要让大家"共同分担损失"……至于住在村西边的外地租户，对他更是恨得咬牙切齿，因为他仗着自己是村领导和本地人，经常欺负他们。巧立名目乱收费之类的就不用说了，还经常趁着男人们进城做生意，跑到人家家里找女人"谈心"，所以有人咒骂他那个患大脑炎留了后遗症的傻闺女是他"做坏事的报应"！

刚刚说到这儿，会议室的门被万安山派出所的一位民警撞开了："章所，不好了，金波领着一群人，跟高红军他们打起来了！"

这场架的起因，是金波怀疑找警方举报他的，就是村西边的外地人，便纠集了民兵和联防队员，跑到正在上课的南下洼村小学里面，把所有借读①的孩子都赶出了学校，说谁家大人"自首"，承认了告金波黑状的事，再让孩子们复课。这一下子村西边的人们可慌了神，他们没日没夜地在北京打拼，为的就是给孩子挣个像样的未来，要是连学都上不成了，那还有什么前途可言？于是在马跃的带领下，一大群人跑到村委会找金波求情，可金波就是不松口。

大人们急得火烧火燎，被赶回家的孩子们却很高兴，在马跃的女儿马静的带领下，一起上山，准备采了红叶，用塑料膜压了做成书签，到香山公园门口卖给游客。路上正碰到石劲风，石劲风问他们怎么不上学？孩子们懒洋洋地对付了两句，谁知石劲风一听就急了："学生不上学，跟我们那会儿似的，那不完了吗！"张开俩胳膊把他们往山下轰，孩子们只觉得这是现成的老鹰捉小鸡的游戏，一边逗他一边闪躲，不知不觉却也回到村子里来。

村委会的门口，金波正腆着肚子，得意扬扬地听一大群学生家长苦苦哀求，王长顺挤过人群，趴在他的耳边说："到警察那

---

①指没有本地户口的学生，在学校里"借用"位置上学，属于学籍不在该校的非正式学生。

儿给你打小报告的,不是村西边的。"

"那是谁?"

王长顺指了指远处,正撅着个大屁股,嘴里喊着"噢咻,噢咻",把孩子们往家赶的石劲风。

"扯他妈淡!"金波不屑一顾地说,"他一个糨糊和稀粥都分不清楚的玩意儿,有这本事?"

"我说的是他那好兄弟——窦京!"

"你怎么知道的?"

"你忘了我表弟是干吗的?"

金波脑门上的青筋一跳,指着石劲风对自己那班手下说:"逮不着狼,就逮他个兔崽子!"

一群人呼啦啦朝石劲风冲了上去。石劲风一看,吓得撒腿就跑,他本来就有些胖,加上跑步有点儿外八字,噼里啪啦地甩着脚丫子,根本跑不快,两只手在身体两侧摆动着,好像一只肥企鹅。就在快要被追上的时候,他突然噘起嘴巴,发出"呜呜"的汽笛声,然后鼻子喷着气儿,两条小短腿儿捯得飞快,竟又和追兵拉开了距离。一路爆土扬烟地跑到村口,本来一步就可以跨到外面去了,不想路当间正站着金波的那个傻闺女金娜,石劲风只好往旁边的岔道上一拐,又回到村里来了。他穿胡同、翻围墙、钻柴垛、爬狗洞,闹得整个村子鸡飞狗跳,一片狼藉,最终还是没能甩掉追兵,在一座石板桥上被前后夹击的两路人堵了个正着。那些人正要上前抓他,他"呔"地一声大吼,吓得众人一怔,趁这工夫,他瞪圆了小眼,鼓足中气,扯直了脖子唱了一句京剧《甘露寺》里的戏词儿——

"当阳桥前一声吼,喝断了桥梁水倒流!"

可惜,桥没断,水也没倒流,石劲风有些失望。就在这时,闻讯赶来的高红军冲上桥头,手握一根竹竿,大喊一声"疯子蹲下",说完把竹竿向桥上横扫过来!

不喊还好,一喊,桥上的人除了石劲风全蹲下了,结果一竿子就把石劲风打到桥下面去了,扑通一声掉进河里。岸上围观的人们笑得前仰后合。高红军一看,竹竿一扔跳下河去,抓着石劲风往岸边游,一边游一边问我喊那么大声你没听见啊?石劲风说你要不喊我还不至于掉河里呢……

上了岸,顾不得浑身湿漉漉的,接着跑,因为那伙儿人吱哇乱叫着又追过来了。湿衣服太沉,石劲风跑得呼哧带喘的,速度越来越慢,高红军眼见这么下去不是办法,余光一扫忽然有了主意。他拉着石劲风往小学里面闯,一直跑到西墙,那里有一排平房,是教师宿舍,高红军搬了个梯子让石劲风先上了房顶,然后从旁边的砖垛子上捡了几块碎砖头装进兜里,攀着梯子也上了房顶。追兵到了下面想上来,被高红军一脚将梯子踹倒,没办法,只能在下面骂骂咧咧。高红军瞄准了其中一个嘴巴最臭的,一砖头飞了过去,就把那家伙开了瓢!追兵们一边将满脸是血的伤员抬出校园,一边有样学样地从砖垛子上抓了砖头往房顶上扔,高红军拉着石劲风躲在烟囱后面,眼看着无数块砖头呼啸着从身边飞过,落在隔壁人家的房顶上,将鱼鳞样的瓦片打得稀碎,有的还凿穿了房顶,落进屋里,响起一片砸烂了器皿的丁零当啷声。

正打得热闹,金波跑了过来,离着老远就喊:"别他妈扔砖头了,全砸我们家里头了!"

众人这才明白,敢情高红军这一招是祸水西引,真正遭殃的是与小学一墙之隔的金波家,连忙住了手。

这时,得到消息的章敏带着几个民警也赶到了,高红军和石劲风沿着学校围墙和金波家院墙之间的一棵大树滑了下来,金波指使手下再去打他们,被章敏喝止。金波没办法,只好破口大骂:"高红军,你个王八蛋,我们家的东西,你得赔!"

"关我屁事。"高红军笑道,"你们家房顶上的窟窿眼儿,有一个是我们凿开的吗?"

金波气得直哆嗦。

"得,金波,瞅你怪可怜的,哥们儿今天发发慈悲,给你提个醒儿。"高红军踹了踹学校围墙和金波家院墙之间的那棵大树,"你可记住了,有朝一日要拆这两边的墙,一定要先拆你们家的,再拆学校的,千万别弄错了顺序。"

大家望着那棵大树,粗壮的树干靠在学校的围墙上,树冠却多半在金波家院墙上张开,宛如在院子当空撑起了一把大伞,只是秋日愈深,叶落将尽,所以只剩了层层叠叠、密密匝匝的伞骨。

章敏有些困惑:"红军,这树明明是靠在右边学校的墙上啊,跟左边金波家的院墙也不挨着,怎么非要先拆后者呢?"

"这树看起来挺大个儿,但树根太浅,后来能长这么高,全都靠右边这堵墙,下边压着树根,上边撑着树干。但不知道是啥风水作的怪,树冠却一股劲儿往左边长。你要先拆金波家的墙,它的树根和树干还有得靠,再拆学校的墙时,它指定往右边倒;你要先拆右边的墙,它上下没了依托,重量又全都吃在那个大脑袋上,倒的时候可就不定往哪边儿了……"说到这里,高红军补了一句,"这可是我们当年在山上伐木时拿多少条人命换来的经验,不是说着玩儿的。"

"我去你妈的!"金波怎么听怎么像高红军是在咒他家破人亡,冷不丁看见站在章敏身后的孙萍,突然来了主意:"高红军,麻利儿的,卷铺盖给我滚出南洼村!"

"凭啥？"高红军说，"真拿你那破村主任当皇上了？"

"就凭你跟疯子把灾星引进村里了！"

"你说谁是灾星？"

金波一指孙萍："她儿子在鬼笑石强奸杀人，放火烧山，消防队用化学剂灭火，顺着U形槽往下流的时候，把滑道腐蚀了，全村的集资款和致富梦都打了水漂。就这样的坏种，死了都应该再枪毙十回，你和疯子俩光棍可倒好，也不知道堵了上面还是憋了下面，大半夜的还把他妈拉到屋子里一起睡，以为别人都不知道？"

高红军抡起拳头就要揍金波，章敏赶紧拦住，村民们对着孙萍戳戳点点，孙萍却一言不发。

金波他们走后，高红军没好气地问孙萍："你不在屋里好好待着，跑这儿来裹什么乱？"

章敏解释道，孙萍一早就到派出所，希望找个人带她去儿子遇害的地方看看，自己忙着开会，听说村里打架才往这边赶，孙萍就一路跟了过来。

高红军不再说话。章敏跟孙萍一起沿着山路往上走。天色阴沉，像是又酿着雨，浅草高树都早早地笼了一层轻烟，比前几天更加苍郁，地面的土坷垃和石头子也染了湿气似的，踩上去直打滑。漫长的路上，两个人都沉默不语，直到站在闫虎陈尸的那块林间空地上，章敏还是没有说什么，只用手指了指。

空地经过勘验，所有与犯罪相关的物证都已经被取走，就连搏斗中被踩踏的小草都已经重新挺直了腰杆儿，再无一点发生过命案的痕迹，只是山风吹过时，茂密的树叶摇摆得哗哗作响，在空地间投下一片叵测无定的荫翳。

孙萍在空地上转了几圈，尽管神情无比的哀伤，眼睛里却是一片茫然:"章所,你说我儿子是被石头砸死的?"

"嗯。"

"就是那种石头吗?"孙萍一指空地上几块灰黑色的石头。

"嗯。"

"你还说,他被扎了几刀?"

"嗯。"

"那为什么刚才那人反倒说是我儿子强奸杀人呢?"

案件没有侦破前,即使是面对受害者家属,警方也必须对一些犯罪细节保密,所以章敏只能含混地说:"从现场勘查的情况看,很有可能是你儿子意图强奸一个女孩,被女孩反抗后杀死……"

"那个女孩的身高和体重是多少?"

"你问这个干吗?"

"我儿子从小帮我干活,特别有劲儿,一百多斤的麻袋背上就走,他那个体格,怎么可能被一个女孩给杀了?"

章敏一愣。

"您不是说家属可以提要求吗,我就想见见那个女孩,当面把事情整清楚。"

章敏实在没办法,才说:"女孩逃跑时出了意外,在一棵树上吊死了……"

孙萍彻底蒙了,她慢慢地昂起下巴,目光缓缓地越过密林的树梢,越过被拓宽的防火道,越过那片烧得黑黢黢的山坡,以及矗立在山顶的鬼笑石……不知过了多久,当她重新望向章敏时,那双在泪水中浸泡得红肿的双眼,突然放射出无比明亮和坚定的光芒。

她说——

"章所，我儿子是冤枉的。"

章敏回到派出所，把带孙萍去命案现场的情况向张万全汇报了一遍，张万全听完摇了摇头："最不了解孩子的，往往就是当妈的。"

这时林凤冲走了过来："张队，我们沿着从快活林到鬼笑石的'主路'，把两旁的树林子、灌木丛、沟沟坎坎什么的细细搜索了一遍，连石头缝儿也没放过，根本没有找到那个红色背包，倒是摸到了一个重要的情况。您还记得佟宽不，就是拿着柴刀满山找欺负他闺女的坏蛋的那个山民。我们半路上遇到他，他说案发那天下午五点二十分左右，他在'主路'上见过张振宇。因为他的目的是寻仇，所以对来往行人记得很清楚，张振宇当时只背了个迷彩双肩背，手上根本就没有拿什么红色背包，衣着上也没有塞进什么东西的臃肿感。我们又找鬼笑石上的那个电工核实了一遍，他非常肯定，张振宇没有拿红色背包。我们沿着往西的道路继续查访，路过一个设在路边的茶棚时，茶棚老板也说那天见过张振宇，不记得他拿什么红色背包，只记得他在茶棚买了瓶北冰洋汽水喝，喝完就继续往山下走。我们沿途下了山，正好到达597路公交车的始发站——黑石头村站，找到了案发当天见过张振宇的公交司机和售票员，他们回忆，张振宇坐的那班车是六点整发车，上车后，他把一个迷彩双肩背放在旁边，一直坐到地铁苹果园站才下了车。"

"这么说来，你原来设想的，张振宇下山后走野路回石条门去作案，也完全不可能喽。"

"对，我认为，他的作案嫌疑可以彻底排除了。"

张万全正想说话，觉得腰间一麻，低头一看，是传呼机在振动,看完屏幕上的字以后,他说:"许局找我开会,我得马上过去。你们集中力量,突审邓云鹏,搞清楚那个红色背包到底是怎么回事。"

突审一开始,邓云鹏还是坚持原来那套证词,只承认看见张振宇拿着"红色背包"的说法不准确,"反正他手里拿着个挺大的像个包的红色东西。"但换柴永进为主审之后,不知用了什么法子,他很快就承认,是因为自己暗恋的女生只喜欢张振宇,所以才做假口供"黑"他。事实上他那天在快活林根本没见过张振宇,至于那个红色背包,就是信口胡诌的……

"怎么会这么巧?其他能证明见过张振宇的证据他都不说,偏偏说那个找不到的红色背包?"林凤冲困惑不解。

邓云鹏给出的答案是,爬山开始后,他曾经帮受害女生背过那个红色背包,甚至在登顶香炉峰后的集体合影时,红色背包还在他肩上背着,所以印象深刻,做假口供时就顺嘴溜了出来——班主任黄老师拿来的合影照片证明了这一点。看来,一切真的是纯属巧合了。但柴永进认为,红色背包不能就这么不明不白地没了,邓云鹏既然在供述中提到它,八成知道它的去向,尤其考虑到他在翻墙以后的所有行动没有任何目击证人,不排除他才是鬼笑石命案的真正制造者,所以加大了审讯力度。眼见邓云鹏被逼得双眼通红,浑身发抖,几近崩溃的边缘,林凤冲紧急喊停。

张万全回到万安山派出所的时候,已是下午五点。他把专案组的主要成员叫到一起,传达了市里的精神:"鬼笑石案件影响十分恶劣,社会上谣言纷纷,直接破坏了首都形象。在北京申奥这一重大政治任务面前,绝不能让它继续发酵,引起国际上对本市治安的非议。"

散会后,张万全把突审邓云鹏的材料认真看了几遍,然后问林凤冲："你觉得邓云鹏翻供前和翻供后，哪个说的是实话？"

"肯定是翻供后的啊。"

"为什么？"

"假如他翻供前说的是实话，张振宇真的到过快活林，从那里出发到碰见佟宽，短短五分钟，为什么红色背包就消失了，而且我们再也没有找到？"

"也许红色背包的事，邓云鹏确实说了谎，但并不能证明他说看到张振宇从羊肠小径走出来也是假的啊。"

"就算张振宇真的从羊肠小径走出，可鬼笑石的大火是六点整才烧起来的，那时候他早坐在公交车上了啊——从他五点二十五分碰到佟宽开始，一直到坐上597，整个时间线是连贯的，没有任何疑点。"

"不，有一个疑点——就是这个疑点，让我怀疑邓云鹏翻供前的话才是真的。"

"啊？哪个？"

"邓云鹏给出的时间。"

"您是指他说自己是五点十五分在快活林看到张振宇的？这有什么可疑的，五分钟后张振宇碰上佟宽，再过五分钟他到达鬼笑石，时间上不是正好吗？"

"问题就出在这个'正好'上。"张万全说，"假如邓云鹏说的是假话，他完全可以把时间说得再早一些或再晚一些，为什么可丁可卯的，就是张振宇按照正常的步速从快活林走到鬼笑石的时间？他应该不清楚张振宇离开快活林以后的行动轨迹，更不存在与张振宇串供的问题，这种情况下，他翻供前的供词可以与后来发生的一切实现无缝对接，你不觉得奇怪吗？"

这时，楼道里传来一阵吵嚷声，接着，房门被推开了，闯进来的是孙萍，跟在后面的章敏还拉着她的胳膊："张队，她非说要见你。"

"我又不是见不得人，你拦着她干啥。"张万全一边站起，一边请孙萍坐下。

"我不坐，我有几句要紧的话跟领导讲。"孙萍盯住张万全的眼睛说，"听说你要放了那个叫张振宇的，是吗？"

张万全大吃一惊："闫虎妈妈，这个您是从哪里听到的？"

"你甭管我从哪儿听到的，我就告诉你一句，这个人不能放，他才是杀我儿子和那个女孩的真正凶手！"

"你有什么证据这样说？"

"因为姓邓的学生看到他从那条可以通向我儿子被杀地方的小道儿钻了出来，还看到他手里拿着受害女孩子的红色背包。"孙萍说，"我知道，你们因为没有找到那个红色背包，就怀疑姓邓的做了假口供。不对，姓邓的没有说谎，我知道张振宇把红色背包藏哪儿了！"

张万全的脸色瞬间变得十分难看："闫虎妈妈，你刚才几句话里，提到了很多只有办案人员才知道的信息，是谁告诉你的？"

"这个我不能说。"

涉案机密的泄露是非常严重的事情，但眼下，鬼笑石案件才是优先考虑的问题。林凤冲说："那好，闫虎妈妈，您能告诉我们张振宇把红色背包藏到哪儿了吗？我们可是把该搜的地方都搜了，也没有找见啊。"

"那是因为你们没做过皮包的生意。"孙萍说，"同样款式的皮包，按照大小分成 A，B，C 三个尺码，比如每种一百个，一共三百个皮包，在检运站检货时是按照个头儿收费的。为了省钱，我们在发货单上只写一百个皮包，检运员检货时也是一百个皮包，但到了地方，一拿出来还是三百个皮包，你知道咋整的不？"

林凤冲摇了摇头。

"很简单，把C尺码的塞进B尺码，再把B尺码的塞进A尺码里不就得了！"

屋子里的三个警察恍然大悟！

张万全让章敏先把孙萍带到其他屋子去，并命令他，必须找出那个泄露办案细节的人。

"这么说，张振宇一离开快活林，就把红色背包折叠后塞进自己的迷彩双肩背里了。"林凤冲说，"这个行为本身，就说明他有重大的犯罪嫌疑。问题是，怎么才能找到证据呢……要不我这就带人去他家搜索？"

"你要是他，还能把红色背包带回家？"张万全将烟头在烟灰缸里狠狠掐灭，忽然想起了什么，"你把他们班在香炉峰上的合影拿过来。"

端详了照片很久，他要来放大镜，照着邓云鹏背的红色背包侧面的一块污渍说："问问邓云鹏，这是什么？"

答案很快来了。"邓云鹏说，那是有个女生伤风咳嗽，她妈妈给她熬的秋梨膏。那女生在爬山半道上喝的时候，被人撞了一下胳膊，半瓶洒在那个背包上了，落了好一顿埋怨。"

张万全笑着对林凤冲说："现在，你可以带人去张振宇家了。"

在张振宇家，刑警们不费吹灰之力就找到了那个迷彩双肩背，将它紧急送往法医物证鉴定所，然后再对他家展开进一步的搜索，然而并没有发现与鬼笑石案件相关的物证。

"他妈妈的脸不知道什么时候被严重烧伤了,挺吓人的,而且精神状态不是很好,也不问我们到家来做什么,只是挂念她儿子什么时候能回家,我们搜查完就匆匆撤回来了。"林凤冲向张万全汇报完,看他一脸怒容,小心翼翼地问,"您咋了?"

"查清楚了,是柴永进把案情捅出去的!"张万全气冲冲地说,"他有个表哥,就是那个护林员王长顺,专好打听小道消息,这回逮着柴永进那个无组织无纪律的碎嘴子,可让他大饱耳福。问题是他还嫌不过瘾,昨天晚上碰见张振宇和石劲风,一路上把抓捕和审讯呼延云的情况说了不少。孙萍在旁边虽然迷迷糊糊的,但也听见了,等她今天上山神志清醒了以后,下山就找到王长顺,塞给他一笔钱,让他把'真凶'的情况再讲一遍。王长顺不仅告诉孙萍真凶不是呼延云而是张振宇,还把从柴永进那里打听到的审案进展第一时间透露给孙萍,才搞得我们这样被动。"

"那您打算怎么处理?"

"停职,关禁闭,写检查,等案子结了再商量怎么发落!"

林凤冲吓了一跳,想了想才明白他说的是柴永进:"我是问孙萍。"

张万全苦笑了一下:"能怎么办,教育了几句就放了呗。那女人轴得很,被王长顺洗了脑,现在认准了张振宇是杀她儿子的仇人,非要报仇不可。"

"换个角度想,也许正是她的轴劲儿,才帮我们搞清了红色背包的去向。"

这时桌上的电话响了,张万全拿起来接听,"嗯嗯"几声以后,放下话筒,对林凤冲说:"鉴定所打来的。"

"怎么样?"

"没有发现。"

林凤冲的脸上顿时露出失望的神色。

张万全在得知红色背包上的污渍是秋梨膏时,立刻想到这种液体黏性大,纵使风干了,也会在沾到其他物品时留下痕迹.因此,张振宇将它塞进双肩背时,污渍难免会沾到背包的内侧,这样一来,只要在双肩背的内侧提取到秋梨膏的成分,就是张振宇曾经拿过红色背包的有力证据。

但刚刚打来电话的法医物证鉴定所说,并没有在双肩背的内侧提取到任何秋梨膏的成分,而且可以确认,背包的里里外外从未刷洗过。

"也是好事。"张万全说,"帮我们排除了张振宇身上最后的疑点。"

林凤冲走到屋子外面,孙萍正靠墙站着,一见他,赶紧迎上去。林凤冲把情况一说,她一脸错愕:"怎么会这样呢?你们查明白了没有?"

"这个鉴定结论肯定是没问题的。"

孙萍那双红肿的眼睛又浑浊了。

"已经很晚了,我去食堂给你打点饭吃吧。"林凤冲说。

孙萍却不理他,靠在墙上,垂着双手,嘴巴半张,神情麻木。很久才侧过身,挨着墙,一步一步,沿着长长的楼道向前走去。

林凤冲回到屋里,张万全见他神情黯然的样子,递了一根烟给他,林凤冲摇了摇头,从桌子上拿起缸子,咕噜咕噜灌了两口水,然后说:"师父,我心里怪不落忍的。"

张万全和林凤冲有师徒之实,却无师徒之名,所以林凤冲叫他"师父"只是私下里,而且多在百感交集的时候。

"明白。"张万全安慰他说,"但就目前我们掌握的种种情况来看，闫虎性侵受害女生不成遭到反杀，确实是最符合或者说最接近真相的结论。对此孙萍无法接受和认同，作为死者家属是可以理解的，可我们绝不能让同情心阻碍了判断力。更何况，如果说同情，那个受害女生的家属岂不是更值得同情。"

"我懂，我也一直坚持着'内化说'。我就是觉得，这个案子就这么结案的话，总还是有些说不过去的地方，比如那个丢失的红色背包，那场莫名其妙的山火——"

"还有那截断裂的滑道。"

林凤冲一愣："您是说被山水和泥石流冲断的 U 形槽？"

"案发那天，我在山上看了金波他们修的滑道，估计是为了省钱，利用天然的泄洪沟嵌入 U 形槽。就算质量和稳定性不过关，像那天那个水平的山水和泥石流，只会被导流到山下，怎么可能把 U 形槽给冲断了？"

林凤冲点点头："我们勘查过那条滑道：以断裂口为界，上边部分因为消防剂、山水和泥石流共同冲刷，U 形槽里没有留下什么痕迹，而且流下来的东西都顺着扭曲的裂口倾泻到旁边的山林里去了；而下边部分的 U 形槽里的落叶、积土虽然落了雨，但都保存完好——这就证明，断裂应该是起火前就发生的事情。不过，我们实在想不出这跟案子有什么关系啊？"

"我也还没想清楚，只是总觉得这个断裂有什么特殊的意义……对了，刚才你出去的时候，我接到上级指示：综合考虑各方面因素，决定对此案采取'结而不撤'的方式，对外给出案件中的两位死者就是施害人与受害人的结论，对内则列为悬案继续侦办。所以从现在开始，咱们做做修枝剪叶的工作吧！"

"修枝剪叶"是指在侦办刑事案件的过程中，往往会牵扯出大大小小的其他案件，但在将案卷材料和证据移送检察院时，应该只移送与本案相关的内容，为此要把其他案件进行剥离，另行侦查或另做处理。

首当其冲的就是窦京贩卖盗版光盘的案子，在缺乏证据的情况下，继续扣押他毫无意义，专案组和中关村工商所、区文化市场执法大队商议后，决定将他释放。

窦京得意扬扬地走出派出所的时候，天已经黑得像锅底一样。大门口，高红军和石劲风骑着自行车来接他，仨人见面之后，窦京跳上高红军的自行车后座，两辆车沿着坑洼不平的土路往南下洼村的方向走。石劲风问他在里面咋样，窦京说跟住大车店没啥区别，不花钱还管三顿饭呢。快进村的时候，高红军的车把一拧就往东走，窦京以为是先去被辟为临时物证库的青石板院子，也没当回事，但见车过了地方还没有停的意思，他有点儿害怕了，问了一句"咱们去哪儿啊"。高红军不说话，黑漆漆的路上，只回响着自行车链条的咔嗒咔嗒声和车轮在地面的咯噔咯噔声。

两辆车在一片密林的外面停下，高红军把车支子一撑就往里走。窦京预感到了什么，低声问石劲风："我那东西呢？"石劲风只摇头不说话，窦京知道大事不妙，硬着头皮跟在他们俩的后面。一直走到老树坑那里，高红军指着坑底下对窦京说："你不是问你的东西吗？就在这里面！"然后一脚将他踹了下去。

窦京扶着地慢慢爬起时，手摸到一堆烧成灰的坚硬碎片，一下子全明白了。

"你他妈的知不知道你在干什么？！"高红军忍了一天的恶气，终于发泄出来，"这些玩意儿万一被警察搜出来，完蛋的不光是你，疯子窝藏赃物也得蹲大牢，就他那个智力，进去了还能活着出来吗?"

蹲在坑底的窦京一言不发。

"回城前咱们说好了,不管怎么样,都要好好活着。这些年,你发财致富,我躲得远远的,可你倒霉落魄的时候,哪一次我不是想方设法帮你渡过难关。我从来就没指望沾你什么光,就想着,咱们南下洼村当年去兵团的四个人,只回来了三个,说什么都要把你俩照顾好,哪怕到了老了,走不动道的时候,也能互相扶一把……可你呢,自己违法乱纪不说,还要连累疯子吃瓜落,你说你干的还是不是人事儿!"

高红军越说越来气,居然跳到坑底,抡起大拳头朝着窦京的后背哐哐哐给了三下,打得窦京栽倒在地。石劲风吓坏了,赶紧跳进坑,两条胳膊把高红军死死箍住,嘴里呜噜呜噜的不知说些什么。

很久,窦京慢慢地爬起,扒着坑沿攀上去,走出了树林。

高红军挣开石劲风的胳膊,跃到坑外,往窦京走的方向望去,只看到无边无际的黑暗,在夜风的刷洗中,变幻着深浅。

回到物证库的院子,高红军和石劲风钻进传达室,嫌冷,一边搓手一边跺脚。见里屋的门关着,推开一看,孙萍躺在床上。高红军赶紧把火炉子生起来,石劲风从柜子里抱了件军大衣,给孙萍盖上,又退出来,将门重新掩好。

高红军肚子饿得咕咕叫,在屋子里翻弄了老半天,只找到半瓶二锅头,便责备石劲风也不多预备点儿吃的。石劲风跑出门,片刻工夫,把老欧拖了进来,老欧的手里捧着一包五香花生米,仨人就这么围着火炉,边喝边吃边聊。高红军问老欧说你到底犯了啥错误被罚到这儿看库房来?老欧说我一个物证室的技术员能犯啥错误？高红军说警察里的技术员都能干啥？老欧说技术员可厉害了，所有案件的证据都要靠我们鉴识和保管，我们说那人有罪他就有罪我们说那人没罪他就没罪。高红军说你就吹吧，到了你们还不是破不了鬼笑石那案子？老欧说还是技术不够硬，比如打烂闫虎脑袋的几块石头上发现有血，只能鉴别出血型跟闫虎一致，可万一凶手也是同一血型，就容易给他蒙混过去。高红军说那难道一点儿办法都没有吗？老欧说也不是没有，现在欧洲和老美开始用一种叫DNA的鉴定技术，大名叫脱氧核糖核酸，跟你们说你们也不懂，就是一种每个人身上特殊的标志物，在血液、唾液、指甲、头发等一切人体组织里都有。但两个不相关的人，DNA相同的概率连十亿分之一都不到，所以就算一百个人的血掺在一起，也能分辨出到底都是谁的血。现在我们国家正在引进这个技术，并建立相关的数据库，比如鬼笑石案件的物证，法医物证鉴定所那边检测完了不都运过来，存放在库房把头那间屋子里了吗，往冷柜里一搁，几十年都没问题。等将来这个技术成熟的时候，随时可以从上面重新提取检材做检测。好比怀疑某个人是罪犯，一直找不到证据，到时候就可以提取他的DNA做鉴定，如果与检材上的DNA相匹配，那他就是真凶，没跑儿！高红军说那到时候你就可以将功补过不用再在这儿看库房啦，老欧说对对对到时候我就可以将功补过不用再在这儿——我再跟你说一遍，我压根儿就没犯错误！

　　石劲风听得哈哈大笑。

第七章

鬼笑石案发的第四天上午，华文大学附属中学教导处来人，准备将涉案的三个男生接回去——那个女生因为第一时间排除了嫌疑，昨天就回家了。林凤冲专门向老师解释：三个男生的供词彼此关联密切，前前后后又发生了很多变化，为了核实的需要，多扣留了一些时间。现在都没问题了，还请老师带他们回去后多做做工作，注意不要给他们留下什么思想负担。

九十年代，对涉案未成年人的讯问虽然还不像后来那样严格要求其法定代理人在场，但在相关手续上同样严谨。比如释放前要被盘问人到法制科签署一份自己在受审期间，警方依照《未成年人保护法》对其合法权益予以保护的证明。万安山派出所的法制科就设在院子西边的一溜平房里，在一个民警的带领下，邓云鹏、呼延云和张振宇排成一队，从那个门脸像乡卫生所的办公区出来，往法制科走。路过一个栽满了鸡冠花的花坛时，有个女人走了过来，跟在队尾，走了好几步才问了一句："你是张振宇吗？"

张振宇手插着兜，看都没看那女人一眼，随口回了一句"是啊"……

说时迟那时快，女人抡起手中的一块大石头，"呼"的一声拍向张振宇的太阳穴！张振宇下意识地躲闪了一下，但石头还是砸中了他的额头，碎成几块。张振宇身子一歪倒在了地上，那女人捡起一块碎石，对准他的脑袋又砸了两下，走在最前面的民警才扑过来，将她的胳膊一个反拧，夺下了那块碎石。

事情发生得太突然，邓云鹏和呼延云吓得呆若木鸡，待反应过来时，连忙和几个闻声赶来的警察一起，把张振宇抬到了医务室。医生包扎了几次，每次都是刚刚缠好伤口，纱布就被汩汩流出的鲜血渗透。无奈之下，派出所只好叫来救护车，将张振宇送往首钢医院，教导处的老师也跟车一同前往。

砸倒张振宇的孙萍被戴上手铐，两个民警拖着她往羁押室走。她一边挣扎一边大骂，昂着脖子，凸着眼球，疯婆子似的，满院子都回荡着她含混不清的嘶吼声。

倒霉的是呼延云和邓云鹏，俩人这下又走不成了，作为刚才突发事件的目击证人，必须留下来录口供。邓云鹏在接连不断的刺激和惊吓面前，终于绷不住了，一会儿哭一会儿笑的，时不时还唱几句粤语歌曲，警方只好联系他的家人，将他接回家休养。只有呼延云尚能比较镇定地描述刚才发生的一幕，结果一直被留到晚上六点。据说还是因为在医院接受治疗的张振宇苏醒以后，表示不想对孙萍再做追究，警方才释放了孙萍，捎带脚把他也给放了。

走出派出所的大门，遥望暮色中的西山，连绵起伏的山脊与天际之间宛如撕裂般绽开的一道蓝得不真实的长线，呼延云有恍若一梦的感觉。他正想着该怎么走到公交车站，坐车回家，忽然听见有人喊自己的名字，抬头一看是高红军，赶紧跑了过去。

"你妈给我打电话，公司紧急派她去西安出个差，你爸又去外地采访了，就让我来接你。这个点儿，你回家也没饭辙了，跟我走吧，找个地方让你填饱肚子。"说着，高红军指了指旁边那个有点儿胖的家伙，"这个是你石叔叔。"

呼延云赶紧叫了声"石叔叔好"。

石劲风冲他一乐。

他们七转八转，钻进一个挂着"西山风味餐厅"招牌的小饭馆，捡了张靠里的圆桌坐下。高红军对着柜台后面的老板说："老几样，快点儿上！"没多会儿，鱼香肉丝、咕咾肉、熘肝尖、素炒饼什么的摆了满满一桌子。高红军拧开一瓶二锅头，正要给石劲风倒上，一抬眼，看见窦京的脑袋在门口探了一下，又缩了出去。他立刻跳起来，追出去，一会儿就把窦京拖了进来，摁着肩膀在凳子上坐下。窦京还想抬屁股，高红军骂了一句"没完了是不是"，他才老老实实地坐好。

边吃边聊，高红军问呼延云怎么卷进这个案子的？呼延云就把事情的经过大致讲了一遍，说到自己反击柴永进那一段时，高红军哈哈大笑，拍着他的肩膀连说："干得漂亮！"一直低头不语的窦京也开了口："那帮人就欠收拾！"渐渐地，本来冷清的小饭店被他们几个人的欢声笑语蒸腾得温暖了起来。

正吃得高兴，门帘一掀，走进个人来。高红军一看，脸色一沉，想这人大概也是来吃饭的，装成不理就过去了，便接着喝酒。

谁知那人大步流星，径直走到他们的桌边站下。

背对着门口的窦京这才有所察觉，回头一看，不由得站了起来。

高红军见那人站在桌子对面，一动不动，不知道他要干吗，只好把下巴一抬，不耐烦地说："有事儿，您言语；没事儿，您电线杆子似的跟这儿一杵，您说我们这饭吃还是不吃？"

那人望着他，胸膛起伏了很久，突然"啪"地打了个立正，朝他敬了个军礼，大声说："黑龙江生产建设兵团独立师六团警通连战士——"说到这里，他哽咽得说不下去了，使劲吞咽了几下，才把话说完："警通连战士张万全，向高班长报到！"

高红军愣了两秒，哗啦一声站了起来，顾不得圆桌被撞歪，猛地扑上前，一把抱住他的肩膀，在张万全的脸上看了又看："大张，真是大张，你还活着？"

张万全使劲点着头："我是大张，我还活着！"

高红军一把将他搂住，张万全也紧紧搂住了他，两条汉子顷刻间都是泪流满面，好一阵子才松开。张万全一手一个搂住石劲风和窦京的肩膀："疯子，精豆儿，还记得我不？"

窦京瞅着他，嘿嘿笑了几声；石劲风眯起眼睛，看了他好半天，摇了摇头，又点了点头，最后还是笑呵呵地跟他紧紧拥抱了一下。

高红军拖了张凳子，让张万全挨着自己坐下，一边给他斟酒一边说："大张，那一次咱们得救后，我一睡好几天。醒来后听说你冻伤特别重，被送回北京了，后来就再没打听到你的消息，以为你光荣了呢。"

"那一次真的差点儿光荣，可巧304医院有个老军医，上过朝鲜战场，对冻伤特别有研究，我就落到他手里了，治好后一直蹦跶到现在。除了变天的时候关节疼，别的啥毛病没有。"张万全说，"疯子咋回事？当年你们给他取那个外号，纯粹是压他那倒霉名字的轵，他可是心明眼亮的一个人，怎么现在真的……"

"你回城早，好多事儿不知道。后来垦区着了一把大火，为了救火，好多战友都牺牲了，疯子受了刺激，精神就不正常了。鬼笑石着火那天，要不是我和精豆儿俩拉着他，他坐地就把自个儿火葬了。"

"对了,怎么就看见你们仨,老三呢?"

高红军没说话。

张万全端起酒杯,把酒慢慢地洒在地上:"这一杯,就敬那些留在北大荒,永远不能再回来的战友吧……"

就这么地,他们沉浸在了对往昔岁月的回忆中,在这间狭小而安静的饭馆里,忽然有那么多的声音从记忆最深处回响起来:蛤蟆烟缭绕的知青宿舍,柴火在火光熊熊的炉膛里发出噼啪声,炉盖上的馒头片烤得吱吱作响声,窗外飞雪时而"沙沙"时而"哧哧"的扑簌声;夜间紧急集合时划破长空的军号声,千里大拉练时数万将士穿越林海雪原的橐橐脚步声;黑龙江开江了,大江深处雄浑的冰层断裂声;在原始森林里伐木,大树放倒时满山回荡的呼喊声,归楞①的人们整齐而富有节奏的劳动号子声;还有丰收时节,石劲风躺在堆满麦秸的牛车上,望着忽远忽近的天空,享受着似颠非颠的轻摇,唱起了他最喜欢的那首歌:

> 樱桃好吃树难栽,
> 不下苦功花不开。
> 幸福不会从天降,
> 社会主义等不来。
>
> 莫说我们的家乡苦。
> 夜明宝珠土里埋。
> 只要汗水勤灌溉,

---

① 将砍伐的原木抬到指定的区域码成堆。

幸福的花儿遍地开。①

远处,蓝天白云,碧空如洗,一辆辆拖拉机牵引着挂红旗的康拜因,在一望无际的麦海里前行,宛如一艘艘军舰劈开金黄色的海浪……

"对了,大张,回城以后你咋当上警察了?"高红军问。

"我病好以后,正赶上北京市恢复公检法系统,要在全市招一批根红苗正的年轻人。你想那会儿,适龄青年大都上山下乡去了,城里就没剩下仨瓜俩枣,我试着报了一下名,本来以为我一个半残没啥机会呢,谁知一下子就给选上了。培训了俩月就分到公安系统,这么地一直干到现在。"

窦京说:"大张,不是我说你,坐过一条爬犁的兄弟,在里面的时候怎么不照应着点儿,招招都往死路上逼?"

还没等张万全说话,高红军就骂了起来:"精豆儿你小子又扯什么犊子呢,大张那叫公事公办,查出你没犯事儿不就把你放了么,你还瞎咧咧个啥!"

张万全笑了笑:"班长,你们几个什么时候回城的?"

"我们都是七八年办病退回来的。"

"回来以后呢?还好不?"

"好啥啊,一下子回来十几万待业大军,走到哪儿都受歧视。别的不说,一坐公交车,买票,售票员一听是大碴子味儿的东北话,那白眼儿翻的啊,恨不得把你挤对出北京城去。一样在商店里买东西,北京人可以翻来覆去地挑,我们那修理过地球的粗手指头碰一下,售货员就说上了。实在没辙,只好搁家里窝着,居

---

① 《幸福不会从天降》,二十世纪五十年代电影《我们村里的年轻人》主题歌,马烽作词,张棣昌作曲。

委会老太太还时不时敲开门，一嘴的阴阳怪气：'哟，怎么回来了，没在边疆扎住根儿啊？'不瞒你说，那种感觉，自己就是个废品，还是他妈连废品站都不收的废品。"

张万全听得眉头紧锁，围着桌子的其他几个人也都鸦雀无声。

高红军往嘴里狠狠搁了一杯酒："那会儿我都二十八岁了，挺大个子，一天三顿在家吃爹妈的，自己都臊得慌。我就跑城里找活儿干，卖烤白薯、摊煎饼、扛家具、运蜂窝煤，只要能证明我不是个废品，啥都干。那年冬天，整个北京城里运蜂窝煤的都是兵团知青，蹬着板儿车在胡同里碰上，一报连队，都眼泪哗哗的。后来我支个摊儿修自行车，两只手冻裂了，都是血口子，补胎的时候得把车胎摁进水盆里找窟窿眼儿，手往水里一扎，疼得直哆嗦。好不容易挣点儿钱，工商一个扫荡，连钱带家伙事儿就都没了……

"实在没办法，我就到市建设公司的工地挖沟，工长让我两天完成的活儿，我半天就干完了。比起在北大荒修水利的时候每人每天几十方土，那点活儿根本就不叫个事儿；工长又安排我挑砖，我一个人干别人五倍的量，咱这可是扛过两百斤麻袋上三级跳板的肩膀；工长又派我断钢筋，就是把钢筋夹在刀具中间，用大锤砸断，我权当在采石场打炮眼儿，想当年十八磅的大锤抡五十下才换人，现在，一锤一个绝不含糊！其他工人里三层外三层地围着叫好，可我心里在流泪。他们拿我当江湖卖艺的，可我这都是在兵团练出来的本事啊！"

高红军停了停，接着说，"还好那个工长器重我，从临时工给我转了正，这么的，我一点点从工地做到机关……疯子就不行了，兵团那边销了户口，可他爸妈都死了，家里就剩他一个，拿着回京的手续好久落不了户，成了个'黑人'。没户口就没有副食本，办不下粮油关系，为了吃饱饭，他啥脏活儿累活儿都干过：蹬三轮车从公交车站往香山公园运游客；摘山楂一筐一筐背下山卖给串糖葫芦的小贩；跑门头沟的煤矿当矿工，塌方差点儿死在井底下；最惨的是被环卫局招临时工，给附近几个村的公厕掏大粪，一米高的粪桶，一桶上百斤沉，每天要背几十桶，肩膀一斜就洒一脖子屎尿。有一次我在路上看见他，拎个粪勺背个粪桶贴着路边走，旁边有个女的戳着他后脊梁教育孩子：'看见没有，不好好学习就是这下场。'我张嘴就骂：'你有本事教你儿子变貔貅，一辈子别他妈拉屎撒尿！'"

看见他眼里泛起的泪光，石劲风捅了捅他："你咋专揭我的短儿？我也有露脸的时候啊，正月里跑厂甸卖风筝，一下子被抢了个精光。我做的风筝他们哪儿见过啊，那都是照曹爷爷教的法儿做的，一个比一个好看！"

"曹爷爷是谁？"张万全问。

"曹雪芹。"高红军说，"前几年不是发现了一本他写的什么工艺品的书①吗，疯子就跑北京图书馆复印了一本，照着上面的样子扎风筝卖，居然还真的赚了些钱。他可高兴了，逢人就说谢谢曹爷爷送他碗饭吃。"

"你还是那么迷《红楼梦》啊。"张万全对石劲风说，"听说你来兵团的时候就带了一部，上山伐木都带着，见天夜里点个小油灯看，第二天起床，擤出的鼻涕都是黑的。"

"现在比以前更魔怔了。"高红军说，"回城后，他没少往大学里面那红学研究社跑，每次都是送自己新写的关于《红楼梦》

---

① 指《废艺斋集稿》，曹雪芹佚著，内容涉及金石图章、园林建筑、风筝扎糊、编织印染等工艺，现仅以存《南鹞北鸢考工志》部分，系曹雪芹为了救济穷困残疾之人，教他们制作风筝，以此业养家而撰写。

的稿子。后来人家跟他说你鼓捣这些题目都太大，什么后四十回到底是不是高鹗补的，金陵十二钗那命运簿册中对应的分别是谁……有的前人早就整明白了，有的周汝昌、冯其庸加在一起都整不明白。劝他找一个靠谱些的题目研究，他想来想去，决定收集曹雪芹在西山的踪迹，现在整天价在附近几个村子转来转去的，专找八十往上的老头儿老太太扫听陈年往事。"

窦京扑哧一笑："人家红学研究社的专家，就是找个借口让他别再上门烦他们。他倒好，把客气当成了运气，那些专家都是名牌大学毕业，哪儿能看得起一个高中都没毕业的返城知青？"

"行啦！"高红军冲他一瞪眼，"疯子一琢磨起《红楼梦》来，脑子就还清楚些，由着他好了。"

"啥都由着他，就眼睁睁看他把那么大一院房子免费租给别人，一分钱不挣？"

窦京这么一点，张万全赶紧举起酒杯道："疯子，说起这个，我得好好敬你一杯，你把那院房子租给我们做临时物证库，真是帮了大忙了！"

石劲风很高兴地跟他干了一杯。

"精豆儿，你呢？"张万全问，"回来以后咋样？"

"绕来绕去，终于绕到正题儿了。"窦京抿了一口酒，"我先在印刷厂当工人，然后干了几年采购，跟出版社挂上了钩，在甘家口支了个书摊卖书。前几年看电脑行情不错，就改行卖电脑了——盗版光盘我可是真的没卖过。"

一听这话，高红军不高兴了："你怎么又往这个上面扯？"

"不是我故意往这个上面扯，是人家进来兜了这么一大圈，就为了扫听我这点事儿，我再不表个态，也忒没眼力见了。"他朝张万全眍了眍眼睛，"是不是，您说？"

高红军愣住了，望着张万全。

"精豆儿，你这么想，我不怪你。在兵团那会儿，你琢磨事儿就总比别人多一箍节儿，但这回，你真的想错了。"张万全望着窦京说，"案发那天晚上在马跃家，我就认出你们仨了，但大案当前，我的工作性质不允许我跟你们相认。今天案子刚一结，我赶紧就跑过来了，就像你说的，坐过一条爬犁的兄弟，不能不讲情分。我来这儿，半点儿借着人情打探消息的意思都没有，当年从大烟泡①死里逃生出来，我的表现咋样，你们是知道的。"

窦京瞄了他片刻，冷冷一笑："得，算我想多了。可我不怕告诉您，回城这二十年，我一听见'北大荒'仨字儿，这心口就疼！整整十年啊，我把自己最好的青春和感情都浪费在那儿了。好多兵团知青，这几年越来越爱怀旧，好像当年淌的那些汗、流的那些泪都加了咖啡伴侣，变得'味道好极了'。可老大和疯子知道，我跟他们做兄弟不假，但我从来不跟他们一起怀旧，我永远永远，永远都不想再回忆起那个地方！"

说完他把杯中的酒一口干了，站起身，大步向门外走去。

望着被推开后又反弹回来的大门，张万全半天才回过味儿来："班长，我记得那会儿老三对北大荒恨得咬牙切齿的，后来才惹出那么大的祸，啥时候精豆儿也添了这个毛病？"

"你甭怪他，他也是个苦命的。"高红军说，"大烟泡死里逃生出来，他跟小上海那对儿冤家对头，不知怎么的居然好上了，如胶似漆的，谁知后来……回到北京，他顶了他爸在印刷厂的工作。前些年下海做生意，没少被人坑被人骗，喝点儿酒就一肚子

---

①北大荒寒冷漫长的冬季，原野上的积雪呈粉末状，遇到降雪又刮风的极寒天气，地表的雪被从地面吹到空中，天空的雪片又被狂风席卷着抛撒下来，二者混淆在一起，形成一种特大的暴风雪。

牢骚。不过你放心，有我和疯子看着，他干不出什么出格的事儿来。"

张万全吃了口菜，喝了杯酒，才对高红军说："那天晚上在马跃家，我听说精豆儿要注册文化公司？我这个刑侦支队支队长，别的没有，社会关系还是有一些的，尤其工商那边，这些年处了不少朋友，他注册当中如果遇到什么困难，打个招呼，我来帮他疏通。可有一条：卖电脑也好，开文化公司也罢，他得走正道儿——这句话，班长你一定要给他带到。"

一股暖流涌上了心窝，高红军一把搂住张万全的肩膀："大张，你没变……"

张万全笑着说："班长，你也没变——来，咱们把这杯酒干了。疯子，还愣着干啥，一起！"

这之后他们继续开怀畅饮，酩酊大醉时，高红军大着舌头说："大张，你可千万千万别怪精豆儿，你看见我们村小学和金波家院墙中间夹着的那棵树没有，那就是我们，根浅，该长个儿的时候没营养，等长完了一看，一个个下边儿细上边儿粗，个个都顶了个大脑壳，脑壳里没有知识文化，装的全都是不甘心……"

"班长，不说丧气话。"张万全搂着他醉醺醺地说，"甭管到了什么时候，咱们兵团战士都胸有朝阳！"

高红军把酒杯在桌子上一砸："对！甭管到了什么时候——"他的嘴唇颤抖着，一时间竟找不到合适的言语来表达内心的感情，大喊道："大张，疯子，我起个头啊：'兵团战士胸有朝阳，胸有朝阳！'"

张万全和石劲风扯开喉咙，跟他一起唱了起来——

兵团战士胸有朝阳,胸有朝阳!
屯垦戍边披荆斩棘,战斗在边疆。
毛泽东思想哺育我们茁壮成长,
祖国大地山山水水充满了阳光!

呼延云惊呆了,他看着这几个比自己大三十岁的老男人,看着他们火苗似的支棱起来的头发,看着他们红通通汗津津的粗犷脸庞,看着他们用力挥舞打着节拍的手臂,看着他们如潮水一般起伏的宽阔胸膛,从胸膛里澎湃出的歌声震得四壁嗡嗡作响,仿佛是一整个比岩浆还要火红滚烫的岁月从深埋已久的地下喷薄爆发——

三大革命炼红心,迎风冒雪志如钢。
坚决响应毛主席的伟大号召,誓把北疆变粮仓。
热爱边疆、扎根边疆、建设边疆、保卫边疆,
红心向太阳![1]

出了饭馆,四下里是一片寒飕飕的黑暗。高红军依依不舍地拉着张万全的胳膊,俩人一边说着道别的话一边走,竟一直走到万安山派出所门口。看着张万全进了里面,高红军依旧原地站着,久久地,直到石劲风打了个大大的哈欠,他才回过头,好像第一次看见呼延云似的:"你怎么还在这儿?"

呼延云搔了搔后脑勺:"您也没说让我走啊……"

"这深更半夜,黑灯瞎火的。"高红军嘟囔了一句,"咱们这

---

[1] 《兵团战士胸有朝阳》,黑龙江生产建设兵团最具代表性的歌曲,高思作词,王德全作曲。

地界也不好打出租车,要不你甭回家了,今晚就到你石叔叔那儿忍一宿,行不?"

呼延云没有别的办法,只好点点头,跟着他俩出了村子。走到青石板的院子,一推门,里面反锁着,敲了半天也没人应。正在不耐烦的时候,里面传来脚步声,接着门开了,老欧披着衣服,睡眼惺忪地抱怨道:"你们怎么又回来这么晚?"高红军一指呼延云:"老欧,你那儿还有钢丝床没有,借这小子睡一宿,明早就送他回家。"老欧一脸不悦:"老高,不是我说你,咱们这物证库虽然还没正式挂牌,但很多涉及大案要案的重要物证已经运来了,派我来守着,就是怕有什么闪失。你昨儿往这带一个,今儿往这带一个,把这儿弄得跟大车店似的,你让我这工作还怎么做?"高红军也知道不妥,一边嘀咕着"瞧你那样儿,就跟真有人能跑你这儿砸囚车劫法场似的",一边拉着呼延云说"走走走,到我家住去"。

正在这时,库房那边忽然传来"哐啷"一声,声音虽然不大,但在这静夜里却显得格外清晰。

老欧脸色一变,拔腿就往库房跑!

很快,传来几近咆哮的责骂声,高红军等人赶过去一看,只见在库房把头一间屋子里,摆着一排白底蓝边的物证冷藏柜,一把椅子倒在旁边的地上。屋里站着两个人,一个是低头不语的孙萍,另一个是横眉怒目的老欧。"谁让你进来的?你进来干什么?是不是偷东西?你偷什么了?"说着就要往孙萍的身上搜,高红军上前一把抓住老欧的胳膊:"人家一个女同志,你动手动脚的算怎么回事?"老欧瞪着他说:"高红军,这可不是你该管的,她要真从物证库里偷东西,那可是坐大牢的罪过,怎么着你想跟她一起吃牢饭啊?"高红军火了:"姓欧的,这院房子可是我哥们儿的，惹急了我，一句话让你们腾地儿，你掂量掂量你扛得起扛不起？"老欧一听，气焰顿时矮了半截："那她万一偷了东西，我是要负责任的啊！"高红军一想也是，转过身问孙萍："你怎么跑这儿来了？"孙萍说自己上厕所，完事往外走，"我眼神不好，一到天黑看东西就模模糊糊的，不知怎么的就走岔了路，可我保证没有偷东西。"

原来这座房子的格局，进门的门厅左侧是厕所和水房，传达室的人解手和打水也到这里；右侧有一扇门，打开后是一长溜的通道，通往一个个房间，这里就是用于存放物证的库房。为了给传达室的人行方便，老欧晚上从来不关房子的大门，只在进库房睡觉后，从里面把门闩上。刚才高红军他们一叫门，他披上衣服就跑了出去，库房的门就那么敞开着了。

老欧一听，这责任恐怕还真有一半在自己身上，但他依然坚持必须对孙萍搜身。并给万安山派出所打了个电话，让过来一个女警，在孙萍身上仔细搜了一番，并没有发现她偷任何东西。老欧知道自己理亏，一边把倒了的椅子扶正，一边气哼哼地说："反正这女人说啥不能留在这里了……"

呼延云走到椅子旁边，蹲下，看着干净的椅面，很久才站起身，仰头望向对面那排物证冷藏柜的顶部，却见上面空无一物。他皱紧了眉头，视线慢慢地向下时，发现其中一台柜子表面贴的物证信息卡上，用碳素笔写着几个字。走近了一看，是"鬼笑石"和后面的一行日期。

也就是说，这台柜子里存放的是鬼笑石案件的物证。

他正想再看得仔细些，被老欧推出了屋子，一直推到院子里。高红军正要跟老欧接着掰扯，却见孙萍从传达室里拿了自己的东西出来，低着头往外面走。高红军问她去哪儿，她只说了两个字"回家",高红军说这么晚了又没有车,你总不能走回去吧?孙萍像没有听见似的,继续往前走。石劲风跟在她后面,一起踏上原野间的那条小路。夜幕中,两个身影走一会儿,停一会儿,走一会儿,停一会儿,越来越远也越来越浅,仿佛是一张无边无际的黑色宣纸渐渐吸收的两滴墨汁。

整整一个月后,西山下了场小雪,将已经浓到极致的红叶覆上了一层薄薄的白绒。石劲风正在半山腰一处残破的碉楼里玩儿,远远看见有个人正沿着原野上的那条小路往这边走。他觉得眼熟,眯起眼睛看了老半天才认出是谁,顿时高兴起来,挥着手大喊:"哎!哎!"

她听到喊声,抬起头,见那个胖墩墩的家伙踩着干枯蜷曲的落叶,从半山腰上一路噼里啪啦地跑了下来,一直跑到她跟前才站定,气喘吁吁地问:"你咋回来了?"

"我准备在这附近找个地儿住下。"孙萍把沉重的背包放在地上,擦了一把额头上的汗,"你知不知道有啥我能干的活儿啊?"

石劲风光顾着高兴了,也没听清她的话,就从地上抓起背包扛在肩上,带着她往青石板院子走。快到地儿的时候才觉得不合适,又折往南下洼村,在村子口,几个蹲在树下抽烟的闲人认出了孙萍,赶紧找金波报告去了。石劲风却没留意这些,将孙萍一直带到高红军家。

高红军到底还是被市建设公司"精简"了,这阵子天天躲在家里喝闷酒睡大觉。一见孙萍,有些惊讶,又有些不快,听孙萍说了想在村里住下并找个工作的话,摇了摇头说:"你儿子在山上惹出那么大的事儿,村里别说本地人了,连外来户都不能容你。至于工作,你看我现在都没工作了……"

"我儿子是冤枉的。"孙萍说,"我把家里的厂子停了,工人辞了,机器卖了,连房子都给亲戚了,就是一门心思来这儿找证据的。不还我儿子一个清白,我绝不走!"

正在这时,金波带着几个人气势汹汹地闯到院子里:"高红军,你怎么又把这个灾星给引到村子里来了?"

高红军走到堆着煤球的院子一角,拎了把铁锹过来,把锹子头在地上"哐哐"地磕了磕:"你说啥?我没听清,来,再说一遍。"

金波一边往后退一边说:"我不跟你一般见识,反正你让这女的赶紧走!"说完带着他的人溜走了。

"唉,你看,不是我不留你,而是真的留不住你。"高红军对孙萍说。

石劲风拉了拉他的袖子:"你再想想办法呗。"

高红军瞪了他一眼:"你也是怪,怎么总向着她说话?"

石劲风的脸红了:"她也是咱兵团战友,我才想着帮帮她的。"

高红军大吃一惊,问孙萍:"你在兵团待过?"

孙萍摇了摇头:"我家里成分不好,进不了兵团,就去北安附近的乡下插的队。"

"那也是自己人。"高红军说完,转头问石劲风,"你怎么知道这些的,她跟你讲过?"

"我从来没跟他讲过呀。"孙萍说。

石劲风道:"她说话有东北口音,看年龄跟咱们差不多,两边肩膀头都有些肿。当年咱们伐木队的姑娘们归楞完木头,一收工个个肩膀肿得像大馒头,时间长了就磨成疙瘩,怎么都消不下去,我就猜她也在兵团待过了。"

高红军哑然失笑："没想到嘿，你这家伙脑子还有这么灵光的时候。"然后他对孙萍说："天下知青是一家，你的忙我帮定了。对了，前两天西山林场的乔主任找我，说王长顺没有尽到防火职责，又瞎传小道消息，给公安的同志惹了麻烦，所以把他辞了，让我接替他做巡山员。我看不上那活儿，要不然推荐你去干怎么样？就是每天在山上逛游，早晚点卯，对于一个女同志而言，辛苦了些。"

"我不怕辛苦。"孙萍说。

"那就成。"高红军说，"至于住的地方——"他皱紧了眉头，半天没说出下文。

谁知石劲风有了主意，他问孙萍："那啥，你胆子大不？"

从金山陵园沿山路上行不远，有一处高高隆起的土丘，倘若攀爬上去，可以在荒烟蔓草间看到一处残垣断壁，这里正是北法海寺的遗址①。高红军他们就在附近找了片平整的空地，寻了个好天气，蹬着三轮车运来沙子、石子和水泥，在提前打好的地基上，给孙萍盖房子。

一边用抹子抹水泥砂浆，一边把准备好的红砖一层层往上垒。眼瞅着墙高起来了，高红军搭起脚手架，窦京坐在上面砌，见下面递砖的石劲风速度有些慢，故意刁难他："疯子，没吃早饭啊？"正搅拌水泥砂浆的高红军笑着骂道："精豆儿你甭欺负人，嫌慢是不是？我给你来一块发糕，热乎哒！"说完拿铁锹铲起一块砖头，锹把往上一抡，砖头带着风声直奔窦京飞去。窦京不慌不忙，只把手一探，就在半空中接住，往墙头砌。两人就这

---

① 北京西山有两座法海寺：一座在模式口，称南法海寺，以保存完整的明代壁画而知名；一座在万安山，称北法海寺。

么一个用铁锹送砖,一个在空中接砖,配合得天衣无缝,顷刻间便砌到了屋檐的部分。

见孙萍看得发呆,高红军笑着说:"当年在兵团盖砖房,我们都用木锹这么往上送砖——你们插队不盖房吗?"

"也盖,但我们村穷,大都盖的拉合辫房①。盖砖瓦房,那得是快返城前的事了。"

"那你们插队干的活儿呢,跟我们兵团一样吗?"

"那时节,那地界,干的活儿应该都差不多吧。春播拌种,夏锄耕地,秋天割豆子掰苞米,冬天冒着风雪修水利,上山砍树……"

"这倒也是,搁到兵团,无非就是改成了春耕大会战、麦收大会战、秋收大会战、水利大会战。"高红军看到她那双布满疤痕、骨节变形的手,突然注意到了什么,"你怎么没有手指甲?"

孙萍低头看了看,苦笑道:"刚去第一年赶上收麦子,一不留神,小拇指的指甲掀了。再往后干活儿,麦子秆不时扎进去,一下一下钻心的疼,就老是'打狼'②。有一天我突然想,要是把指甲都拔下来不就好了吗?其他人都劝我说不行,可那会儿我想的是只要不耽误麦收,只要能用实际行动抹去旧家庭烙在我身上的烙印,咋样都行。于是我找了个休息日,趁宿舍里的知青都不在的时候,拿钳子把指甲一片一片全拔下来了。"

石劲风上前一把抓住孙萍的手,看她那十根光秃秃的指头尖:"这得多疼啊!"

"还好,就是一咬牙一闭眼的事儿。拔下来的指甲虽然带着

---

①东北一种特有民居,用木料立起柱子,把从草甸子打来的草放进挖好的泥坑里,搅和均匀,用手拧成跟姑娘大辫子似的草辫子,从起墙的位置开始,沿着四周围一层一层往上堆,故而得名。
②指干农活的时候落在最后面。

血，但也并没有想象中那么疼，比起麦秆插进指甲好受多了。"

高红军重重地叹了一口气，对石劲风说："疯子，乔主任已经答应让孙萍做林场的巡山员了。她一个女同志，每天要在这山里爬上爬下的，回到家难免腰酸背痛。你那传达室的工作就是个闲差，得空儿就来帮衬着她一点儿，打个水做个饭什么的，别一天到晚的就知道疯玩儿。"

"我没疯玩儿啊，我得把曹爷爷在西山的踪迹收集齐全啊。"

坐在脚手架上的窦京喊："疯子，过来帮我砌门框。"

石劲风赶紧跑过去，扶住固定用的木框。由于门框上面的砖要竖着砌，所以窦京将砂浆抹在砖头的侧面，砌的时候故意把抹子耷拉着，石劲风仰头看门框扶得正不正，被淌下来的砂浆糊了一脸。窦京大笑起来："让你吹牛，还收集齐全，曹雪芹到底在西山待没待过还两说呢。"

"当然待过了。"石劲风一边用袖子擦脸一边说，"你忘了咱们小时候，听村里人说起的：曹爷爷从城里搬到西山，在南辛庄的杏石口、卧佛寺的北沟村、健锐营的正白旗营都住过，要不怎么那边辟出了曹爷爷的纪念馆呢[1]。青埂峰下补天剩余的顽石，就是樱桃沟里那块元宝石，元宝石旁边一块大青石上长出的一棵古柏，启发了曹爷爷写'木石前盟'的灵感；还有，曹爷爷起'林黛玉'这个名字，是因为他写书时没钱买墨，听鄂比先生[2]的话，从樱桃沟的小溪里捞了'黛石'在砚台里磨，用毛笔

---

[1] 一九七一年在香山正白旗三十九号一老屋内发现题壁诗，疑似曹雪芹所题，于是一九八三年以此处为中心建成曹雪芹纪念馆，但红学界对此尚存争议。
[2] 吴恩裕、周汝昌等红学研究者于一九六三年对民间艺人张永海做了访谈，张永海世居健锐营，故被知先人所述及当地居民关于曹雪芹的许多传说，访谈中多次提到鄂比先生，他系镶白旗人，曹雪芹生前好友。

蘸了也能写字,这在《红楼梦》第三回中提到过[①]……"

窦京不屑地说:"这都是民间传说,就跟那些小吃店里挂着的乾隆皇帝微服私访时亲口品尝的牌匾似的,怎么你一把年纪了还当真呢?你要真想让红学研究社那帮人高看你一眼,我给你支一招儿。你就瞎编一个传说,说曹雪芹当年在西山的时候,就住在你们家那青石板的院子里,没事儿就到北法海寺里找老和尚聊天,还经常爬到鬼笑石上构思小说。你看鬼笑石搁山尖儿那儿一戳,比起樱桃沟的元宝石,是不是更像电视剧片头那块大石头?"

石劲风干眨巴着小眼儿,半天说不出话来。

"精豆儿!"高红军喊了一声,"你小子少说几句能死是怎么着?"

"我是为疯子好,省得他这辈子啥也干不成。"窦京说,"你看现在全国各地新修的那些古迹,什么高老庄遗址、潘金莲故居,有几个是真的,还不都是狗戴嚼子——胡勒。"

"没完了是不是?"高红军把眼一瞪,"听说你那文化公司批下来了?"

窦京"嗯"了一声。

"回头你打个电话给大张,说声谢谢。这么多年过去了,人家还没忘了在北大荒时的情义,不容易。对了,你开那文化公司都准备经营啥项目?"

"我啊,打算做点儿跟老年人有关的事儿。"

"老年人?"

"对。你没看报纸,那《参考消息》上说,现在好多发达国

[①] 即贾宝玉杜撰的《古今人物通考》上说的"西方有石名黛,可代画眉之墨"。

家进入老龄化,老年人需要各种服务,我这是提前布局呢。对了,你下一步有什么打算?要不然跟我一起开公司得了。"

"拉倒吧,我这臭脾气,万一进了你那公司,横挑鼻子竖挑眼的,还不够给你添堵呢。你就甭替我操心了,好好做生意,千万别忘了大张托我给你带的那句话……"

傍晚的时候,不光房子封了顶,门窗安好了框架,就连火炉子和烟囱也都装好了。高红军拿着火筷子夹起一块块蜂窝煤填进炉膛里,点燃了火,将一个装满了水的水壶放在炉台上。蓝色的火苗在壶底下旺盛地蹿动着,不一会儿就听见水壶里传来咕噜咕噜的沸腾声,原本阴冷的小屋也变得暖和起来。

高红军对孙萍说:"等明天我把房门和窗户玻璃拉过来安上,晾几天,散散潮气,这屋子就可以住啦!"

孙萍不停地道谢,高红军摆摆手说没啥,又想起什么:"先前疯子说的,这里离金山陵园不远,你一个人住,夜里不怕吧?"

孙萍摇了摇头。

见她拿着笤帚还要打扫屋子,高红军他们任便一起往山下走去。

山路阒寂,两侧的树木,高的树梢上还挂着夕阳的余烬,矮的已经变成混混沌沌的一团。没走出多远,忽然听见一阵哭声由远及近,定睛看时,见是两个小女孩。在前面跑的是马静,手里拽着根风筝线,将一个沙燕风筝在地上拖得稀烂;在后面边哭边追的是金娜,因为腿脚不利落,根本追不上。马静便故意停下来等她,等她追近了又接着跑,仿佛金娜是另一只任凭她拖曳的风筝。

石劲风上前拦住马静，马静甩了两下没甩脱，金娜已经追了上来，从地上捡起破碎的风筝，哭得更伤心了。

石劲风蹲下身对金娜说："别哭啦，回头我再给你做一个更好的。"

"得更好的。"

"一定！"

金娜拿着破风筝，顺原路走下山去了。

马静看着她的背影，气得满脸通红，大喊："再有风筝，还给你抢过来撕个稀巴烂！"

石劲风拍了拍她的肩膀："你怎么欺负金娜呢？"

"要你管？疯子！"

高红军板起脸来："你这小孩怎么跟大人说话呢？赶明儿我到你们小学去，让老师好好管管你！"

"甭费那劲啦，明天开始我就彻底不上学啦！"

"为啥？金波不是同意你们借读生都返校了吗？"

"我爸说，为了上学的事儿，他没少受金波的气，算了。反正女孩读不读书的，也不耽误嫁人，让我跟着他到天意批发市场卖东西去。"

石劲风嘟囔着："我得找马哥说说去，孩子这么小就不上学，那可不成。"

"还叫马哥？你马哥差点儿把你坑到大牢里去！"窦京冷笑道，"再说了，这年头就是拿手术刀的不如拿剃头刀的，搞原子弹的不如卖茶叶蛋的，你就少管点儿闲事吧。"

石劲风望着已经渐去渐远的金娜的背影，忽然发现她小小的后脑勺上闪烁着一片金色。他十分诧异，往前狠跑了一阵，两颊被阴暗的暮色糊了一层蛛网似的冷腻。然后，在绕过一道断崖的瞬间，一道金光猛地射中了他的眼梢，他转脸一看，原来是正在落山的夕阳从鬼笑石上射来的一缕光芒。那光芒极美，灿烂又柔软，不过几秒钟，就消失在石头后面了。他不甘心，往山坡上跑了几步，那光芒又从鬼笑石上探出头来。他赶紧把脑袋一低，捉迷藏似的，不让它照到，但等它真的向后退了，又手脚并用地往山上爬，接着追那金光……

远远望着在石劲风的身上忽隐忽现的金光，高红军神情凝重，仿佛又看到了多年以前那根点燃了很久很久，就是没有引爆的导火索。

第八章

　　回家以后，整整一周，呼延云没有上学。每天就是躲在自己的屋子里吃了睡睡了吃的，闲的时候就发呆，脑海里反复回放合唱比赛那天的每一个细节。虽然在派出所，警察始终没有告诉他到底发生了什么，但从审讯的烈度来看，可以想见案情的严重。他想给要好的同学打个电话问问清楚，但每次拿起话筒，最终还是放下了，他不忍听到那个噩耗，那个在梦中早已预知的噩耗。

　　那几天，只要一闭上眼他就做起那个梦，不管白天晚上。梦里，穿着红色圆领毛绒上衣的袁莹，站在斑驳的虎皮石围墙的前面，微笑着朝他挥手道别。他知道自己再也看不见她了，再也不能用自行车把她带回她的妈妈身边了。他伸手去拽她，但拽到的只是一片虚空……

　　爸爸和妈妈从外地出差回来以后，看到呼延云苍白消瘦、神情恍惚的样子，劝他打起精神。他也知道这么逃避下去不是办法，便鼓起勇气上学去了。

　　那天，下了那年的最后一场秋雨，阴郁而缠绵的雨丝夹杂着寒气，不像是从天上落下来的，倒像从地下冒出来的。他忘了带伞，走进教室的时候，发梢滴下的雨水打湿了他的视线，他隐约发现同学们都惊讶地望着他，仿佛没想到他竟然还会回来似的。

他只觉得教室里很空,一如想象中的,袁莹的座位是空的,而在自己的座位上坐下后,他才发现前面张振宇的座位也是空的。

"张振宇,你这卷子怎么做的?错了这么多!"

"报告老师,这可不赖我。"

"不赖你赖谁?"

"人家都说,成功的男人背后一定有个成功的女人,您看您当时给我安排的座位,后面坐一傻老爷们儿,我能考出好成绩吗?"

第一节课他只是坐在座位上发呆,想着那个和他打打闹闹却又结下了深厚友情的小胡子,老师讲的什么根本没有听进去。下课后,班长走了过来,问他还好不,他点点头又摇摇头,问张振宇去哪儿了?班长说跟袁莹一样转学了,他又问邓云鹏去哪儿了,班长说邓云鹏的家长给他请了长假,不知道还能不能来上学……呼延云苦笑了一下,突然被闪电劈中了一样,从座位上猛地跳了起来:"你说什么?袁莹——转学了?!"

"对啊。"班长被他的反应吓了一跳,"怎么了?"

呼延云呆若木鸡,很久才声音嘶哑地问:"那……那出事儿的到底是谁?"

"你怎么搞的,还不清楚发生了什么事吗?"班长低声说,"死的是刘恋。"

呼延云慢慢地扭头看去:日光灯照射着刘恋的课桌,同样的明晃晃而空荡荡。

死的不是袁莹,而是刘恋?

这到底是怎么回事?!

他重重地瘫坐在座位上。

上课铃响了,老师带着一个刚刚转学来的同学走进了教室,大致介绍了一下,就让他坐在张振宇的座位上。

呼延云什么都没有听见,什么都没有看见,直到下课铃再一次响起,他才被惊醒似的打了个寒战。

坐在前面的那个新同学转过头来,俊美的脸上露出一丝微笑,轻声对他说——

"你好,我叫林香茗。"

第二卷 六十年代

第一章

"轰！"
"17。"
"轰！"
"18。"
"轰！"
"19。"
……
……
"怎么不响了？"
"我哪儿知道啊。"
"咱们肯定是点了二十炮？"
"肯定啊，你没数错吧？"
"没有啊，我一个响儿也没落啊——我操，臭炮了！"
高红军抖了抖落在蓝平纹布面的棉帽子上的冻土颗粒和冰渣，慢慢地从隐蔽沟探出头来，眯起眼睛，望着三百米之外的冻土作业面。旁边的窦京也想露个脑壳，被他一把摁了回去："你他妈找死啊！"

望不到边的巨大荒原上，除了被积雪掩盖的地面以及地面上因冻裂而成的纵横沟壑外，什么都没有。随着刚才一个接一个的爆炸声飞扬起的沙砾、冰块和雪尘渐渐落定，整个世界像被掏空了一样异常安静。在阴沉沉的天空和黑沉沉的大地交接处，闪烁着一层白得发蓝的寒光。

距离太远了，无法判断是炸飞的冻土落下时砸灭了导火索，还是雷管出了问题无法引爆，当然，如果是这两个原因，那么还好，只要出去重新引爆即可。可万一是因为导火索接触不良，烧得慢，那麻烦可就大了，走出隐蔽沟的每一步都将是生命的倒计时。

高红军一屁股坐回到隐蔽沟。

在他的左右两侧，长长的沟底，上百名兵团战士，都在静静地等待着。

三天前开始的水利工程，实在是推进不下去了。草甸子一旦上了冻，密密麻麻的草根和塔头墩子纠缠在一起，比混凝土还结实，一镐下去只能在地面上打出一个白点。眼看计划中的每人每天挖八立方土的任务根本不可能完成，迫不得已才决定用炸药。现在总算炸开了冻土层，必须抓紧时间把下面的软层土挖走，如果因为一个臭炮就这么干等下去，零下二十度的气温，炸开的土地很快又会冻上，那施工难度就更大了。

外号"许大马棒"的土工班班长、佳木斯知青许振江，用袖子擦了一把鼻涕，不耐烦地对他说："高红军，你等着过年吃饺子呢？"

高红军瞪了他一眼，下定了决心："精豆儿，走，排臭炮去！"说完拿起一把锤子和一根铁钎，一个纵身跃出了隐蔽沟。

窦京紧了紧早已挂花的国防绿棉袄，抓起一根雷管也跃了出去。

两个人猫着腰，慢慢地走近了刚才打眼放炮的地方，屏住呼吸，竖起耳朵，听着空气中有没有传来导火索继续燃烧的"呲呲"声。终于，他们找到了那处没有炸开的炮眼，一看方知，导火索已经在雷管外面烧尽了，也就是说，问题出在雷管上。

高红军站起身，朝隐蔽沟的方向做了个双臂交叉的动作，示意不要过来，然后在臭炮左边二十厘米的地方指了指。窦京点点头，蹲下身子，把钢钎的尖儿对准那个地方戳好，用戴着棉手闷子的双手扶住钎杆儿。

"能扶稳不？"高红军问，"错一点儿，咱俩都得玩儿完！"

窦京把两只手从棉手闷子里抽出来，将十根冻得通红的手指头放在嘴下面哈了哈，又搓了几下，重新插进已经粘在钎杆上的棉手闷子里："行了！"

高红军右腿向前弓，左腿向后蹬，铆足了全身力气，将铁锤高高举起，狠狠砸下——

"叮当当！"

锤子砸中钎头，钎尖戳破冻土，交杂成既清脆又沉闷的古怪声音，在一片死寂的荒原上格外响亮。

远处隐蔽沟里的人们探头张望着，紧张得大气也不敢出一口。他们知道高红军和窦京现在有多么危险——一旦钎子打滑，戳到"臭了"的雷管上，引爆雷管和下面的炸药，那么这两个人将在顷刻间血肉横飞。

"叮当当，叮当当，叮当当"……

这么砸了二三十下，冻土被打出了一个细眼儿。窦京比了比尺寸，把新拿来的雷管埋进去，从怀里掏出一根导火索，一头缠上一圈纸，用力插进雷管，保证它不会脱落，然后用小刀把导火索的另一头削出一个斜面，露出黑色的火药。

高红军点着了一根烟，使劲嘬了两口，待露出了红火头，立刻朝导火索戳去。

导火索咝咝地喷起火星,高红军拉起窦京就往隐蔽沟跑,谁想没跑出几步,窦京被一块石头绊倒了,高红军胳膊把他一夹继续跑。就在两个人一起跳进隐蔽沟的瞬间,身后响起了"轰"的一声!

雷管在爆炸的同时引爆了臭炮,雨点般的土坷垃呼啸着飞到半空,又像天女散花一样噼里啪啦地散落。有一块大如面盆的冻土恰好砸在窦京刚才绊倒的那个地方,"咚"的一声,竟把地面砸出一个坑来。

高红军闭上眼,使劲喘了几口气,才把胳膊高高举起,摇了两摇。

寂静的工地上顿时沸腾起来,人们纷纷跳出隐蔽沟,向刚刚爆破过的地方涌去。有的拿锹,有的抡镐,有的挑着土篮子,有的推着独轮车,一边将炸开的冻土碎块运走,一边把下面冒着热气的黑黏土挖出来,掀到壕边。还有十几个人将一根粗粗的绳索绑在一块硕大的冻土块上,听许振江"一、二、三"喊着号子,像拔河一样将它拖到远离工地的地方……

"抢碗咧!"

远处传来一阵呼喊,原来是炊事班的战士们挑着用厚棉被裹得严严实实的大筐来送午饭。窦京跑上前,对刚才发出喊声的"小上海"说:"是'吃饭'不是'抢碗'——今天中午吃啥?"小上海见到他就来气:"自己看!"窦京掀开棉被一看就骂上了:"又是窝头,这么冷的天刨大壕,你们炊事班就不能给改善改善?"聚拢过来的人们纷纷跟着起哄。高红军过来一抽窦京的脖颈子:"有的吃就不错了,哪儿来么多废话!"说完从筐里抓上四个窝头,三个塞进棉衣里,另一个放在嘴里只咬了一口,

178

便见上面起了一层白霜,赶紧大口将剩下的吃完,胃里像塞了冰疙瘩一样难受。抬起头,望着工地上那面写着"拓荒队"三个字的迎风招展的红旗,一幕幕往事涌上了脑海。

最初得知连里要组建拓荒队的消息,是在去年的九月底。他到连部去取信,正赶上团长过来了,召集团所属的十几个连的连长和指导员开动员会,黑压压地坐了满满一屋子的人。他们把一张颜色发黄的地图挂在墙上,那个身板亚塞过黑铁塔的大个子团长站在地图前面,扯开大嗓门说:"几十万知青来了,有生力军了,国家又用宝贵的外汇换来了进口的拖拉机、康拜因。兵团党委已经下定决心,要在松花江、黑龙江和乌苏里江环抱的三江地区摆开战场,来他一个'大拓荒'!

"具体分成三步走:第一步,各连队成立建点规划和测量小组,先进入预备拓荒的区域,趁着地没上冻,把'拦路虎'清理干净;第二步,选出一批精干力量,开赴新建点,趁着冬天地冻瓷实的时候,抓紧修水利,为春夏天的防汛排涝做准备;第三步,等明年开春积雪融化,再把主力部队和机械化装备调过去,开荒耕种,为实现兵团党委'一年上纲要,三年过黄河,五年跨长江[①]'的战略目标打好底子。"

看到有些干部面露难色,团长问他们怎么了?一位连长说,知青们刚刚来到北大荒,还没领略过"鬼龇牙"的厉害。现在就派他们去做最艰苦的拓荒工作,极端恶劣的生存条件,会不会让他们产生抵触和畏难情绪?

"所以,老伙计们,拓荒成败的关键在我们这些党员和干部

---

①第一年粮食亩产达到国家农业发展纲要的最低水平,第三年达到黄河流域粮食亩产500斤的水平,第五年达到长江流域粮食平均亩产超千斤的水平。

的身上。"团长说,"对年轻的战士们,生活上要多关心,思想上要多鼓励,要告诉他们,开荒很艰苦,但也很光荣——"说到这里,他突然看见站在门口的高红军,招招手让他过来:"你是哪个连队的?"

十连指导员连忙站起来说:"他叫高红军,是我们连一排一班的班长。"

"好,那么高红军同志,你怕不怕拓荒呢?"

高红军老老实实地说:"怕倒是不怕,不过您要是能给我把枪,让我去黑龙江边站岗,那我更高兴。"

屋子里响起一片笑声。

团长望着高红军说:"没有戍边,我们就没法儿专心建设祖国;可是没有屯垦,不把饭碗端在咱们自己的手里,哪儿有力气保卫祖国?怎么样,有没有志气参加拓荒队,在千百万年都没有人走过的地方留下第一行足迹?"

"别的没有,就是有志气!"

"这小伙儿,带劲儿!"团长高兴地捏捏他结实的肩膀,对指导员说,"你们连拓荒队的大旗,我看就让高红军同志举着吧!"

不久后的一天,连长孙殿荣率领的一支勘测小队出发了。他们坐在铁牛-55[①]拉着的爬犁上,带着罗盘拐尺和行李帐篷,向这次开荒的目的地——距离连部以北三十里外的大台山进发。油黑发亮的泥土被爬犁拖出两条锃亮的印迹,在他们的身后不断延长。

走了一天才到地方,只见荒无人迹的原野上纵横交错着大

[①]一种老式的胶轮拖拉机。

小河道。河道与河道之间，除了长满塔头墩子的沼泽地，就是足有半人高的小叶樟和芦苇。秋风吹起，掀起一片片黄褐色的波浪。

他们找了一处向阳背风的地儿，一部分人去砍树、割草、刨坑，生火做饭，另一部分人用杨木搭好架子，把棉帐篷搭上去。四角打上地锚，里面铺上干草，两头垒起炉膛，当刚劈下的湿柴在炉膛里蹿起噼啪作响的火苗时，小青年们都高兴得拍起巴掌来。

爬犁到地方时，高红军特地举着"拓荒队"的旗帜第一个跳下来，狠狠走了几步。望着黑土地上一串清晰的足印，他想，这应该就是团长说的"第一行足迹"吧？

接下来的几天，他们开着铁牛-55，拉着三片犁铧，开始试验性地开荒。荒地里有很多小灌木的树根和脸盆粗的枯树桩，不及时清除的话，一旦拖拉机碰上了，不仅会损坏犁铧，而且容易撞坏油底壳，这就是团长在会上说的"拦路虎"。连长指挥大伙，一边用镐头将树根挖断，随挖随拽，一边把钢丝绳套在枯树桩上往外拉，每个人的手掌磨得全是血泡，总算辟出了一块地。

渐渐地，负责统计数据的天津知青季冬来发现了问题，找孙殿荣说："连长，咱们恐怕得挪挪地儿。"

"挪啥地儿？"

"我这两天不是量地号嘛，发现这片地势北高南低，落差有点儿邪乎。"

"地面嘛，又不是切菜墩子，哪儿能那么齐整。"

"问题是咱们的北边是大台山。"季冬来一指那座草木萧索的大山，"我去看了一下，有一处离咱们很近的山崖，从上边一直到山脚，已经结了又宽又长的'冰壶路'。冬天要是伐木，是个很好的传坡口①，可要是到了夏天，一旦山洪暴发，咱们一个都跑不了。"

孙殿荣低声骂了一句，让季冬来带着去山底下看了一趟，回来就决定搬家，搬到山的北边去。大家都觉得十分惋惜，辛苦了好多天开出的地都白瞎了，但这是没法子的事，只好把帐篷卷了行李捆了旗子收了，坐着铁牛-55拉的爬犁又出发了。到了山北边，大家又把之前做过的那些工作，挖树根拔树桩什么的重复了一遍。这时已是十月中旬，夜里就算生着炉子，帐篷里也只有零下十几度。战士们冻得实在受不了，就戴上棉帽子，把棉被盖在脑袋上睡，早晨醒来，发现哈出的气竟把棉被顶出了一个硬硬的冰壳……

眼瞅着第一步工作完成，拓荒队回到了连部，着手第二步工作，即挑选精锐力量开赴新建点。

第一批一百二十人的名单刚一公布，窦京就找到高红军，苦着一张脸说："老大，你得拉兄弟一把，把我弄到你们拓荒队里去吧！"高红军问他怎么了，他说最近连里组织挖基坑，五十米一个，一直要挖到新建点，来年栽上电线杆子给你们通电。每天冒着严寒去刨冻土，整个人冻得稀碎，"反正都是挖冻土，哪儿挖不一样，听说拓荒队的伙食还行，就算啃窝头也比天天在连部唱《喝汤歌》②强啊。"

---

①将伐倒的木头砍去枝丫，截成数段后，从山上推到山下的自然滑道，如果顶端正在泉眼附近，则可在冬天形成"冰壶路"。
②北大荒的冬季寒冷而漫长，从头年十月到来年五月，长达八个月的时间里缺少蔬菜，只能用冻伤不太严重的大白菜、萝卜和土豆做冻菜汤，因而在黑龙江生产建设兵团流传着多个版本的《喝汤歌》，歌词大约为："汤，革命的汤，兵团战士爱喝汤，从北安到嫩江，一直喝到建三江，早上喝汤迎朝阳，中午喝汤暖心房，晚上喝汤看月亮。"

高红军并不是很想带窦京，这小子来到北大荒以后，竟比在北京还能偷奸耍滑。刚到连队，别人都规规矩矩下大田锄草，他可倒好，把锄板卸了挂在腰上，拿着根锄杆假模假式地往前搂。连长发现了，批评他，他把胸脯一挺，理直气壮地说是为了节省锄板，愣把连长整不会了。

晚上，连里在食堂召开对窦京的批判会。窦京来得比谁都早，别人以为他是要争取个好态度，其实他是把所有的灯捻儿都捻小了。开会时，屋子里黑乎乎的根本看不清谁是谁，当一群人轮流发言对他进行批判时，他却躲在墙角打瞌睡。直到小上海发言时他才醒了，因为小上海声音好听，吐字又有些咬舌："窦京同志的问题，'崩直'（本质）上就是好吃懒做，缺乏自力更生、艰苦奋斗的革命精神。"

窦京一下子来了神儿，喊了一嗓子："小上海你说得对，一下子就看出了我的'崩直'！"

一些男青年发出坏笑声。

小上海不明白他们笑什么，以更加严肃的口吻说："男同志不要笑。来了兵团以后，要说吃苦精神，我们女同志个个比你们强，要说生产劳动，我们也不比你们差。不服气，咱们就比一比，我就不信我们女同志比你们男同志少四两肉，没准儿还多出四两呢！"

此言一出，引爆了哄堂大笑，笑声差点儿把食堂的房顶掀起来。知青们有的笑得捂肚子，有的笑得流眼泪，还有的从长凳跌到地上笑得站不起来，二班长蔺若兰戳着小上海的脑门笑道："哎呀小上海啊，你可真能把人活活逗死。"

事情是这样的，刚来兵团那会儿，男知青们下地时都有些泄泄沓沓不说，还有些人无师自通地学会了"撂地"①，气得连长在会上大发雷霆："我看咱们连的女同志不是能顶半边天，而是能顶整个天了，锄地的时候不仅比男同志锄得快锄得好，有的居然还能给男同志接垄！你说你们这帮大小伙子，一个个的比女同志还多四两肉，咋就这么没羞没臊！"

那年月人都单纯，女知青们大的十八岁，小的只有十五岁，很多人不懂"四两肉"是什么意思，就算懂的也不好意思说。偏偏小上海记住了，虽然也不懂，但心里不服气，特地拿到批判会上来找齐，谁知竟成了传遍整个兵团的笑话。

私下里，高红军也说过窦京："你小子能不能有个正形，天天挨连长呲儿，舒服啊？"

"他一个一拍脚心，脑盖顶上冒烟的土老帽儿，懂个狗屁！"

孙殿荣的文化水平确实不高，他总是穿着一身皱皱巴巴的褪色旧军装，板着面孔，在连里走来走去，只要早晨一敲钟，谁不起来他就要敲窗户。知青们大都很烦他，却又说不出什么。一来他以身作则，每天起得最早的是他，睡得最晚的还是他。白天跟知青们一起锄大田修农具脱玉米烀猪食，到了晚上还在油灯下吭哧吭哧地用柳条编土筐；二来有一次洗澡，有人见他前胸小腹布满了伤疤，后背上则遍布着不堪入目的肉疙瘩。一打听才知道，前胸小腹是跟日本鬼子拼刺刀留下的，后背是朝鲜战场上美国凝固汽油弹的"杰作"，这让知青们肃然起敬。

所以，连里说连长坏话的，只有窦京一人。对此，高红军很不以为然，现在听他说想参加拓荒队，摆摆手道："算了吧，拓荒队可比挖基坑艰苦多了，回头你去了，吃不了苦，我可没工夫

---

①扛起锄头跑一阵再接着锄。

听你哼唧。"

"那我就找指导员反映去，拓荒队要求队员政治可靠，凭啥我这成分好的不能加入，反而把石劲风收了进去？"

高红军大吃一惊，跑到连部找到指导员，气呼呼地说："怎么能让石劲风这样的人参加拓荒队？我建议把他撤下来，换上窦京。"

指导员正在写一份材料，让他坐下慢慢说。

听高红军讲完事情的经过，指导员一边把钢笔帽拧好一边说："这次参加拓荒队，是石劲风主动要求的。连里研究了一下，自从他来到兵团，无论劳动还是思想，表现都在咱们连名列前茅。相反，窦京还有很多地方有待改善和提高。这种情况下，把能干的撤下，换上一个不能干的，你觉得同志们能服气吗？"

"可是石劲风的家庭成分——"

"党的政策，是有成分论，不唯成分论，重在个人表现。一个人的家庭出身无法选择，但走什么样的道路可全靠自己。"孙殿荣用温和而又不失严肃的口吻说，"你们现在接受的是解放军的领导，解放军讲究的是官兵平等，何况战士之间，更不能因为一个人的出身就歧视他。既然来到边疆，只要踏踏实实地屯垦戍边，就是好同志。北大荒很大很大，红军，你来到这儿，也要让自己的心胸开阔起来才行啊！"

高红军知道指导员话里有话，因为这已经是他第二次来告石劲风的状了。上一次是刚来北大荒不久，有一天晚上熄了灯，他听见季冬来问石劲风"大荒"是什么意思，石劲风说是"荒唐"。他一下子从被窝里钻了出来，跳下床，把石劲风揪到连部，说他散播反动言论，妄图破坏北大荒的生产建设。指导员问石劲风怎么回事，石劲风说是季冬来翻了他的《红楼梦》，看见开卷第一回的"大荒山无稽崖",不知道"大荒"二字是什么意思,就解释给他听。指导员又把季冬来叫来核实一番,确实如此,便让他和石劲风回去,单单留下高红军,问他知不知道《红楼梦》。高红军记起在学校烧过这本书,便说知道,"是一本坏书"!指导员说不是这样的,毛主席就曾经多次要求我们的党政军干部多读《红楼梦》,高红军一下子傻了眼。

没想到今天又碰了钉子,高红军的脸色十分难看。指导员笑着说:"这样,既然窦京有想参加拓荒队的意愿,那么就把他的名字添上,让他到最艰苦的环境里接受一下锻炼吧。"

就这么地,窦京成了拓荒队第一百二十一名队员。为了加强拓荒队的力量,这次除了连长,指导员也一起来了,他们带领队员们一边拓荒,一边盖起了泥草房。虽然房子阴冷潮湿,但比第一次来时住的帐篷好太多了。可窦京没有对比,来了没两天,就各种抱怨,什么夜里冻得睡不着觉啦,什么凿冻土把虎口震裂啦……现在看他借窝头的事儿挤对小上海,早把当初"就算啃窝头也比天天在连部唱《喝汤歌》强"的话抛在后脑勺,气得高红军真想把他拖过来揍一顿。

高红军站起身,冲着还在跟小上海纠缠不休的窦京喊了一声:"干活儿了!"

窦京从筐里抄了两个窝头跑了过来:"干啥活儿?"

"下午还得接着挖渠呢,咱俩现在去把炮眼儿预备好了,埋上炸药和雷管。一会儿等大伙吃完饭,就点炮炸冻土。"

窦京说我还没吃东西呢,高红军骂了一句,自己先烧开了一锅雪水,用水桶盛着往冻土上面倒,将冻土融化一些后,拿镐头挖出坑来,把黄色油纸包着的筒状炸药塞进里面,埋入雷管,露出导火索。窦京三口两口啃掉了窝头,帮着高红军一起,很快就备好了十个炮眼儿。

干完活儿,窦京坐在一个最大的炮眼儿旁边的冻土块上,又开始喊腰酸背痛。高红军一抬头,发现不远处的小上海在偷偷地擦眼睛,就跟窦京说:"看你干的好事,小上海哭了。"

窦京歪着脑袋瞅了一眼:"活该,谁让她老跟我过不去的。"

"明明是你小子先欺负人家的,现在还倒打一耙。"高红军说,"眼看过年了,今年兵团不批探亲假,大家心里都不好受。尤其女生宿舍,整宿整宿的哭声,这个时候你能不能少干点儿那猫嫌狗厌的事儿!"

"还不是咱哥儿俩命苦,一来兵团就分配到农业连,大冷天的还得跟地球较劲。"窦京擤了把鼻涕甩在地上,"像三哥,驻守在黑龙江边,每天拿着枪往哨所一站,啥也不用干,羡慕死个人!"

从南下洼村来北大荒的知青,只有四个人。来的火车上,窦京就可劲儿拉扯同乡之谊,按照年龄排了次序:高红军老大,石劲风老二,有个老三,自己老四——其实他就是为了当小弟,让另外哥儿仁多关照他。但高红军看不上石劲风的出身,没接他的茬儿,窦京不管,就这么热热乎乎地叫上了。等到了目的地,本来四个人都分在农业连,但不久后的一次吃饭时,北京知青和本地知青因为抢菜发生斗殴,老三出面调解,被许振江一砖头砸在脑袋上。北京知青愤然群起,菜刀擀面杖都抓在手里,眼看事态就要恶化,危急时刻,老三捂着流血的伤口吼了一句:"城里打派仗还嫌死的人少是不是?"两下人都是一愣,渐渐放下了手里的家伙。

这一幕恰好被下连队的团长看见,等他伤愈,直接调到武装连去了。

正在这时,高红军突然发现,远远地走来了四个人,两个在前两个在后,风卷起一阵雪尘,把他们的身形遮没得影影绰绰。等走近了些,高红军一把将窦京薅了起来:"你看,走过来的那个是不是老三?"

窦京看了半天:"不像啊……"

正在旁边吃饭的许振江听见了,踮起脚尖看去:"怎么不是?就是被我一板砖开了瓢那王八蛋!"

这回窦京看清楚了,高兴地跑过去,一边跑一边喊:"三哥,你怎么来了?"但到了近前,一下子哑住了。

走在最前面的两个人中,除了老三,另一个是位姑娘,苍白的圆脸上有一双冰莹的眼睛。在他们的后面,一个是和他们年岁差不多的兵团战士,身材结实,背着一把五六式半自动步枪,神情严肃;另一个是位眼神凌厉,面孔黝黑,颧骨像两块石头一样高高隆起的中年汉子。

很明显,老三和那个女孩是被后面两个人押着走来的。

"你们认识?"中年汉子指着老三问窦京。

窦京有些慌:"不……不是,我们是一个村的。"

高红军走了过来,对中年汉子说:"这是我哥们儿,他怎么了?"

中年汉子看了看他,又看了看插在工地上的旗帜:"原来是拓荒队的,你们连长呢?"一边问一边推着老三继续往前走。

高红军迎面拦住,盯着中年汉子说:"问你话呢,我哥们儿怎么了?"

中年汉子冷笑一声:"你知道我是谁?"

"我他妈管你是谁呢!"

中年汉子看了旁边的兵团战士一眼，那战士马上将枪从肩上卸了下来，横在手里。

窦京赶紧打圆场："这位领导，这位领导，我们就是随便问问，没有别的意思。"说着他摘了棉手闷子，从兜里掏出一盒"葡萄"牌香烟，抽出一根用火柴点上，递给中年汉子。

中年汉子的脸上浮现出厌恶的神情，把他的手一打，将烟打落在地："少来这一套，走，带我见你们连长去。"

高红军还想拦，老三用眼神示意他赶紧让开，他才悻悻地把身子一侧。

就在这时，突然响起了"呲呲"声。

高红军低头一看，浑身的血瞬间涌上了头顶。原来中年汉子那一打，不偏不倚，正把烟打落到了炸药埋得最多的那处炮眼儿边，点燃了露在地面的导火索！

一旦炸开，比石头还要坚硬的成千上万块冻土瞬间将会崩上高空，把方圆百米内一切打成齑粉。而工地上的百余名战士，大都还在吃饭，恰恰全都位于这个范围以内！

转眼间，七十厘米长的导火索已经烧了近二十厘米，最多还有四十秒，不，三十秒，就会爆炸！

隐蔽沟在三百米外。

二十秒能跑出三百米吗？

原地卧倒？茫茫雪原，毫无遮挡，冻土块炸开后落地的力道，连铁锅都能砸穿，何况是肉体凡胎？

导火索上蓝红色的火舌呲呲飞蹿，在白色的雪地上摆动着妖异的身躯，仿佛死神在舞蹈。

饶是平时胆大心壮的高红军，现在也吓傻了，站在地上一动不动，连喊一声的气力都没有。更何况窦京等人，更是呆若木鸡。

就在这时，一道身影猛扑了过来！

是老三，他一把抓住导火索的根部，使劲往外拽。可是刚才用浇水化开的土地，也许正因为浇过水，现在冻得格外瓷实，怎么都拔不动。

呲呲呲呲……

导火索只剩下不到三十厘米了！

高红军猛醒过来，扑过去想帮老三，却被老三一肘子撞开！

老三把棉手闷子一扒，将剩余的导火索往手上一缠，咬紧牙关，大吼一声，抬脚用力往后一蹬。那截只剩二十厘米的导火索，终于被拔了下来，在地上呲呲呲地继续冒着火。

老三重重地仰倒在地，两只手像被刀子切开一样，露出两条横贯手掌的伤口，流出的鲜血染红了雪地……

一条斑驳的小路从雪野中蜿蜒着通向远方，那里有一片枝叶已经掉光的棕褐色树林，树林里卧着几座同样是棕褐色的泥草房。刷着"艰苦奋斗建新点，志在边疆炼红心"标语的外墙上，布满了横七竖八的裂纹，房顶盖着薄薄一层雪，几丛瑟瑟发抖的枯草仿佛倒插在雪上，正中间那根土黄色的炉筒子不但没有冒烟，反而被冻得发青。房子旁边已经搭起了马架子和猪圈，只是都空无一物，用树棵子搭的苞米楼里倒是填满了苞米。有个人正在院子里用斧头把冻萝卜咔咔地砍成块儿，高红军走过去喊了声"连长"。孙殿荣回头一看来的这几个人，先是一愣，然后让他们赶紧进屋。

高红军侧着身子，用肩膀顶开门，呼啸的风和丝丝絮絮的雪花还是快了一步，先钻进了宿舍，然后才进来了身后那几个人。

有人跺着脚，把冻僵的脚趾活动开；有人摘了帽子，揉着冻红的耳朵；有人摘了棉手闷子，呵着冻疼的手指。那个圆脸的姑娘则小心翼翼地将冻在睫毛上的冰珠轻轻掸落。

中年汉子刚刚解开棉衣的扣子，一股寒气当胸袭来，赶紧把扣子重新系上，皱着眉头问："怎么不生火？"

"白天没人，生火多浪费啊！"孙殿荣走到连接着火墙和火炕的灶口，塞进去几根柴火，用苞米叶子引燃了，噼啪作响的火光照亮了他那张阴郁的面孔。

没过多久，屋子里暖和了起来，热气融化了屋顶的积雪，在不知道哪个角落滴答作响。

小上海挑着送饭的大筐回来了，因为她兼着拓荒队的卫生员，高红军就找到她，让她用纱布给老三的手包扎一下。等小上海包扎完，中年汉子让背枪的战士把老三和那姑娘带到一间空屋子里看押起来，并要求其他知青到宿舍外面去，自己有重要的话跟连长说。别人都走了，高红军却不动，不仅不动，还把连长拉到一旁，把刚才中年汉子差点儿引发工地重大事故的事情说了一遍："连长，我看这家伙像个破坏分子！"

连长眼一瞪："什么破坏分子，那是团保卫股郎股长。"说着把他往门外面推，门一开，正瞅见扒在门口偷听的窦京："你还有没有正事儿干？赶紧去把茅楼的粪冰刨了。"说完把门关上了。

高红军把中年汉子的身份一讲，窦京说："老郎啊，我知道。当初连长在连部给咱们盖宿舍时，把室内宽度增加了一米，为的是给每排大炕增加一个放脸盆的地方，结果被老郎定性为'贪大求洋'，挨了一顿批……不过，我听说最近有几个连队闹流行性出血热，死了不少人。他一直在团部医院调查情况，怎么突然跑到咱们拓荒队来了？这大年下的，碰到他准没好事儿，三哥落到他手里，更是凶多吉少。"

说完，他猫着腰、揣着手，跑宿舍窗户底下听墙根儿去了，不一会儿又慌慌张张地跑回来跟高红军说："大事不妙，原来三哥和那姑娘越境潜逃的时候被抓回来了，老郎是从武装连押着他们去团部，路上经过咱们这里的。"

高红军一愣："你听清楚了没有？"

"我听得真真儿的。"

高红军脸色铁青，往关押老三的空屋子走去，在门口，被背枪的战士拦住了。

"里面那个男的我认识，我问他几句话就出来。"高红军说。

背枪的战士摇了摇头。

高红军把棉手闷子一扔，嘎巴嘎巴地揉搓着两个大拳头的骨节："朋友，别敬酒不吃吃罚酒。"

背枪的战士冷笑一声："成啊，我在警通连训练这半年，正愁没人练吧练吧呢！"

见他们俩真的要动手，窦京赶紧挤在当间儿拦住。他注意到背枪战士穿的棉袄既不是天津知青的土黄色，也不是上海知青的草绿色，更不是本地知青的一身黑，而是跟自己穿着相仿的暗绿色，便试探着问："我们都是北京知青，你也北京来的？"

背枪的战士点了点头。

"你哪个学校的？"

"我一零一[①]的。"

"哟，街坊啊，那还打什么打啊！"

[①]指北京一零一中学。

背枪战士的脸色一下子缓和下来:"你们哪个学校的?"

"我们是西山中学的。"高红军伸出手,背枪的战士赶紧摘下棉手闷子和他使劲握了握。高红军指着门说:"里面那男的,我同班同学。"

背枪战士朝宿舍那边看了看,低声说了一句:"快点儿出来。"就把门打开了。

高红军进去,见老三正坐在地上,上去一薅他的脖领子,把他生生提了起来:"有啥熬不住的,要跑,还要往国外跑?!"

那个姑娘一下子扑了过来,一边掰他的手指头一边喊:"你是谁?干吗打人?"

窦京拽着高红军的胳膊,压低了嗓门苦苦相劝:"有话好好说,你非要把外人招来吗?"

高红军这才撒开手,老三刚才憋得喘不上气,咳嗽了好一会儿才缓过劲儿来。

"说,为什么越境潜逃?"高红军瞪着他问。

那个姑娘说:"不是的,我们没有越境潜逃,是走反了方向……"

高红军指了指老三:"我让他说,没让你说。"

老三冷冷地看了他片刻,才把事情一五一十地讲来,令高红军和窦京大吃一惊的是,原来这竟是他的第二次出逃。

第一次是在上个月,趁着武装连全连在食堂听"四好连队"初评报告,他从食堂里摸了几个烤饼揣在怀里,一个人溜出了连队。他留了个心眼儿,没有直接往龙镇的火车站①方向走,而是沿着另一条路,走到距离连队十里外的砖厂,在一段上坡路等

---

①龙镇火车站是当时中国最北端的火车站。

着。等傍晚拉砖的卡车来了，轰鸣着缓慢爬坡时，他把包裹扔上车厢，抓住车槽子的后箱板，踏着车尾的牵引钩爬了上去。卡车开过连部以后，他从盖布底下探出脑袋，看到连长带着很多战士在路上搜寻着自己的踪迹，暗自庆幸。

这样连搭车带步行的，总算到了龙镇火车站。刚要进候车室，隔着玻璃窗发现有许多正在盘查知青是否携带探亲通行证的"红袖标"，他赶紧逃走，躲进距离站台两百米的一个柴火窝棚里藏好，等到天黑，才爬上了一列拉煤的敞篷火车。尽管他用身上所有的东西把自己从头到脚包裹得严严实实，可火车开动起来，刺骨的寒风还是吹得他差点儿冻死。在佳木斯车站，他从窗口爬上了一辆开往北京的客运列车，刚刚站定，就看见乘务员从车厢连接处走了过来查票。正不知怎么办才好，有几个坐车回家的杭州知青看他一身煤黑，问他是做什么的。他把情况讲完，有个知青将他摁到小桌底下，把自己的棉大衣往上面一蒙，哥儿几个开始围着小桌打牌，等乘务员过去了才拉他出来，就这么一直"护送"他到了北京。

"你家里出啥事了，干吗不顾死活地往北京跑？"高红军问。

"我收到郑老师一封信，说自己快不行了，很想念咱们几个，我就回去看他。"

高红军一听，脸色顿时变得很难看："郑老师怎么了？"

"你装什么糊涂！他怎么了你不知道？"老三怒视着高红军，"我是代你去向他赔罪的，你懂不懂！"

高红军慢慢地耷拉下脑袋。

"可惜我到的时候，他已经在前一天咽了气……师母跟我说，郑老师去世前，特地让她叮嘱咱们几个，在北大荒好好生产劳动，注意安全。郑老师最放心不下的就是你，让你少跟人打架，有机会还是争取继续念书。"

高红军伸手在眼睛上狠狠擦了一把，良久，抬起头问："那你这回怎么又要跑？"

"在北京待了几天，架不住街道天天赶我，没办法，只好回来了，连里给了我一个严重警告处分。"老三指着那姑娘说："她跟我是一个连的战友，叫邵婉，是育英①的。她妈妈想她，眼睛都哭瞎了一只，托人捎来一封信，想让她今年春节回家。但今年兵团不是号召在北大荒'过一个革命化的春节'么，我们连不给任何人批探亲假，她跟连里说了一车的好话也没用，就找到我，说我有逃回北京的经验，能不能带她回去。我想，反正自己已经在连里挂了号，也不在乎再多添俩'污点'，就答应了。我想故技重演，带着她从连部出发，还是往砖厂走，谁知一出门就遇上了大烟泡，根本看不清方向，只好搀扶着埋头往前走。走着走着，突然听见身后响起枪声，赶忙站下。没多久就被几个拿着枪的边防军战士抓了回去，才知道我俩不知不觉走反了方向，走到了封冻的黑龙江上，差一点儿就过中间线了……"

邵婉说："我们真的没有越境潜逃的意思，出发时我带了几包蘑菇、黑木耳和黄花菜，打算回到北京给我妈——要是越境潜逃至于带这些吗？"

"接下来会怎么处理你们啊？"窦京问。

老三摇摇头："这次跟上次不一样，捅到兵团司令部去了，肯定会处理得特别重，要不怎么连郎股长都来了。照他的说法，搞不好得蹲几年笆篱子②。"

"都怪我……"邵婉轻轻地抽泣起来。

---

①指北京市育英学校。
②指监狱。

这时门开了，背枪的战士露个脑袋说："差不多了。"

高红军和窦京赶紧走了出来，绕到房子后面商量对策。

窦京说："越境无小事，听说一师有个人在国境线附近割小麦，跟战友打赌，跑到老毛子那边拉了泡屎，回来差点儿被整死——我看三哥这次八成要崴泥。"

"废话，这还用你说！"高红军一时间也想不出好办法，"走，咱们先去茅楼把粪冰除了，省得一会儿连长又呲儿你。"

拓荒队的茅楼就是用拉合辫搭的草房子，地上挖几个长方坑，上面铺几根圆木棍，人就踩在圆木棍上方便。在北大荒滴水成冰的寒冬，大小便以后，长方坑的下面很快就会冻起一座座粪便的冰山，不及时清除的话，后果不言自明。

高红军到仓库里拿了把十字镐，见窦京在火药柜里一阵翻腾，问他想要干吗？窦京一脸坏笑道："今天炸冻土，我受了个启发，那粪冰不是跟冻土一样硬吗？与其费劲巴拉地敲打，弄得一身腥臊恶臭的，还不如凿个炮眼儿，埋上炸药，咣当一下子解决了呢！"

高红军一听乐了："是个办法。"

俩人来到茅楼，高红军跳到一个"山尖儿"快要冒出来的粪坑里，用十字镐在粪冰的底部凿了一个大窟窿眼儿，窦京把炸药递给他，高红军问搁多少合适？窦京说干脆多搁几筒，这样炸的时候，没准儿能把隔壁几个坑的粪冰也震酥了，接下来不用再埋炸药，直接拿锹镐就能铲走了。高红军一想也有道理，便埋了三筒炸药，插上雷管，点燃导火索，跟窦京一起躲进水房，查看茅楼的动静。

恰在这时，有个人往茅楼走去，高红军一看是老郎，正要出去拦阻，却被窦京拽住："甭管丫的，吓丫一跳，解解恨。"这工夫，郎股长已经进了茅楼，只听一声巨响，茅楼被炸得粉碎。那些黑的白的黄的褐的一起飞到半空，带着火星噼里啪啦往下掉。硝烟散尽，只见原地站着一个脸被熏得黢黑的郎股长，耷拉着两只手，目瞪口呆。

孙殿荣从宿舍里冲出来一看，也吓了一跳，正要过去问问郎股长怎么样，却见一片着火的苇席子飘飘悠悠地落进了苞米楼，拎了把铁锹就冲过去，铲起地上的积雪往里扬。然而已经太晚了，苞米楼瞬间引燃了大火，塞得满满的苞米在火光中发出沉闷的爆裂声，从一簇簇金黄化成一团团乌黑……

等工地上的知青们陆陆续续赶回来时，一切都已经结束了。

望着化成灰烬的苞米楼，孙殿荣心疼得捶胸顿足。

高红军拉着窦京走了过来："连长，都怪我们，本来想用炸药炸粪冰，结果炸药搁多了。"

"昨天连部运粮食的车才走，下次来得一个礼拜以后了。一百多号人，七天，就指着这点儿苞米喂饱肚子，你们说，现在可咋整，咋整？！"

郎股长怒气冲冲地扑过来，指着高红军和窦京说："我认得你们两个！"转过头对孙殿荣说："孙连长，这绝不是一起偶然的生产事故，他们俩是想把我炸死，然后劫走关押的越境潜逃犯！"

窦京吓得腿一软，多亏高红军扶住他，才没有坐倒在地上。

孙殿荣一听，皱着眉头说："哪儿至于啊，不过是孩子们好心办错事。"

"孙连长，我看你真是太缺乏警惕性了！"说完郎股长对着不远处的背枪战士说，"还愣着干什么？马上把这两个人给我绑起来！"

背枪战士犹豫了一下说:"我没带绳子啊。"

郎股长一听更生气了,正好看见水房的墙底下有个洞,里面藏有一截麻绳,他大步流星地走过去,把手往洞里一伸,抓住麻绳就拉。谁知从洞里钻出只背上长着黑色条纹的老鼠,照着他的手就是一口,疼得他"啊"地大叫一声!高红军手快,抡起铁锹照那老鼠狠狠一拍,将它拍死。

看看那只被拍死的老鼠,看看自己流血的手指,又看看手握铁锹的高红军,郎股长一时间有些手足无措。

孙殿荣把季冬来和高红军、蔺若兰、许振江等几个班长叫到一起,商量苞米楼烧毁后,拓荒队的粮食问题怎么解决,郎股长也列席会议。

季冬来估算了一下,炊事班那边还有两缸搓好的棒碴儿和冻萝卜,估计也就够对付个两三天:"我建议,咱们马上派人回连部一趟,运送一批粮食过来,不然他们肯定要一周以后才会派运粮车来了。"

"祸是我和窦京闯的,就我们俩跑一趟吧。"高红军说,"几十里的路,我们俩腿脚快点儿,保不齐明天下午就能把粮食运回来了。"

"不行!"郎股长厉声说,"你们俩现在是重大嫌疑犯,必须跟我去团部接受审查。"

此言一出,所有人都沉默了。

老半天,季冬来才说:"既然这样,郎股长,你们就跟他俩一起走。反正去团部的话,都要先经过我们连部,把缺粮的信儿捎过去呗。"

孙殿荣从烟荷包里掏出一小撮烟叶,拿起旁边一角报纸,看了看上面没什么忌讳,卷好一根烟点燃,抽了两口才慢慢地说:"红军和窦京闯了祸,我也得到团部去说明情况,我跟你们一堆儿走好了。另外,我是拓荒队的队长,离开得跟指导员打个招呼,他在山上跟伐木队在一起,咱们就都上山,然后从南边下去。铁牛-55不是搁在老建点么,咱们开着拖拉机回连部,回来的时候系上爬犁,正好把粮食运过来。"

大家一听,都说还是连长想得周到。

这时小上海说,拓荒队最近出工伤的队员很多,药不够了,也得去连部取一趟。最终的决定是:孙殿荣、郎股长、背枪战士、小上海、高红军、窦京、老三和邵婉一起上山,季冬来、蔺若兰和许振江留下来照看家里。

散会后,大家各自准备。高红军把情况跟窦京一说,窦京的脸色变得愈加难看,在地上蹲了一会儿,跑回宿舍,拿了个军绿色的布挎包钻进炊事班。出来的时候挎包里塞得鼓鼓的,高红军好奇地问:"里边儿啥啊,装得那么满?"

"甭管!"

高红军很吃惊,因为窦京从来没有用这样的口吻跟他说过话,他看了看窦京,只在他的眼中看出了两道凛凛的寒光。

第二章

雪，不知什么时候下了起来。在平原上还散散碎碎的，不觉得有多大，一上山，陡然变成了鹅毛样，一片片地在眼前飘摇，很快就将银装素裹的山岭披上了更加厚实的白色斗篷。

虽然来到北大荒已经见过了不少次下雪，但小上海还是觉得新奇，一边走一边伸出手，看蓬松的雪花落在棉手闷子里，裂解成一个个晶莹剔透的六边形。忽然，头顶传来"噼啪"一声，她抬起头，看见一只长着毛茸茸大尾巴的松鼠在树上蹦来跳去，她朝它挥手，吹口哨，松鼠理也不理她。她有些沮丧，又发现一只灰色的野兔在树后面探头探脑，摘下帽子去扣它，野兔三跳两跳就不见了，只在雪野上留下一长串的小脚印。小上海循着脚印往林子深处追，才几步，就觉得陷入了童话一般的白色世界，除了自己的喘息声和雪片落下的沙沙声，四周静谧得一丝杂质都没有。

"小上海，快回来，别麻达山①了！"不远处传来孙殿荣的喊声。

小上海很不情愿地转过身，回到队伍里。不知道为什么，今天一起上山的连长和战友们都有点儿不对劲。以前无论多么艰

---

①迷路的意思。

苦,像这样的行军路上,大家总是用聊天和唱歌来活跃气氛,但现在,他们一个个都神情凝重,低头不语,面对美好的雪景,连看一眼的兴趣都没有。也许是因为多了那个面色阴沉的郎股长吧,可是老三呢,他不是任什么环境都不会垂头丧气的吗?

连里的女孩子们都很喜欢老三,因为这个长得帅气的小伙子,比同龄人读书多,爱思考,从来不会开那种低俗的玩笑,所以他被调到武装连后,大家都很惋惜。现在他回来了,本来是让人高兴的事,可是看他两道眉头各挂着二斤秤砣的样子,小上海有些生气,跑到他身边问:"你怎么了?"

"没怎么啊。"

"瞎扯,你看看你那副样子,无精打采的。"

老三在木然的脸上使劲搓了搓,然后睁圆了一双眼睛笑道:"现在好点儿没?"

小上海乐了:"这还差不多,不过,你要是能唱一嗓子,那就更好啦!"

"成!"老三清清嗓子,昂起头唱了一句——

穿林海,跨雪原,气冲霄汉,
抒豪情寄壮志面对群山! [1]

穿云裂帛的声音,久久地在森林间回荡,雪片像被感染了一般,扑簌簌飞得更快了。

"好好走路,唱什么唱!"郎股长呵斥道,"你现在低头反省还嫌不够呢,抒什么豪情寄什么壮志!"

---

[1] 现代京剧《智取威虎山》第五场"打虎上山"选段。

小上海一听不干了:"哎哟你这个同志好奇怪,难道唱唱样板戏有什么不对的?"

郎股长知道,从全国各地来兵团的知青中,数北京和上海的最难对付,北京知青见多识广,谁都不吝;上海知青又聪明又傲娇,你说一句她有八句在后面等着,只好忍下一口气,问孙殿荣:"还有多久能翻过山啊?"

"雪下这么大阵势,今天怕是翻不过去了。"孙殿荣说,"只好在伐木队的宿营地过一宿,明天一早再下山了。"

郎股长一听急了:"那怎么行,团部还等着这俩——"他冷冷地看了高红军和窦京一眼,"这四个要犯呢。"

队伍又恢复了寂静。

转过一道山岗,眼前忽然出现了一片斑秃似的山坡,一棵棵不知什么时候被伐倒的树木,横七竖八躺在地上。从轮廓上看,它们大多还不够粗壮,年深日久无人搬运,已经腐朽发黑。

小上海好奇地问老三:"这些树既然砍了,怎么没运出去啊?"

"这叫困山木,可能是伐倒后才发现还没长成材,又或者是出于种种原因无法运出去,就这么放弃了……"老三说完,低声补充了一句,"像咱们一样。"

小上海听得一寒,耳畔响起了清脆的"嘎巴"声,有什么东西在心中断裂开来,停顿了一下之后,又接连响起,变成了"嘎巴巴巴",然后只听见一声喊:

"顺山倒嘞——"

远处一棵高可接天的红松,缓缓地沉没在了树丛起伏的褐色波浪之下。大地猛地一震,腾起一片纷飞的雪雾,一直弥散到他们近前。

等到一切都平静下来,孙殿荣从腰里抽出一把斧头,用斧背在一棵树上"哐哐哐"敲了三下,很快,远处也传来三下清脆的敲击声。孙殿荣这才跟大伙说:"没事了,可以走了。"

又不知走了多久,眼前出现一片地面稍平的林地,一群身穿绽开了花的棉袄,头戴羊绒棉帽,从鞋帮到膝盖缠了密密一层绑腿带的知青,正围着那棵刚刚伐倒的大树忙碌不停。有的用斧头砍去枝丫,有的用"快马子"①把树干锯成数米一段的原木,还有八个知青,分成两列,用木杠抬着一根足有八米长的大原木,喊着号子,一步一步,沉重而又艰难地向一个斜坡走去:

  挺起胸了么——哟嘿!
  往前走了么——哟嘿!
  抓革命了么——哟嘿!
  促生产了么——哟嘿!
  稳住腿了么——哟嘿!
  向前进了么——哟嘿!

他们虽然穿着厚厚的棉裤,但掩不住腿肚子的颤抖。特别是吃重最大的担二杠的两个人,上坡的时候,脊梁骨被压得咯吱作响,但他俩还是跟其他人一样,挺直了上身纹丝不动,前拿着腿,步调一致地往前走。终于上到了坡顶,才将原木卸下。

全程,孙殿荣一行在旁边看着,大气也不敢喘一口。直到归楞的人们揉着肩膀,龇牙咧嘴地从坡顶下来,孙殿荣才怒气冲冲地迎了上去:"指导员呢,怎么能让一群大姑娘干这个差事?"

---

①一种双人拉的大锯。

原来刚才劳动号子一喊,他就听出女孩子居多,不由得蹿火。毕竟归楞这活儿负重大危险大,搞不好一个松了劲儿,就容易把一群人擀了面条①。这时担二杠的俩人冲他一乐,他才发现,正是指导员和石劲风两个。孙殿荣有些不好意思,还没等他再说话,担任杠头的伐木队副队长刘娟开了腔:"连长,大姑娘怎么了?咱们连哪个大姑娘活儿干得比男同志差,你倒是说说!"

刘娟是哈尔滨知青,个子高大,在北大荒劳作了半年多,白皙的一张脸变得蜡黄蜡黄的。她干活从不怕苦叫累,思想上也一直要求进步,连里正准备把她发展为预备党员。孙殿荣本来嘴上功夫就差,更不敢跟女同志发生冲突,顿时没话说了。

指导员赶紧上前向他解释道:"我一直拦着,只让她们打打枝丫什么的,后来她们说我重男轻女,非要给我开个现场批判会,我这也是实在没办法……"

孙殿荣把指导员拉到一旁,将老三和邵婉被押到拓荒队,高红军和窦京炸粪冰险些伤到郎股长的经过讲了一遍。指导员正要说话,忽然支棱起耳朵,听到不远处"顺山倒嘞"的一声呼喊,却没有听到大树砸到地面的"哐当"声。

片刻,有个外号叫"瘦猴"的知青从树林子里跑了出来,慌慌张张地说:"指导员,不不不不不好了……"

指导员和石劲风赶紧跟他一起钻进树林:原来在伐一棵柞树时,锯口方向搞错了,树没倒。伐木队员们商量了半天,决定再伐一棵树来砸倒这棵树,谁知第二棵树倒下时力道不够,不但没有砸倒第一棵树,反而又搭在了它的上面,形成了挂树②。因为挂的树不知什么时候会突然倒下,对伐木队员而言十分危险,所

---

①指原木从身上碾过。
②指伐木中一棵树倒下搭在了另一棵树上。

以必须"摘挂",否则附近的活儿都没法干了。

指导员绕着两棵树走了几圈,说:"这样,再伐倒一棵,还是砸向第一棵树,如果能把它砸倒了,第二棵也就跟着倒了。"

说完,他和石劲风挑了一棵不远处的柞树,相对而跪,用快马子嘶啦嘶啦锯了好一阵,柞树才倒下,照旧腾起白茫茫一片。谁知雪雾散后,众人定睛一看,哭笑不得——它竟也搭在了第一棵树上。

指导员一时间没了主意,站在三棵树搭成的"伞骨"下面不知所措。

石劲风走过来说:"指导员,依我看关键还在第一棵树上。"

"那怎么办?"

"既然第一棵树不倒的原因是锯口的方向搞错了,索性将错就错,在锯口下面再补一锯,也许树就倒了。"

指导员想了想说:"行倒是行,就是太危险,那棵树已经松了,身上又压着两棵树,一旦摘挂,倒下的速度和力道都会比往常大得多。而且一下子就是三棵树一起倒,非把摘挂的人捂在里面不可。"

"主意是我出的,我去。"石劲风说。

"不行。"指导员摇了摇头,"今天先收工,有什么事儿明天再说。"

"这雪没准儿要下一夜,明早三棵树搭上雪斗篷,再一上冻,受力点可能会变,摘挂就更困难了。咱们伐木是为来年的基建备料,上面给了指标,一天都不能耽误——您就让我去吧!"

指导员知道石劲风说得对,抓起一把快马子说:"要去,也是我去。"

石劲风拽住他:"指导员,您上午刚被'回头棒子'①打了一下,腿脚有伤,树倒下来的时候不好躲,还是我去吧!"说完把快马子从他手里夺了下来。

"千万小心!"指导员叮咛道。

"您放心!"石劲风笑着说,"万一出了啥事儿,咱出身不好,也不指望追认烈士,坟头竖块牌子写上'兵团战士'就行了。"

说完他快步走到第一棵树旁边,看准了锯口,锯了几下,忽然感到身后有人,回头一看,是指导员。

"不许做傻事,听见没有?"指导员说。

石劲风点了点头。

指导员这才转身走开。

嘶啦嘶啦嘶啦嘶啦,切割木头的声音和着石劲风粗粗的喘息声,略带酸味的锯末子落在雪上,渐渐积成了紫色的一堆。

然而都快把锯口锯穿了,这棵树还是毫无动静。石劲风心里一急,手上的劲道不由得加大,只听"吭哧"一声,那树猛地往下一沉,竟把锯压住了。石劲风拽了几下,锯纹丝不动,这下他彻底傻了眼。

"怎么了?"指导员问。

"压锯了……"

"先这样吧,晚了,咱们回宿舍。"

石劲风无奈地站起身,抖了抖粘在棉裤膝盖处的冰碴子,又习惯性地朝树踢了两脚,缓解脚尖的冻疼。转过身正要走,不想那棵树就差这两脚的力气,一声闷响,呼啦啦倒了下来,搭在

---

①树倒下时突然飞起的粗树枝。

它上面的两棵树也陷了下来,像三个巨大的巴掌一样轰隆隆拍在地上!

"石劲风!"连长、指导员和战士们大喊着扑了过去,却见满地狼藉中坐起一个人来,头上的羊绒棉帽不见了,一根树枝挂在脑瓜顶,正是石劲风。大家扶着他站起身,上下拍打了一番,发现他居然毫发未损,高兴得直喊"毛主席万岁"。

石劲风神情呆滞了很久,脸上才浮现出一丝苦笑。

在距离归楞地不远的一个树林里,卧着大大小小几个地窨子[①],按照用途分成宿舍、仓库和厨房什么的。小上海和邵婉被带进了女子宿舍,只见南北两铺大炕上,原本花花绿绿的床单现在都已经褪了色。上方扯起两根和炕沿平行的麻绳,挂着衣架和内衣,靠墙用钉子钉着一块木板,上面摆着镜子、梳子、雪花膏和擦手油什么的。乍一进来,扑鼻一股浓郁的香味儿和潮味儿,闻起来怪怪的。

姑娘们干了一天的活儿,一进宿舍全都散了架:有的瘫在床上,用手背捂着脸一言不发;有的倚着炕沿发呆,下意识地捏着自己失去血色的手指;有的坐在镜子前,用打进来的一盆雪慢慢搓着脸上的冻伤;还有的两两相对而坐,像拔萝卜一样把冻在一起的毡袜和棉鞋拔下,又互相搓着失去知觉的脚……只有刘娟一个人强打起精神,把一摞劈柴抱进屋子,用斧头劈成一根根小细条,放进炉膛里灰白色的炭灰上,再用苞米叶子引了火点燃。然后去厨房打来了玉米碴子饭和冻菜汤,可是却没有一个人吃得

[①] 东北特色的简易住宅,在地上挖起长形或方形的大坑,四角立起圆木,架上木板,用厚厚的泥土和干草覆盖,里面搭起通铺,用汽油桶做个烧火炉子架在中间,两头用木板钉个门,即可供人居住。

下。

　　小上海让每一个参加归楞的姑娘都解下上衣，查看她们的肩膀，只见个个都磨破了皮，血、脓和内衣粘在了一起，轻轻一揭就疼得她咝咝直叫。直到放在炉子上的水壶烧开了，邵婉调了温水，才把伤口和衣服粘连的地方化开，然后和小上海一起用棉签蘸着双氧水，给她们擦洗伤口，涂红药水，上消炎粉……尽管她俩已经足够小心，但姑娘们还是疼得龇牙咧嘴，有的忍不住流下泪来，又别过头不让其他人看见。

　　也许是疼痛的刺激，反倒让她们缓过劲来，穿好衣服，就着冻菜汤一口一口地吃玉米碴子饭。

　　刘娟吃得快，吃完把嘴一抹，躲到一个角落里，褪下袜子，查看脚后跟上一个寸把长的裂口。裂口处的红肉向外绽开，还渗着血。

　　小上海说："皲裂都这么严重了，我给你上点儿药吧。"

　　"没用。"刘娟说，"药涂过，热水泡过，橡皮膏贴过，还是这样。"

　　"纯粹就是冻的，我可真服了你了，脚后跟裂成这样还能归楞木头，你在宿舍歇两天吧。"

　　"那还行，咱铁姑娘队的，这点儿轻伤能下火线？"刘娟说完，又皱了皱眉头，"不过干活儿的时候确实碍事——对了，你帮我拿针线缝上吧，能好得快一些。"

　　小上海吓了一跳："我可下不去那个手。"

　　"你不缝，我自己来！"说着，刘娟找来缝被子的针和线，掰着脚腕，一针一线地穿过脚后跟裂口两边的皮肤，把裂口缝合了起来。尽管疼得额头上直冒冷汗，但她硬是咬紧牙关一声不哼，缝完还站起身，在地上跺了两下，一边眉头直拧，一边笑着说:"挺好,这下可啥活儿都不耽误了。"

小上海忽然觉察到了什么,指着她裤子内侧两道浅黑色的痕迹问:"这是怎么搞的?"

"没啥,正干着活儿呢,来事儿了。还没跑到茅楼,就在裤子里结冰了,后来我就干脆不管它了……"

小上海惊呼一声:"你不疼啊?"

"能不疼吗,冷风一吹,小肚子拧着疼,浑身直冒冷汗——"刘娟说完,指了一下坐在炕沿上的一个戴着眼镜、神情阴郁的姑娘,"我这还不算什么,陈帆从上山到现在,都三个月没来了。"

自从当上卫生员,小上海从团部借了几本医学保健的书看,多少懂一些生理卫生知识了:"你们得赶紧请假,下山去团部医院检查和治疗,不然将来当不成女人了。"

"瞧你说的,多大点事儿。"刘娟道,"既然来到北大荒,就要经得起各种考验和锻炼,总不能像有些人,半路当了逃兵!"

捧起一只碗正要喝水的邵婉一愣,抬起头来看了刘娟一眼,低声说:"我不是逃兵,是想回家看我妈,风雪太大,跑反了方向。"

"那也不行!"刘娟斩钉截铁地说,"这一屋子人,谁没有妈,谁过年不想回家,都像你一样一跑了之,谁来建设北大荒,谁来保卫边疆?"

邵婉的眼圈红了,把那只盛着水的碗放在了炕沿上。

"说你两句就要抹眼泪儿,跟林黛玉似的,那还配做兵团战士吗?"刘娟冷笑一声,"我看我们今晚就开个批判会,好好帮助帮助你!"

虽然一屋子的人都沉默不语,但刘娟还是兴致盎然地对邵婉说:"说说,你对自己的错误认识到什么程度了?"

"我没有请假，擅自离开连队，是无组织无纪律的表现。"

刘娟等了半天，见再无下文："完了？"

"完了。"

"我看你真是……那下次你还跑不跑了？"

邵婉不说话。

"什么意思，难不成你还要跑？"

邵婉抬起头说："我妈想我，眼睛哭瞎了一只，专门托人捎信来让我回去。我怕再不回去就见不到她了，才跑的……下次要是有机会，我还会跑的。"

屋子里的姑娘们都惊讶地望着邵婉。

刘娟气急败坏，正要再说话，小上海在旁边拦了一句："行啦！都挺累的，上吊还要让人喘口气儿呢，何必没完没了的。"

见姑娘们都没有支持自己的意思，刘娟悻悻地对陈帆说："算了，反正现在也没什么事，你接着读《红楼梦》吧，昨天读到哪儿来着？贾宝玉把地上的花捡了一兜子，找林黛玉去了是不是？我倒要听听这位四体不勤、五谷不分的大小姐还能作什么妖。"

满屋子的姑娘们一听，都有了兴致，就连原本躺在床上的也坐了起来。陈帆将一张炕桌端到近前，摆了盏小油灯，在灯下将那本封面包着《中国画报》的《红楼梦》展开，读了起来——将已到了花冢，犹未转过山坡，只听山坡那边有呜咽之声，一行数落着，哭得好不伤感。宝玉心下想道："这不知是哪房里的丫头，受了委屈，跑到这个地方来哭。"一面想，一面刹住脚步，听她哭道是：

花谢花飞花满天，红消香断有谁怜？

> 游丝软系飘春榭，落絮轻沾扑绣帘。
> 闺中女儿惜春暮，愁绪满怀无释处，
> 手把花锄出绣帘，忍踏落花来复去。

听到这里，刘娟笑道："你们看这林妹妹，居然闲得没事，拿把花锄去埋花，装腔作势的。跟咱们能抬着几百斤大原木归楞的铁姑娘比，简直一个地下一个天上！"

姑娘们都笑了。

陈帆继续念道：

> 柳丝榆荚自芳菲，不管桃飘与李飞；
> 桃李明年能再发，明年闺中知有谁？
> 三月香巢已垒成，梁间燕子太无情！
> 明年花发虽可啄，却不道人去梁空巢也倾……

刘娟皱着眉头问："啥桃李燕子的，到底在说什么啊？"

邵婉看过《红楼梦》，解释道："这首诗表面上写的是黛玉葬花，其实是在用花的残败与凋零比喻天下女孩的不幸命运。"

刘娟瞪了她一眼："哼哼唧唧、病病殃殃的，没什么意思……"见陈帆停下不读了，只望着自己，想了想又说："没事儿，你接着读吧。"

陈帆看了下面那一句，顿时目光发直。

刘娟催道："你接着读啊！"

陈帆咽了几下，才低声读道：

> 一年三百六十日，风刀霜剑严相逼；

明媚鲜妍能几时，一朝漂泊难寻觅。

一句读完，陈帆的两眼盈满了泪水，再也读不下去。屋子里寂静了片刻，然后响起了一个接一个的抽泣声。

刘娟走上前，从炕桌上拿起那本书，看了看陈帆读哭了的那句诗，说了一句"这书不好"，又看了一眼，又说了一句"这书不好"，然后将书往桌上一放，捂着脸，肩膀一耸一耸的，泪水从指缝间无声地流淌出来……

距离女子宿舍不远的地方生着一堆火。石劲风和老三坐在篝火边，寒风像刀子似的刮在背上，干活时被汗水浸透的内衣，冰一样贴着后背，他们朝火堆前凑了凑，脸被烤得热辣辣的，但依然贪婪地往前探着身子取暖。不一会儿，棉袄的袖子和前襟发出了一股焦煳的气味，赶紧把屁股往后欠了欠……

"我是到了北大荒，才懂了'火烤胸前暖，风吹背后寒'的意思①。"老三说完，竖起耳朵，"刚才还听见有人读《葬花吟》，怎么这会儿哭成一片了——二哥，是你把《红楼梦》借给她们的？"

石劲风点了点头。

"上学那会儿你就天天捧着《红楼梦》看……虽说我也喜欢这部书，可是没你那么入迷，你觉得这书到底好在哪儿啊？"

"具体好在哪儿，我也说不出，我喜欢这部书，完全是因为——我觉得曹爷爷是个好人。"

老三乐了："红学的书我也读过几本，这个说法倒是头一回

---

①民族英雄李兆麟将军在《露营之歌》中的诗句，描绘的是东北抗日联军在林海雪原中坚持斗争的情景。

听见。"

"真的，就因为曹爷爷最后落脚在西山，咱们打小都没少听他的故事：他教于景廉糊风筝度过年关，他用野芹治好了一个小女孩的'女儿痨'之后分文不取，他卖掉藏书换了小米，救下快要饿死的村民康老头……可是那时候听，就觉得是民间传说，是真是假谁也说不清，自从读了《红楼梦》，我一下子就相信那些故事都是真的了。曹爷爷就是那样的一个人，就像贾宝玉一样，虽然他出身反动家庭，可是心地善良，从小对每个人都好，从来不会去欺负人。不论家人还是外人，不论皇亲国戚还是丫鬟奴仆，在他眼里每个人都是平等的，都要尊重和爱护。就算是后来家被抄了，连饭都吃不饱，流落到西山写书了，他还是会帮助每一个比他更困难的人……所以我每次看《红楼梦》，就好像坐在这堆火的前面一样，不管背后怎么寒风刺骨，心里总是暖暖和和的。"

听完石劲风的话，老三出了好一会儿的神，忽然发现不远处的一棵树下，背枪战士正望向这边，知道他是奉了郎股长的命令监视自己，便冲他招了招手："大张，来烤烤火吧！"

背枪战士一听这话，拖着半僵的身子过来，坐在篝火边，一边哆嗦一边烤火。看他缓解了些，老三才向石劲风介绍道："他叫张万全，是警通连派来押送我们的。不过，他是个光明磊落的哥们儿，只是奉命行事。"

张万全的脸上浮现出笑容。

石劲风和张万全打了个招呼，然后问老三："精豆儿把你的事儿跟我大致说了说，你自己逃回家看郑老师也就罢了，怎么还带着个女孩跑第二次？"

老三站起身，用脚踩住一根半截插入火堆的木棍，来回一搓，篝火里顿时搓弄起无数的小火星，被风一吹流光四溢："像不像北京过年时放的烟花？"见石劲风和张万全都不说话，他又坐回到原来的地方，沉默了很久，才用低沉的声音说："我恨这个地方。"

飞扬到半空的火星渐渐都熄灭了，咫尺之遥，是一片黑黢黢的、深无尽头的山林。

"从来到这里的第一天起，我就恨这个地方，就想离开这里……本来我有机会考上大学，继续读书，将来做一番事业。可现在呢，所有的理想都破灭了，跟刚刚那些火星似的，就算再有热度也抵御不了零下几十度的寒冷。最后只能面朝黑土背朝天，日复一日地修理地球，这样的日子到底有什么意义？眼看着大好的青春年华被白白浪费，我不甘心啊！"老三说完，问石劲风，"你呢，真的就愿意'扎根农场一辈子，铁心务农几十年'？我不信。"

"信不信由你，我挺喜欢北大荒的。"石劲风说，"这里的生活条件是挺艰苦的，但就是因为太艰苦了，大家也就没啥可攀比的了，都得埋头干活儿，都没劲儿作践人。而且连长和指导员他们对我这样出身不好的也一视同仁，我就挺知足的了。我没有你那么远大的理想和抱负，我就想找个把我当人的地方，好好待着。"他见老三不说话，又劝道："我知道你心气儿高，但事到如今，与其跟自己较劲，还不如认命，好好劳动，过几年找个对象，安个家。北大荒土肥水美饿不死人，这辈子还图个啥。"

老三听完，待了片刻，慢慢地摇了摇头："北大荒可以有我的坟，但绝不会有我的家。"

正在听他们谈话的张万全余光一扫，忽然发现不远处闪过一道黑影，立刻站起来喊道："谁？"

"是我!"那人一边回答一边走了过来,原来是窦京。

张万全皱着眉头:"大冷天的,你不回宿舍,瞎串游什么?"

"瞧你这话说的,你们不是也没回宿舍。"窦京笑嘻嘻地说,"我饿了,想去厨房淘换点儿吃的,结果啥也没找到。"

"我宿舍里还剩一个窝头,回去给你热热吃。"石劲风站起来,和其他几个人铲雪熄了篝火,一起往宿舍走,刚刚要下地窨子,忽然听见从女子宿舍那边飘来一阵歌声:

金瓶似的小山,山上虽然没有寺,美丽的风景已够我留恋。

明镜似的西海,海中虽然没有龙,碧绿的海水已够我喜欢……①

歌声清澈,在夜风中,竟如无形的泉水一般,让每个听到的人心里都不禁一颤。

"谁唱的啊,这么好听?"石劲风问。

"小上海吧。"窦京说完,推着他的后背说,"快进屋吧,冻死了!"

回到宿舍,石劲风把窝头在炉筒子上烤热了,用桦树皮包着递给窦京。窦京摇摇头说自己又不饿了,石劲风便掰成一块块吃下,然后说天不早了,睡吧,明天还要干活呢。

听完这话,窦京一屁股坐在紧挨着门口的炕头,说我今晚就睡这儿。石劲风说门口灌风,容易吹生病了,还是我睡炕头吧,

---

① 《金瓶似的小山》,二十世纪六十年代经典歌曲,朱丁作词,冰河作曲。

窦京死活不答应，还非拉着已经躺下的高红军挪到自己身边。这时门开了，指导员进来查铺，催大家早点儿休息，然后走到炉筒子接的铁皮烟囱边，看了看挂在上面的一双双棉鞋，捡了两双鞋帮上破了洞的，正拎着要往外走，忽然眉头一皱，来到油灯旁边。

跟在他身边的郎股长问怎么了，指导员指着笼在油灯玻璃罩外围的一层黄色光圈说："灯皮子挂黄了，明天怕是要起大烟泡。"

来到外面，见夜风并不大，雪也停了，只有零星的雪屑不知从哪里飘落下来，在脸上砭起冰凉，郎股长说："不像要起大烟泡的样子啊。"

指导员没理他，走到女子宿舍，拍了拍门喊刘娟，说明天会变天，早晨让女同志们比往常多穿几件再出屋，然后才回到作为队部的地窨子里。孙殿荣正蹲在地上用木棒槌哐当哐当地捶着苞米叶子，指导员拿了针线盒出来，借着油灯那颤颤巍巍的灯光纫好针，一针一线地缝补起两双棉鞋上的破洞来。

捶好了苞米叶子，孙殿荣也发现油灯外面挂了层黄，便跟指导员说："这是要起大烟泡啊。"指导员点点头道："实在不行，明天就歇一天工吧。"孙殿荣盘算了一下说："风三儿风三儿，一刮三天。我看山上的存粮也不多了，得省着点儿吃，不然还没赶回连部，山上山下一起断了粮，可就麻烦了。"

郎股长忍不住道："照你们的意思，明天我们走不了了？"

指导员头也不抬地说："不是我们的意思，是老天爷的意思。大烟泡一起，方向都搞不清，往哪儿走啊？"

"那也得走！"郎股长厉声说，"困难像弹簧，你弱它就强，只要拿出人定胜天的精神，我就不信斗不过大烟泡！"

"这不是困难，是自然灾害，这个时候应该尊重自然规律，不能一味蛮干嘛。"指导员说，"再说了，也没有必要着急忙慌的，等大烟泡过去再出发，又安全又妥当，不是更好吗？"

"什么叫'没有必要着急忙慌的'？把这几个人尽早押送到团部，一刻也不能耽搁！"

"早一天晚一天的又有什么关系呢？"

"当然有关系了！眼瞅着春节要到了，把他们押到团部，召开公审大会，才能对那些想逃跑回家的人起到警示作用。"

"兵团司令部一再强调，虽然号召就地'过一个革命化的春节'，但并不强求。如果确实有家庭需要，提申请打报告，组织上该批假就批假。就算是对那些逃跑回家的战士，只要回来，都不做严肃处理——"

"可是他们的情况不一样。"

"有什么不一样？"

"他们是越境潜逃，还勾结你们连的两个同伙，对我谋杀未遂！"

"连长已经把情况跟我说了，当时起了大烟泡嘛，谁能在大烟泡里准定自己不走错方向？你能吗？反正我不能。而且我知道那个小伙子，他原来就是我们连的战士，虽然思想有些活跃，但是很正派，非常爱国，绝不会做出越境潜逃的事儿，不然团长能把他调到武装连去？至于炸茅楼，你说是谋杀，更是瞎掰。他们原本是想炸粪冰，炸药搁多了，而且是先点着了捻儿，你才出屋上的茅楼，怎么可能是故意针对你的？"

两个人越说越激烈，孙殿荣劝了这个又劝那个，可他一贯嘴笨，翻来覆去就那么一句"都是革命同志，有话好好说"。俩人谁也不听他的，急得他抓耳挠腮，不知道该怎么办才好。

"你这个同志怎么搞的,严重缺乏警惕性!"

"我怎么缺乏警惕性了?"

"面对性质这样恶劣的事情,你还搁这儿和稀泥!"

"我是不能眼睁睁看着你用这样简单粗暴的方式对待我们的同志!"

郎股长大吼一声:"什么同志,他们是敌人!"

一听这话,孙殿荣怒了,把木棒槌往地上一扔,冲着郎股长吼道:"放屁!知识青年上山下乡是响应毛主席的伟大号召,你是说,他老人家把敌人派到我们北大荒来了?!"

郎股长宛如被雷击了一般:"我……我不是这个意思。"

"那你是啥意思?"孙殿荣指着他的鼻尖,"你给我说清楚!"

指导员站起身,把孙殿荣摁回到凳子上,又搂着郎股长的肩膀让他也坐下,然后说:"我了解老郎,他是一位对党的事业无比忠诚的共产党员,我相信他刚才那句话并没有任何恶意。"

郎股长绷得紧紧的肩膀这才松弛了一些。

指导员拖过板凳,在郎股长的对面坐下,望着他的眼睛说:"老郎,刚才的争论,纯粹是同志之间对一件事的不同看法,不用上纲上线的。现在,咱们都冷静下来,好好想一个问题:这么多知识青年从五湖四海来到北大荒,到底是为了什么?"

久久的,无人言声,只有炉膛里的柴火偶尔发出的爆裂声,反衬得屋子里更加安静。

"在我看来,就是刚才连长说的,响应毛主席的伟大号召,来北大荒屯垦戍边,参加祖国的生产建设。"指导员说,"可是这些孩子毕竟还年轻,过早地离开了父母,离开了家乡,从不愁吃不愁喝的大城市突然来到了这吃不饱穿不暖的地方,还没长硬的肩膀上担负起了千斤重的担子。所以他们会哭,会闹,会想家，会逃跑。这种情况下，作为党员干部，我们应该怎么做呢？

"其实，这些孩子们刚来的时候，我也看不顺眼。个个身上都带着骄娇二气，个别调皮捣蛋的，简直像嘎牙子鱼的脑袋——越抖落刺越多。可是有一天下地，忽然下起雨来，有些知青锄地的地方离连部太远，没回来。雨越下越大，我就开着拖拉机去接他们，快到地方了，才看见他们都躲在歇息棚①里，小脸齐刷刷地往外探着，挤成了一排，眼巴巴地望着我的车，好像一窝待哺的小燕儿一样……"指导员停了停，接着说，"直到现在，说起这个我还想掉眼泪。在远离父母的地方，他们把我们当成唯一的依靠，我们为什么不能像对待自己的孩子一样对待他们呢？"

"你呀，老郎！就记得'对待敌人要像严冬一样残酷无情'，却忘了雷锋同志还讲过'对待同志要像春天般温暖'呢。"孙殿荣一边把指导员缝补完的两双鞋拿过来，将捶暄呼的苞米叶子垫在里面，一边批评郎股长，"你做保卫工作，脑子里有根弦儿绷得紧一点儿，是对的。可也不能看谁都像四条腿儿的，得把人当人。"

郎股长望着炉膛里跳跃的火焰，默不作声。

"好啦，咱们也别光给老郎塞窝头，得让他有个消化的过程，先睡吧。"指导员说。

郎股长站起身，忽然觉得有些头晕，摸了摸自己的额头，问道："你们谁有安乃近②？"

"你咋了？"指导员说，"我们这屋没有，小上海那儿也许有，可是她们应该早就睡下了。"

---

①田里用土坯和树枝搭起的棚子，给下地的人临时休息用。
②一种老式的退烧药。

"那就算了,估计是今天走路太多累着了,我多喝点儿水,闷头睡一觉就没事了。"

夜里,高红军突然醒了。

不是自己醒的,而是被人推醒的,所以脑子里跟煮飞了馄饨似的一团迷糊,撑开眼皮看了看,眼前一片漆黑。闭上眼,把被头往脑袋上一盖,接着睡。

又有人推他,一边推还一边低声地叫:"老大!老大!"

高红军生气了,掀开被头,睁开眼就要骂,却发现对面隐约是窦京,不仅穿好了衣服,还把手指头压在嘴上一个劲儿地示意他别出声。高红军这才压住火,低声问:"大半夜的,你不好好睡觉,想干吗?"

窦京只说了一句"快穿衣服",然后又去推老三。老三醒来,也是稀里糊涂的模样,老半天才照他说的,钻出被子,哆哆嗦嗦地把衣服穿好。

窦京轻轻地推开门,一股寒气瞬间糊住身子。他把帽子往脑袋上一扣,朝那俩人招了招手,就先钻了出去。

高红军和老三莫名其妙,对视一眼,一前一后地也走出了地窨子。

正是最冷的时分,身子往夜里一沉,瞬间骨头缝都冻僵了。跟着窦京来到当成厨房的那个地窨子,高红军搓着冻得生疼的脸说:"你他妈到底想要干吗?说不出个正经事儿来,看我把你塞炉子里烧了!"

因为夜里无人看管,怕引发火灾,所以厨房的炉膛一向只煨着最小的火,整间屋子比外面暖和不了多少。窦京一边往炉膛里扔柈子一边说:"正经事儿?咱们哥几个现在最大的正经事儿就是赶紧跑!"

老三一听愣住了。

"精豆儿,你又出什么幺蛾子?"高红军问。

"老大你还不明白?咱们要是跟三哥一起被押到团部,那还能有好果子吃?老郎说过,三哥是蹲几年笆篱子的过儿,咱俩呢?杀人劫狱,就石秀在大名府干的那一出,还不得罪加一等?"

"有那么严重吗?"

"老郎那人,要认准咬住的是个屎橛子,给个麻花都不带换的!"

火生起来了,高红军却觉得身上更冷了,他茫然地看了看老三,老三点点头:"郎股长确实是个狠角色。"

窦京说:"所以啊,咱们就别在案板上等着挨宰了,赶紧跑吧!"

"问题是怎么跑啊?"老三说,"这林海雪原的,白天走都容易麻达山,更别说现在这鬼龇牙的时候了。而且就算下了山,然后呢,靠两条腿往龙镇火车站跑?半路上非叫人给逮回来不可。再说了,你没听指导员讲吗,马上要起大烟泡了,你小子是没在大烟泡里走过,那可真的会死人的!"

窦京冷笑道:"不是大烟泡,我还不跑呢。"

高红军知道这小子一转眼珠儿八个鬼点子,忙道:"你把话说明白。"

"我合计过了,咱们从南边下了山,到老建点,那儿不是还搁着一辆铁牛-55么,虽说这阵子天太冷撂了车,但应该还能开。咱们就开着它跑,只要三哥的方向大致正确,就算有大烟泡也不怕,肯定能到龙镇火车站。而且大烟泡一起,伐木队和各个连队的联系就彻底中断了，就算发现咱们跑了，也没法追。等大烟泡过去，他们再想逮咱们，姥姥！咱仨都在老莫①喝上红菜汤啦！"

高红军听得目瞪口呆，老三琢磨了一番道："可行倒是可行，就怕大烟泡起来，我又跟上回似的迷了路。"

"所以要早跑，快跑，趁着能看清方向的时候，多走一些路。最好能开到通往龙镇的公路上，这样就算大烟泡起来，咱们也不怕啦。"

"那，就剩最后一个问题了。"老三说，"我一开始就讲了，现在这黑灯瞎火的，怎么能保证咱们顺利下山，到达老建点？"

"从传坡口下去啊！"

"啊？"

"陶然亭那小雪山②你玩儿过吧，传坡口不就是一大雪山吗？归楞队把木头抬到那儿，绑在爬犁上往下推，顺着'冰壶路'一直滑到山底下，正对着老建点。老建点再用铁牛-55把木头拉走，咱们仨就当一回木头，又有什么不行的？"

老三把手一摊："我没啥可说的了。"

看见窦京和老三都望向自己，高红军知道，该他这个当老大的拿主意了。虽说来到北大荒以后，不管多么苦的环境，多么累的活计，他都没有一声抱怨，但要说把这一身的青春和力气都荒废在笆篱子里，那可是他绝对受不了的："正好，拓荒队大部队过来的时候，我跟指导员学过开拖拉机。"

此言一出，即是同意。窦京十分高兴，从柴火堆底下把那个塞得鼓鼓的军绿色布挎包翻了出来："这是我准备好的，咱们路

---

①位于北京展览馆的莫斯科餐厅。
②指一九六六年在陶然亭公园建起的雪山形滑梯。

上吃。"

高红军一看，里面装的全是窝头，才晓得从山下出发前，这小子溜进炊事班的目的。敢情那个时候他就已经为逃跑做好了准备。老三也恍然大悟，在篝火边看见窦京，原来他不是去厨房找吃的，而是把吃的藏进厨房："你小子啊，可真是成了精了！"

窦京笑道："要不要带二哥跟咱们一起走？"

"不带！"高红军说。

老三想起在篝火边和石劲风的一番谈话，也觉得不带他的好："还有一个人，我可不能丢下不管。"

窦京立刻明白了："我手脚轻，我去叫她！"说完走了出去。一会儿就回了来，拎着一桶雪，一边往水壶里倒一边说："她马上过来，我先做些水，等水开了，每人灌一上壶，路上能当暖炉用，渴了还能喝。"

等了一阵子，门开了，邵婉走了进来，也是梦中方醒，一脸迷糊的样子，问他们什么事？老三把情况大致说了一遍，邵婉想了想说："那好吧，我跟你们一起跑。可是指导员不是说明天会起大烟泡吗，又跟上一次似的迷了路怎么办？"

老三将开着拖拉机到龙镇火车站的计划讲给她听，谁知邵婉听完摇摇头："那可不行。"

"你烦不烦？"高红军粗声大气地说，"一会儿这样一会儿那样的，要不是因为你连累老三，他还不至于搞成现在这个倒霉德行呢！"

老三拉了高红军一把，问邵婉："怎么不行呢？"

"万一大烟泡几天不停，山上山下一起断了粮，咱们又把拖拉机开走了，拓荒队岂不是连向连部求救的最后希望也没有了？"

一听这话，三个小伙子都愣住了。

半晌,高红军对邵婉说:"你说得对!我们光想到自己,没想到集体,这是不对的——我是个粗人,刚才那话对不住了。"

邵婉反倒有些不好意思,拉开门回宿舍去了。

"你们俩啥意思,咱们还跑不跑了?"窦京有些慌张。

"跑个屁!"高红军说,"不开拖拉机的话,碰上大烟泡那就是个死。"

"那我也要跑!在这鬼地方,我苦吃够了,绝不能再去蹲笆篱子,不然还不如个死呢!"窦京咬牙切齿地说。

"你小子犯浑是不是?"高红军撸胳膊挽袖子,老三赶紧上前道:"老大,你让精豆儿再想想——精豆儿,想明白了赶紧回宿舍睡觉啊。"然后把高红军拽出了屋子,顺手将门关上。

坐在炉子上的水壶开了,热气顺着壶嘴噗噗地往上冒,壶盖也哐啷哐啷一阵响。窦京望着手里的挎包,不知所措。良久,他无奈地叹了口气,把挎包塞回到了柴火堆底下,走到门口,手指头攥住冰凉的门把手,却怎么用力也拉不开门,正困惑间,头顶忽然响起了一阵"咔咔"声……

高红军跟老三回到宿舍,正准备脱了衣服钻进被窝,忽然听见外面轰隆隆一声巨响,对视一眼,一起冲出门去。却见刚才还在商量逃跑计划的那座地窨子,居然整体塌陷了。顶上的木板,以及木板上掺着干草的厚土,几乎填平了坑底。

他俩一边抡起铁锹挖土,一边大喊救人。没多会儿,各个宿舍的人都跑了出来,齐心协力,总算将埋在底下的窦京救了出来,却见他满脸是土。高红军在他的脸上抹了一把,只觉得手掌黏湿,借着指导员打的手电筒一看,竟全是血,这才发现窦京的鼻血如涌,汩汩地冒个不停。指导员跳进坑,捏着他的鼻子帮他止血，谁知血顺着喉咙咕隆咕隆地往肚子里咽，指导员又喊他的名字，他却昏迷不醒……

"可能是颅脑受伤，得赶紧送团部医院！"指导员说。

郎股长皱着眉头说："大半夜的，这个窦京跑到厨房来干什么，而且怎么穿得这么齐整？"又盯着高红军和老三问："还有你们俩，怎么也比别人穿得都要牢实？"

"都啥时候了，你还计较这个？"孙殿荣说。

"不是计较，是怕有人故意搞破坏。"

指导员在坍塌的中心点抓了两把土搓了搓说："不是有人搞破坏，是开水炉的位置，总朝一个地方冒水蒸气，正对着的地窖子顶上的冻土吸收了大量的水分，局部过重，横梁错位，时间一长，支撑不住就塌了。"

说完他找了把斧头，跑到树丛里砍了两棵小树，削干净枝丫，把棉大衣一脱，将两根树棍从大衣下摆插进去，从袖筒子里穿出，做成一副简易担架，抱着窦京躺上去。孙殿荣说你就这么抬着他走到团部医院去？多远的路你知道不？指导员说先走到连部再想办法。孙殿荣说那也有三四十里路呢，而且大台山的南坡弯弯绕绕的，你们下了山就天亮了，大烟泡一起，统统得冻死在半道上。指导员说那咋办？总不能看着窦京死啊。

老三说话了："有个办法，把窦京放在爬犁上，从传坡口顺着'冰壶路'一直下到山底下，然后开着老建点的铁牛－55，拉着爬犁到连部去，可以大大节省时间。"

"好主意！"指导员眼睛一亮，"哎，你不是拓荒队组建之前就调到武装连去了么，怎么对这边的情况这么熟啊？"

老三想说这就是窦京的主意，又怕露了馅，吭哧瘪肚地说不出话来。

指导员也没空细寻思，对老三说："就按你的方法办，你，高红军，石劲风跟我送窦京——"

"还是我去吧。"孙殿荣说，"你被'回头棒子'打了，腿脚不灵便，那么远的路，怎么走得下去？"

"不是开拖拉机去么，我拖拉机开得比你好，而且你是拓荒队的主心骨，还是留下来比较好。"指导员说。

孙殿荣这才不和他争了。

"我和张万全也去。"郎股长说，"还有邵婉。"

正在用纱布给窦京包扎伤口的小上海说："我是卫生员，我也得跟着。"

伐木队的其他队员正要表示同去，孙殿荣从刘娟手里接过一件棉大衣，给指导员披上，对大伙儿说："去的人多了也没用，还不够添乱的呢。我看除了刚才那几个，再添一个瘦猴，就够了。你们多加几件衣服，能扛风挡冷的都加上，带上干粮、锅、铁锹和明子①也要带，棉鞋里多垫些苞米叶子。另外再带顶帐篷，万一遇上大烟泡，实在走不出去了，还能就地宿营。"

准备停当了，一行人抬着窦京，来到传坡口。脚下，一条白得发亮的冰道好像在陡峭的崖壁上又切了一刀，一直向下延伸，通向一个无底的黑色深渊……

孙殿荣和指导员把传坡口边那个运木头的爬犁拾掇干净，将窦京抬了上去，拿绳子捆好，再用木棍把绳索绞紧，确保在滑行中无论怎样颠簸都不会把他甩下来。然后几个人坐了上去，每个人的手都抓紧侧面的横档，再由孙殿荣、高红军和石劲风三个往下推。

---

①带松油的松木板，用来引火。

眼瞅爬犁翘起的头部已经探出传坡口了，孙殿荣突然喊停："好几天没往山下运木头了，我怕有格楞子①，先出溜下去看看，你们过一会儿再往下走。"然后把一块木板垫在屁股底下，身子一闪就滑出传坡口，消失在黑暗之中。

不知过了多久，坐在爬犁上的郎股长冻得直哆嗦："这得等到啥时候啊？"

指导员来到传坡口的边缘，一边跺着脚一边往下望，黑漆漆的无声无息："再等等……"

又等了一阵子，爬犁上一片衣服抖动的窸窣声，郎股长忍不住说："就算老孙把格楞子都清除了，也不可能很快上山来告诉咱们，这么干等下去，不是个办法。"

指导员坐上爬犁，对高红军和石劲风说："你们俩往下推吧。"

高红军和石劲风弯下腰，抵住爬犁的尾部，蹬着地，一点点往前推。当爬犁的半截身子探出传坡口的一瞬，猛地往下一沉，顺着冰壶路向下滑去。高红军一跃就上了爬犁，石劲风脚下一滑，往前仆倒，多亏高红军一把抓住他的手，才把他也拉到了爬犁上。

爬犁滑行的速度越来越快，呼呼呼呼，风驰电掣一般，只觉得一团团夹杂着雪花的黑暗扑面撞来，将脸颊和眼角摩擦得火辣辣的。高红军瞪圆了眼睛盯着冰道，双手紧紧把住绑在爬犁尾巴上的一根色木，控制着下滑的速度，并在拐弯的地方适当施力，以调整爬犁的方向——饶是他力大无穷，当色木和地面冲撞的瞬间，手腕和胳膊还是被震得一阵阵发麻。一开始，人们还能相信

---

①指岩石或木头在冰壶路上形成的障碍物，如果不提前排除，当爬犁飞速下滑时，一旦撞上就会散架。

爬犁是沿着冰壶路往下滑，渐渐地，已经完全感觉不到爬犁底部和冰道的摩擦。只听得嗖嗖嗖嗖的空响，冻僵的身体好像丢进深渊的石头，一直向下坠落，坠落……

这样的高速下滑——只能寄希望于先行一步的连长把冰壶路清理干净了。

高红军想。

就在这时，他看到了孙殿荣！

孙殿荣站在冰壶路的一个拐角处，用尽全力扳起一根不知何时卡在岩石上，并向路当心探出一截的木头。但可能是冻住的缘故，怎么都扳不起来，眼看爬犁就到眼前了，孙殿荣惊诧得瞪圆了双眼：只要撞在那截木头上，爬犁连同上面的所有人都会像激流撞在石头上一样腾空炸起，摔下山去，粉身碎骨！

说时迟那时快，孙殿荣把身子一转，双手在小腹那里做了一个抱球的动作。等爬犁直冲过来的一瞬间，他大吼一声，双手向前猛地一推。只听咔嚓一声，将爬犁硬生生推到了拐弯后的冰壶路上！

拐弯后的冰壶路，坡度明显放缓，爬犁的速度也慢了下来，又往下滑了一阵子，渐渐停住了。大家抬眼一看，竟已到了山下。

大家连滚带爬地下了爬犁，一个个拍着心口，喘息不止。

高红军见孙殿荣也从冰壶路上滑了下来，一边喊着"连长"一边跑了过去。见孙殿荣一直滑到自己脚下，都没有坐起，伸手去拉他，发现他的身体沉甸甸的，正纳闷怎么回事，忽然看到银色的冰壶路上有一道鲜艳的血痕……

鲜血还在从孙殿荣的嘴角一口口地往外冒，高红军一下子跪倒在他身边，喊指导员，喊小上海，喊所有人。等到人们都聚拢过来的时候，他看到指导员解开连长的上衣，只见连长的腹部血肉模糊，显然是在推开爬犁的那一刻受到了撞击。接着他听到了一个人的哭声，两个人的哭声，更多人的哭声。他蒙了，喊指导员，喊小上海，喊所有人，喊他们赶紧想办法。然后他就感到有人从后面搀着他的腋下往起拉，他拼命挣扎，瞪着眼睛喊指导员，喊小上海，喊所有人，喊他们救救连长。等所有人一起把他拉起来的时候，他就开始喊孙连长，喊孙殿荣，喊老孙，声音从愤怒变得凄厉，在黑沉沉的冰原上空不停回荡……

第三章

挖不开冻土，他们就把雪堆在他的身上，怕被狼刨开，一边堆一边用棉手闷子拍严实，不知不觉就堆成了一个小丘，在黎明前最黑暗的时分，发着银色的光芒。

指导员派瘦猴绕山路回伐木队去，把连长牺牲的消息告诉大伙，由刘娟担负起带队的职责，等待他们回来。然后让其他人马上动身，朝老建点进发。一看，高红军还跪在孙殿荣的坟前，把雪往上面堆着，拍着，指导员走了过去，将他搀了起来："走吧，天亮前咱们得赶到老建点，开拖拉机出发，在大烟泡起来前回到连部。"

高红军哽咽道："要是我当时努把力，给爬犁扳到拐弯的冰壶路上，就不会撞上连长了……"

"不怨你，那种情况下，连长做出了唯一正确的选择。"指导员说，"他的目的只有一个，就是保证爬犁上所有同志的安全。他做到了，接下来，要看咱们的了。"

高红军点点头，正要和指导员一起离开，却见不远处有个人，面对着孙殿荣的坟茔肃立不语，正是郎股长。指导员上前想要和他说什么，他却一转身走了。

指导员和高红军来到爬犁前面，所有人——除了绑得结结实实的窦京，都从爬犁上下来了。男同志们轮流拉着爬犁前头的几根绳索往前走,邵婉和小上海则背着爬犁上的一些东西跟在后面,让拉的人少些负担。

指导员拉着吃劲最大的中间一道绳索,走了好一阵,才同意张万全把他换了下来。正要接过张万全从肩上卸下来的枪,旁边的郎股长一把将枪拿过来,背在了自己的肩上,指导员便和他并着肩往前走。

两个人都没有说话,黑暗中只能听见一行人踩在雪地上咯吱咯吱的脚步声和爬犁拖行时艰涩的哗哗声。

好久,郎股长才低声问了一句:"还有多远?"

指导员看见前面影影绰绰卧着几块冻豆腐似的灰影,用手一指:"到了。"然后招呼了高红军一声,两个人一起跑进了老建点。来到机车窝棚,却见那窝棚不知什么时候被雪压塌了,白花花一片,把拖拉机掩埋在下面。众人七手八脚,好不容易才将篷席子扒开,露出铁牛–55来。这台原本是红色车身白色车棚的拖拉机,现在从上到下都挂了一层冰似的、泛着光溜溜的铁青色,两侧车轮和车尾的三角形牵引架都被厚厚的雪覆盖着。

指导员伸出两条胳膊,抵住机器盖的两端一使劲,随着喀啦啦一阵裂响,将它撑了起来。然后他拧开手油泵,用力压油,可是费了老大力气,油一点儿也泵不上来。他打开油箱盖,掏出加油滤网,用手电筒往里面照看:光柱在黑咕隆咚的底部照出石蜡样的一团板结。

"没油了?"高红军问。

"有。"指导员用油尺在油箱里搅拌了一下,"就是冻了个瓷实。"

"那咋办?"

指导员跑到旁边一间屋子里,拎出个炭火盆来,装了满满一盆木炭，点着了说："红军，你钻到车底下，给这盆火放到机油箱和变速箱的下面，把油底烤化。"

高红军把腰一弯，趴在地上，一手推着炭火盆，正要往车底下钻，抬眼一望，却见四只绿莹莹的灯泡正在暗处闪烁。还没想明白怎么回事，便听"嗷呜"一声，那四只绿色的灯泡直冲他扑了过来！他来不及站起，身子往旁边一滚，只见两只狼从他的肩膀擦过，扑了个空！指导员吓了一跳，抡起火把砸向其中一只狼，那狼与他缠斗在一处，另一只狼则追着高红军咬。高红军连滚带爬，几次想站起身都被扑倒，顷刻间裤腿、袖口和后背上被撕得一条条的，他又气又急，挥拳向那狼打去，都被它躲过，只好继续往前爬。他知道狼最擅长从后脖颈子袭击人的大动脉，一旦被它咬住，自己这百八十斤就算交代了，所以缩着脖子，一边爬一边拼命向后怼着胳臂肘。几下之后，耳根子总算听不见狼的嘶吼声了，正庆幸时，一抬眼，魂飞魄散——原来那狼从身后下不得手，竟悄没声儿地绕到了他前面，龇着白森森的两排利齿，对准他的咽喉咬了过来！

危急关头，一道身影斜刺里一个猛扑，将那狼撞翻在地！高红军一看是石劲风，赶紧与他合力，将那狼死死摁住，连踢带打。那狼翻滚挣扎，仗着一身油滑皮毛，几次差点儿挣脱，但在赶来的老三和张万全的帮助下，最终还是被活活打死。

剩下一只狼见同伴已死，料定斗不过这许多人，夹着尾巴逃掉了。

一场恶斗，侥幸获胜。高红军坐在地上呼哧带喘的，半天动弹不得。还是石劲风上前搀扶，他才慢慢站起身，抖落着身上的雪和狼毛，看那盆炭火还在哔哔噗噗地烧着，便踉踉跄跄地走过去，重新趴在地上，将炭火盆推到铁牛–55底部的机油箱和变速箱下面。没多久，两个箱体里发出了咕噜咕噜的翻滚声。

指导员估计油已经化开了，拿起摇把，到车头去摇发动机。谁知摇了半天，发动机连个咳嗽都不带打的。

高红军弯下腰，看了看车底的炭火盆，见火光渐弱，再打不着机车，两个箱体里的油又会上冻，不由得急躁了起来，嘴里骂骂咧咧的。

"沉住气。"指导员想了想说，"我估计是输油管被冻上了，油供不上来。"

高红军一听，又钻到车底，想把炭火盆挪到输油管的位置烘烤，谁知火已经灭了。指导员知道情势紧急，不能再等下去，可木炭用光了，万不得已，只能点燃珍贵的明子，给输油管解冻了。余光一扫，看到地上那只死狼，忽然有了主意。他朝张万全要来五六式半自动步枪，将刺刀拆下，翻过死狼的身子，照着遍布白毛的小腹便是一刀，鲜血和内脏顿时翻滚出来，升起白缭缭的一团热气。指导员让高红军将死狼剖开的肚子捂在输油管上，自己跑到车头一阵猛摇，随着排气管"突突突突"响起，整个车身剧烈抖动起来，震得脚下的大地嗡嗡作响。

指导员拽开车门，钻进驾驶楼，招呼高红军也上来，将铁牛-55开出了老建点。大家把爬犁前头的绳索上的挂钩，挂在拖拉机车尾牵引架的圆环上，然后都坐上爬犁，由拖拉机拉着往冰原深处走去。

高红军翻检着自己被狼撕咬得不成样子的棉袄，想起刚才那场恶斗，叹了口气。

"回到连里，补一补就能接着穿了。"指导员以为他是心疼棉袄。

高红军摇了摇头:"我就是有点儿后怕,您说刚才要是真的喂了狼,算怎么回事。"

"那两只狼也是饿极了,才那么凶。不过它们不但没得手,还搭上了一条命,不会善罢甘休,逃走的那一只,十有八九还会来给咱们找麻烦的。"

"没事儿,等天一亮,咱们就不怕了。"

"天已经亮了。"

整个连队,别说知青了,就连指导员也没手表戴,平时都是看日头猜时辰……高红军用手套在结了厚厚一层霜的玻璃上抹了又抹,抹出一个圆来,透过它往外望去,冰原和笼罩着冰原的天空依然沉沉如铁:"这天还黑着啊。"

"不是黑,是阴,要刮大烟泡了,所以才这个色儿。"指导员说,"只是阴成这样,确实少见。"

高红军再一次把脸贴在玻璃窗上,瞪大了眼睛看去,才发现极辽远极辽远的地方,有一道形状不规则的缝隙,闪烁着微弱的、颤抖的白光,这使他产生了天和地不过是两个扣在一起的巨大冰壳的幻觉。

指导员加大油门,将铁牛-55开得越来越快,颠簸得爬犁上的人们一蹿一蹿的,遇到坑坑洼洼的塔头墩子地,拖拉机陷进雪坑不说,还掀翻了爬犁。指导员只好把拖拉机往后倒,重新挂挡再开出去,被摔得四仰八叉的人们陆陆续续回到爬犁上,抓紧给窦京多加固几道绳索,一来二去耽误了不少时间。

这么走走停停,停停走走,在路过一段十几米长的雪棱子的时候,拖拉机到底还是误在雪地里①,轮子呼呼干转就是不往前

---

①误、打误,在东北话里都是指车辆陷入泥中或雪中的意思。

走。指导员下了车，见雪把四个轮子裹得像四颗元宵似的，便指挥大家用铁锹从轮底往外铲雪，然后把麻袋片垫在车轮底下，由高红军驾驶着一点一点往前挪，终于开了出去。

然而再往前，因为前几天下的雪把大地填了个沟满壕平，分不清哪里是路哪里是沟，只能让高红军走在最前面，一边拿铁锹往雪里扎，试探深浅，一边开动拖拉机在后面慢慢地跟着。不知从哪一段路开始，因为雪实在太深，高红军已经不再试探了，而是直接抡起铲子挖雪，给铁牛－55打开一条通道。石劲风、张万全、老三和郎股长也来帮他，几条铁锹上下翻飞，挖一段，拖拉机走一段。没多会儿，几个人的头上就开始冒汗，汗珠子从帽子的边缘流下来，在脸上凝结起一个个冰珠儿，几个人索性都把棉袄脱了，扔在爬犁上，继续挖雪。

这时天色放亮了一点儿，一阵峭厉的寒风掀起雪尘，将几棵露在雪堆外面的柳茆子抽打得嗖嗖作响。高红军他们累得筋疲力尽，浑身的汗水被风一吹，冻得瑟瑟发抖，赶紧回到爬犁上把棉袄重新穿好。不知是哪个喊了声饿，他们才发觉从凌晨奔波到现在，竟水米都没沾牙，一边顺手从路边抓起雪来往嘴里塞，一边喊小上海把干粮拿来分给大伙儿吃。

谁知小上海翻弄了半天，还是没把干粮拿来。

高红军不耐烦地问："小上海，你现打粮食呢？"

"不是……"小上海打着哭腔，"装干粮的袋子，好像丢了。"

一听这话，大伙儿全把脸朝向她，问怎么回事。小上海说，可能是刚才爬犁掀翻的时候，把干粮袋子甩出去了。

众人面面相觑，不知如何是好。本来身上就冷，肚子里再没食儿，可怎么挨到连部啊。郎股长劈头盖脸地把小上海好一顿剋，说她严重缺乏责任心，往思想深处挖就是集体意识不强的表现。老三道:"大家还是翻翻自己的衣兜和包裹,看看能不能发现什么吃的东西吧。"一听这话,每个人都翻腾起来,正一无所获时,忽然见一个窝头顺着爬犁骨碌碌地滚了过来,朝着窝头的来处望去,竟是石劲风撑开的一个军绿色布挎包,里面鼓鼓囊囊地塞满了窝头。

小上海高兴得叫了起来:"石劲风你啥时候准备了这么一大包窝头啊?"

石劲风也蒙了:"这不是我的挎包,是窦京的。地窨子塌了以后,我从底下翻出来的,想着既然要把他送医院,就连他的挎包一起带上了。刚才一翻,不知怎么装了这么多窝头……"

郎股长把挎包夺过来一看,似乎意识到了什么,猛一回头,恰看见高红军、老三和邵婉闪躲的眼神。

"地窨子塌的时候我就觉得不对劲了,窦京穿得整整齐齐的,你们几个那衣着也都不像是刚睡醒的样子,还准备好了一包窝头!"郎股长厉声喝问道,"到底是怎么回事?"

老三看瞒不过去,就把窦京策划一起逃跑,自己和高红军在邵婉的劝阻下放弃行动的经过讲了一遍。郎股长听完,脸色铁青,捡起一块雪疙瘩往驾驶楼砸去,哐当一声!指导员连忙将拖拉机停下,没有熄火,让排气管继续突突着,跑过来问咋了,等搞清楚出了什么事,也目瞪口呆。

郎股长指着老三他们几个,对指导员说:"你和老孙劝我'对待同志要像春天般温暖',可这几个好同志呢?已经准备开着拖拉机再次逃跑,把咱们都困死饿死在大台山上了!"

老三分辩道:"我刚才已经说了,我们考虑到一旦起了大烟泡,把拖拉机开走,就中断了山里跟连部的联系,所以放弃了——"

"谁知道你说的是真话还是假话？我就觉得是因为窦京被砸在地窖子里了，才打乱了你们的逃跑计划。而且，你说你们是想往北京跑，保不齐你们还是准备往国外跑呢！"

"扯他妈淡！"高红军火了，朝郎股长扑了过来。

张万全赶紧挡在郎股长的身前。

郎股长说："大张，这几个人不仅想逃跑，还妄图攻击保卫干部。我命令你，必要的时候可以开枪！"

"你敢！"高红军还要往前上，张万全把枪一横："高班长，你别胡来啊！"

眼看双方就要爆发更激烈的冲突，指导员一边让高红军往后退，一边对郎股长说："不管怎么讲，这几个孩子到了不是没跑吗？有什么事，完全可以到连部再说，何必非要在这冰天雪地里论个是非呢？"

"就是你这种调和主义的态度，才差点让敌人的阴谋得逞。"郎股长横眉立目道，"在大是大非面前，不要说冰天雪地了，就算是地裂山崩，也必须立场坚定！"

指导员无奈地说："咱们紧赶慢赶，不就是想赶在大烟泡起来前回到连部吗？现在这么瞎耽误工夫，非陷在大烟泡里面不可。"

郎股长看了一眼在爬犁上紧闭双眼的窦京，嘀咕道："纯属咎由自取……"

高红军心里一颤。

指导员走到郎股长面前，站定，两只眼睛盯住他的双眼，一个字一个字地说："这些孩子，每一个，都是孙殿荣同志牺牲生命救下来的，谁也没权力把他们扔下，必须一个不少地把他们都带回去！"

郎股长两道凌厉的目光，像蜗牛的触角一样慢慢收敛了回去。

指导员转过身，对高红军说："你上驾驶楼，开拖拉机，我歇一会儿。"说完一屁股坐在了窦京的身边。

拖拉机重新开动起来，人们坐回到爬犁上，默默地啃着从军绿色布挎包里拿出的窝头。寒冷的天气把窝头冻得比石头还硬，必须先哈几口气才能用牙齿刮下一层掺着冰碴的碴子。起先郎股长没有吃，还是指导员拿了一个窝头硬塞给他，他才咬了几口。然后攥着窝头，呆呆地望着爬犁腿上的铁筋在雪地上拖曳出的痕迹，仿佛看到了行走在水面上的小船划出的一条条水线。

就在这时，不知从哪里传来了一声长嗥。

嗥声尖利，像是万千只野兽同时发出的怪叫，令人毛骨悚然。然后，一瞬间，声音像被吸走了一般，消失得一干二净，一丝残余都不留下。放眼望去，茫茫的雪原上，除了几株干瘪的鹅黄色梭草，再看不到任何其他的生物。整个世界安静得不正常，仿佛是无形的巨大利刃贴着地面一刀斩过似的……忽然间，地面上蹿动过无数条飞驰的银色小蛇，受了惊一般，吱吱吱地从爬犁四周划过。仔细看时，才发现是风在大地上卷起的一溜溜雪线。很快，这些雪线盘旋成了一个个冰锥，在雪原上一排排一片片一层层地飞速旋转，发出织布机一样震耳欲聋的嗡嗡声。仰头望去，从天空到天边，无数半透明的寒流疾速奔腾着，像雷电一样不时摩擦出蓝色的光芒，向地面越压越低。终于，在几声更加凄厉的长嗥之后，如决口一般席卷起了滔天的雪霾！

"大烟泡！"坐在驾驶席上的高红军惊呆了，来到北大荒以后，风雪他也算经历过几场，但还从没有见过这样可怖的景象：一团团风雪像白色的铁拳一样不断砸在窗户上，很快，玻璃窗被厚厚一层雪蒙住,完全看不清前面的道路了。他把手伸到外面,拿螺丝刀在前车窗上吭哧吭哧地抢雪,但毫无效果,只能打开车灯,把脑袋探出去看路,却只看见无数的雪片在车灯照出的光亮前头上下飞舞。他心里一急,加大了油门,低着头拧着肩正在顶开风雪的铁牛-55,顿时发出了愤怒的吼声。只是这吼声跟咆哮的风雪声相比,显得那样孱弱而无力。

正在这时,驾驶楼另一侧的门被扯开了,一个浑身白色的人一个箭步跳了上来,关上门,抖落了半天,高红军才认出是指导员。指导员跟他说着什么,可他耳朵里满是呼呼的风声,其他什么也听不见,指导员一边比画着一边说,他还是搞不懂啥意思。指导员急了,薅住他的脖领子,对着他的耳朵大喊:"不能这么没有方向地乱开!"高红军也冲他的耳朵喊:"那咋办?"指导员喊:"先停下,别熄火,等风雪小一点儿再说!"高红军点点头,正要停车,就听"咔嚓"一声巨响,整个车身重重地往下一顿。指导员推开车门跳了下去,很快又出现在门口,冲他大喊:"快下车,拖拉机掉进冰窟窿里啦!"

高红军跳下车,一看方知,刚才不辨方向的一顿乱开,竟把拖拉机开到了水泡子上。虽然水泡子结了厚厚一层冰,但依然吃不住十吨的铁牛-55,生生被压裂开一个冰洞。白色的冰水和冰碴翻滚着往上涌,发出呼噜呼噜的响声,冰洞四周的茬口犬牙交错,犹如一张血盆大口,将铁牛-55一点点地吞进深不见底的肚肠。

眼看冰水淹没过了驾驶楼的踏板,指导员催促爬犁上的人们赶快下来,将爬犁上的东西和窦京也都解下来,然后又跳进驾驶楼,试着踩下离合器又突然抬起,想加油猛冲一下。谁知"咣当"一声,铁牛-55只抬了一下头,就向冰河更深的地方扎去,不一会儿，发动机传动轴上的万向节激起的冰水，从传动轴输出操作手柄的缝隙里溅了出来，一直溅到了驾驶楼的顶棚上……

指导员知道这台铁牛-55是无论如何也救不成了，便灭了发动机，跳出驾驶楼，脚在雪地上一出溜，差点没摔个仰八叉，多亏高红军扶住，才算站稳。

两个人互相搀扶着往前走了几步，突然听见风雪中隐隐传来哭声。过去一看，哭的是坐在爬犁上的小上海，石劲风、张万全和老三他们围在她身边。

指导员急了："你们怎么还不走？"石劲风抓住一个绳结，哽咽着说："怎么也解不开……"

原来为了保证窦京在爬犁行进中不掉下来，打从传坡口往下滑开始，大伙儿就用绳索把他绑了个结实，还用木棍绞紧。后来爬犁每颠翻一次，就有人给他身上的绳索加固，来来回回好几条绳结绞缠在一起，形成了几个异常结实的死疙瘩，再被风雪一冻，干脆变成了冰疙瘩，一时间根本就解不开。

眼看着拖拉机还在往下沉，拉着爬犁不断下滑，要不了多久就会将它整个拖进冰河。

"我来试试！"说着，张万全把枪上的刺刀卸了下来，朝那几个绳结又戳又划的，又去砍连接挂钩和拖拉机牵引架的绳索。然而折腾了老半天，只在被冻得结结实实的表面上留下几道白印。

就在这时，霹雳似的一响，支撑着铁牛-55的最后几片冰层茬口也迸裂了，拖拉机快速下沉，从冰洞下面涌起更多的白色气泡。

"大家拉住爬犁啊！"不知是谁喊了一声，所有人一拥而上，死死拽住爬犁边缘的横档，然而拖拉机的重量还是拖着爬犁，咯吱咯吱一点点下滑。

窦京的小腿已经没入冰水……

指导员一看这情形，把棉衣棉裤一脱说："我去摘挂钩！"

然后一个猛子扎进了冰河！

刺骨的冰水瞬间浸透了他的秋衣秋裤，像无数根钢针一样扎进他的每个毛孔，疼得他差点儿昏过去。他屏住呼吸，划拉了两下，摸到了铁牛-55尾端那个翘起在水面上的三角形牵引架，抓住挂钩，用力往起扳，可怎么都扳不动。然而就这么几下，体力竟耗光了，他只觉得秋衣秋裤像沉甸甸的钢套，紧紧箍住身体，脚底像有一双手把他往下拽。

冰上的人们见他脸色苍白、嘴唇发紫，想要把他拉上来。他使劲摇摇手，意思是"还没摘下来"。这时他忽然想，摘挂钩不成功，可能是因为手上戴着湿重的棉手闷子，使不上劲，便脱掉棉手闷子，左手攥紧牵引架，右手抓住挂钩，用尽全力往上一拔，终于把挂钩从牵引架的圆环上摘了下来！

失去了牵挂的拖拉机猛地向下沉去，他想松手上岸，谁知牵引架和挂钩都牢牢地攥在两只手里，甩都甩不开——

怎么回事？

他猛地醒悟过来，由于牵引架和挂钩都是金属的，自己的手掌已经和它们粘在了一起！

他感到冰上的人们在用力拽爬犁了，只要攥紧挂钩，尽量撑开左手，就有可能挣脱牵引架，至多是撕掉一层手皮……

可是还有一种可能，就是在铁牛-55下沉的巨大力量下，自己不但没能挣脱牵引架，反而把爬犁一起拽进冰河深处。

想到这里，他左手攥紧了牵引架，借着铁牛-55下沉的拽力，右手拼命一挣。手指和掌心发出"嘶啦"一声，脱离了挂钩。

最后一刻,他看到掌心冒出了无数朵鲜红的血花。

铁牛-55沉入了冰河,在水面卷起一个个漩涡,又渐渐恢复了平静。

"指——导——员!"

人们哭喊着,声音比大烟泡还要凄厉。石劲风几次要跳进冰水,都被大伙儿拖了回来,他只好跪在冰洞边放声痛哭。

风雪像无情的白刷,一遍遍刷过大地……冰洞重新封冻上了,和白茫茫的雪原凝结成一体,看不出一点它曾经开裂过的痕迹,更看不到一点它曾经吞噬过的痕迹。围绕在它周围的那些坐着、跪着和趴着的人们,也都像冻僵了一样,在风雪中一动不动。

终于,有个人动弹了一下。

是郎股长。

他站起身,迈着僵硬的步伐,走到每一个人的身边,摇撼着他们,搀扶着他们,把他们从地上抱起。尽管他们很快又都有气无力地坐下,跪下,倒下,像被抽去了骨骼和灵魂似的,但他不厌其烦地重新走到他们的身边,摇撼着他们,搀扶着他们,把他们从地上抱起……当他发现无论自己怎样做,都不能使他们站起和走动时,便扯开嗓门喊了起来:"再不动换动换,你们全都得冻死在这儿!那孙连长和指导员图个啥?你们说他们连命都豁出去了,到底图个啥?!"

人们像被唤醒了一般,慢慢地把脸转向他。

"他们连命都豁出去了,到底图个啥……"郎股长喃喃着,眼里浮起泪光。他使劲擦了一下眼睛,走到爬犁边,看了一眼躺

242

在上面的窦京，把刚刚被指导员摘下的绳索抓在手里，绕了几绕，背在肩上，一个人拖着爬犁，向前走去。

老三、张万全、邵婉、小上海都跑上前去，有的也背上一根绳索，跟郎股长一起拖曳爬犁，有的扶着爬犁的横档往前推。

高红军看了一眼还跪在雪地上的石劲风，走过去，把他从地上拽了起来，挽紧了他的胳膊，一起向已经走远的队伍追去。

路越来越难走。

胃里只塞进几个窝头，非但提供不了热量，还要用热量来消化这些冷硬之物，加之灌进鞋里的雪融化后冰冷刺骨，每走一步都像是直接踩在冰上，导致浑身上下越来越冷。特别是拉着爬犁的几个人，严重的体力透支使他们的动作变得越来越僵硬，渐渐地近乎原地踏步……

高红军觉得这样下去不行，拉了一把郎股长，并没有使多大力气，竟差点儿把郎股长拉了个跟头："歇一下吧！"

一听"歇"字，小上海一屁股坐在爬犁上。

邵婉一看，问："小上海，你右脚的鞋呢？"

小上海这才发现，自己右脚的棉鞋不知道什么时候掉了，就穿着一只裹了雪的毡袜，像个大粽子似的。这样的天气，这么个走法，右脚指定是要被冻坏的，闹不好得截肢，想到这儿她不禁哭了起来。邵婉赶紧沿着雪地上的脚印往回走，没走多远，就看见雪窝里有一只鞋，连刨带扒的，总算把鞋抠了出来，磕掉鞋膛里的雪，拿回来对小上海说："鞋掉了没多久，赶紧穿上吧！"
一听这话，小上海知道自己的右脚还有救，一咬牙，一使劲，把毡袜拽了下来，冻在袜子上的大半个右脚跟上的皮肉被"嘶啦"一声扯下，露出红红的肉，可是既没有出血，也没有痛感。她抓起身边的雪在脚上可劲儿揉搓,揉搓得有痛觉了,没皮的地方渗出血了,才一边掉眼泪一边放下心来,重新穿上毡袜,把脚伸进冰窟样的鞋膛。旁边的张万全解下自己的绑腿带,将小上海的两只鞋从底部兜上来,结结实实地捆在她的腿上,确保它们不会再一次脱落。

"你把绑腿带给了我,裤脚松了,雪灌进你的鞋里咋办?"小上海问。

"没事。"张万全说,"我把裤脚在鞋里掖紧点儿就行了。"

郎股长看了看盖了一层雪的爬犁:"这玩意儿越拉越沉,瞅瞅有没有什么可以扔掉的东西。"

大家在爬犁上捡了又捡,锅、明子、棉帐篷,考虑到晚上可能要宿营,哪样也扔不得。只有几把铁锹,确实压分量,留了一把,其他都扔掉了,然后继续往前走。

天越来越暗,雪粒和雪片狂舞着,在人们的前后左右遮蔽起白茫茫、灰蒙蒙的巨大幕墙。脚下是咯吱咯吱的踩雪声,身后是嘶啦嘶啦的爬犁拖曳声,头顶是尖利刺耳的狂风呼啸声,但在帽子和棉口罩的遮蔽下,听起来都沉闷而遥远,只有自己呼哧呼哧的喘息声,越来越真切,越来越沉重。不时有人栽倒在雪地里,附近的同伴赶紧上前将他扶起,然后自己又栽倒了,又成了被扶起的对象,几次之后,就干脆缠裹在一起往前走……渐渐地,散兵样的队形成了几个凝固的黑团,在雪原上艰难地蠕动。

这样的蠕动在老三绊倒的那一刻,戛然而止。

他撑着雪地站起身,回过头,看看把自己绊倒的那个裹着雪的长家伙,用脚碾了碾,又在附近的雪地踢了几踢,又踢出几个这样的长家伙,然后大喊起来:"都停下!都停下!"

有的人停下了,可拖着爬犁的几个人还在往前走着。

老三抓起一个长家伙,追上前去,拉住郎股长:"咱们鬼打墙啦!"

郎股长被冻僵的嘴巴半天才发出声音:"啥?"

"咱们走回原路了。"老三挥了挥手里的长家伙,"这是咱们刚才扔掉的铁锹,还有几把,也都在雪里。"

一听这话,所有人都泄了气,有的当即倒在雪地上动弹不得。

望着一张张年轻而茫然的面庞,再看看正在天地之间无情肆虐的狂风暴雪,郎股长一时间也想不出什么办法但他知道,自己绝不能流露出一星半点儿的绝望情绪,否则这支队伍就肯定要葬身于此了。

正在这时,石劲风抓起一把铁锹,在附近几处地面上铲了铲,都铲得很深才住手又往前走了很远,一路铲来铲去的,身影很快就消失在风雪弥漫的前方。

不一会儿,他从雪幕中穿越了回来:"我找到路了!"

大家把目光齐刷刷地望向他,特别是郎股长:"路在哪儿?"

"您看,这几个我铲过的地方,有的把表面一层雪挖开后,底下还是白色的积雪,还有的地方就不一样了。"他用铁锹指着一处说,"这几块的下面是硬硬的、不透明的雪壳子,我用铁锹怎么抢,顶多抢出来几道白印儿,说明在上冻之后曾经被反复碾轧过。我继续往前铲,发现这雪壳子的宽度基本上保持一致,跟铁牛-55差不多,所以十有八九是大台山和连部之间开着拖拉机来来回回的那条路。"

"有道理!"高红军一听站了起来,"可是怎么判断往哪边走是大台山,往哪边走是连部呢?"

石劲风回答不出。老三说:"我记得从刚起大烟泡开始,咱们就一直是顶风走,没有顺风过。所以只要顶着风,沿着这条路一直走,应该就是往连部的方向。"

"出发!"郎股长大声说,"石劲风,你拿着铁锹在前面探路,我们跟在你后面,注意保持距离。"他又一次走到爬犁前,刚把绳索抓在手里,眼前突然一黑,膝盖一软,跪倒在了雪地上。趁着没人注意,他迅速站了起来,把绳索在手里多缠了几道,往肩上一背,另一只手向后抓紧绳索。高红军和张万全也过来了,一左一右牵住另外两根绳索,三个人一起跟在石劲风的后面,向前拖去。老三和邵婉抓着爬犁两侧的横档用力推着,脚上有伤的小上海用一把铁锹当拐杖,一瘸一拐地走在最后面。

也许是被雪原上的这几个还在不屈不挠、苦苦挣扎的生灵激怒了,大烟泡终于发了狂,暴雪在天地间横飞着,汹涌出白垩样的颜色,仿佛整个世界已经被滔天的冰河吞没。行进中的人们被吹得七扭八歪,低着头,弯着腰,眉毛、睫毛和胡须都挂满了冰霜。在某个和狂风激雪迎头对撞的瞬间,爬犁、拉爬犁的人、推爬犁的人、跟在爬犁后面的人,都凝固住了,冰雕似的一动不动。直到风力稍缓的片刻,某个人一颤,棉衣棉裤发出喊里咔嚓的碎裂声,其他几个人才像苏醒一般重新动了起来,然后都不约而同地大口喘息着。

突然,高红军被前面的什么东西撞了一下,撑起眼皮一看是石劲风,不知道他怎么退了回来:"咋了?"

石劲风注视着正前方的目光充满了惊恐。

只见一团团白色的旋涡,在半空中像是无数的死神盘旋回转,发出一种像牛吼又像狼嗥的"哞呜,哞呜"声。高红军知道石劲风是被吓到了,大喝一声,抻直了绳索,带着并肩而行的郎股长和张万全一起向前闯去,几步就钻入了一个偌大的雪窟窿。

密集如蚊团的雪粒伴随着陡然加大的飓风，在他们的身上疯狂地推搡着、撞击着，他们实在站不住了，干脆把绳索缠在腰上，跪在地上，用手和膝盖往前爬！一步，两步，三步，四步，爬犁变得异常沉重，仿佛要把他们拦腰勒断。可他们咬紧牙关，绝不松懈，石劲风、老三和邵婉也推着爬犁一起爬，不知是谁起的头，他们一起大喊起来——

"下定决心，不怕牺牲，排除万难，去争取胜利！"①

飞雪涌进他们的嘴巴，灌进他们的喉咙，使他们的声音变成了一团团呜咽，可是他们依然瞪圆眼，昂起头，朝着大烟泡发出最后的怒吼！

然后，一步踏空似的，他们连同爬犁一起，猛地向下摔去——

不知翻滚了多久才停下来，一个个趴在地上，脸上嘴里全是雪，狂风的咆哮声丝毫未减，却感到风力明显小了许多。大家回头看去，却见身后矗立着一个高高的雪坡，雪坡上有他们和爬犁滑落时的划痕，在雪坡最上端有一个"凹"字形。半空中，无数湍急的飞雪都往中间那个口子里涌去，形成了一条白得发亮的带子。他们恍然大悟，原来刚刚是在穿越风口。

高红军和石劲风站起身，抓住爬犁前头的绳索正要接着拉，郎股长环顾四周，突然感到不对劲："小上海呢？"

大家才发现，一直拖着铁锹跟在队尾的小上海居然没有翻过风口，好几个人要回去找她，被郎股长拦住了："你们拉着爬犁继续往前，我去找小上海，找到之后，顺着爬犁印就能追上你们。"说完独自向雪坡爬去。

---

①二十世纪六七十年代的著名语录，多用于克服困难时呼喊。

望着郎股长踉踉跄跄的步伐，张万全刚要跟上去，不知怎么的，两条小腿好像被锯断一样毫无知觉，低头看时才发现，原来他把两条绑腿带都给小上海绑鞋，一路走来，不知不觉雪从松散开的裤脚源源不断地灌进去，竟把膝盖以下堵了个瓷实，相当于给两条小腿打上了"雪石膏"。他知道两条小腿一定是严重冻伤了，又慌又怕，一时间不知所措。

大家见他原地不动，不知出了什么状况，便来问他，张万全只说自己腿麻了，让他们先走，又对老三说："你能帮我去照看一下郎股长吗？"

老三点点头，追上郎股长，两个人刚刚从风口翻回去，就撞上了正在雪地上一边爬一边哭的小上海。原来她戴着口罩，呵出的热气将长长的上下眼睫毛粘在了一起，等注意到的时候已经结满了冰珠，根本张不开眼皮。她不敢用手去扯，只能把铁锹丢了，摸索着往前爬，喊前面的战友，又没人回应，一下子就哭了起来……当郎股长和老三一左一右搀住她时，她紧紧地抓住他们，像溺水的人抓住了救生员。

重新顶着风雪翻过风口，三个人已经耗尽了力气，顺着雪坡往下出溜，眼瞅着郎股长和小上海已经滑到了坡底，突然"轰隆隆"一声响，在他们两个人的正下方，大块大块的积雪突然崩塌，地面上裂开了一道巨大的冰缝——

郎股长把小上海往旁边一推，小上海的身子从冰缝的边缘擦过，而他自己却直挺挺地往里面栽去！

双手一扒，在行将坠落的一瞬间抠住了边沿。

那冰缝深不见底，一旦坠落必死无疑。郎股长的两条腿拼命蹬着，想踩到一处硬物，结果身子随着挣扎越发下坠，棉手闷子在边沿上一点点往下滑动——

说时迟那时快,一双手猛地抓住了他的手腕!

郎股长仰起头,看到了老三的脸庞。

"别动,我把你拉上来!"老三喊道。

但他的两只手都拉着郎股长的手腕,没有可以向上的助力,而且在倾斜的冰缝边沿,只会连带着他的身体一起往下滑。

"松手……"郎股长吐出了两个字。

老三还是紧紧抓住他的手腕,用膝盖的力量慢慢往上撑,可是一番努力之后,身体往冰缝下面探出得更多了。

"快松手!"郎股长厉声说,"不然咱俩都得完!"

这时,小上海想冲过来帮忙,但没走出几步,就停在原地不动了。

她看到了那只狼。

没错,就是那只在老建点逃掉的狼,此时此刻正站在寒烟升腾的雪坡上,宛如噩梦一般盯着她。也许是居高临下的缘故,看上去它比在老建点遇到时更加高大和凶猛,瘦脸上一对邪恶的三角眼,放射出凛凛的凶光,微微龇开的嘴巴仿佛在狞笑,露出尖利的白牙。

这么大的风雪,它竟然一直追踪到了这里,如果刚才不是郎股长和老三及时赶到,也许自己已经填了它的肚子。

想到这里,小上海一动也不敢动。

那只狼不慌不忙地打量了一下眼前的形势,将目标锁定在了双手抓着郎股长的手腕,而毫无反抗之力的老三身上。它试探性地往他们的近前走了几步,老三也注意到了它,嘴角苦涩地抽动了一下。这一下像是信号,那只狼冲了过来,向他的脖子咬去,老三一躲,这一口正咬在他的肩膀上,那身落满了雪的棉袄被冻得硬如铠甲,竟把狼牙狠狠地硌了一下。

"松手!"郎股长的声音近乎哀求。

老三就是不松手。

不远处的张万全看到了这一幕,想过来帮忙,可费了九牛二虎之力,还是挪动不了分毫。他从肩上把枪卸了下来,瞄准那只在老三的后背上疯狂撕咬的狼,扣下扳机——

扳机没有动。

怎么搞的?

一看才发现,扳机被冻住了。

狼的咆哮声陡然变大,离得这么远,张万全甚至听见了老三从嗓子眼发出的痛苦呻吟。

怎么办?

刹那间,他想起了指导员用死狼剖开的肚子捂热输油管的办法。

扯下左手的棉手闷子,照着无名指狠狠就是一口,忍着钻心的剧痛,把喷出的一股热血涂抹在了扳机上……

"砰"!

"砰砰砰"!

枪响了,接连不断的响声有些低闷,却粉碎了大烟泡一统天地的咆哮,在雪原上久久地回荡着。

手指的疼痛使他无法瞄准,生怕一不留神反而打中了老三,所以这几枪是对着天开的,饶是如此,那只狼也被枪声吓到了,夹着尾巴飞快地逃走了。

老三和小上海一起,把郎股长从冰缝里拉了出来。见张万全还是动弹不得,问清缘由,用雪给他的两条小腿使劲搓了好一阵子,等稍微恢复了些知觉,才搀着他,沿着爬犁印子追赶队伍。

这时，一直不见太阳的天空，像瘀血似的漫溢开一片酱紫色，等到和高红军等人会合时，四下里已经一片昏暗。大家商量了一下，估计已是傍晚时分，在大烟泡中摸爬滚打了一整天，每个人都是强弩之末，再也走不动了，干脆趁着风势转小，就地扎营。

他们找到了一片树林，走进去，用铁锹盖起一堵挡风的雪墙，割了些干草铺在地上，然后在上面搭起棉帐篷，用厚厚的雪将帐篷的边沿压瓷实。先把窦京从爬犁上解下，抬了进去，小上海给他更换了绷带和药物，测了体温，把了脉搏，都还正常，又将冻伤严重的张万全也抬进帐篷，安置在他身边。石劲风觉得干草还是太少，晚上睡觉又硬又不保暖，就独自去寻找，剩下的人垒灶支锅，生起了火，一边喝着锅里烧开的雪水，一边用树枝串着窝头在火上烤着吃，脸上总算和缓出一点"人气儿"。

正在这时，突然听见林子外面传来石劲风的喊声："你们快来啊！"

大家以为是狼又来了，赶紧冲了过去，只见石劲风单腿戳在一个圆形的坑里。

高红军又好气又好笑："折腾一天，大家都快累死了，你小子咋还有心气儿跟树坑较劲？"

"你见过圆得这么规整的树坑吗？"

高红军仔细一看，那坑果然圆得不同寻常："这到底是个啥？"

"这是咱们连去年十月底组织挖掘的基坑，从连部通往新建点，五十米一个，准备今年开春栽上电线杆子的——"

片刻的寂静后，大家不禁欢呼起来！这不仅证明他们整整一天的出生入死没有白费，找对了方向，而且沿着基坑可以一直走到连部。更重要的是，由于后来抽调连队主力去新建点，所以基坑工程开工不久就告暂停——也就是说,这里离连部已经不远了。

老三倒是很冷静:"只有这一个坑,怎么能确认就是你们当初挖的基坑呢?"

"能!"石劲风指着黑漆漆的雪原说,"我往前走了几百米,每五十米就发现一个基坑,都插上树枝子做了记号。"

高红军激动得一把将他搂住:"疯子,好样的!"

知青们喜滋滋地往回走,走进营地时,才发现郎股长一直耷拉着脑袋坐在篝火边。有人把石劲风的发现告诉他,他抬起头,黝黑的脸上浮现出一丝笑意:"好啊,太好了……"然后又把头低了下去。

小上海觉得他的状态有些反常,用手在他额头上一捂:"呀,郎股长,你在发高烧!"

知青们纷纷围拢了过来,问郎股长怎么了,他只含混地说"没事"。小上海找出一片安乃近,邵婉把水端过来,让他把药吃了,然后扶着他进帐篷里休息。郎股长在干草铺上一躺,瞬间就昏睡了过去。

夜深时分,风在光秃秃的树梢上掠起一片"呜呜"的鬼哭声,将他惊醒了。

他用胳膊肘支撑着,慢慢坐了起来,冷得像冰窖一样的帐篷里,传来困倦至极的人们此起彼伏的鼾声。

头疼欲裂,身体瑟瑟发抖,五脏六腑却像着了火一样燥热。

静静地待了一会儿,他把当作被服的棉袄穿在身上,将头上的狗皮帽子紧了紧,站起身,掀开棉帐篷的门帘走了出去,旋即又将门帘搭好,系严实。

大片大片的雪花,从头顶缓缓地飘落。

走到即将熄灭的篝火边,坐下,将几个样子扔进去,噼噼啪啪响了一阵子,火光重新熊熊而起,将他的脸照得红通通的。

肠胃一阵绞痛,然后就有一股热流顺着嗓子眼往上翻滚,使劲咽了几下没咽住,猛地吐出一口锈红色的血。

擦干净嘴角,解开棉袄,又扒开里面的毛衣、秋衣和背心,看着自己的胸口和腋下。那里,有一片像用锥子扎出来的、鲜红的出血点。

望着土灶里跳跃的火苗,他怔怔地出了一会儿神,从裤兜里拿出一个小本子和一支铅笔,从本子里撕下一张纸,借着火光想写什么,可颤抖的手握不紧笔,好半天才划拉出几个字。

他站起身,用棉鞋推起地上的雪,把刚才吐出的血盖住,走到帐篷前,解开门帘,走进去,将那张纸放在自己睡过的地方,用一块土坷垃压好,然后望了一眼帐篷里酣睡的人们——

"这些孩子,每一个,都是孙殿荣同志牺牲生命救下来的,谁也没权力把他们扔下!必须一个不少地把他们都带回去!"

他转过身,走出了帐篷。

高红军钻出帐篷的时候,一股扑面而来的寒气,激得他瞬间就醒透了。抬头望去,天上还挂着一弯月牙儿,但东边的天际线上已经滚动着鲜艳的红潮。风停了,雪住了,万籁俱寂,一缕缕浮雪贴着地皮,无声无息地滑向远方,和乳白色的冬雾一起,在辽阔的原野上缓缓缭绕、飘荡。

昨天那样可怖的大烟泡,竟恍如一梦,没有留下一丝痕迹。

很快,更多的知青从帐篷里钻了出来,一边伸着懒腰,一边生火做饭。这时,老三神情困惑地拿着一张纸条走了出来,给高红军看:"郎股长留下的。"

上面写着几个潦草的字——

"我先回连队了"。

落款是郎股长的名字。

"这啥情况,他怎么不等咱们一起走?"

老三摇摇头。

高红军想了想说:"老郎就是那么个怪脾气,也好,他先回去,没准儿带着连队的人,在半道上接咱们呢。"

"他怎么回去?二哥只做了几个基坑的标识,剩下的还得一边走一边找,才能找对方向——何况他是半夜走的,还发着烧。"老三皱紧眉头说,"这事儿不对劲,很不对劲。"

高红军也蒙了,急忙喊大伙:"抓紧收拾一下,咱们马上出发,争取追上郎股长。"

天已大亮,石劲风在前面找基坑,做标识,高红军等人拖着爬犁跟在后面。由于张万全手指感染,冻伤严重,也在发烧昏迷,只能跟窦京一起躺在爬犁上,所以拖行的速度更慢了。好在无风无雪,又心知方向正确,所以走走停停的,倒并不觉得累人。

只有老三,一边走一边左顾右盼的,一副心事重重的样子。

"你咋了?"高红军问。

"一路上都没有看到郎股长的脚印。"

"可能是昨天夜里的雪太大了,盖住了吧。"

"二哥一路做标识,也没看到有人挖开过雪地找基坑的痕迹啊。"

就在这时,前面的一片树林里突然传来了石劲风的呼喊声,那声音像是大哭又像是大笑,惊动了一群寒鸦,掠起黑色的羽翼，在树林上空盘旋不停。

高红军和老三对视一眼，抓紧了绳索，肩膀、腰和腿脚一起用力，把爬犁拉得哗哗作响，一直赶到树林近前，才发现远处的银野之中，有一片土褐色的房子，房顶的烟囱里飘出袅袅的白烟……

是连部！

终于，到连部了！

一瞬间，两行热泪不由自主地溢出了眼眶，这一刻，高红军懂得了就在前面扬着手臂不停跳跃的石劲风为什么会发出那样的呼喊声。

像是大哭，又像是大笑。

他望着老三、邵婉和小上海，看到他们也都是满脸泪水，擦了擦眼睛，大吼一声——

"走，回家！"

他们拖着爬犁，一步一步向前走去。快到连部时，有人发现了他们，当当当当把钟敲得震天价响，紧接着，无数的兵团战士跑出大门口，像潮水一样向他们涌来！

只有老三一个人注意到：人群之中，不见郎股长的身影。

第三卷 ○○年代

第一章

红叶翩翩，疏林如画。

恰是秋意最浓的时节，沿着山路缓缓走来两人，都是二十出头的年纪：一个浓眉小眼，塌鼻凸嘴，长得其貌不扬；另一个面如美玉，目似点漆，举手投足十分飘逸。

他们边走边聊，飘逸的那个见其貌不扬的那个紧锁眉头，笑着说："我三年才回国一次，约你爬回山，你不会一直到山顶都板着个脸吧？"

呼延云对着林香茗笑了笑，笑得很勉强："我又不是冲你——上午刚刚被人骂了一顿，心里不舒服。"

"挨领导批评了？"

"没有。"

"那倒稀奇，谁还能把你骂郁闷了？"

"以前跟我妈一个单位的叔叔，跑到我们报社来提供新闻线索，谁知道最后竟搞成那个样子……"

呼延云供职的《医药周报》，最近联合老年养生促进会，共同策划了一个"老当益壮明星评选"的主题活动。活动启事一经刊登，有不少读者电话咨询，甚至按照地址找到报社，提供相关的材料——当然，来的多是白发苍苍的老人。

今天上午，又来了一位提供新闻线索的读者。照理，应该由"读者服务版"编辑出面接待，但那位编辑有事不在，考虑到评选活动最终成稿会在"焦点关注版"刊登，所以编辑部主任刘述就让该版编辑呼延云去跟这位读者聊聊。

一进会议室，看见那位读者，呼延云觉得眼熟。来人五十岁左右的年纪，脸膛红润，目光炯炯，坐在椅子上，笔直而宽大的身板把椅背遮了个结实。呼延云拿了纸杯到饮水机边接了杯水，递给那位读者。读者接过水，把他上上下下打量了一番问："受累我打听一下，您家里有没有人在市建设公司工作？"呼延云点了点头："我妈妈退休前在那里当党委副书记，您是……哎呀！是高叔叔吧？"

高红军一下子站了起来，差点儿把椅子带倒了，紧紧握住呼延云的手："这家伙，一晃快十年没见了吧，都当上大编辑了！"

他的手还是那么大力气，呼延云一边笑一边疼得龇牙咧嘴。

俩人坐下聊了起来。呼延云说，妈妈前不久才退休的，也是年岁不到就被单位逼着"早退"了，不过她心态很好，天天跟一帮老太太在楼下广场上跳舞，说是要锻炼好身体准备将来带孙子。高红军问那你有对象了没有？呼延云不好意思地摇摇头，高红军说那你可得抓紧，别等老人胳膊腿儿不能动了，就帮不上你的忙了。然后说起自己的境况：下岗后一直没个正经工作，一开始还到建筑工地上卖膀子力气，后来受了几次伤，不能再干重活，就彻底回了家，社会上时兴什么就搞点儿什么。他开过出租、养过鸽子、支过烟摊，到了挣的钱也就够个回本，"折腾了一溜烟儿，除了年岁，啥都没见长"，说到这里，他胡噜着一头花白的短发笑了起来。

呼延云问起石劲风和窦京，高红军说石劲风还在每天漫山遍野地搜罗跟曹雪芹有关的遗迹,"你窦叔叔开了个公司,销售各种老年用品,生意可是越做越大了。"

这时他突然想起自己此行的目的,从放在桌子上的黑色人造革挎包里,掏出一个撑得鼓鼓囊囊的文件袋来:"我来是因为看了你们报社的那个启事,但我要提供的新闻线索跟'老当益壮'评选啥的,没什么关系……这两年我找了好多报社,还有电台电视台,想让他们呼吁呼吁这个事儿,可是没人理我。现在看到你在这儿当大编辑,我就踏实了,你可一定要帮我把这个给报道一下。"然后他打开文件袋,从里面拿出厚厚一摞纸,有的写满字迹,有的盖着公章,有的用踏蓝纸加印,还有几张《兵团战士报》,大都已经发黄。

"事情是这样的——"高红军刚说了一句,情绪有些激动,喝了两口水,停顿了片刻,重新开口道,"一九七四年,北大荒着大火,我们兵团独立师六团十连的十二个女战士为了救火牺牲了,事后一直没有评上烈士。当时给出的说法是,那年月倡导英雄主义和献身精神,不少知青在抢险救灾时只知奋不顾身,不知自我防护,死得很不值得。有关部门怕给这十二个女战士评上烈士,会导致更多的战士付出'不必要的牺牲',所以就暂时压了下来。这个说法我们能理解,也能接受,但到了八十年代,兵团解散了,当年的知青大多数都返城了,总该把烈士称号颁发给这些女战士了吧。因为她们的家属有些不在北京,就集体委托我上访,谁知知青信访办推三阻四,就是不给办,我是年年找他们,不知费了多少口舌,甚至因为说急眼动了手,还把我拘了七天。这么一直到知青信访办取消,改成接待室了,这事儿还是没人管……"

说着,高红军把那些材料一张张拿给呼延云看,遇到黏合到一起的，就用手指蘸着唾沫捻开："这是《兵团战士报》对那场火灾的报道，上面有十二个女战士的照片。这是我们师部呈报上级申请给她们授予烈士称号的详细事迹材料，这是省革委会下发的不予批准烈士称号的审查意见。还有这些，是她们的家属联名签署的追认烈士称号的申请材料。你看这纸上，斑斑点点的，都是签的时候流下的泪水打湿的痕迹。这里面有些人已经过世了，到死都没能看见还亲人一个公道——"

"高叔叔。"呼延云一声轻呼。

高红军抬起头望着他。

"高叔叔，您知不知道《医药周报》是一张什么性质的报纸？"

"报纸不就是报道新闻的吗？"

"报纸是根据不同的性质，决定不同的报道方向的。比如体育类新闻就看《体坛周报》，时尚类新闻就看《精品购物指南》，《医药周报》是一份医药类周报，报道的侧重点是和医疗保健相关的新闻，像您提供的新闻线索，可能更适合《京华时报》《信报》这类综合性媒体。"

"我找过他们了啊，他们一听都说没有什么报道的价值。"

"您想，如果他们都说没有报道的价值，我们这样的报纸，是不是就更加……"

高红军一下子泄了气，在椅子上坐了半晌，才对呼延云说："要不，你给推荐个媒体，都是同行，总要给个面子吧？"

"高叔叔，恕我直言，我估计没有任何一家媒体会报道您说的这件事。"

"为啥？"

呼延云指了指窗外,不远处,"大裤衩"①的钢结构大悬臂已经合龙,宛如镶嵌在雾霾天宇上的灰色橱窗一般,展示着国贸商城、银泰中心和SK大厦那峰峦耸峙的水泥森林:"这么一个日新月异的时代,刚刚发生的事情还报道不过来,何况一件已经过去了三十多年的旧事——就像那几家媒体说的,失去报道的价值了。"

高红军把嘴唇抿得紧紧的,很久,才喘了口粗气,把那些材料在桌子上重重地顿了顿,码齐,收进文件袋,塞回黑色挎包,然后站起身:"那我再去找找别的媒体。"

"高叔叔。"呼延云也站起身,"您已经尽力了,还是算了吧。"

"这怎么能算了呢?我们兵团战士之间的感情,你不懂……"

"我懂,您和我妈那一代人都情深义重的,可是您不能总陷在过去的感情里,您得走出来,客观地看待那一段历史,这样能让自己好过一些。其实那十二个死去的知青,不过是荒谬时代的牺牲品,所以——"

刹那间,高红军瞪圆了双眼!

"什么荒谬时代?什么牺牲品?你这孩子胡说些什么?!"

高红军的大嗓门震得会议室的四壁嗡嗡作响,呼延云有些害怕,但还是坚持说:"近千万青年,在本该上学读书的年代,把大好青春浪费在穷乡僻壤,这还不够荒谬吗?火灾救援本来应该是消防部门的事情,一群年轻人为了逞英雄,冲上去白白送了命,不是牺牲品又是什么?"

"什么穷乡僻壤?那是祖国的边疆,那是咱们国家最肥沃的

---

①中央电视台总部大楼。

一块土地，我们是在那里戍守和拓荒！那场大火是麦收后着起来的，我们救火是为了保卫用血汗换来的粮食，不是为了逞英雄！"高红军激动地说，"你要不懂就闭嘴，别胡咧咧！"

"高叔叔，您还记得图书馆的谢阿姨吧，她是兵团一师的，给我讲过你们那时候的故事，后来我也读了一些黑龙江生产建设兵团的史料。我不否认，在那样艰苦的环境里，你们能够克服种种困难，生存下来，非常了不起，但对那段岁月，无论如何也不应该夸大和粉饰……就说您引以为豪的拓荒吧，你们规划的目标是'一年上纲要，三年过黄河，五年跨长江'，也就是说五年要达到亩产超千斤。可结果呢，我看过一组统计数据，一九六八年兵团粮食的平均亩产是二百一十七斤，一九七五年平均亩产是二百三十一斤，七年时间只增加了十四斤，很多地方直到你们离开，亩产都不超过两百斤。可是联产承包责任制以后，一个人承包过去一个连队的土地，几年时间亩产就超过了千斤——从这个角度上讲，你们屯垦十年，不是毫无意义吗？"

高红军一下子呆住了。

他的嘴唇颤抖着，撑满的红脸膛上交集着愤怒、痛苦和无奈。

会议室里，一老一小就这么静静地对峙了很久。终于，高红军先动弹了一下，他慢慢地把挎包挎在肩上，往外走了几步。快要走出门口时，他忽然停下，回过头来，望着呼延云说："我知道，你们年青一代看不起我们……也不光是你们，当年我们回到城里的时候，他们就叫我们傻青。现在更好，连'黑龙江生产建设兵团'这几个字都没人提了，我们被彻底忘了，跟一盆洗衣水似的，衣服洗干净挂上了，水往地上一泼，完事了。可这是不对的，不应该这样对待我们，不应该把我们的青春一下子全都给否定了……"

他的粗大的喉结使劲吞咽了几下,之后,走出了会议室。

呼延云摊开手对林香茗说:"我一片好心,想劝他别那么死心眼儿,结果反被他当成驴肝肺,你说我冤不冤?"

林香茗没有说话。

他们走过一片竖立着高高矮矮各种墓碑的山林,眼前陡然开阔起来:只见一座林木茂盛、红绿斑驳的山坡下面,仿佛有人用巨大的推子齐齐地推了一下似的,推出了足有足球场那么大的一块半圆形的水泥地。

"这是哪儿啊?"林香茗问。

"金山陵园的停车场。"呼延云说。

停车场上空荡荡的,一辆车也没有。他们往前走,一直走到最东边,扶着栏杆向远处望去:玉泉山上的琉璃塔、昆明湖上的十七孔桥都历历在目,但更远处的城市就不那么清楚了。只依稀看到一团混沌中,无数探出黄色脑壳的塔吊在缓缓移动着起重臂,仿佛是要把灰色的雾霾搅动得更加浓稠似的。

"三年没回来,感觉北京变成了一片大工地。"林香茗感慨道,"不管走到哪儿,不是在拆迁,就是在盖楼。"

"空气质量越来越差是真的。"呼延云说,"过去咱俩晚上去玉渊潭散步,抬头就是满天星光。现在,甭想了——对了,你回来找过思缈没有?"

林香茗摇摇头:"我一下飞机直接去市局找许副局长报到了,然后他安排我到刑侦总队实习,忙得脚打后脑勺的。今天下午好不容易才有点儿时间,这不是赶紧来陪您老人家了么。"

"你去美国留学不是自费么,干吗回来要找许瑞龙报到?"

"当初出国的时候,我确实是自费留学的,后来许局不知怎么知道了,马上和我联系,硬要将我的留学改成公派,我也只好拿人钱财,替人——"林香茗突然意识到这话说得不妥,可是一时又不知道怎么接才合适,"那啥,你懂了吧?"

"以你在警官大学上学时的成绩,他照顾你是应该的。"呼延云说,"你也是,他让你实习你就实习?以你的水平,难不成他还能给你找到个师傅?"

"不是的。"林香茗认真起来,"在刑侦技术和理念上,发达国家确实有先进之处,但是我去留学,说到底最后是要回来报效祖国,所以只有通过实习,了解咱们的警情和社情,将来才能更好地开展工作啊。而且,许局确实给我找了个非常棒的师傅。"

"谁啊?"

"张万全。"

"老张?他可是大名鼎鼎的神探——不过我听说他从来不收徒弟的啊。"

"本来许局找他收我做徒弟,他也是不答应的,后来听说我当年在'西郊区连环凶杀案'中的表现,才同意和我聊聊。"

"西郊区连环凶杀案"发生在多年以前,案件中先后有四人遇害,林香茗那时还未毕业,就被许瑞龙派到专案组"支援",并在案件的破获中起到至关重要的作用。凶手被捕后,全体警员恨不得将他生吞活剥,只有林香茗认为他的犯罪证据不足,且只能对最后一起命案负责,并不顾专案组领导的阻挠,独自给上级打报告反映这件事,最终导致法庭只给凶手判刑十年[①]。这件事造成了在相当长一段时间里,林香茗被警界孤立,不客气地说,他毕业之后出国留学,也是由于留在国内前途黯淡的缘故。

---

① 详见《扫鼠岭》。

"老张跟你怎么聊的？"呼延云好奇地问。

回想起当时的场景，林香茗微笑起来，"一见面他先不说话，打量了我很久才问：西郊区那个案子，整个专案组都断定那个人是真凶，你凭什么断定他不是真凶？"

"那你是怎么回答的？"

"我说：我什么都没有断定。"

"啊？然后呢？"

"然后他笑了笑说：成，你跟着我吧。"

呼延云笑了起来："老张真有意思，他是看上了你怀疑一切的精神了。"

"准确地说，是看上了我比其他人少了一点儿'我执'。"

"'我执'是什么？"呼延云没听过这个词，一头雾水。

"佛教中讲，欲求真相，首先应该'无住相'。'相'就是诸法的形象或状态，无论我相、人相、众生相，其实都是表现在外而被想象于心的，所谓'住'就是执，就是执着，就是因为心有挂碍，而对诸法产生了虚妄和偏执的幻觉。《金刚经》上说：'若心有住，即为非住'，说的就是虚妄和偏执的幻觉会使人入暗而生烦恼和邪见，终成法缚。"

呼延云知道林香茗在佛学上造诣极深，却偏要抬杠："既然'无住相'，那连真相也不要'住'了？"

林香茗点点头："佛祖说'不可以三十二相见如来'，是说佛化身所具足三十二种面貌，其中任何一种都是真实的也都是不真实的。不能因为看到了某一种或全部三十二种，就认为见到了如来的实相，因为宇宙间的一切都是因缘和合，变化无常的——"

呼延云打断他道："照你这么说，岂不是根本见不到真相了？"

"不是见不到,而是不要为'见'所执,不然就容易产生误解和误判。所谓'离一切相,即一切法',只有抛开心中所执之相,舍弃固有的种种偏见,才有接近真相的可能。现在很多人,往往对自己并不了解的事物信口开河,妄下评判,且一概以是非、善恶、黑白、好坏来做论断,其实都是因为'我执'而导致的邪见障重。六祖慧能说:'邪见障重,烦恼根深,犹如大云覆盖于日,不得风吹,日光不见'——"林香茗望了望远处,"当然换到现在,也可以说是'大霾覆盖于日,不得风吹,日光不见'了。"

呼延云小眼睛眨巴了半天才说:"你小子该不会是拐弯抹角地骂我呢吧?"

林香茗一笑。

呼延云撑着栏杆扩了扩胸,听身后寂静的大山里啁啾几声格外清丽的鸟啼,叹了口气道:"其实我也有点儿后悔,不应该跟高叔叔说那么重的话。他是个特别好的人,只是我总觉得,他们那一代人对过往总有些不可思议的情结,怎么都走不出来似的——我就是搞不懂他们到底怀念那个时代的什么,吃不饱穿不暖的,除了理想和激情,什么都没有……"

林香茗一指山下俨然沉沦于灰色泥潭中的都市:"现在,什么都有,可你也说了,看不见一点儿星光。"

呼延云不言声了。

"同为劫灰过往客,凭谁能断是与非。"林香茗劝他道,"如果说高叔叔对自己的青春时代形成了一种'执念',你对他所处的时代并不完全了解,就站在现在这个时代的立场上,左一句'荒谬',右一句'毫无意义',岂不是比之更甚的一种'执念'?"

呼延云怔了很久，才有些不忿地说："全是我的错，行了吧，依你的意思，今后我干脆改个名字算了！"

"改叫什么？"林香茗从背包里拿出一个水壶，一边问一边喝水。

呼延云把拳头在胸前一攥："执男！"

"噗！"

林香茗一口水喷了出来，哈哈大笑："这是什么鬼名字，亏你想得出！"

看他笑得这样畅快，呼延云也很开心，等他平静下来，忽然说了一句："香茗，我挺羡慕你的。"

"羡慕我什么？"

"你从小到大，好像从来就没有执着过什么。生活、学习、感情、工作，这些处处都会让人烦恼的事情，你从来都是无所谓的态度，不争不抢，平平淡淡的——"

"假的。"

"啊？"

"我是说：假的。"林香茗把水壶递给呼延云，让他也喝点儿水，"你知道的，我很小的时候，父母就离婚了，我只能跟着奶奶一起生活，不像其他小朋友那样，有那么多的玩具和陪伴，一来二去，就学会了压抑内心的欲望。既然得不到，索性便不去争取，总比索而不得要好看些和好受些……其实像我这样的人，看起来不'执'，真要有一天突然执着于某个人和某件事，那才会堕入魔道、苦海难逃呢。"

呼延云看了一眼林香茗，见他那俊美的侧脸忽然变得冷峭，心里顿时难过起来，故意开玩笑道："别胡说，你怎么可能入什么魔道？就算是压抑欲望，也是不断破除'我执'的修行啊。"

林香茗伸出手，从探上栏杆的一株黄栌上摘下一片红叶，放在鼻下嗅了嗅，慢慢地说："所有为了破除'我执'而采取的苦修，其实反而堕入'我执'——即对'无执'产生的'执'，真正的修行，绝不能从这上面来。世上那些成道成佛者，恰恰是一些对某件事、某段情最偏执冥顽，百折不挠的人，却忽因一念之善，唤醒佛性，大彻大悟，毅然放弃所'执'，成就无上功德。"

"那你所说的'佛性'，究竟是什么？"

"佛性无他，'慈悲'而已。"

歇了一会儿，他们俩又一起往山上走去。没走多远，便见一座土坡上的草树蒙茸间，隐隐现出一段倾颓的虎皮石墙来。林香茗问这是什么古迹，呼延云也答不上来，说自己虽然爬过几次鬼笑石，但并未注意到这里。二人攀上土坡，从虎皮石墙的豁口钻进去，沿着被两侧丁香树围拱而成的一条黄绿色甬道一直前行，尽头兀然矗立着一座墙皮剥脱、朽败不堪的山门，山门的下面早已被青苔染了一层绿晕，莎深之处可见一块锈迹斑斑的铁牌，上面写着"海淀区文物暂保单位——法海寺遗址"的字样。

林香茗又惊又喜："呀，居然是法海寺的遗址。"

"法海寺不是在模式口么，怎么这儿还有一座？"

"北京有两座法海寺，一座在模式口，就是有保存完好的明代壁画那座，称南法海寺；另一座北法海寺，我以前只在书上看到过，说是顺治年间在元代弘教寺的基础上翻建的，十分宏伟，号称'西山第一寺'。顺治皇帝亲手写过碑文，曹雪芹曾在这里出家，郑板桥三次来北京都住在这里，还写过一首诗，我背不全了，只记得这么几句——'树满空山叶满廊，袈裟吹透北风凉，不知多少秋滋味，卷起湘帘问斜阳。'"

回首是叶未凋尽的丁香之廊,举头是斜阳一抹的秋寂空山,穿过门洞,但见碎石卓卓,灌莽相杂,残垣断壁,满目疮痍……诗已凄凉,目之所及,更在凄凉境中。

不远处,忽然传来一记钟声。

钟声略哑,但在这空山废寺之中,却显得格外响亮和悠长。

二人对视一眼,小心翼翼地拨开兜头的枯枝和蛛网,向深处走去。绕过一块字迹渺茫的石碑,从一堵矮墙后面探头望去,只见荒烟蔓草之中卧着一座白石高台,上面铺满落叶。在高台的后方有三根过了火一般漆黑朽坏的廊柱,东倒西歪地攀缘在一起,顶上拴着条破烂不堪的粗绳,下面吊着一口乌漆漆的铜钟,旁边有一棵老榆树,挂着一根圆木做的钟杵。有位头发花白、衣服破旧的老妇人正将两只粗糙的手从钟杵的一头拿开,嘴唇还在默念着什么,想来她便是敲钟之人了。在她的身边站着一位上身穿米色开衫、下身穿蓝色牛仔裤的姑娘,一头长发,个子很高,因为是侧立,容貌望不清晰,但从眉眼口鼻的侧影来看,生得颇为漂亮。

老妇人敲完钟,从那姑娘的手里拿过一块白色的抹布,走下台阶,来到高台南侧的一块石碑前,在上面慢慢地擦拭起来。

待她擦了一会儿,那姑娘上前低声说了句什么,老妇人便将抹布递给她。姑娘个子高,将那老妇人够不到的高处又擦了擦,转身扶着那老妇人,沿着一条曲折明灭的小径,跟跟跄跄地一起走远。

等了很久,鸟语之外,再无声息,呼延云和林香茗才绕过矮墙,来到高台前。呼延云几步跃了上去,只见上面散落着石头供桌和须弥宝座,想必是大雄宝殿的遗址,只是所余之物,或者残缺破裂,或者遍绞藤蔓,唯有一盏石瓮,储了一窝亮可鉴人的积水，上面落着星星点点的尘埃，尚算可观。

呼延云见林香茗还站在刚才老妇人擦拭的那块石碑前，便跳下高台，与他一起观看，只见石碑上刻着斗大的两个字——

"敬佛"。

其上还镌刻着"痴道人"三个行楷小字，并盖有一方篆字阴刻的"太和主人"印章①。

也许是经常擦拭的缘故，这块"敬佛碑"和上面的碑文，比高台北侧那块标识北法海寺界址的"示禁碑"显得干净清晰得多。

林香茗不禁感叹道："这才真是'朝朝勤拂拭，莫使惹尘埃'了。"

谁知呼延云一言不发，拉了他便往老妇人和姑娘离去的那条小径上走。林香茗莫名其妙地跟着他，一直来到一块略为开阔的林间平地上，只见那里用两溜青篱围成一道墙，正中盖有一座方方正正的砖瓦房。房门半掩，因为头顶枝叶翳密，虽是白天，也未免昏暗，所以屋子里亮着灯，似有低语萦绕，却听不真切。

呼延云驻足良久，才一声轻叹，顺着房门正对着的一条小道走去。林香茗跟在他身后，没走几步，便回到了登临北法海寺之前的那条山路上。

见呼延云神色凝重，林香茗问："那两个人，你以前是不是见过？"

"那个姑娘我不认识，那个老太太，是鬼笑石案件的受害者之一——闫虎的妈妈，名叫孙萍。"

林香茗吃了一惊："就是我转学到华大附中前发生的那起鬼

---

① 此碑文乃顺治皇帝御笔亲书，"痴道人"和"太和主人"均为顺治皇帝自号。

笑石案件?"

呼延云点了点头。

林香茗转学到华文大学附属中学没多久,就听说了鬼笑石案件及卷入其中的几个同学,但他天性不喜欢打听别人的事情,所以虽然后来和呼延云成为挚友,但呼延云既然对此案只字不提,他也就从来不问。后来他考上中国警官大学,参加了以"实战推理"为主题的学生社团,将新近发生的大案和蒙尘已久的悬案作为研究对象,通过犯罪现场勘查报告、证物鉴定、法医报告等,对真相进行剖析。由于鬼笑石案件名列"九十年代十大悬案",所以社团里有不少同学提出对其重做研勘,但统统被他否决了,原因很简单,他怕那样做会触及呼延云的隐痛。

谁知此时此刻,呼延云竟主动提及此案。

话匣子一经打开,接下来便是竹筒倒豆子。呼延云一路走一路把自己所了解到的案情讲了个一干二净,话音落处,恰见前面的路口立着两根灰色的水泥柱子,以此为起点,一溜石头台阶顺着草木萦纡、苍翠错互的山坡蜿蜒向上、时隐时现,直抵最高处的鬼笑石。呼延云一指水泥柱子道:"这就是石条门。"又一指左手下面的山坡,"鬼笑石案件就发生在下面。"

林香茗往下望去,但见枫松榆柏纷披成一片密不透风的阴森。

"要不要去案发现场看看?"林香茗问。

呼延云摇了摇头。

穿过石条门,拾级而上,林香茗忍不住问呼延云:"怎么隔了十年你才跟我聊起这个案子?"

"因为我还没有想清楚。"

林香茗懂了。以往他们并肩应对人生的各种谜团时,说是合作,也是"切磋",提出一个问题之前,总要先捋清最基本的脉络,再抛砖引玉,从来没有直接甩题的时候。以鬼笑石案件的复杂程度,呼延云一定是想了很久很久,依旧一团茫然,想向好友求助都不知从何说起。

"那你现在怎么又跟我说起这个案子了?"他问。

呼延云苦笑着说:"因为我还没有想清楚……"

语虽一径,意却两岔。十年之间,呼延云曾经无数次地爬过鬼笑石,想必也曾经无数次地去过案发现场,所以才拒绝了林香茗去那里看看的建议,因为时光早已将残存的物证冲刷得干干净净,也将破案的希望湮灭得荡然无存……青少年时代经历的惨剧没有画上句号,就像升学考试永远没有听见结束的铃声,这样的痛苦折磨了呼延云整整十年,今天重新见到好友,终于忍不住要请他施以援手了。

两个人爬了一会儿,在一处拐角停下,靠着一棵老松歇脚时,林香茗说:"五个疑点。"

"啊?我怎么想出了六个?"

"那好,把你想到的疑点都列出来,咱们一起分析分析。"

"第一,案发现场除了闫虎和刘恋,到底存在不存在第三个人?从现场勘查的情况来看,似乎是不存在的,但尸体被发现前,两处现场不仅被大雨冲刷过,还被上山救火的村民们踩踏过,很可能破坏了凶手遗留的痕迹。如果说刘恋的自缢现场还算自然的话,闫虎陈尸的现场就显得很刻意。后来我跟林凤冲相熟后,他告诉我,老张在案情分析会上也讲过,以死者死亡的惨烈程度看,似乎现场应该更加凌乱些才对。就像孙萍说的,以闫虎的体格,刘恋哪儿那么容易将他反杀——由于男女体力的差距,在强奸案中,受害者的反杀大多是在事后,趁着强奸者疲惫无力、掉以轻心的时候，极少发生在事前。"

林香茗点了点头："也就是说，存在着闫虎的陈尸现场并非第一现场的可能。"

"如果是死后移尸，那么现场上下通路以及附近地面应该有连贯的拖拽痕迹或'负重特征足迹'，但都没有发现。况且那几块被当作凶器的石头，底部形状与现场草地压痕做了同一认定，并非来自其他地方——当然，最大的问题还在于，假如真的有'第三个人'杀人移尸，那么他是怎么从案发现场逃脱的？这就是我说的第二个疑点。"

呼延云伸出手，朝山下一划："别看现场范围那么大，其实是个'密室'：南边和东边是火起后第一时间从不同道路涌上山的山民；西边只有一条路，就是咱们脚下这条，向上直通鬼笑石，但气象站的工作人员证明，他们在下山救火的路上没有看到任何人；至于北边，整座山坡都是燎天大火。万安山遍地榛莽荆棘，除了上述这些道路，就再没有其他快速下山的通路了。案发不久，附近几个村的民兵和联防队员就封锁了万安山的外围，后来警方又组织了大量人力进行了搜山，不存在凶手藏在山上没有被发现的可能。"

"你刚才说没有其他快速下山的通路，是不是不够准确？"

"我知道你是指那条滑道。"呼延云说，"我也猜想过，有没有可能那'第三个人'是躺进U形槽里，顺着滑道滑下了山。但我把这个想法跟林凤冲交流时，他说不可能，因为U形槽在半途断裂了。以断裂口为界，上边部分被消防化学剂、山水和泥石流冲刷过，没有留下什么痕迹，流下来的东西顺着裂口都倾泻到旁边的山林里去了；而下边部分里面的落叶、积土虽然落了雨，但都保存完好——这就证明，断裂应该是救火前发生的事情,否则应该在里面提取到消防化学剂的成分。"

"这个推理是对的。"

"但是老张有个疑问,他观察过那条滑道,是利用天然的泄洪沟嵌入U形槽,当天的山水和泥石流只会被导流到山下,怎么可能把U形槽给冲断了?所以我有一个想法——"

林香茗拦了他一句:"你先别说,让我猜猜,你的想法是:'第三个人'作案之后,原本准备沿着U形槽往下滑行,但滑了没多远,因为滑道的质量和稳定性不过关,被他压断了?"

呼延云点点头:"所以他就没有再重新攀上下边部分的滑道,而是采取了其他方式逃离现场。随后,消防化学剂、山水和泥石流顺着U形槽冲刷时,冲刷掉了他滑行的痕迹。"

"这样一来,又回到了老问题上,他是怎么逃走的呢?"

呼延云半天说不出话来,林香茗一时也想不出答案:"你接着说第三个疑点吧。"

"第三个疑点,是整个案件最大的疑点,那就是这'第三个人'为什么要在作案后点这么一把火呢?"呼延云说,"照理说,这样的点火一般有两种目的:要么是烧毁证据、破坏现场,但两个陈尸现场都与起火地点相距甚远,由于救火及时,根本没有受到波及;要么就是制造混乱、趁机逃跑,但这么做可真的是画蛇添足,因为当时已经是傍晚,如果他直接逃跑,根本不会有人发现。一放火,反而把各路救火人马召上山,给自己锁死在'密室'里了。"

"可是,最终并没有人看到他的踪迹啊。"林香茗说,"这就说明,他放火的目的很可能恰恰相反。"

"怎么个恰恰相反?"

"不是破坏现场,而是保护现场。"

呼延云惊讶地问："这是什么意思？"

"我也说不好，只是直觉……你接着说第四点吧。"

"第四，闫虎来北京到底做什么？按照他妈妈的说法，他是来卖光盘的，接长不短的能往家拿回钱去，还给他妈妈买了块手表，手表是'精工牌'的，十年前可不算便宜。可是他连个BP机都没有配，每次和外面联络都是买IC卡打电话，哪儿像个做生意的样子？如果照部分山民的说法，他跑山上是为了猥亵奸污落单的女孩，恕我说一句非常非常不合适的话：他做这种坏事干吗要专门来北京？这儿可是全国警力最强大的地方啊。"

"我突然有个想法。"林香茗说，"以闫虎的年龄，又是外地人，就算来北京倒卖光盘，顶多是个下线，可是他连BP机都不配，每次对外联系都是用IC卡打电话，这说明什么？说明他是信息的发布者而不是接收者，换言之——假如他真的在和人做什么生意，那也是掌握绝对主动权的一方。"

"有道理。"

"他才十七岁，只身一人来到北京，怎么可能在商业活动中掌握绝对的主动权？可是又能经常往家里拿钱，所以我倾向于——与其说他是做生意，不如说是做交易。"

"你的意思是说，他是在——敲诈？"

林香茗点了点头。

一瞬间，呼延云觉得多年蒙翳的思绪，好像被雨刷擦过，突然清晰了一点儿："我再说说第五点，就是我那几位翻墙而过的同学，在鬼笑石案件中到底扮演着什么样的角色。从时间顺序上，翻墙的排序是张振宇、刘恋、袁莹、我和邓云鹏。先说张振宇，他的疑点最多，为什么要翻墙？为什么明明是第一个翻过去的却走在了袁莹的后面？他用七十分钟才走到本该用四十分钟走到的鬼笑石,在半个小时的'空白区'里他究竟做了什么?邓云鹏在最初的供词中,说亲眼看见他从羊肠小径中钻出,而为了追他才翻墙的刘恋,也是走羊肠小径到达命案现场的,这让人不能不想到:他才是杀害闫虎并逼死刘恋的真正凶手——至少孙萍就是这么认为的。"

"刘恋是他的女朋友啊,他为什么要逼死她呢?"

"也许刘恋目睹了他杀害闫虎的过程,被吓得逃下山时,不小心失足缢死。"

"但是案发现场没有发现丝毫与张振宇相关的物证,相反,在刘恋的身上发现了多处闫虎的生物证据,指甲中的皮屑,衣袖上的血迹;而在杀死闫虎的石块和折刀上也都提取到刘恋的指纹。"林香茗说,"何况起火的时候,张振宇已经坐在了597路公交车上,考虑到起火现场没有发现任何延时点火的装置,他有充分的不在场证明。"

看呼延云说不出话来,林香茗笑道:"说说你的真实感受吧。"

"什么感受?"

"我听说张振宇转学到班上的那段时间里,你跟他很要好,那么,你感觉他是不是一个能连夺两命的杀人凶手呢?"

"我不知道。"呼延云望向远处,目光里一片迷惘,"十年来,我无数次地回忆跟他坐前后桌的那段日子。表面上看,他就是个嬉皮笑脸的小混混,只有走近了才能发现,他的玩世不恭都是装出来的,在他的内心深处有座坟,坟里面埋葬着一些只有他自己知道的秘密,这些秘密带给他巨大的痛苦和悲伤。他非常渴望跟人倾诉,但出于种种原因,他只能独自承受,就像他喜欢唱的那首《假行僧》,他想要让人们都看到他,但不知道他是谁……"

林香茗轻轻地拍了拍他的肩膀。

呼延云自失地一笑："算了,接着说刘恋吧。回想当天的情况,我觉得她很可能只是偶然并不幸地闯入了这个案件。案发前一阵子,张振宇对她的感情不像以前那么好了,刘恋疑神疑鬼的,总以为张振宇另有新欢,一直在暗中查找那个人是谁,所以才翻墙跟踪张振宇。她能一路走到快活林,并由羊肠小径到达荒僻无人的命案现场,有三种可能:一种是迷了路,胡乱走到那里的;一种是跟在张振宇后面的结果;还有一种是和张振宇走岔了,然后被某个人胁迫到那里的。"

"你觉得,哪一种可能性更大?"

"刘恋是个女孩子,胆子又小,独自一人不可能往荒山野岭的深处扎,所以第一种可以直接排除。"呼延云说,"至于第二种和第三种,我倾向于第三种。因为如果是第二种,有一点很难解释,那就是她一路追踪张振宇,一定相距并不遥远,那么遭到闫虎的袭击时她必然会大声呼救,为什么张振宇会无动于衷?"

林香茗的眼睛一亮。

呼延云忙问:"你是不是想到什么了?"

"有个想法,还不成熟……没事,你接着说。"

"接下来是袁莹。袁莹在这起案件中可以称得上是最清白的一个,行动轨迹清晰,行动时间明确,完全没有作案的可能。"

呼延云说着就要翻篇,林香茗拦了他一句道:"她是几点到达鬼笑石的?"

"五点十分左右,从快活林方向走主路来的。"

"然后呢?"

"然后就沿着西边的一条路下山去了。"呼延云匆匆道,"在袁莹后面翻出墙的是我——"

"呼延。"林香茗突然叫了他一声。

呼延云的眼神有些躲避。

"你怎么了，提到袁莹，这么着急地想要一笔带过？"

呼延云沉默片刻，嘴角绽开一丝苦笑："到底瞒不过你，其实，是因为一个梦。"

接着，他把鬼笑石案发前一天夜里做的那个怪梦，以及被拘押期间一直以为袁莹才是受害者，等上学以后才知道死的是刘恋的前后经过说了一遍："你知道我从来不信什么怪力乱神的，但那个梦真的好诡异，我现在说起来身上还发毛。可更诡异的是，我居然被这个怪梦一直骗到最后……"

"就因为那个梦太真切了，所以在你的潜意识里，觉得刘恋其实是'替'袁莹死的？"

呼延云哆嗦了一下。

林香茗知道自己说对了。

"还有，也是因为那个梦，让我在袁莹翻墙的时候迟疑了一阵子，没有跟上她。这些年来我一直在后悔，假如我当时跟她一起走到鬼笑石，也许会在路上看到或听到什么，就能找出这起案件的真相……"

林香茗有些不忍，便拉着他继续往山上爬去。

爬了一会儿，呼延云接着说："最后一个翻过墙的是邓云鹏。他在这起案件中扮演的角色，比张振宇还要令人费解。除了行动的踪迹成谜之外，还有他在审讯过程中，做出了前后完全不同的供词：起先他说在快活林里看见张振宇钻出羊肠小径，后来被柴永进一施压，改口说根本没在快活林见过张振宇——这段证词实在是太重要了，如果按照他第一次的供述，那么张振宇的涉案嫌疑极大，但后面他一翻供，张振宇瞬间就被洗白了。"

"这么说，你更倾向于他在改口前的供述为真。"

"对，有一点能证明。他改口前的供述中，说看见张振宇'手里拿着个红色背包'，试想假如他编瞎话，那么更正常的表述应该是'背着个'或'挎着个'背包，但他说的是拿在手里。因为当时张振宇本身就背着个迷彩双肩背，不方便再背挎其他的旅行包，还有就是把背包拿在手里，高度符合一个人在极度紧张时的表现。"呼延云说，"这一切恰恰说明这个不和谐的表述反而是真实可信的。"

林香茗点点头："这五个疑点，我跟你想的差不多，你说的第六个疑点是什么？"

"怎么，你没有意识到？"呼延云有些不相信，"就是那个丢失的红色单肩背包啊！"

这时已距山顶不远，他们站在一处平坦的地方略事休息。两侧的山坡上种着密密的松柏和构树，远远望去一团团一簇簇的，有些苍绿有些墨绿，翻涌堆叠在一起，好像老房子旧瓦鳞鳞的房顶。

"红色背包堪称此案最重要的证物之一，作为刘恋的随身之物，案发后谁拿着它，不是此案的真凶，也是最后的目击证人。如果邓云鹏第一次的供述是真的，红色背包应该是被张振宇带走了，可是除了邓云鹏，其他在通往鬼笑石的路上见过张振宇的人，都不记得他拿过它，衣着上也没有塞进什么东西的臃肿表现。但是当天刘恋确实背过那么个背包，警方在随后的搜索中也没找到它——包括火场的燃烧残留物。这时，常年销售箱包的孙萍提供了一个思路，说张振宇是把红色背包折叠后塞进自己的迷彩双肩背里了。但警方在张振宇家找到那个迷彩双肩背后，并没有从中提取到红色背包表面的微量物证，而且双肩背的里里外外从未刷洗过……迄今我都想不明白：红色背包到底去哪儿了？"

说完，他看了林香茗一眼道："这个，难道不算是疑点吗？"

林香茗摇了摇头。

"为什么？"

林香茗解下自己的浅灰色背包，打开拉链，然后指了指呼延云的蓝色双肩背包。

呼延云赶紧解下来递给他。

林香茗打开蓝色双肩背包的拉锁，把里面的东西拿出来。

呼延云叉着腰，一副"我倒要看看你能变出什么戏法"的样子。

"张振宇可能是在快活林里发现邓云鹏在偷窥。他多次进过局子，具备一定的反侦查经验，知道红色背包上留下了自己的指纹，不能随意丢弃。如果塞进自己的双肩背里带下山，双肩背内侧沾上红色背包表面的秋梨膏污渍，事后很可能会被警方用于同一认定。他灵机一动想出了这么个诡计，由于这个诡计巧妙地利用了一个思维上的盲点，所以不易察觉，一旦揭穿，其实简单极了——"

说着，林香茗拿起呼延云的双肩背，将它从里往外翻了个个儿，然后折叠，塞进了自己的背包里。

呼延云目瞪口呆！

"我靠！你这也太……残暴了吧！"

林香茗笑道："孙萍提出的假想，方向上是对的，只是人们习惯上认为：套叠都是正面套正面。所以张振宇只要将红色背包翻个个儿，再装进自己的背包里，造成正面套反面，就不仅能让路上遇见的人成为他没有携带红色背包的证人，还能避免双肩背内部沾上秋梨膏污渍，在警方之后的勘查中洗脱嫌疑。"

"也就是说，张振宇肯定到过命案现场——那么老问题又来了，面对女友遭到性侵，为什么不及时出手制止呢？"

"这个问题，其实你刚才已经找到答案了。"林香茗说。

呼延云把两个人之前的对话回想了一番，恍然大悟："因为他就是那个被闫虎敲诈的对象！"

他激动得原地直打转，一边转一边念念有词："这样就全都说得通了。当天下午，张振宇翻墙来鬼笑石，不是为了爬野山看风景，而是和闫虎约好了见面。谁知刘恋跟了过来，闫虎见到刘恋，生了坏心，结果却被刘恋反杀……不对，如果是这样，现场为什么没有找到一点儿张振宇来过的痕迹？还有那场大火，可是张振宇登上597路公交车才烧起来的，这又该怎么解释呢？而且事后警方对所有涉案人的关系做过调查，顺着档案一直追溯到小学，并没有发现张振宇和闫虎有过任何交集啊？"

林香茗拽了一下他的胳膊。

"咋了？"

"呼延，我得提醒你一下，咱们刚刚做的推理，对于张振宇而言可都是'有罪推定'，没有任何证据的支持——除了邓云鹏那段改来改去的供词以外。而且邓云鹏为什么要改供词？他说他是嫉妒张振宇和刘恋的关系，故意黑人家。可是不要忘了，所有涉案的嫌疑人，只有他是'双无人员'：翻墙以后的行动没有目击证人，起火时间没有不在场证明。"

"邓云鹏是我的小学同学，打小就有点儿神经质，中学时迷上了摇滚乐，言行就更有点儿神神道道的。虽然我跟他关系不好，但平心而论，我不认为他是个会杀人的人。"

"我知道。"林香茗说，"我的意思是说：没有证据的推理，不要让它硬着陆。"

呼延云瞪着一对儿小眼睛，老半天才叹了口气："好吧，都过去十年了，仅凭这些推理，也不可能让警方重新侦办这起案子了……当年案子'结而不撤'，悬案悬到现在，早就成了冷案了，除了孙萍，再也没有人执着于真相了。十年来，我爬过好几次鬼笑石，也去过几次命案现场，经常见到她在那里，弯着腰在草丛里找来找去，给闫虎找翻案的证据，手上被荆棘扎得全是血口子。我劝过她放弃，可她就是不听，说不能让儿子死了还背个强奸犯的骂名，在地底下不得安生，非要找出张振宇才是凶手的证据不可。前几年她生了场重病，听说是做了个大手术才捡回一条命，打那以后腿脚不利落了，巡山员的工作也丢了，平常只能用竹篮子挑着饮料到鬼笑石卖给游客，挣点钱糊口。即便这样，她还是不死心，只要逮着机会，就到命案现场，弯不下腰，就拿着根棍子，乞丐似的扒拉来扒拉去，找那些她也不知道是什么样的'证据'，实在太可怜了……"

就在这时，头顶突然传来一串夹杂着哭声的尖叫："疯爷！疯爷！"

呼延云和林香茗拔腿就往上跑，却见两块灰褐色的巨石横亘在前面，将通向山顶的最后一截道路夹在中间：东边的一块略小，像被切了一刀的冻肉，西边的一块十分巨大，位于前者的上方，像一头卧虎，虎视眈眈地盯着那块冻肉。此时此刻，有个头发蓬乱、衣服脏兮兮的姑娘正站在台阶上，一把鼻涕一把泪的朝卧虎石下面大喊大叫。顺着她的目光望去，只见有个人两只脚踩在一块松动的石头上，颤颤巍巍的胖身子倾向悬崖，双手拽着一根从卧虎石下面探出的树枝，其中一只手里抓着一个毛绒玩具——显然是在够这个挂在树枝上的玩具时，因为身体倾斜得太厉害，回不来了。

眼看他再坚持不了几秒，脚下的石头一松，手里的树枝一断，就会跌下悬崖。林香茗一个箭步冲到他身边，伸出右手："抓住我的手。"

那人小心翼翼地松开自己的右手，往后一伸，林香茗抓住猛地一拉，一下子把他拉回到了山道上。

脚下踮着的那块石头扑簌簌滚落谷底。

呼延云这才看清，此人正是石劲风，多年不见，穿的似乎还是那套蓝布衣裤，只是腰间不再拴红带子了。胖嘟嘟的脸蛋比以前更黑了些，寸把长的头发已经冒出了丝丝缕缕的白毫，像顶着爆米花一样。除此之外，倒没有什么变化。

"石叔叔，您一把年纪了，怎么还玩儿这危险动作？"呼延云责备道。

看他一边拔手掌上扎的刺儿，一边眨巴着小眼睛，八成想不起自己是谁了，呼延云无奈地叹了口气："是我，呼延云，小时候跟您、高叔叔和窦叔叔一起吃过饭的。"

石劲风还是没想起来，只傻乐道："谢谢你救命啊。"

"不是我救的你，是他。"呼延云指了指林香茗。

石劲风有些不知所措，忽然听见那个姑娘还在哭，赶紧把毛绒玩具递给她："别哭啦，下次可别再把欢欢掉下去啦。"

原来那个毛绒玩具就是北京奥运会吉祥物之一的福娃欢欢，只是火红色的头发沾满了灰土，跟那姑娘一样脏兮兮的。再看那姑娘，十七八岁的模样，脸型胖得有些不正常，鼻子、眼睛和嘴巴紧紧攒聚在中间，只有稀疏的眉毛高高挑起，似乎智力上有缺陷。

他们一起来到山顶，仰头望去，纤云皆无，不远处，铅灰色的三层气象站高高矗立,将淡蓝色的高天衬托得更加辽远。回首之时,才发现那块卧虎石其实是一块凹凸不平的巨大巉岩,微微向山体外面探出,不知是谁用油漆在上面涂了"鬼笑石"三个字,略显朴陋。林香茗一跃而上,脚下吹过一阵山风,掀得山林发出哗哗的响声,宛若海浪汹涌,极目远眺,被雾霾深锁的京城,恍如一片在海面上飘忽不定的蜃楼。

呼延云问起石劲风的近况,石劲风脑子还是不大清楚,说出话来东一榔头西一棒槌的。总之他就是天天在西山上转来转去,寻找曹雪芹的遗迹,遇到年龄大的人就打听传说,发现石头上刻的字就看个究竟,乱七八糟地记了厚厚几大本,整理出来拿到红学研究社去,却屡遭拒稿。"每次他们都说我写的面儿太宽,让我收窄,收窄,再收窄,实在不行就拿点儿赞助费啥的。我听他们的话,现在也不满西山地跑了,就可着万安山转悠,不是说曹爷爷曾在法海寺出家,还经常登上山顶眺望京城么,我就找证据。找来找去,还是啥都没有找到……"

呼延云哭笑不得。红学研究社说的话中,唯有"实在不行"一句是重点,说白了就是只要拿钱,不管写啥都能刊发。奈何石劲风这样一个人是听不懂"话外之音"的,所以经年累月的奔波,终究是竹篮打水一场空。他绕着弯劝石劲风道:"我听说分局物证存放中心建好后,就把搁在您那大房子里的东西都搬走了,原来看大门的工作是不是没了,那您现在靠什么过日子啊?"

"物证倒是都搬走了,可他们说还想继续租那房子,就改成仓库,往里面堆了好多杂物,接着请我看大门,我还是有工资拿啊。"

呼延云知道警方这是找个由头报答石劲风:"那您拿出点儿

钱来,赞助赞助红学研究社,您的稿子不就能发表了吗?"

"那不成!"石劲风晃晃大脑壳,"曹爷爷的事儿,怎么能使假招子?"

呼延云苦笑了一下:"那可就真的没辙了。"

石劲风眉眼一耷拉:"我没上过大学,底子差嘛,别的不说,就说相传'鬼笑石'这个名字跟《红楼梦》有关,是曹爷爷起的——家门口的事儿,我这么久了都找不到一点儿依据。"

呼延云赶紧解释:"石叔叔您误会了,我不是这个意思,我是说,我是说……"

见他吭哧了半天说不下去,林香茗只好帮他打圆场,把话支开:"《红楼梦》里有处地方,虽然谈不上铁证,但也说明'鬼笑石'三个字很可能真的与曹雪芹有关。"

石劲风一下子瞪圆了眼睛:"哪儿啊?"

林香茗道:"您还记不记得'王熙凤弄权铁槛寺'那一节?"

"记得。"

"'铁槛寺'三个字,是从唐代诗僧王梵志的诗中来:'世无百年人,强作千年调,打铁作门槛,鬼见拍手笑'。虽然后来常有人将其解构,联成诗歌,但在明清笔记小说中极少出现,《红楼梦》是罕见的一例。既然曹雪芹引用了'打铁作门槛'这一句题为寺名,以'鬼见拍手笑'这一句给石头取个名字,也没什么稀奇的吧。"

石劲风呆了半晌,上前一把攥住林香茗的手,把他生生拽下了鬼笑石:"这位——"他想了半天,不知该怎样称呼,呼延云在一旁小声说:"他叫香茗。"石劲风脱口而出:"这位香茗,你可太厉害了!"

林香茗一笑。

"小时候问家大人'鬼笑石'三个字的来历,他们说是曹爷爷有一天写书写累了,登到山顶,正好刮起大风,把满山的树林吹得哗哗响,好像笑声,但从这两块石头间钻过时,嗖嗖嗖地又像鬼啸,两下一加就取名叫'鬼笑石'了。"石劲风说,"你这么一解释,原来曹爷爷取的名字里还有别的意思啊。"

林香茗点点头:"联系王梵志那首诗的意思,'鬼笑'就是世外之人对红尘中人的好了之叹:在去彼大荒与归彼大荒之间,不过一场'乱哄哄你方唱罢我登场,反认他乡是故乡'的虚热闹罢了。"

林香茗吐字清晰,奈何入了石劲风的耳朵,却听成了"去北大荒与归北大荒",顿时声音发颤:"什么……北大荒?"

"不是北大荒,是'彼大荒'。"林香茗道,"您可知道《红楼梦》全书,贾宝玉说的最后一句话是什么?"

"一一九回,跟全家告别后,宝玉仰面大笑说:'走了,走了,不用胡闹了,完了事了'。"

"不是的,还有一句。"

"哪句?"

"一百二十回,宝玉光头赤脚,穿着大红猩猩毡,在船头上向贾政拜了四拜后,与茫茫大士和渺渺真人飘然而去。原文中说'他们三人口中不知是哪个作歌',但从词句上推断,定属宝玉歌咏无疑。"说完林香茗朗声颂道:"我所居兮,青埂之峰。我所游兮,鸿蒙太空。谁与我游兮,吾谁与从。渺渺茫茫兮,归彼大荒。"

石劲风将这段词句翻来覆去念了两遍,两眼发直:"曹爷爷的意思是,最后还是得回'大荒'去?"

林香茗道:"'大荒'之意,既是荒唐,也是荒凉,不过也正因为其'荒',所以才能'天不拘兮地不羁,心头无喜亦无悲'①啊。"

不知被这句话触动了哪段衷肠,石劲风突然胸膛起伏,宛如有一团火在里面越烧越旺似的。他不能自已,一边原地转圈,一边嘴里念念有词:"渺渺茫茫兮,归彼大荒,渺渺茫茫兮,归彼大荒……"最后跳到鬼笑石上,大喊起来——

"渺渺茫茫兮,归彼大荒!"

中气十足的喊声雷鸣一般,在山谷中嗡嗡作响。

呼延云怕他犯起病来,连累林香茗吃瓜落,便拉着林香茗说:"不早了,咱们下山吧!"

谁知石劲风从鬼笑石上跳下来,把呼延云撞到一边,拽着林香茗的胳膊说:"一起走一起走,咱们接着聊。"并招呼那个智力有缺陷的姑娘说:"金娜,回家啦。"

呼延云暗暗叫苦,林香茗却毫不介意,一边拾级而下,一边回答石劲风提出的各种问题:敦诚《寄怀曹雪芹》中"不如著书黄叶村"是否就是指香山黄叶村②,正白旗三十八号是曹雪芹故居的可能性有多大,曹雪芹《题自画石》一诗的真伪③……石劲风问得漫无边际,林香茗却对答如流,令他钦佩得五体投地,情绪激动,腿脚拌蒜,几次差点儿摔倒,林香茗只好扶着他慢慢走。遇到山民喊他"疯子"打招呼,他笑嘻嘻地点点头,继续和林香茗滔滔不绝,偶尔回过头,看看抱着欢欢的金娜有没有跟上

---

① 出自《红楼梦》第二十五回。
② 一般认为敦诚此诗是用典,并非特指香山黄叶村,典出苏轼《书李世南所画秋景》:"野水参差落涨痕,疏林欹侧出霜根。扁舟一棹归何处?家在江南黄叶村。"
③ 著名艺术家孔祥泽从其外祖父富竹泉所著《考槃室札记》手稿本中抄出,署名曹霑,诗云"爱此一拳石,玲珑出自然。溯源应太古,堕世又何年?有志归完璞,无才去补天。不求邀众赏,潇洒做顽仙",但作者是否为曹雪芹存在争议。

来，怕她一个人在山上跑丢了。

到得石条门处，林香茗才逮到机会，问了他一个问题："石叔叔，人们喜欢《红楼梦》，大多是迷恋故事和辞藻，我怎么觉得，您对它好像别有一番感情。"

石劲风说："我出身不好，打小谁都欺负我，后来一翻《红楼梦》，觉得这书不一样，起根儿上就是说：甭管一个人贵贱高低，都不应该作践他。后来到了兵团，一开始大家也跟乌眼儿鸡似的往死里斗，包括那些女孩子。后来有人借了我的《红楼梦》去读，我发现，就算是那些天天斗人的人，只要一读这本书，都会哭得稀里哗啦的，我就明白了：其实大家都很可怜，都不想活在一个互相斗来斗去的世道……"

林香茗望着他，神情肃然。

"直到现在我都觉得，多一个人读《红楼梦》，世道就会少一点儿血腥气，所以才想多宣传宣传曹爷爷和他的书。"石劲风不好意思地揪揪上衣的开襟，"我知道自己水平低，看着那些专家搞的研究：说秦可卿影射康熙废太子胤礽，说林黛玉是被薛宝钗在燕窝里下毒毒死的，说妙玉最后是为了救贾宝玉和史湘云委身权贵……都深了去啦！"

林香茗摇摇头："那都是把《红楼梦》读偏了的，不值一提。"

"怎么叫'读偏了'？"

"《红楼梦》和其他古典文学作品有一个很大的不同，就是从来不把玩痛苦。"林香茗说，"中国古代文人，读多了那些用活人祭祀道统的圣贤之书，往往比武人还嗜血。尤其是明清笔记小说，只要写到杀人吃人，笔下往往流露出异常的兴奋，描写详尽，诙谐轻松，甚至抒发一段精致的议论，给屠宰正名。而《红楼梦》从不搞这些,从这一点上来说,曹雪芹确实像贾宝玉一样,天性善良,富有同情心。而那些围绕《红楼梦》穿凿附会、强行索隐的所谓专家,大多是一帮不学无术的腐儒。归根结底,就是想把曹雪芹坚决摒弃的'把玩痛苦',打着文学研究的旗号弥补上,实在是无聊至极。"

"可大家都说《红楼梦》深刻,藏着很多东西啊?"

"深刻不是故弄玄虚。《红楼梦》虽然有些隐语暗喻,也只是为了逃避文字狱,并没有想把大观园变成'大谜园'——正所谓大道至简,越是深刻的书,往往越可以'一言解真义'。"

多年以来,石劲风看了无数红学的书籍,听了很多相关的讲座,却从来没有像今天这样感到振聋发聩:"你是说,用一句话,就能把《红楼梦》的真义给说明白了?"

"真义之所以为真,并不是只有唯一的标准答案,而是无数种答案都指向同一个意思,让人能从这一隙之明中领悟真谛,获得解脱。"林香茗慢慢地说,"就像《六祖坛经》所说的——'一真一切真,万境自如如'。"

一阵凉风吹过,飒飒然将路旁树林掀开一角,暮光投处,恰将一段断壁颓垣照耀出幽幽的金色,正是上山时经过的北法海寺遗骸。

"疯爷,你怎么啦?"忽然传来金娜的声音。

众人望向石劲风,只见他呆若木鸡,宛如失魂一般,连忙又推又拉的,总算将他唤醒。

醒来那一刻,他一把扯住林香茗说:"你肯定是专门研究红学的,你当我的老师好不好?"

呼延云笑道:"他才不研究红学呢,他是市局刑侦支队的警官。"

石劲风摇摇头："我不信。"

"真的，我不是专业做红学研究的，只是读了几遍《红楼梦》，跟您投缘，多聊了几句心得罢了。"林香茗解释道。

石劲风将信将疑，却不愿轻易放过他："我不管，你觉得能讲清楚《红楼梦》真义的一句话是什么？快点儿告诉我！"

这倒把林香茗难住了："我得想想。"

一行人继续往山下走，石劲风兀自歪着脑袋琢磨着什么，到那开阔的停车场时，他忽然对林香茗喊道："我明白了，你是来调查鬼笑石案件的，对不对？"

呼延云赶紧说："石叔叔，香茗是我的好朋友，就是偶尔来陪我爬个山，没有其他工作任务——"

话音刚落，手机响了，他拿起一接听，话筒里传来编辑部主任刘述焦急的声音："你在哪儿呢？打你手机总也打不通！"

"我爬山呢，可能是山上信号不好——啥事儿？"

"你赶紧回报社，有急事！"说完电话就挂断了。

呼延云无奈地对林香茗说："报社让我回去，估计是工作上的事儿。"

石劲风得意扬扬地说："还说没有工作任务，这下被拆穿了吧！我这就告诉孙萍去，她儿子的案子要重办啦！"

呼延云半天都没搞明白，自己接到工作任务和香茗没有工作任务之间有什么关系。又一想，以石劲风的思维模式，倘若跟着他往前捋，被拐带到护城河里也未可知，正想不再接他的茬儿，忽然记起一事，问道："石叔叔，我上山时看见孙阿姨在法海寺里敲钟，是怎么回事啊？"

"嗐，老年间传说，谁家孩子要是死了，只要敲一敲法海寺里的那口钟，就能把孩子的魂儿招回来。孙萍听说以后，不管刮风下雨，每天都要敲一下那口钟……不跟你们说了，我得赶紧给孙萍送信儿去。"石劲风转身要往山上跑，突然想起什么，叮嘱林香茗说："我那事儿，你可别忘了！"

"好的。"林香茗答应道。

石劲风这才放心，刚刚跑出两步，一个急刹车，又退了回来，对金娜说："不行，我得先把你送回家，听我口令：立正！跑步——走！一二一，一二一！"说着领头往山下跑，套着解放鞋的大脚丫子在山道上噼里啪啦一通响。金娜咯咯笑着跟在他后面，也跑下山去。

呼延云无奈地摇了摇头，对林香茗说："真是个疯子——"突然发现，林香茗望着石劲风背影的目光充满了困惑，所以后面吐出的两个字由肯定变成了疑问：

"对吗？"

第二章

好不容易在山脚下打到车，进城正赶上晚高峰，回到报社的时候，已经是晚上七点半，偌大一层楼，只有几个房间还亮着灯。一进采编平台的门，见刘述和记者部主任关山、调查记者李扬三个人正在等他，呼延云还没来得及说话，就被他们带到会议室去了。

落座后，关山发现会议室的门没有关紧，站起身，将门关好，才返身回到座位上。

"长话短说。"一张圆脸上，眉眼端正，显得文质彬彬的刘述对呼延云说，"记者部这边得到了一个重要的新闻线索，有关血头组织卖血的，准备暗访，出稿后放在三版，想听听你的意见。"

依照一般读者的阅读习惯，看报纸时，看完头版，掀开之后，视线的第一落点就是三版，所以三版被认为是除了头版之外最重要的版面，常用于刊载重大报道。《医药周报》的三版即"焦点关注版"，由呼延云负责编辑。

"八月份不是策划过一次，后来因为采访不充分，就没出稿么？"呼延云说。

李扬点点头，也许是经常加班写稿的缘故，一张黄色的瘦脸像大病未愈似的："卖血的人群以大学生为主，可那时候正赶上放假，都回家去了。血头们在'业务淡季'也不活跃，所以跑了老半天,没什么收成。"

"那这回呢?"

"这回是我在上次采访中认识的一个人提供的线索,最近有个组织卖血的团伙异军突起,生意铺得开,买卖做得大,雇了好多人充当打手,暴力呛行,似乎是想把这摊事儿来个'大一统',十分嚣张。"

"这么说,是个'办'他们的好机会?"

"对啊,人家都上赶着上屉了,咱们再不打火,也显得忒没眼力见了。"关山笑道。

呼延云点点头:"那好,我这边全力配合——估计什么时候出稿?"

"现在有个问题。"刘述扶了扶眼镜,"要想对这个团伙有所了解,不可能以买血者的身份,因为买血的流程很简单,一手交钱一手拿单子①而已,所以只能是假扮卖血者。可李扬在八月份的采访中,已经跑了好几个团伙去卖过血了,这一行很多人认识他,保不齐这个新崛起的团伙里就有从其他团伙跳槽过去的,万一认出李扬就麻烦了,所以得派一个生面孔去。"

"记者部不是还有好几个人么?"

关山摇了摇硕大的脑壳:"记者部现在就仨人,除了李扬,剩下两个,一个在外地出差,一个要给内页版供稿,忙得脚打后脑勺。"

"这么说得你亲自上阵喽?"

刘述笑道:"老关这个样子,一看就是个老记者,那脸上都挂着相呢。"

---

①家庭互助献血申请单。

呼延云想了想，那就只有从编辑部抽调人手，可除了自己和刘述，编辑部基本都是女同事，总不能让她们去……猛地，他醒悟过来，为了一篇稿子专门把自己叫回报社的原因是——

刘述看出他懂了："卖血的以大学生居多，可着全报社找，毕业好几年了还一脸稚气的，也就只有你一个了。"

呼延云哭笑不得，不知道刘述这句话是夸他还是骂他。虽然他入行也是从做记者开始的，但并没有写过批评性报道，所以一时间有些犹豫。

"这个采访并不难，只要跟着献血的流程走一遍，基本上就能摸清他们的门道儿了。"关山说，"虽然要出点儿血，可是并没有什么危险，回头社里会给你单独发一笔补助，我去申请。"

李扬把用山形夹夹着的厚厚一沓A4纸递给呼延云："这是我八月份采访之前找到的一批跟非法献血相关的材料，你可以先看一下。"

呼延云怀着上了贼船的心情接了过来。

关山说："等会儿你到我那儿领一下录音笔，明天一早就去都西医院，这是那个团伙的主要窝点。你去四楼消化内科挂个号，说看肠胃病什么的，大学生得这个病的最多，肯定会有血头主动找你搭讪的。"

"什么时候截稿？"呼延云问。

"今天是周一，明天采访的话，周四拿出稿子来怎么样？这样不影响做版发排，周五就可以见报了。"关山说，"咱们报社今年一直没有出有影响力的批评性报道，所以沈总非常重视，强调这篇稿件一定要做好做大。你照着五千字写，头版转三版，刘述统稿，我再配一篇评论。"

"我这边没问题。但我写出的稿子只是从卖血者的视角，为了保证稿件的客观全面，还应该补充买血者那边的情况，此外，医政司、血液中心等官方的声音也不能少，也都要采访，所以周四拿出稿子来，是不是太急了一点儿？"

"买血者和官方机构，交给李扬采访，这样出来稿子，署你们两个人的名字，李扬打头你第二，怎么样？"关山问。

共同署名的稿件，照规矩，稿费的分配是六四开，李扬前期做了很多工作，肯定不愿意把功劳都让给别人，所以虽然这篇稿子的看点在暗访这一块，但他还是要争个第一作者。

呼延云点了点头。

几个人又把采访的具体细节和注意事项捋了一遍，就各忙各的去了。

回到自己的工位上，呼延云看到一张下期报纸广告发排单，拿着它来到广告部。一进门，见广告部文员章娜正在穿外套准备下班，便打了个招呼说："下期的三版有四分之一广告，能不能挪个窝儿？"

"凭啥？"

"下期要出篇五千字的大稿子，头版放一千字，剩下的都甩到三版去，还要配一篇评论，你琢磨三版还有放广告的地方没有？"

"就你算得清楚。"章娜把电脑打开，一边修改发排单一边说，"谁写的稿子啊，这么重视？"

"李扬和我一起写的。"

章娜抬起头："不是吧，你这个大编辑亲自出马了？"

"稿件涉及的采访面太大，他一个人忙不过来，我帮把手而已。"

"听他胡扯呢！人家是看不上稿费那仨瓜俩枣，有那工夫，还给他老婆写软文挣大钱呢！"

呼延云知道，李扬和报社里很多同事一样，是从外地来北京打拼的，平日里省吃俭用，十分辛苦。他老婆在老年养生促进会工作，很多保健品厂家找到促进会，花钱买牌子，对外宣传的时候挂上，显得产品权威。为了回报，厂家有时候会通过促进会，把广告业务介绍给报社——由于促进会跟很多单位的老干部局挂着钩，为了报纸发行计，不少报社都和他们有合作——让促进会从中抽取一部分提成。但这笔提成不能明着给，便用写软文的方式，以"稿费"的名义结算，李扬的老婆就是做这个的，有时候软文太多写不过来，就让李扬帮忙。

"听说了吗，他们两口子在青年路买房子了，刚交的首付。"章娜说，"三版的广告我给你撤了，你别一天到晚闷着头吭哧吭哧编稿子了，也想想怎么多挣点儿钱吧！"

回到家，已经快十点了。尽管上山下山、城区折返搞得他疲惫不堪，但呼延云还是在台灯下把李扬给的材料翻了一遍，毕竟，批评性报道如果不备而战，就像泼水而不是擦地一样，会让一切流于表面。

一九八八年《献血法》实施后，我国由义务献血制度改为无偿献血制度。随着无偿献血者的数量不断减少，血液短缺现象日益严重，特别是北京、上海这样的大城市，来自四面八方的患者都选择到这里进行大手术，用血量更是供不应求。因此，《献血法》第十五条规定：为保障公民临床急救用血需要，国家提倡并指导择期手术的患者自身储血，动员家庭、亲友、所在单位以及社会互助献血。

互助献血的具体程序是这样的：首先，由医院出具一张《家庭互助献血申请单》，上面写明医院名称、申请日期，以及患者个人信息，并由医院输血科盖章。然后把这份申请单交由患者的亲友，亲友填写上自己与患者的关系、身份证等信息，到附近血站献血后，血站盖章，将单子交回医院。随后，血站会向医院发血，供患者手术。

而血贩子们就是在互助献血的程序上搞鬼。

一般来说，非法组织卖血的模式有两种：

一种是患者家属将空白的《家庭互助献血申请单》交给血贩子，由他们根据患者的血型寻找对应的卖血者，按照卖血者的个人信息填好单子，然后让他到血站，冒充病人亲友献血，之后把血站盖章的单子交给血贩子，领取自己卖血的钱。北京的"市价"是每四百毫升给五百元，而血贩子再将单子交给患者家属，从他们那里收取好处费，"市价"是每四百毫升要两千元，这样一笔"生意"就可以挣到一千五百元左右。

另一种方式是血贩子通过各种社会关系，找到一批卖血者，将他们带到偏远地方的血站或采血车，集中卖血。至于给卖血者的费用和从购血方收取的费用，跟第一种的"标准价"相当，但如果组织得法，一次挣到的钱就是十几万甚至几十万。

非法组织卖血的危害极大。从卖血者的角度来讲，为了提高他们的"产量"，血头会唆使甚至强迫他们服用呋塞米[①]、硫酸亚铁等药物，提高血浆纯度并加速造血。但常服利尿药会使体内水分消失，血液容量不断减少，造成严重血亏，而硫酸亚铁吃多了则对肝脏、消化系统不利，导致多种疾病。卖血者往往又不遵守"单次采集不超过四百毫升、两次采集间隔时间不少于六个月"

---

① 一种强效利尿药物。

的规定，超额超次献血，给健康造成终身危害，严重的甚至走出献血室后直接踏上鬼门关；而从买血者的角度来讲，既然有利可图，无偿献血的人群就越来越少，加剧了血液短缺的现象，他们只能不断以高价从血头的手中买血，当自己或家人的病治好的时候，往往也已经倾家荡产，负债累累……

在李扬已经写了一半的稿件里，呼延云看到他采访的患者家属发出的沉痛呼吁："请政府好好管一管这些'吸血鬼'，不要再让他们从我们和卖血者的身上两头吸血了！"

其实，政府绝非不作为。我国《刑法》第三百三十三条规定：非法组织他人出卖血液的，处五年以下有期徒刑；以暴力、威胁方法强迫他人出卖血液的，处五年以上十年以下有期徒刑。

既然如此，为什么血贩子们的生意屡禁不止呢？

因为一直以来，警方对打击非法采供血都存在着"两难"问题。

首先是认证难。《献血法》规定，互助献血的对象可以是"亲友"，那么，如何判定献血者是患者的亲友？"亲"字还好说，"友"字的涵盖范围极大，血贩子被抓只要说一声"我们是朋友帮忙"，警方就无可奈何。更何况，按照相关规定，审核互助献血成员之间的关系是医生的事，但不要说医生，整个医疗机构甚至血站，哪个有能力给献血者与用血者之间的关系做鉴定？

其次是取证难。买卖双方并没有直接的现金交易，都是通过血贩子这一中介，无法抓现行，卖血的大多是弱势群体，挣的是灰色收入，哪儿敢自己曝光自己？买主作为急着用血的患者家属，根本就不愿意得罪血头，不然就会被列入黑名单，再找不到血源，所以几乎没有出庭作证的。

因此，近年来包括"焦点访谈"在内的新闻媒体多次曝光血贩子猖獗的问题,可是有关部门打击一阵子,他们就消停一阵子,用不了多久就死灰复燃。

但是这次不一样。

以往,本市几个非法卖血组织都是按照医院划分地盘,彼此井水不犯河水,但是假如盘踞在都西医院的这个组织妄想"一统天下",和其他组织发生暴力冲突,就涉嫌"组织、领导、参加黑社会性质组织罪"。只要找到证据提供给警方,就可以把他们绳之以法。

当然,这完全要取决于自己明天的采访是否成功。

想到这里,呼延云把手机和录音笔充好电,怀着忐忑的心情睡下了。

第二天一早,他来到位于西五环的都西医院,挂了个消化内科的号,直奔四层。诊室外面的楼道里站满了等着看病的人,密密麻麻的。轮到他的时候已经是十点半,医生给他开了两盒泰胃美,走出诊室,余光发现有个长着雷公嘴的瘦子盯着自己看,估计是个搭单子的。呼延云装成全无察觉的样子,到一楼收费处缴费,去药房拿药,这期间雷公嘴一直跟在附近,直到他要出医院的时候才把他叫住了。

"大学生?"

"啊,怎么了?"

"来看病的?"

"对。"

"什么病啊?"

呼延云没理他,继续要往外走,雷公嘴把他拦住了:"想挣点儿外快不?"

"不想。"

"没跟你逗，真的，轻轻松松几百块。"

"怎么挣啊？"

雷公嘴把他拉到拐角处，看了看四周没人，才低声说："献血，四百毫升，完事儿直接给钱，四百块，干不干？"

呼延云拔腿就走："伤身体的事儿，我不干。"

雷公嘴又拦住他："还大学生呢，有点儿常识没有？适当献血对身体有好处，能刺激造血功能，提高免疫力，帮助身体排毒。"

呼延云装出一副犹豫的样子。

"得得得，瞧你这嫩瓜样儿，哥们儿给你涨涨价，五百块，这回总行了吧？"

"有没有啥危险啊？别感染上肝炎艾滋病啥的……"

"屁！你说的那个是十几年前的事儿[①]，现在你想献血，得先验血合格才行。"

"那行吧，去哪儿献血啊？"

"跟我走吧。"说完，雷公嘴要往大门外面领，谁知手机响了，他刚一接听，脸色就是一变，眼睛不自觉地朝二楼的雕花围栏那里一瞥。

顺着他的目光，呼延云看到有个穿着黑色皮夹克的人背对着围栏，把手机贴在耳朵边，很明显是在跟雷公嘴通话。

挂断电话，雷公嘴冲呼延云笑了笑："走，我带你去血站。"

[①]二十世纪九十年代，国内一些省份大规模引进国外资金、技术和设备，兴建血浆采集站和血液制品企业，但在献血人群和献血数量不断增加的同时，血浆采集站严重缺乏血液安全意识和相关检验程序，造成大量经采供血环节传播艾滋病和其他疾病的现象，直至九十年代后期，随着检测技术的加强，以及卫生部门和公安部门的有力干预，这一现象得到控制。

说完他转过身，朝着位于一楼大厅西北角的偏门走去，呼延云跟在后面。出了医院，来到一条略显偏僻的街上，七转八转之后，来到一座写着"旺西写字楼"的灰色楼宇前。这楼大约有十层的样子，走进去，只觉得光线十分昏暗。

直到站在电梯门前，呼延云才问："这是哪儿啊？"

"不是跟你说了吗，血站。"

天底下哪儿有血站建在楼里的？呼延云知道不妙，正想开溜，忽然觉得后脊梁一凉，他把脖子微微一扭，看见一个膀大腰圆的家伙站在了自己的身后。

坏了！

呼延云想不出自己是怎么暴露身份的，但现在肯定无法脱身了。

电梯门开了，他无奈地跟着雷公嘴走了进去，然后，那个满脸横肉的壮汉也走进电梯，重重拍了一下十层的按键。

电梯慢慢上升，呼延云却觉得它走得太快，还没缓过神儿来，脚下就是一顿，然后电梯门拉幕似的打开。

雷公嘴和壮汉一前一后把他夹在中间，带他沿着黑黢黢的楼道一直往前走。楼道里一片死寂，有个戴口罩的保洁阿姨在低着头扫地，一下一下却毫无声息。

他们来到两扇黄色对开门前，雷公嘴敲了敲门，然后把门推开。壮汉的手压在呼延云肩上，稍一用力，就把他推了进去。

这是一间很大的办公室，窗户朝南开着，光线十分明亮。屋里摆着书柜、商务沙发、玻璃茶几和几株绿植，靠窗有一张写字台和一把靠背很高的老板椅。

身后的门关上了，凭直觉，雷公嘴和壮汉都没有进来。

呼延云刚刚安心了一点儿，就听见一个声音："你是哪个大学的？"

呼延云才意识到，老板椅上还有个人呢，由于他是面对窗户坐的，所以完全被椅背遮挡住了。

呼延云定了定神："华文大学。"

"大几了？"

"大四了。"

"怎么想起卖血了？"

"我是去医院看病，有个人找到我，撺掇我卖血的。"

"你得什么病了？"

"慢性胃炎。"

"怎么得的？"

"吃饭不准时，学习压力大呗。"

"你叫什么名字？"

"王伟。"

为了暗访需要，一些报社在向公安部门申请，获得特批之后，给采编人员做了几个假的身份证。呼延云有一张，上面写的就是这个名字。

屋子里安静了片刻，坐在老板椅上的人忽然一声冷笑："我猜，这是个假名字，对吗？"

呼延云一愣。

"我再猜，你的真名叫呼延云，高中是在华文大学附属中学上的，大学毕业已经五六年了，现在是《医药周报》的记者，对不对？"

呼延云大吃一惊，正在不知所措的时候，老板椅缓缓地转了过来，上面坐着一个梳着油光的大背头，穿着灰色立领羊绒衫的人。还没等呼延云看清，他已经一跃而起，扑上前来，给他来了个大大的熊抱，然后紧紧抓住他的胳膊："哥们儿，还记得我不？"

呼延云定睛一看：浓眉大眼，一笑就鼓起两块苹果肌的丰满面颊，嘴唇上那一撇修剪得一丝不苟的小胡子——

"张振宇！"呼延云又惊又喜，"怎么会是你啊？"

"吓坏了是不是？活该！谁让你跟我这儿装洋蒜的，那我也只好跟你装大尾巴狼啦！"张振宇拉着他在沙发上坐下，"好家伙，这一晃，十年不见啦！"

"是啊，你小子当年也不跟我打个招呼，偷摸儿的就把学转了，实在有点儿不够意思。"

"那不是有特殊情况吗？"张振宇笑着说。

呼延云见他从头到脚充满了商务气息，一只手腕上戴着佛珠，另一只手腕上那块金色手表更显派头，便说："看样子你这是当上大老板啦？"

"啥老板啊，做点儿生意，挣点儿小钱。"张振宇说，"你呢，怎么当记者当到跑我这儿暗访来了？"

呼延云猛地意识到自己工作在身，刚刚老友相逢的兴奋劲儿，犹如兜头泼了一盆凉水，冷却下来："不是，我真的是来看病的，正赶上你的人问我卖不卖血，我就顺坡下驴想了解一下怎么回事。"

"录音笔拿来。"

"啊？"

"甭跟我这儿演戏，录音笔拿出来。"

呼延云讪讪地笑着，从兜里拿出录音笔，张振宇看了一下显示屏："我的人跟你搭上话，顶多五分钟，那之后把你从医院带到这儿，大约十五分钟，这录音笔显示你录音已经半个小时了。

我要没猜错,你从诊室一出来就开始录音了——你算卦的,准准儿的猜到看完病能捡个大新闻?"

高中那会儿就被这个家伙欺负,没想到现在还是……

到了这会儿,只能公事公办了。呼延云把脸一沉:"我还没说你呢,你做什么生意不好,怎么当上血贩子了?"

张振宇没想到他翻脸比翻书还快,身子往沙发靠背上一仰:"你小子行啊,这么快就跟我打上官腔了,好,我成全你。"然后掏出自己的手机,往呼延云的怀里一扔:"打一一〇报警,眼睁睁看着多年不见的亲生老同学被戴上手铐押走,判个十年八年的,你就称心如意了是吧?"

俩人大眼瞪小眼。

过了不知多久,呼延云把手机扔还给了张振宇,然后伸出手,张振宇也把录音笔还给了他。

呼延云按下了录音笔的停止键。

"不报警啦?过这村可就没这店儿了。"张振宇揶揄他道。

正在这时,外面响起了敲门声,然后门开了,走进一个非常漂亮的姑娘来。高高的个子,一头长发,一身休闲小西装显得既职业又干练,从呼延云身边经过时,身上飘来一股淡香。

看样子应该是张振宇的秘书,她手里拿着两份盒饭,摆在茶几上。

"一起吃呗。"张振宇招呼她道。

"不了,我那边有一笔账没对完,下午还得跑一趟税务局,你们先吃吧。"女秘书冲呼延云一笑,就走了出去。

呼延云望着她的背影发呆。

"别看了嘿,再看就搁眼睛里拔不出来了。"张振宇一边掰开筷子剐蹭毛刺,一边笑道,"先吃饭!"

闷头吃了几口，呼延云突然说："你们这买卖还能纳税？"

"纳税怎么了？我这开的可是劳务公司，做的正经生意。"

"打着劳务公司的旗号组织卖血，这就是你说的正经生意？"呼延云盯着他，"你敢不承认？"

"我承认，我都承认——那又怎么样？"

"你这是违法行为！"

张振宇半天不吱声。

"怎么不说话了？"

"食不言寝不语，老师上课没教你？"

"少跟我这儿耍贫嘴！"呼延云说，"不仅组织卖血，还雇了好多人充当打手，准备暴力呛行，把这个违法行业给统一了，上学那会儿我没看出你有当秦始皇的潜质啊！"

"这他妈谁给我上的眼药啊。"张振宇急了，"你都从哪儿扫听来的这些瞎话？"

"这个不能告诉你，我们得保护新闻线索提供者的安全。不过，既然你说信息不实，那我给你个申辩的机会。"

看呼延云一本正经的样子，张振宇实在拿他没办法，只好一五一十地把实情说给他听。

张振宇高中转学后，发奋学习，居然从学渣逆袭，考上了北京工商大学工商管理系。毕业后先在一家国企工作，工资不高，图个稳定，便于照顾长年生病、卧床不起的妈妈，后来妈妈的状态越来越差，只好送进养老院。他就辞了职，自己单干了。他注意到随着城市建设的不断扩张，基层劳动力的缺口越来越大，就注册了个劳务公司，给外地来京的打工人员介绍工作，什么保姆、家教、工人、职员，无所不包。他收的中介费比其他劳务公司低，给打工人员争取合法权益方面——比如社保缴费、工伤申报等,又颇为积极主动,很快就名声在外,慕名找他求职的人越来越多,有些实在安排不了,只能在公司附近睡工棚。

这时他的一位亲戚在都西医院开刀做手术,术前备血时要求亲友去血站献血。那段时间,张振宇偶尔去探视,了解到大医院严重缺血的情况。"都不算那些手术需要用血的,北京平均每天有超过四千人得靠长期输血来维持生命。尤其白血病患者,很多都是小朋友,本身造血功能就崩了,化疗后血小板严重下降,不输血就是个死!可献血的数量呢,北京每天只有不到一千人,每人献血量才三百毫升……"

帮着亲戚找血的时候,张振宇碰上雷公嘴等几个血贩子,从他们那里买完血,他想:不妨给那些暂时安排不了工作的人联系献血,帮患者排忧解困,前提是绝对自觉自愿,保证健康安全。为此,他让求职者中想要献血的人找雷公嘴帮忙联系患者,同时给血贩子们立规矩,严加管束。

让张振宇万万没想到的是,这个本来是有一搭没一搭的事情,居然越做越大,原以为一个月能接个十单二十单就算不错,到现在一天都不止这么多。

"怎么会这样?"呼延云问。

"因为我们付给献血者的钱是照着行情走,从患者家属那里收的钱却没照行情来。"

"这话怎么说?"

"先说说,你了解到的行情是怎样的?"

"市价,付给卖血者的钱是每四百毫升五百元,从患者家属那里收的钱是每四百毫升两千元——你们哪儿不一样?"

"我们从患者家属那里收的钱,是每四百毫升七百元。"

呼延云大吃一惊:"不会吧!你们怎么可能才收这么点儿

钱?"

"组织卖血的团队,从低到高,分成血虫、血头和血霸。血虫负责找卖血的、收献血申请单、带去血站什么的;血头在一线调度血虫;血霸就是老大,管理整个团队,一单生意下来,赚到一千五百元,照行规是二、五、八分账,血虫拿二百,血头拿五百,血霸拿八百。"张振宇说,"我这儿开的是劳务公司,只是解决一下患者和自愿献血者信息不对称的问题,没有那么复杂的层级,可不就收个保媒拉纤的成本价吗?"

"那雷公嘴他们能干吗?"

"当然能了,他们本来都是血虫,就挣那一单二百块钱的命。我从来不分他们的钱,每个月还给他们发工资,算是高薪养廉,赶他们都赶不走呢。"张振宇苦笑道,"就是因为我这儿的血太便宜了,好多其他医院的患者家属也来找我——"

"所以,其他医院的血头血霸就找你算账,因为你坏了行情和行规,对吗?"呼延云问,"然后你就拉起一票人来准备跟他们火并?"

"你黑帮片看多了吧?哪儿那么邪乎!"张振宇笑道,"不过他们确实找过我几次,尤其'军三儿',话说得很难听。不过我也不怕他们,真码起架来,我找的人能把他们活埋三层。别忘了,咱开的是劳务公司,比调动人力,他们连票友都算不上!"

"那刚才押我进来那膀大腰圆的壮汉算怎么回事?"

"那是我一员工,生病吃激素吃多了,搞成个虚胖,让他杵那儿纯粹为了吓唬你。"

呼延云想了想说:"你的话我不能全信,你要是有胆量,下午和我一起去都西医院采访一下买血的患者家属,看看是不是你说的那样。"

"你多大了，办啥事还得大人跟着？"

"少废话，我怕你跟你那帮手下通气，让他们提前跟患者家属打招呼，采访的时候弄虚作假。所以从现在开始，你必须在我视线范围以内，打电话发短信都不能背着我。"

"我他妈欠你的？"

"你要打欠条，我没意见。"

张振宇举起双手："服了，我服了。"他突然用筷子咔咔敲了敲呼延云的脑壳："嗯，跟高中时一样，榆木疙瘩，实心儿的。"

吃完饭，他俩一起去洗手间洗了洗手，准备出发去都西医院。就在张振宇走出洗手间的瞬间，呼延云透过镜子，看见那个戴口罩的保洁阿姨正站在身后的水池子边涮墩布。当他转身的一刻，她把头埋得更低了，拧着墩布杆的粗糙大手，手背上凸起的骨节好像从土里隆起的树根。

呼延云一哆嗦。

"走不走？"张振宇在门外喊道。

呼延云木然地走出了洗手间。

那双粗糙的大手，昨天下午，好像也见过。

只是当时她拿的不是墩布，而是北法海寺废墟中的那根钟杵。

回到都西医院，张振宇带呼延云去了住院楼，坐电梯来到六层的血液科住院部。等候大厅里有一些穿着病号服、头发剃得光光的人，有的贴着墙兜圈子散步，有的跟家人坐在铁排椅上说话，还有的靠着窗户望着外面的天空，每个人都面无血色，神情呆板。

雷公嘴正和一个患者家属在墙角低声聊着什么，见到张振宇，赶紧跑了过来，发现站在他身边的是呼延云时，惊讶地瞪圆了眼珠子。

"自己人。"张振宇指一下呼延云，然后问雷公嘴："聊啥呢？"

雷公嘴还没回答，那个蓬头垢面、胡子拉碴的高个子男人走了过来："张总，你给想想办法……"

话还没说完，他就哽咽起来。

"没血了？"张振宇问。

高个子点了点头。

张振宇看了一眼雷公嘴。

雷公嘴赶紧说："军三儿他们找了几只虫儿，见天在医院里外转悠，看见想卖血的就给拉走。据说他们开出四百毫升给七百块钱的价格，号称要把咱们这儿的血源给彻底掐断了。"

"那咱们也开七百。"

"那卖给患者的时候卖多少钱呢？"

"还是七百。"

雷公嘴一愣，张振宇马上说，"少不了你们的，献完血的单子复印，凭单子到我这儿拿钱，还是每单二百。"

雷公嘴不好意思地笑了。

"你赶紧去联系血源，这边的用血信息我来登记。"说着，张振宇将他手里的一个本子接了过来。

雷公嘴走后，高个子对张振宇说："张总，从您这儿买血已经捡了天大的便宜了，没有再让您搭钱的道理，我这儿给您加到每四百毫升九百块钱吧。"

有一些听到他们对话的患者也走了过来，纷纷表示愿意加钱。

"你们是怕我牢饭吃不上热乎的吗？每四百毫升七百元，天王老子也拿我没辙，加到九百元可就是犯法了。"张振宇嬉皮笑脸地一指呼延云，"看见没有，这位可是上面派来的领导，专门盯着我呢。"

患者们围住呼延云，你一言我一语地替张振宇说好话，说他是个大好人、活雷锋，搞得呼延云晕头转向的。

这工夫，张振宇问高个子："缺血的事儿你没跟珊珊说吧？"高个子的神情有些尴尬。

"让我说你什么好！"张振宇看了一眼两扇玻璃门紧闭的平流病房，那里也被称为移植仓，是需要做骨髓移植的重症患者住的地方，就算家人也无法探视。张振宇走进旁边的"亲属联络室"里，来到一台可视电话前坐下，接通了一病房。

屏幕上显示，几个剃着光头的孩子正在病床上休息，张振宇把珊珊叫了过来。这是个瘦削的少女，也许是刚刚哭过，眼睛还红红的。

张振宇伸出手，握成个拳头，抵在屏幕上，笑嘻嘻地说："搞定！"

珊珊一下子明白了，眼睛里又蒙上一层水光，嘴角可是绽开了一缕微笑。她也伸出贴着留置针纱布的小手，握成小拳头，抵在了她那边的屏幕上。

接下来，张振宇又走进一些可以探视的病房，向住院的患者或其家属了解情况，把他们需要的血型、血量、血液制品类别和家人预约的手术时间记录在那个本子上。中间还过来一个护士，跟张振宇说医院的"公共板"[①]不足，让他想想办法，张振宇说没问题。护士刚要走，忽然想起什么："听说其他医院的血头为了跟你抢血源，把买血的价格提上去了，你看我要不要跟主任申

---

①医院公共血库内储存的血小板。

请，提高一下营养费的标准？"张振宇说那敢情好。护士说就算马上申请，报院领导批准，没个十天半拉月也批不下来。张振宇说没事儿都交给我。护士一下子懂了，双手合十说："我替孩子们谢谢张总了！"张振宇赶紧也合十双手说："谢谢您才是！谢谢您才是！"

呼延云听不懂他们说的是什么意思，但有一点是显而易见的，那就是张振宇没有撒谎：他付给献血者的钱是每四百毫升五百元，从患者家属那里收的钱是每四百毫升七百元。

离开血液科住院部，张振宇带着呼延云下楼，一层一层地去了骨科、肝胆外科和消化内科的住院部。这些都是用血大户，患者及其家属也像血液科那边一样，对张振宇各种托付，张振宇有求必应。

出了住院楼时，已经是下午四点半。他们刚刚在一棵大银杏树下面的长椅上坐定，就见雷公嘴跑了过来，张振宇将本子递给他说："都是救命的事儿，快办——对了，你让老邓忙完过来一下。"

就剩他们两个人的时候，张振宇笑着对呼延云说："怎么样，采访还满意？"

"怎么看那些患者家属都像是你找来的托儿。"呼延云见张振宇一瞪眼，赶紧补了一句，"当然不止患者家属，还有护士。"

张振宇气坏了，喊了起来："大家快来看啊，有人卸磨杀驴了啊！"

呼延云跷起二郎腿："说吧，你这明目张胆地在医院卖血，护士不赶你，警察不逮你，到底是为什么？把你身后的保护伞都交代出来。"

"狗屁保护伞！"张振宇停了停，才神秘兮兮地说出后半句，"因为我根本就不犯法。"

"怎么会——"

"你别急，先听我说，你知道咱们国家在《献血法》出台前，是采取哪种方式让人献血的吗？"

"是行政献血制度，给各个责任单位下发献血指标，让他们组织干部员工献血的。"

"对，《献血法》出台后，改成提倡公民自愿献血了，但很快就意识到不行了，因为中国人的传统意识，认为献血伤身，所以除非给钱，否则没有多少人会主动、无偿献血。这就导致二〇〇〇年实施的《公民献血用血管理办法》，规定每年各'责任单位'要签订'献血目标管理责任书'，由上级下达献血指标，到时间没完成献血任务，责任单位要被责令限期改正，到期如果还是没完成献血指标，责任单位须交纳献血补偿金，并直接影响主管领导的年终考核。换句话说，还是沿用行政献血那一套。"张振宇说，"最近两年，行政献血明面上是废止了，其实暗地里依然在操作，绝大部分组织大规模卖血的，都是一些无法完成指标的单位为了避免行政处罚，拿出一笔钱来，联系血头，请他们雇人献血。有关部门出于善念，对此也是睁一只眼闭一只眼，不信你查查新闻，一说打击非法卖血，针对的多是在医院里接散单的血头，很少管集体卖血的——因为他们是医疗用血的大源头，一旦切断，好多患者真的就是坐地等死了。"

呼延云回想起昨晚看过的材料，张振宇说的，应该是非法组织卖血的第二种模式。

"我最早想做这摊事儿的时候，就抱定一个宗旨：帮人可以，不能坑了自个儿，说白了就是绝不能犯法。我绞尽脑汁，终于发现了一个可以钻的'空子'：既然行政献血的方式，是上级下发献血指标，强迫各单位认领，那么只要我用劳务公司的名义主动、大量认领，不就成了？"

呼延云小眼睛一顿乱眨。

"还不明白？这么说吧，在各个单位看来，领取的献血指标，是不是人数越少越好？而我则不然，我一下子领它几百个指标，反正我开的是劳务公司，在用工上有一定的灵活性，凡是自愿献血者，必须先跟公司签一份临时工合同，这样一来，献血的时候，就是我的公司员工拿着献血指标的'合法献血'，完全符合《献血法》第六条'企业事业组织……应当动员和组织本单位或者本居住区的适龄公民参加献血'的规定。接下来是钱的问题。法律上衡量是否'非法组织卖血'，关键看是否'从中获利'。好，我给献血者每四百毫升五百元钱——如果个人不通过血头，自己去血站有偿卖血，也是这个价，无非这笔钱现在改成用血者出，不存在从中获利的问题——"

呼延云打断他道："可是你卖给用血者的可是七百元啊。"

"剩下那二百元，其实并不是用血者出的。"

"啊？"

张振宇狡黠地一笑："因为按照相关规定，医院和血库这些购血单位，本身会给无偿献血者每人一次二百元的营养补贴。我就跟都西医院谈，让他们通过用血者把这笔钱给我，我作为血头的绩效发给雷公嘴他们，鼓励他们'开拓'血源，保证血液供应的充足。对于医院而言，手术费是赚钱的大头，如果因为缺血耽误了手术，那才叫得不偿失呢，所以他们立刻同意了——里外里，我一不亏本，二不违法，实现了献血者、用血者、血头和医院的多赢，还白捞着一好名声。"

呼延云目瞪口呆，老半天才说："你小子真的是太狡猾了！"

"这不叫狡猾，这叫最大限度地打通渠道和利用资源。"张振宇得意地抹了抹梳理得精致的小胡子，"我最近还想把这种方式逐渐推广到其他医院去，让军三儿那些人合法挣钱，无非是少赚点儿，心里可落一踏实。谁知他们好心当成驴肝肺，变着法儿跟我玩儿阴的，去你那报社举报我，估计也是他们的阴谋诡计，后面不定还憋着什么大招儿呢。"

"甭往自己脸上贴金，要我说，你的这种做法依然有副作用。"呼延云说，"按照相关政策，当一位献血者无偿献血一千毫升以下时，自己可以三倍报销医疗用血；献血一千毫升以上时，本人可无限量用血，你这么一搞，不就损害了他们免费用血的权利吗？而且那些本来准备无偿献血的人一看有利可图，都改成有偿献血了，长此以往，不就把好端端的社会风气带坏了吗？"

"哥们儿你听我说，社会风气就像是瓶装牛奶，假如它真的坏了，绝不是人摇晃坏的，而是因为它早就过了保质期了。"张振宇说，"就说雷公嘴吧，你知道吗，他曾经是当地的'无偿献血明星'，累积无偿献血达四千毫升。后来他爸开刀做大手术需要用血时，他想'好人好报的时候终于到了'，谁知一打听傻了眼，免费用血不假，可所用血液的收集费、检验费、保存费——就连医用血袋的包装费，都要他自己掏腰包。而且全部花销还得他先垫付，结清医院账单，再带着无偿献血证明、个人证件和亲属证明材料领取用血证明、发票等凭证，到血液中心办理报销手续。饶是这样，最后医院还告诉他血库存量告急，他得先去献血才能用血，折腾来折腾去，直到他爸死在医院也没做上手术。他一气之下就干起了血头，喝多了哭起来，一把鼻涕一把泪地说自己'二辈子也不会无偿献血了'……"

呼延云半天说不出话来，瞪着张振宇。

"请不要用这样崇拜的目光看着我，我只是做了我应该做的事情。"张振宇严肃地说。

"喊！"呼延云不屑地说："我是在想，你这么个当年自称是'稀泥'的家伙，啥时候变得这么有正形了？"

也许是坐的时间久了，张振宇从长椅上站起来，原地踢踏了几下，松快腿脚。地上铺着一片片金黄色的扇形落叶，在他脚下发出怪好听的沙沙声。

"怎么，说不通了？"呼延云道。

张振宇笑了笑，望着不远处的住院楼说："其实，我就是想让他们吃上馒头。"

"啊？"

"患血液病的孩子，红细胞、血小板长期低于平均值：缺乏红细胞，血液会变成淡淡的水红色；缺乏血小板，会让浑身上下所有细小的裂痕都变成出血的源头……其他地方出血还有东西遮挡，口腔出血就比较麻烦，一说话，牙齿和牙缝都红红的，满嘴冒血花。吃饭的时候啃一口馒头，啃过的地方，看上去就是一勺血洼，特别恐怖，好多孩子看了吓得直哭，再也吃不下东西了，所以病房里的主食主要是稀粥和米饭。"张振宇说，"要想提高血小板和红细胞的平均值，只能输血，输血了，嘴里就不出血了，就能吃馒头了——咱们健康人觉得这不是啥大事儿，可是对于得病的孩子们来说，这个就能让他们相信：一切，终归会好起来。"

这时，有个穿黑色皮夹克的人从远处走了过来，呼延云一看，就是那个背靠着医院二楼的雕花围栏给雷公嘴打电话的家伙。他的眼睛扁扁的，嘴唇薄薄的，虽然面皮变得有些暗黄，但眼角不时神经质地抽搐,可是丝毫没有改变。

看呼延云发愣,张振宇拽了他一下:"不认识了?这是老邓,邓云鹏!"

邓云鹏走到近前,他才伸出手去,邓云鹏也伸出手来,两个人的手只搭了一下,就像触电似的快速弹开了。

"就是他在医院认出了你,在网上查到了你的工作信息,才把你给卖了。不过也多亏了他,不然我也不会让雷公嘴把你带到公司来。"

"你们俩怎么跑到一起去了?"呼延云问。

"嗐,我开劳务公司,不能没有自己人当帮手啊,就把老同学给请来了,他现在专门帮我盯着献血这摊事儿呢。"

呼延云知道,张振宇这句话里打了不少埋伏,把他和邓云鹏十年来联系和合作的具体细节掩盖了个严实,但现在也不好细问,便淡淡一笑。

张振宇一手拉上一个,往医院外面走:"今晚聚餐,庆祝老同学重逢,我请客,谁都不许走!"

街灯已经亮了,在深秋的街道上铺展开一层半透明的寒光。他们走了一会儿,来到一家烧烤店里,在一张宽大的木桌边相对而坐,张振宇那个漂亮的女秘书也来了,负责点餐。没多会儿,一把把吱吱冒油、泛着孜然香气的烤串端了上来,放在正中间用蜡烛保温的暖台上。与烤串一起上桌的,还有四杯冒着白色泡沫的扎啤。

"我来开个席。"张振宇端起扎啤,高兴地扯开大嗓门说,"十年不见了,今天咱们四个老同学又聚在一起了,来,为华大附中高二(1)班干杯!"

砰!

碰完杯，呼延云愣住了，举着酒杯的手停在半空。

张振宇咕噜咕噜喝了一大口扎啤，把嘴一抹，看见呼延云的样子："怎么不喝啊？"

"什么四个老同学？"呼延云问，"不就你、我、邓云鹏三个吗？"

张振宇眉毛挑得老高，然后大笑起来，指着女秘书说："不是吧，你还没认出她来？她是袁莹啊！"

呼延云的手一抖，差点儿把酒杯摔了。他揉了揉眼睛，顾不得礼貌，定睛看去，却怎么也认不出坐在对面的就是当年那个相貌平平、个子矮矮，总戴个眼镜的圆脸女孩。

"我还说你怎么不跟我打招呼呢，以为你是当了大记者，看不起老同学了。"袁莹笑道。

"都说女大十八变，你这也变得太大了吧！"呼延云忍不住说，"怎么你也跑到张振宇这儿来了？"

"这有啥，说明我们同学情深嘛！"张振宇拿起一串烤翅，塞进嘴里大嚼起来。

在接下来两个小时的推杯换盏之中，无论张振宇怎样吆五喝六地活跃气氛，呼延云却始终半低着头，孤言寡语，只一杯接一杯地喝酒。一来他实在是不好意思看袁莹，昔日女同学容貌和气质上的剧变，让他五味杂陈；二来他每多看袁莹一眼，都在更加确认一件事情，心里的那个谜团也就越来越大。

酒喝得太多，回到家呼延云就觉得头疼。可是躺在床上翻来覆去又睡不着，闭上眼睛，脑海中一会儿是张振宇梳理得精致的小胡子，一会儿是邓云鹏不时抽搐的眼角，一会儿是袁莹姣好的面庞……十年之间，到底发生了什么，能让这三个陷入鬼笑石案件的同学走到了一起？如果当初我没有翻回公园，会不会现在也是他们中的一员？命运，命运，命运真是再诡奇不过，差一点儿，差几步，就是殊途陌路……不，不对，十年之后，我不是又和他们重新聚在一起了吗？我不还是没能彻底摆脱鬼笑石案件吗？还是那道斑驳的虎皮石围墙，还是那个穿着红色圆领毛绒上衣的女孩，只是变漂亮了，她朝我挥了挥手，嘴唇翕动着，似乎在说"再见"，却一点儿声音也没有。我预感到什么极其可怖的事情将要发生，伸出手想要拉她回来，可是那只手却突然变得粗糙，手背上凸起的骨节好像从土里隆起的树根……

丁零零，丁零零！

放在床上的手机响起，把他从梦的边缘猛地拽回到了现实世界。

"喂？"

"呼延，我李扬，我对医政司又做了个补充采访，发给刘述了。"

"哦。"

"刘述让我问问，你今天采访得怎么样？后天能把你那部分交给他不？"

"采访的情况，跟事先策划的不大一样。"呼延云把经过大致讲了一遍，"你那里有没有举报人的电话，我想再向他核实几个问题。"

李扬便把举报人的名字和电话给了他，呼延云拿起纸笔记下。

挂断电话，他靠床坐了一会儿，纷乱的思绪好像掺了杂质的一杯水，慢慢沉淀得干净了一些。于是，张振宇说过的一句话忽然清晰地浮现在脑海里——

"去你那报社举报我，估计也是他们的阴谋诡计，后面不定还憋着什么大招儿呢"。

假如张振宇是清白的,那么举报他的人就一定有问题,是想借报社的手,达到不可告人的目的,深挖下去,很可能挖出一个比最初策划的更劲爆、更"抓眼球"的大新闻。

想到这里,他拿起手机,准备拨打刚刚记下的电话,直到这时,他才注意到那个举报人的名字——

马跃。

好像在哪里见过,又怎么都想不起来了。

他揉了一会儿太阳穴,决定还是先跟这个马跃联系一下,聊两句,看看能不能套出他举报张振宇的真正缘由。

摁完号码,把手机贴在耳际,听筒里传来正在尝试接通的"嘟——嘟——嘟"的声音。

有些冒失了。

调查式采访是有一套完整的话术的,在某种程度上跟警方的预审没什么区别,不做好充分的准备,就贸然和被采访人联系,不但不会有收获,还容易暴露自己的意图。

想到这里,他准备马上挂断电话。

谁知就在这时,电话接通了,另一头传来一个粗鲁的声音:"谁呀?"

电光火石一般,呼延云的心里突然涌现出一个大胆的念头。

既然举报张振宇的目的是黑他一刀,说明这个马跃也是——
于是,呼延云装出怯生生的声音:"您好,我想卖血……"

"你怎么有我的电话?"

"前两天我去医院看病,有个人给的我这个手机号。"

"哪个医院?"

这一下呼延云傻了眼,血头们都是"分片包干",天知道这个马跃在哪个医院扎活儿，可这要是说错了，想以卖血者的身份进行暗访的主意，就彻底歇菜了。

紧要关头，忽然想起，雷公嘴跟张振宇说过："军三儿他们找了几只虫儿，见天在医院里外转悠，看见想卖血的就给拉走。"

只好赌一把了。

"都西医院。"

话筒里沉默了片刻。

好像拨号后等着网线接通那样漫长而枯燥。

"行吧，那你明天下午三点，在347路杏石口站前面一点儿，有辆小面包，在那儿集合，别迟到。"

赌对了！

挂断电话，呼延云长出了一口气，感到前所未有的轻松。

第二天下午三点，呼延云来到347路杏石口站，那里果然停着一辆灰色面包车，大白天打着双闪。有个身材粗壮，满脸横肉的人叼着根烟站在车尾，呼延云上前问他是不是马跃，那人也不回答，只盯着他看。呼延云说自己就是昨晚给他打电话的卖血者，那人说："把袖子拉起来。"

"啊？"

"拉袖子！"

呼延云莫名其妙地卷起袖子，那人让他"再往上"，直到两只胳膊都亮到肩膀，那人才在几个常用的注射区揉了揉。呼延云明白了，他是要查看有无针眼，以避免自己是吸毒者——吸毒人员因为经常共用注射器，血液里可能含有乙肝、丙肝或艾滋病毒。

确认没问题了，那人才让他放下袖子，把车厢门一拉，说了一句:"上车。"

黑洞洞的车厢里,扑面一股恶臭,隐约能看到里面挤满了人。呼延云刚刚上去,车厢门就哗啦啦关上了,还没找到坐的地方,车子便开动起来。由于窗户被人挡住,无法判断车是往哪儿开,只能根据车头在停驶时的朝向,估摸是一路向西。

晃晃悠悠不知过了多久,车停了,呼延云跳下车,狠喘了几口气,才发现从狭小的车厢里居然下来了将近二十人,都是满面尘灰、衣着简陋,神情中流露出一丝讨好的乖巧。这时马跃招呼所有人站成一排,挨个儿给他们"发药",药片是黄色的,每个人倒在手心里一把,约莫十几片。马跃看着他们放进嘴里以后,把一瓶矿泉水递过去,用水吞下。

这样一直来到站在队尾的呼延云面前,呼延云不知道是什么药,偷偷往药瓶上瞄了一眼,见上面写着"联苯双酯滴丸",知道这是降低转氨酶的[①],可一般来说一次顶多服用五片,像现在这样的服用量是大大超标的。

为了暗访,没办法,他只好把药倒进嘴里,接过矿泉水瓶,看看被前面十几张嘴嘬得黢黑的瓶嘴,实在喝不下去,一仰脖,生生把药片咽了下去。

"你怎么不喝水?"马跃把眼一瞪。

"我不习惯喝凉水,所以把药片直接吞了。"

马跃让他张开嘴,看他确实把药吃了,冷冷一笑。

刹那间,呼延云想起他是谁了:就在十年前,就是这个人,在香山公园的虎皮石围墙的豁口处搭了一截绳梯,五块钱一位,让游客进出公园。

[①]转氨酶偏高则无法献血。

没想到他现在依旧不务正业,竟当上血头了。

发白的鬓角和愈绽愈深的横肉,让他凶恶的相貌更添了几分邪性。呼延云心想:他不会认出我吧,应该不至于,毕竟当初只是在豁口处来来回回照了几面,以后再也没有见过,我的相貌又不出众,他怎么可能记得住呢?

正胡乱想着,马跃招了招手:"过来,都往这边走了!"

人群沿着一条山路往上走,眼前出现了一座用铁栏杆围成的大院子。院子里水泥铺地,当间矗立着一座嵌着绿边的小白楼,楼门上头绘着镂空的红十字标识,旁边写有一行大字——"南下洼村卫生站"。

南下洼村?

难道我又到了万安山脚下了?

呼延云举目望去,村子后面的山野上,遥遥可见一条灰色阶梯,在榛莽之间时隐时现。一直通向最高处的灰褐色巨石,正是前天下午自己和林香茗登上的鬼笑石。

这时,卫生站门口已经排起了好几条长队,每一队都有上百人,衣着打扮跟自己那一车人无异,很多人翻卷的袖口还没有放下,看来也都是被血头找来卖血的。

这么说,我是混进行政献血的队伍里了?

呼延云知道自己可能真的逮到大鱼了。行政献血就像张振宇说的,是那些无法完成献血指标的单位为了避免行政处罚,请血头出面组织的集体卖血活动。无论规模、收入,甚至就从"非法组织卖血"这几个字的定义上讲,在医院里扎活儿的血头与之相比,只能算是小巫见大巫。但也正因为这种模式是打了献血制度的擦边球,从表面上看是"公对公",所以很少招致打击。

呼延云那一车人排在了其中一队的队尾,这时有个身材胖大、满面油光的家伙,在七八个保安的簇拥下,一步三摇地从小白楼里走了过来。马跃一见他,露出又恨又怕的神情,胖大的家伙看也不看他一眼,把手挥了挥,那些保安就跑到卫生站的门口,哗啦啦拉开了大铁门。

几队献血者像潮水一样往里面涌,马跃和其他几个血头赶紧拦住,组织他们重新站成两列长队。可势头一时刹不住,那些保安就抽出橡胶棍连喊带骂的,老半天才把队列规整好。

鱼贯的人们一点点挪进院子,又一点点钻进小白楼,然后就像被吞进肚肠一样消失了。过了好久,才从左边一扇小门里走出来,每个人都用棉球摁着一条赤裸的胳膊,任凭空着一条袖筒的上衣斜披在肩上,脸色比进去之前更显苍白。

终于轮到呼延云了。

走进楼,门口摆着一张桌子,有位护士先看了一下他的身份证(他出示的是"王伟"那张),然后拿出一张《无偿献血登记表》让他填写。一共两页,第一页密密麻麻的全都是献血者的个人健康信息征询,有无传染病有无吸毒史有无过敏史什么的,都已经被事先填好了"否";第二页是自愿献血声明,落款有姓名、身份证、工作单位等,需要本人填写。

他依次填写,到工作单位那里的时候,马跃突然把手里捏着的一张卡片递给他:"照这个上面的填。"

上面写着一家国企的名字。

呼延云先把那名字念了一遍,然后故意问马跃:"我不是在这个单位工作啊。"

"我知道。"马跃狞笑道,"就这么填。"

什么叫"我知道"?

怀着不祥的预感签了字,他继续往楼里面走。在几个不同的房间分别量血压、测心跳、抽血化验合格之后,才进到献血室里献血。

坐在椅子上,护士用橡皮管给他扎好了胳膊,拿起采血针,看他一副紧张兮兮的样子,笑道:"晕血还是晕针?"

呼延云摇了摇头。

"那就放松,别绷着,不然我找不到血管了。"

他觉得这是个聊天的好机会,就轻声问:"我是大学生,在那张《无偿献血登记表》上留了身份证,不会有什么事吧?"

"能有啥事?"

"我不是那上面写的单位的员工啊,万一被查出来,捅到学校去怎么办?"

"放心吧,我们要的是血,谁管你是哪个单位的。来献血的大学生多了去了,都是顶替其他单位的,从来没人管过。"

"那你们呢,万一要是查出来我们是顶替其他单位的,不会被连累吗?"

"我们是采血单位,只要给来献血的人体检了,验血了,登记身份证了,都没问题,就是合规操作,找不着我们的碴儿。"

"这么多人来献血,你们能挣不少钱吧?"

"挣钱是挣钱,可大头不归我们拿,是金主任和那几个血头分。"

"凭啥,他们就不怕有人举报?"

"怎么不怕,警察查得可严了,所以他们找的'血奴'都是些熟人。"眼看鲜红的血液顺着导管流入血袋,本来干瘪的血袋一点点变得充盈。护士一边拔针头一边说,"你这生面孔,一看就是第一次来的,要我说,偶尔献血还行,可不能指着这个挣钱,不然身体就毁了。"

呼延云用棉球压着针眼走出献血室,也许是楼道太黑的缘故,视野里的一切都模模糊糊的。所以,当有个人"咣当"一声撞到他身上的时候,他竟毫无防备,多亏扶了墙一把,不然就要跟那人一起倒在地上了。

那人又瘦又小,灰不溜秋像个耗子似的,坐在地上扬着两只手,朝对面一个人苦苦哀求:"金主任,金主任,您就让我献血吧!"

被他哀求的"金主任",正是那个身材胖大、满面油光的家伙:"王长顺,你就甭跟我这儿耍死狗了,离这么老远我都能闻到一股子马尿味儿,难怪人家护士把你撵出来了。告诉过你多少遍,献血前别喝啤酒,你非偷奸耍滑,为了多卖钱,把血弄稀了,现在怪谁?"

王长顺?

林凤冲说过,鬼笑石案件那天,最早发现山上起火的巡山员,就是这个名字。听说他事后被辞退了,怎么落魄至此?他一口一个叫的"金主任",也许是南下洼村的村主任金波。难怪马跃怕他,如果金波是卖血生意的"幕后黑手"话,马跃充其量是个揽活儿的马仔。

"金主任,您跟护士说说情,让我献一次血吧。我实在是没办法了,连买啤酒的钱都是跟人借的,要不我拿到卖血的钱分您一半,行不?"

"都穷成这个逼样了,还拿我当要饭花子打发呢!"金波弯下腰,望着王长顺道,"我他妈缺你那几百块钱?要不是你天天不务正业,能搞成这个德行?"

"金主任,这个卖血的生意,要是传出去,倒霉的可不是我一个人——"

话音未落，金波一把薅住王长顺的脖领子，拎鸡一样拎起，"啪"地摁在墙上，盯着他的眼睛说："这儿的事儿，谁敢捅出去半个字，谁就得留下一条命！不信你试试！"

王长顺吓得眼珠子乱颤。

金波松开手，王长顺贴着墙，慢慢滑倒在地，后背与墙面摩擦，发出可笑的"吱溜"声。

然后他连滚带爬地逃出了卫生站。

望着他的背影，金波连连冷笑。

采访的收获已经超出预期，现在抓紧离开才是正经。这么想着，呼延云快步走出了小白楼，找到来时的那辆灰色面包车。只见一个血头正站在车门前，给献完血的人发钱，领到钱的人就往车厢里钻。

呼延云拿了钱，正要上车，身后忽然伸出一只手，哗啦啦撞上了车门。

回头一看，是马跃。

呼延云心里一沉，故作镇静地说："我来的时候坐的就是这辆车。"

马跃一笑："刚才没听见金主任说么，我们村的事儿，谁敢捅出去半个字，谁就得留下一条命！"

"关我什么事？"

马跃一抬下巴颏，左右扑上来两个保安，把呼延云拽到一个僻静的地方，摁在墙上。先抢走了他献血的钱，又夺走了他的手机，最后从衣兜里搜出一支录音笔来，交给马跃。

马跃看了看还在跳秒的录音笔，问呼延云："现在你还有什么说的？"

呼延云知道自己暴露了——想大义凛然地怒斥对方几句，可一时间又慌又怕，竟说不出一个字来。

保安押着呼延云就要走，马跃叫住他们："往哪儿走？"

"不是送治安室吗？"

"金主任吩咐了，带到砖窑去。"

呼延云一听头皮发麻，大喊起来："你们想干吗？"

马跃照着他的肚子就是一拳，疼得他弯下腰，一个劲儿地咳嗽。

"再敢喊一声，马上弄死你！"马跃恶狠狠地说，然后一挥手，两个保安架着呼延云，沿着一条弯弯曲曲的小巷往前走。走出巷子口，恰是一条水渠，渠中枯黄的芦苇遮掩住了视野，静静的连水流声也听不到。直到走上一座石板桥，才发现桥面上坐着个人，挽着裤腿，手拿钓竿，正在钓鱼。呼延云一看居然是石劲风，想向他求救，刚喊了一声就又挨了一拳。石劲风也认出了他，可又想不起他的名字，站起身冲他打招呼"哎，哎"，马跃飞起一脚将他踹下桥去，"扑通"一声溅起老大一片水花，石劲风扑腾了半天才站起身来，从头到脚往下淌水。看着他那副落汤鸡似的样子，那两个保安哈哈大笑起来。

石劲风一边胡噜着脸上的水，一边咧开大嘴，朝他们傻乐。

"疯子！"马跃骂了一句，推搡着呼延云继续往前走。

穿过一片杂草丛生的野地，来到一处山脚。也许是长期挖土烧砖的缘故，这里的山体像被勺子挖过似的凹下去一大块，裸露着暗红色的土壤。在山脚的一侧，卧有一排开着拱形门洞的砖窑。呼延云被带到最东头的一个窑洞前，这里以前是看窑人住的地方，装有一扇铁门，马跃打开门，在他的后背上狠狠一推，他一个趔趄，摔倒在地。

铁门关上了。

就听见马跃叮嘱那两个保安的声音:"看好了,别让他跑了,晚上我和金主任再来处理。"

呼延云慢慢地爬起来,刚刚献过血的身体绵软无力,一撑一坐,累得呼哧带喘。

晚上再来处理……怎么叫"处理"?

他把后背靠在凹凸不平的墙壁上,烈火焚烧出的砖块,冷却之后变得无比冰冷,此时此刻透过几层衣服,传递出瘆人的寒意。

不,我绝不能坐以待毙,必须在天黑前想出脱身的法子:直接冲出去,以自己现在的体力,无论对打还是逃跑,都绝不是那两个五大三粗的保安的对手;没了手机,也没法对外呼救;看来只能指望石劲风——算了,指望他,还不如直接绝望比较现实……

他抬起头,望着挂在墙角的一面蜘蛛网,上面坠着几个早已空空如也的虫子的尸壳。

想必临死前,它们也挣扎过很久。

第三章

"呼啦"一声,门被掀开了!

一个黑黢黢的大个子冲进砖窑,拽起正在打盹儿的呼延云就往外跑,呼延云想挣扎,可是那人铁钳似的大手抓得牢牢的,根本挣不脱。一直跑到外面,天已经黑成锅底,地上有个套在麻袋里的人正哎哟哎哟地惨叫着翻滚,一顶保安戴的帽子在地上骨碌骨碌转个不停。

呼延云又试着把胳膊抻了抻,拽他的那人回过头来一瞪眼:"你给我老实点儿!"

竟是高红军。

迎面跑过来两个人,一个是石劲风,还有一个矮矮的,上了油的背头在黑暗中熠熠放光的小个子,正是十年前曾在小饭馆一聚的窦京。与那时相比,他胖了一些,穿着很气派的风衣,只是手里拎着一根大棍子,让通体散发出的商人气质带了一股狠劲儿。

"还有一个呢?"高红军问。

"跑了。"窦京说。

"往哪儿跑的?"

"往村里跑的。"

远处传来了一个人的哭喊声,听不清他喊的是什么,凄厉而又沙哑的腔调像竹子劈裂了一样难听。

"快走！"高红军一声断喝。

被套在麻袋里的那个保安又哼唧了两声，窦京照着麻袋就是两棍子，疼得那人杀猪一样大喊。

石劲风抓住了窦京的胳膊，不让他再打。

"行啦！"高红军说，"再不走，金波带着大队人马过来，咱们就出不了村了。"说完带着他们往前跑去。快要跑过石板桥的时候，不远处传来噼里啪啦的一片脚步声，紧接着，就看见手电筒的光柱在黑暗中交织起一丛丛发了癫似的纷乱。

要撞上了！

说时迟那时快，高红军拉着呼延云扑通一声跳进了水渠，石劲风和窦京也跳了下去。四个人猫着腰藏在桥底下，屏住呼吸，听那一队人马过了桥，还有金波吩咐手下的声音："多带几个人，把出入村子的几个路口都给我封了，人要是跑了，别怪我给你们打出屎来！"

"放心，一个都跑不了！"听回答的声音，是马跃。

直到脚步声渐渐远去，四周恢复了寂静，能听见齐膝深的流水哗啦啦的响声，他们才你拉着我我拽着你的从水渠里爬了出来。

"去哪儿？"高红军问了一句。

往前是被重重封锁的村子，后退是金波那伙人，躲回家里又难免遭到上门搜查。

窦京忽然有了主意："我知道有个地方，金波他们肯定不会找上门。"

他们溜进村子，贴着墙壁，放轻脚步，快步疾行，七转八绕之后，来到一座破败的房子前。正要进去，就听见里面传来"啪啦"一声,好像是什么东西打碎了,接着是一阵哭声和叱骂声。窦京一怔,有些打不定主意,石劲风却是一推门就进去了,其他人也鱼贯而入。便见昏暗的灯光下,有个脸色蜡黄、肚子鼓起老高的孕妇坐在椅子上,攥着一个纳鞋底的锥子,恶狠狠地瞪着旁边站着的一个姑娘——呼延云一眼就认出,正是在鬼笑石上见过的那个智力有缺陷的金娜,她正捂着手抽泣。

地上有一摊水,还有大大小小好多碎玻璃碴子。

石劲风把金娜捂着的手打开,手背上是一个个被锥子扎出的小孔,血流如注。

高红军有些来气,对那孕妇说:"马静,你怎么能用锥子扎金娜?"

"我让她给我倒杯水,她居然倒了杯开水,差点儿把我烫死,不扎她扎谁?"

"你又不是不知道,金娜打小就有些糊涂,难免办岔事儿,可她跟你一起长大,拿你当亲姐姐一样。现在可着全村,连你爸都不要你了,就金娜和你疯爷见天来照顾你。你可倒好,有气儿专往他们俩身上撒,这是人干的事儿吗?!"

"我请他们来的?他们自己犯贱往这儿跑!我想快点儿死,他们拦着我投胎,这是人干的事儿吗?!"

高红军气得想要再骂她,被窦京拦住了。

马静满眼怨毒地瞪了他们一会儿,捧着大肚子回里屋去了,"砰"的一声撞上了门。

石劲风翻箱倒柜找不到创可贴,只好先用白布条子给金娜简单包扎了一下伤口,让她回家再做处理。

窦京一见金娜要走,叮嘱她说:"回家别跟你爸说我们在这儿啊。"

金娜似懂非懂地点了点头，出了门。

高红军埋怨窦京："你就多余提醒她，她妈活着的时候，她爸的心思就全用在了那个给他生了儿子的二奶身上。她妈一死，她就跟孤儿没啥两样，别说跟她爸讲什么了，就算她死在街上，金波都不带当回事儿的。"

直到这时，呼延云才觉得湿漉漉的裤子贴在小腿上，要多难受有多难受。可一时半会儿又没法晾干，只能提溜着裤脚轻轻扇着，抬头正撞上高红军的目光，赶紧说了一句："谢谢高叔叔。"

"要不是你石叔叔通风报信，我才懒得管你。"高红军说，"对了，你小子怎么跑到我们村来了，还惹出这么大乱子？"

呼延云把来村里暗访的经过讲了一遍，高红军听完十分吃惊："金波和马跃他们在村里鼓捣献血的事儿，我知道，还一直以为是合法合规做好事儿呢，就是纳闷这俩冤家对头怎么搞到一块儿去了，没想到是合起伙来挣这脏心烂肺的钱！"

窦京听他话锋不对："老大，这事儿你可千万别管，金波和马跃一个凶神一个恶煞，本来就跟你不对付，你要是挡了他们的财路，他们真敢把你当饺子馅儿剁吧了。"

"我怕他们？"高红军不屑一顾，"天亮我就找章所去。"

窦京指了指里屋："眼瞅着就要生了，她爸要是被逮进去，谁照顾她坐月子？"

"就算她爸不被逮进去，还能伺候她坐月子？"高红军生气地说，"自打她回到家，他爸就再也没进过这扇门——要不咱们敢往这儿躲？"

一听这话，窦京把手指头伸在嘴边"嘘"了一声，高红军才意识到自己的说话声音大了些，赶紧闭上嘴。

为时已晚。

从里屋，先是传来一阵抽泣，然后陡然间爆发出号啕痛哭，声调高亢而抽搐，是那种中年丧偶或丧子、失去了一切的女人才会发出的撕心裂肺的哭声。但马静只有十八九岁，所以听起来更加疯狂和绝望。

石劲风走到门口拍了拍门，想说什么，瞪着俩眼珠子又想不出合适的辞藻，一转身钻进厨房去了。

"这是怎么回事啊？"呼延云低声问高红军。

高红军不吱声。

窦京解释道："咱们现在待的就是马跃家。马跃是外地人，这么多年一直在北京打拼，事事不顺，脾气变得很坏。里屋哭的那个是他闺女，早早就辍了学，跟着他做小商品零售批发的生意，长大一点儿后，变得越来越漂亮。马跃想让闺女将来嫁个有钱人，过过豪门老丈人的瘾，后来还真就认识了个通信公司老板的儿子，好上了。你想那种家庭的孩子，有几个不是脚踩几只船，处了一阵子，就被人家给甩了。那以后她就自暴自弃，成天跟一群不三不四的社会人混在一起，把马跃气得半死，后来被人搞大了肚子，连孩子他爸是谁都不知道，她只好回家。马跃让她打掉孩子，她不肯，父女俩就彻底闹掰了，提起对方跟仇人似的。马跃在外面住，从来不管她的死活……"

厨房里传来煮饭声、切菜声和打鸡蛋的声音，接着"刺啦"一响，一股油香在屋子里溢开。

一会儿，石劲风端着一锅金黄的蛋炒饭走出了厨房，把饭放在桌子上，就去敲里屋的门："吃饭啦。"半天没人应，又敲了两下，里面还是无声无息。高红军忍不住吼了一嗓子："马静，你现在一个人吃的是俩人的饭，懂不懂？"片刻，马静打开门，走了出来，脸上一道道泪痕，神情冷漠地盛了一碗饭，又回到屋里，把门重新关上。

闻到蛋炒饭的香味儿，呼延云的肚子咕噜咕噜叫了几声。石劲风让他也吃点儿，呼延云有些不好意思，高红军把他摁在椅子上说"甭那么多穷讲究"，他才捧起碗筷狼吞虎咽起来。

"有时候我也挺佩服你的。"高红军一边吃饭，一边对石劲风说，"马跃在咱们村被本地人挤对完，就拿你撒气；金波更甭提了，想当年就是他带着人把你爸妈活活斗死的；还有村里有些人，也没少欺负你。搁着我一百个都打死了，怎么你还能对他们这么好。"

"疯子就是看《红楼梦》看的，在兵团那会儿，就分不清敌我矛盾和人民内部矛盾，现在更是变成了个彻彻底底的滥好人。"窦京说。

"滥好人也是好人。"高红军停了一停说，"精豆儿，我听瘦猴说，你找他联系在京的那些孤寡老战友，是有啥事儿吗？"

"我那个公司不是专卖各种老年产品吗，前不久跟老年养生促进会挂上了，他们那边有好多厂家合作，经常推出一些试用装，老人鞋按摩器血压计血糖仪什么的。老年养生促进会让我帮忙散散货——说实话，都是些便宜货，给我以前的老客户，有点儿拿不出手，我想干脆就赠给咱们那些老战友吧。可兵团在京的有十几万人，东西没那么多，就可着日子过得苦一点儿的人送。"

"倒是件好事儿……"高红军犹豫了片刻，还是把心里话讲了出来，"精豆儿，你别怪我多想，这些年你一直不喜欢我们聊兵团的事儿。除了我和疯子，也几乎不跟其他老战友来往，这会儿突然改了章程，让我有点儿不适应呢。"

"老大你这不是难为我吗？我不理兵团的事儿，你说我不讲情义；我好不容易给老战友们找点儿福利，你又怀疑我别有用心。那这样,我跟瘦猴说,让他赶紧把这事儿停了。"

"精豆儿,你别误会。"高红军望着他,搓了搓花白的鬓角,动情地说,"都奔六张的人了,就想咱们兄弟一场,老了老了还能跟年轻那会儿似的,风里雪里搀扶着往前走,一直走到头,不想中间再出什么岔子。这些年,你生意越做越大,难免算计人算计事,可不管怎么着,你可不能算计到咱们那些老战友的头上。他们这辈子过得跟火锅似的,在沸水里翻腾来翻腾去,不该受的苦,不该遭的罪,全赶上了:十几岁上山下乡,二十多岁返城待业,四十出头下岗失业……一点儿没落下。现如今日子总算好了,一个个也都老胳膊老腿儿的了,你可千万别做出什么对不起他们的事儿,不然——"

他没有说下去。

"老大,你就放心吧!"窦京一手一个搂住他和石劲风的肩膀,"我再怎么挣钱,也不能从当年一起在北大荒死过活过的战友们那里挣啊!"

一听这话,高红军放了心,站起身,在屋子里踅摸了一会儿,找到一瓶二锅头,倒了三碗酒,哥儿仨"砰"地碰了一下,一仰脖喝了个干净。

高红军还要给窦京和石劲风倒酒,他们都表示不再喝了,于是他就自斟自饮起来。几碗下肚,一丝红晕浮上了脸膛:"想当年咱们在'西山风味餐厅'吃饭的时候,还有大张呢,如今也好几年没见他了。年纪大了,一喝酒,我就想起北大荒的兄弟姐妹们:老三、季冬来、邵婉、小上海……说出来你们不信,我连'许大马棒'那个浑蛋都想,想再和他打一架,打完再喝一杯,喝完再痛痛快快哭一场……"

说着说着,这个高大的汉子双眼盈满了泪水:"这几年,好多老战友组织回北大荒访亲探友，让我一起去，我说我不去，我还没把那十二个牺牲的姐妹的烈士称号争取下来呢，我没脸回去……可是我真的想回去啊，想再摸一把黑土地，再喝一口烧锅酒，再给死去的战友们上个坟，再看看我踩下'第一行足迹'的大台山农场……咱们说好了，等我把该办的事儿办完了，你们俩不管啥事儿都得放下，陪我一起回去。"

说着他擦了一把眼睛，才发现身边只剩下石劲风，却不见窦京，不禁满脸惊愕。

呼延云说："窦叔叔说去外面看看情况，先出去了。"

高红军愣了半晌，把酒碗往桌子上一放，重重地叹了口气。

屋子里静悄悄的，只有石劲风噗噜噗噜往嘴里扒饭的声音，高红军望着他，苦笑了一下。

石劲风抬起头，嘴角还沾着几颗米粒。

高红军忽然想起了什么："我有一阵子没见到孙萍了，她最近忙啥呢？"

石劲风几口把饭吃光，一抹嘴道："找她她总不在家，有时候听见钟响，我就往法海寺跑，一去，还是没人影儿。"

"十年过去了，她还没死心啊……"高红军出了一会儿神，忽然对石劲风说，"疯子，有句话，当大哥的必须给你讲。我知道，这么多年你一直挺喜欢孙萍的——你别不好意思，听我把话说完——她是个好人，勤快又能干，但这么漫山遍野的给她儿子找平反的证据，什么时候是个头儿啊？这种情况下，想把她从魔怔里捞出来，就得换种活法儿。你也这把年纪了，得有个伴儿，我看就是她了，你要不好意思，我去跟她说。"

石劲风使劲摇了摇脑袋："不行不行，我还有大事要办呢！"

"大事？你能有啥大事？"

"有啊,我还得找曹爷爷的遗迹呢。法海寺、山神庙、晏公祠①,我都找差不多了。前两天有个叫香啥的——就你(他指了指呼延云)那朋友,点了点我,我打算把鬼笑石那块大石头好好钻研钻研……"

高红军见他又说疯话,不禁皱起眉头。这时门开了,窦京走了进来,压低声音说:"我去探了探路,几个路口都有金波的人把守,但沿着水渠通往外边的那条小路应该是安全的。要走赶紧走,马跃带着几个人正挨家挨院地搜呢,那号人,急了眼,自己的窝照样扒!"

他们立刻动身,穿巷绕户,回到水渠边,走了一阵子,临近的巷子里忽然传来一阵狗叫,赶忙又跳进水渠,在寒凉刺骨的水流中慢慢前行。每当头顶有脚步声经过时,就贴着渠壁一动不动,等声音去远了才再次出发。这样不知走了多久,忽然一股清香扑鼻而来,攀上水渠一看,已经是村子外面的一处苹果园。

远远看见一辆出租车驶近,高红军把它拦下。

窦京掏出几张钞票,不容分说地塞给呼延云,让他打车用。呼延云十分感动:"窦叔叔,刚才您提到的老年养生促进会,一直想和我们报社合作,不过如果您要在我们报纸上登广告,不用通过他们,我可以直接帮您跟广告部对接。"

"那可太好了!"窦京非常高兴:"这两天我找找保安队,录音笔不一定能要回来,手机我花点钱,一准儿赎回来,给你送到报社去。"

呼延云一边说着"谢谢",一边拉开车门,坐进车里。

直到车子驶出很远,呼延云才翻开衬衫的后脖领子,摘下了

---

①原名道统庙,为明代太监晏宏于正德七年修建,位于北法海寺西北涧沟的北坡,是依山崖石壁凿建的三间石室。

用磁性扣藏在那里的一支微型录音笔——这是关山教给他的，调查记者暗访时，一定要准备两支录音笔。一支是万一暴露身份后留着让对方搜走的，一般来说，他们不会想到记者的身上还有第二支。

回到家，陡然放松下来，顿时觉得身心俱疲，呼延云恨不得倒头就睡。可一想到明天是周四，如果不能按时交稿，就会影响做版发排，于是他打起精神整理录音和写稿。好在虽然身体失血无力，但精神头却被过去数小时的惊心动魄刺激得无比兴奋，所以下笔如飞，一篇四千字的稿子很快就在电脑上敲了出来——当然，稿件的内容已经与最初的策划大相径庭，虽然也写了在各个医院扎活儿的流动血头，但他把主要的笔触放在对南下洼村的暗访上。从二十个人挤坐一辆面包车到吃药降低转氨酶，从工作单位造假到护士揭发"金主任拿大头"……一想到要不是高红军等人及时相救，没准儿自己今晚都不能活着回家，呼延云就怒火万丈，把遭遇到的殴打和囚禁也写进了稿子里。

文章的结尾，写了几笔"某劳务公司"和"某业内人士"，正在探索一种将有偿献血合法化的新模式，希望能够引起有关部门的重视——算是给张振宇个交代。

写完后，他想再改一遍，但已经精疲力竭，就加了个《非法卖血乱象大调查》的标题，用邮箱发给了刘述和关山，请他们统稿和写评论。

然后把灯一关，蒙头大睡。

一直睡到第二天晌午，醒来后，呼延云用家里的座机打电话到编辑部。刘述接听的，说稿子统完了，给关山和沈总都看过了，觉得非常好，已经交给美编做版，并传送给新浪、搜狐、网易等门户网站,与他们打过招呼,准备明天一早,纸媒上市的同时,在这些网站的首页同步刊发,形成联动。

最近两年,互联网新闻的浏览量和传播率都日益超过纸媒,一想到自己采写的稿件很可能产生全国性的影响力,呼延云觉得这两天经历的一切冒险、付出的一切辛劳,都值了。

吃完午饭,他下楼到附近的营业厅办了手机挂失,补办了一张跟过去号码一致的手机卡。回家找了个旧手机,刚刚把卡装上,开了机,就见屏幕上如跳鼠一般叽里咕噜地涌进来一大堆短信,基本上都是张振宇发的。按时间顺序看,一开始还只是问他稿子写得咋样了,后来就渐渐口吻急切,问他为什么不回信?是不是出了啥事?手机怎么关机打不通?最后几条是今天上午发的,让自己一开机马上与他联系!

正在这时,电话响了,显示是张振宇打来的。

接通电话,呼延云故意慢条斯理地说:"喂?"

"我靠你个死矬人!可吓死我了!"

"我怎么吓着你了?"

"你们当记者的都是贼不走空,在我这儿竹篮打水啥也没捞着,肯定得从其他医院的血头那儿找补,你又一向呆头呆脑的,万一被军三儿那帮人发现了真实身份,少不了得挨顿胖揍。鼻青脸肿都是轻的,万一给打得失血过多,哥们儿我还得给你联系血源去。"

"你那狗嘴里就吐不出象牙来!"呼延云笑着说,"不过我确实又做了一次暗访,就找的举报你的那个家伙。"接着他把自己暗访的全部经过原原本本地给张振宇讲了一遍,最后说:"哪儿是挨顿胖揍那么简单啊,要不是有人及时相救,瞅那意思他们后半夜真敢刨个坑儿把我活埋了。"

话筒那边，半天没有声音。

呼延云以为信号断了，"喂喂"了两声。

"我在……"张振宇的声音突然变得有些奇怪。

"你怎么了？"

"我觉得不对劲。"

"怎么不对劲了？"

"哪儿哪儿都不对劲——你见过说相声的跟唱大鼓的呛行吗？"

"啊？"

"都是搞曲艺的，说相声的跟说相声的呛行，很正常。但说相声的跟唱大鼓的呛行，我可是从来没听说过。"

"你到底在说什么啊？"

"我是说，假如举报我的那个人也是在医院扎活儿的血头，那没问题，毕竟咱挤对了他的生意。可是组织集体卖血的，那跟我完全是两个行市的，他举报我做什么？"

呼延云一听就蒙了。

张振宇说的没错，在医院揽零活儿跟组织集体卖血，是血贩子们两种截然不同的"业务模式"。属于猫有猫道鼠有鼠道，彼此之间既不存在串联，也不存在竞争。既然这样，马跃为什么要举报张振宇？

这时张振宇又说话了："还有我更搞不懂的，就是南下洼村那帮人为什么要对你下死手？"

"这个，难道不是因为怕我写出稿子来曝光他们吗？"

"我说的不是下'黑手'，而是下'死手'。"张振宇说，"据我所知，军三儿他们也逮住过暗访的记者，骂一顿，打两下，把录音笔什么的抢走也就完事了，从来没有下手太重的时候。真把记者给打伤打残了，报纸一报道，舆论一发酵，那可就麻烦大了。而组织集体卖血的，就更不愿意得罪媒体了，本来这个事儿就是违法，闷声儿发财出声儿发丧的买卖，平日里尾巴都夹得紧紧的，即便发现媒体暗访，也倾向于'文了'而不是'武了'，怎么可能杀害记者？"

"也许他们是想悄没声儿地把我做掉呢？"

"真要把你杀了，刨个坑埋了，你家里人和报社找不到你，肯定要报警。警方一查你的手机号，很快就能锁定马跃——面包车里有二十个人能证明你是有来无回——他绝对脱不了干系；还有那俩看守你的保安，一开始还准备把你送治安室，说明他们只是临时被拉来的，万一事后被传唤，估计警察叔叔还没张嘴，他们俩就得撂了；后来发现你跑了，在全村挨家挨户大搜捕——你管这叫悄没声儿？这叫唯恐事儿闹得不够大好不好！"

脊梁骨蹿上一股寒气。

呼延云有点转过味儿来了。的确，由于暗访的全过程大起大落，惊心动魄，所以昨晚写稿子时，仗着一股兴奋劲儿，像打冲锋似的一气呵成。写完后困倦不已，直接交稿了事，却忘了撰写批评性报道时，必须要冷静、理性，并对采访中的每个细节进行反复的质疑和核实。反倒是张振宇，既熟悉门道又置身事外，所以看得格外清楚。听他这么一分析，更像是金波和马跃做了个局，演了场戏，把自己装在里面了。

"那，接下来我该怎么办？"他喃喃道。

"要我说，这稿子你先别写了，不是我替马跃说情，主要是这水实在太深，没搞清他们使的什么花活前，一动不如一静。"

"可是我已经交稿了啊，社领导都审过了，明天就要见报了。"

张振宇一下子沉默了，很久很久，听筒里传来他前所未有的严肃口吻："呼延，接下来我说的每一个字，你都要听仔细了。"

呼延云一悚："你说。"

"虽然我还不明白马跃他们到底想要干什么，但凭直觉，我觉得他们就是想把事情搞大，'激'你写出这么一篇耸人听闻的稿子。所以那篇稿子，你无论如何也要拦住，绝对不能发出去，不然一定会掀起轩然大波。"

"掀起轩然大波又能怎样？"

"迫于舆论压力，有关部门一定会开展专项整治行动。"

"那不是挺好的吗，能彻底打击血头和非法组织卖血了。"

"好个屁，那样的话会发生'血荒'的！"

"血荒？"

"你忘了我跟你讲过的，不算那些手术需要用血的患者，北京平均每天有超过两千人得靠长期输血来维持生命，而无偿献血的供血量少得可怜，根本不够用。能维持现在这个局面，不管你爱听不爱听，我都要说：血头们还是起了一定作用的。尤其组织集体卖血，那是占了血源的大头的。依法取缔没问题，但必须提前做好应急预案，否则，很多病人都未必能熬得过这个秋天……"

抬起头，窗外的天空，凝伫着一缕灰色的寒云。

他心有不甘："张振宇，救死扶伤是崇高的事业，总不能统统变成交易吧。"

"交易好歹有个明码标价，'崇高'可就是上不封顶了。"

一语惊醒梦中人，呼延云看了看书桌上的台钟：下午四点，距离报纸下印厂还有两个小时。

他对着手机喊了一句"我现在就去报社"，挂断电话就往楼下跑，打了辆出租车去报社。路上他给刘述打了个电话，说稿子有大问题，千万别让沈总签付印样，具体什么原因等自己到了报社当面说明。这时已经是晚高峰的起步时分，从家到报社，一路上要经过无数个堵点，只看见计价器跳表，不见车子动弹。等到了报社的时候，已经是五点半了。他扔下一张百元钞票，连找钱也不要，拔步就往楼里跑，在编辑部门口，跟刘述撞了个满怀。

看见刘述手里拿着一摞报纸大样，上面已经签了沈总的名字，他心里一紧："付印样？"

"最后样[①]……到底稿子出什么大问题了？"

也就是说，现在是拦截稿件的最后机会。

他拉着刘述就往副总编辑办公室跑，一开门，关山正在跟主持报社采编业务的沈总谈事，见呼延云火急火燎的样子，让他先说。

呼延云把整个情况说完，沈总和关山、刘述面面相觑："也就是说，你的稿件所叙述的暗访过程是没有问题的，只是你怀疑可能被人利用？"

他点了点头。

关山说："呼延，记者只是新近发生的事实的记录者，只对新闻真实负责，至于新闻背后所包含的意义和衍生的舆论，应该交给读者和社会去解读和评判。所以，你的稿件只要在真实性上没有问题，就可以发表。"

"这回不一样。"呼延云说，"以往的稿件，无论正面报道还是负面报道，在引起舆论关注和有关部门重视之后，都会向好的

[①]一份报纸，美编做版后一般会出四遍纸质大样，供编辑修改：首先是一遍样，这一遍改动最大；然后是二遍样，相对而言就只是个别字句的调整；第三遍是最后样，原则上非硬伤一律不改；最后样领导签完，再出来的就是付印样，即"交付印厂印刷的版样"，再不能改动，美编将排版文件存在MO盘里，交值班编务送印厂。

方向发展，但这一篇很可能引发血荒，对患者的生命安全造成威胁。"

"这些只是你的想象，并无证据可以支持。"

"等有了证据，一切就都晚了。"

沈总说话了："呼延，你有没有想过，假如稿子刊发后产生影响，有关部门打击非法组织卖血，短时间内确实会对个别患者的用血产生影响。但从长远看，还是会让我国的医疗献血越来越规范化、合理化——"

"问题在于，您不是那个'个别患者'，我也不是。"呼延云打断他道，"我们总不能拿着别人的性命当社会改良的代价吧。"

"有话好好说，你这是跟领导讲话的态度？！"关山斥责道。

沈总笑了笑："这样吧，呼延，我跟两位主任开个会，商量一下你的意见。毕竟最后样阶段撤头版转三版的稿件，可是咱们报社从来没有过的事情。"

呼延云气呼呼地出去了。

站在楼道里，他开始胡思乱想：看样子，沈总他们十有八九是不同意撤稿的，到时候该怎么办呢，只有去找更高的领导反映情况了。可这样一来就越了不止一级，在职场中是大忌，将来恐怕一年四季都有小鞋免费供应了……

副总编辑办公室的门开了，刘述露出个脑袋，喊他进去。

一进屋，沈总就问："你手里还有备稿没有？"

呼延云先是一愣，然后醒悟过来，喜出望外："有有有，有一篇李扬写的，讲秋冬心血管保健的。"

"字数呢？"

"四千多字。"

"那就先换成这篇吧，只是现在重新找头版头条已经来不及了，只能继续头版转三版，可那样一来三版肯定填不满，至少要加四分之一广告。这个，你自己去找广告部想办法。"

"没问题！"呼延云满口答应道，然后跑到广告部商量加广告的事情。

谁知他刚一开口，章娜就火了："你当广告是大风刮来的，加了撤撤了加的？"

呼延云只好哄她："有个广告客户，做老年人产品的，过两天我给你介绍认识，算你的业绩，行不？"

看章娜不作声了，他赶紧回到编辑部，从稿件库里把李扬那篇稿子找出来，稍加编辑就发给美编做版。大约两个小时以后，他亲自拿着头版和三版的版样找沈总签了付印样。

大功告成，他长出了一口气，去向刘述道谢。刘述指了指正坐在采编平台角落里敲稿子的关山："要谢就去谢他，是他跟沈总说，你那篇稿子并没有时效性，不如暂时搁置。回头咨询一下血液中心，了解一下血库存量，以及有关部门如果展开针对非法卖血的专项打击，是否会影响在京患者的正常救治，再决定发表时机。"

呼延云心里一暖。

回家的时候，坐在晃晃悠悠的9路公交车上，他给张振宇发了条短信，告诉他稿件拦截成功，很快张振宇的回信就来了——

"好哥们儿，周末请你喝酒，我把袁莹叫上。"

看到袁莹的名字，呼延云有些惆怅。他很想再见到她，可是上次聚会时，从她望向张振宇的目光里，他看到了一些特殊的意味……此外，还有一个谜团，跟鬼笑石案件相关的谜团，应该当面向她问个明白，但他不确定自己真的站在她面前的时候，有没有勇气开口。

呼延云怎么也不会想到,当初那个坐在自行车后座上的女同学,居然会让自己这样烦恼。

报社有条不成文的规矩,由于报纸出版的前一天,编辑们的工作比较辛苦,所以出版当天在考勤上不做要求——周五,呼延云来到采编平台的时候,已经是下午,偌大一个房间里依然没有什么人。他翻了翻编务放在自己桌子上的最新一期报纸,忽然想到,还是应该和刘述、关山商量一下暗访南下洼村那篇稿件,看看怎样修改和完善,可是俩人都不在座位上。呼延云想八成他们又被领导叫去开会了,敲了敲会议室的门就闯了进去。谁知满满一屋子人,除了广告部的同事外,还有几个穿着十分商务的客人。长桌上摆着矿泉水和一张张摊开的样报,显然是正在和客户洽谈合作。

他一边说着"对不起"一边往后退,忽然有个人冲他扬了扬手,正是窦京,站起身走过来,跟他一起出了会议室。

呼延云很惊讶:"窦叔叔,您怎么来了?"

窦京笑着说:"我是陪老年养生促进会的邢会长来跟你们报社谈合作的,不是我自己的事儿,所以就没提前跟你打招呼。"

"那行,我就在采编平台,会散了您先别走,我介绍一位广告部的同事,今后您可以直接跟她对接。"

"好嘞!"窦京想起了什么,"对了,你那个手机我没有找回来。上午你那篇稿子一发,中午工作组就进驻南下洼村,那帮保安吓得都不知道跑到哪儿去了。"

呼延云蒙了:"什么稿子?"

"就是你暗访南下洼村那篇稿子啊。"

"那篇稿子……没见报啊?"

窦京也糊涂了:"那怎么好多网站都转载呢,评论区刷刷刷的刷个没完。"

呼延云冲到采编平台,打开电脑上网一看,果不其然,各大门户网站都在显要位置刊发自己采写的那篇南下洼村的暗访稿,标题改成——

《〈医药周报〉记者暗访非法卖血遭遇死亡囚禁!》

底下评论区的评论怎么翻都翻不到底,且还在往上盖楼:"祝愿非法组织卖血的人全家死光""吃人血馒头不得好死""不把这些人枪毙还留着过年吗""没有市场就没有买卖,对那些从不法渠道买血的人一样要严惩不贷"……

呼延云滑动鼠标的手指在颤抖,隔着电脑屏幕,仿佛听到了震耳欲聋的喊杀声。

这到底是怎么回事?

他发了疯一样在采编平台上转来转去,翻看每一台桌子上的每一张最新出版的报纸。没错啊,头版转三版都是秋冬心血管保健的稿子,并没有刊登南下洼村的暗访稿啊?

呼延云决定去找沈总问问,敲开副总编辑办公室的门。除了沈总,刘述和关山也在里面,三个人都神色凝重。

呼延云一看就明白,他们已经知道了:"到底咋回事儿啊?"

"呼延,昨天晚上你撤换完报纸上的稿子,有没有通知各大门户网站?"

他目瞪口呆。

照业内的规矩,如果报纸与网站事先达成同步刊发的协议,那么报纸上的稿子撤了,责任编辑应该在第一时间通知网站也撤。谁知自己昨晚忙着换搞,竟把这事儿忘了个干净,所以,今天上午各大门户网站才按照事先的约定,把稿子发了出来……

回到采编平台，整整一下午，呼延云就坐在座位上发呆。自己作为三版编辑，没有在撤换稿件的同时提醒大报网站的编辑，对这一事故要负完全责任。看网民对这篇稿件的反应，情绪十分激烈——群众的眼睛往往在事后才是雪亮的，而事发时他们更习惯用骨头而不是脑子思考问题。深谙这一规律的媒体，这些年通过舆论发酵而倒逼官方采取举措的事例数不胜数，虽然绝大多数从出发点到结果都是好的，但也不乏一些负面的例子。如果真像张振宇预测的那样，有关部门对非法组织献血展开专项整治行动，万一出现"血荒"怎么办？那样一来，各大医院里等待输血救命和手术的人们，岂不是全被自己给坑了？

阴影。

靠窗的地板上，有一些鱼骨般嶙峋的影子。

抬起头，透过绿色的格子长窗望向外面，才发现那是白杨树稀疏的树枝在暮光中的投射。

不知不觉已经这么晚了吗？

奇怪。

呼延云突然意识到了什么，拿出手机看了看，没有来电记录，也没有短信。

出了这么大的事，怎么直到现在，张振宇没有一点儿消息？

以那个家伙的臭脾气，不是早就该打电话过来，把自己的耳膜骂裂了吗？

怀着一种找骂的心情拨打了张振宇的手机号。

"您所拨打的电话已关机，请稍后再拨。"

呼延云不安起来，犹豫了片刻，拨打了另外一个号码。

这回没有关机，但等了很久才接通，投入他耳鼓的先是一片嘈杂的叫骂声，然后才是那个他期盼听到的声音："喂？"

"袁莹,我是呼延,你在哪儿啊?那边怎么那么乱?"

"军三儿和几个血头带着好多人打到公司来了……"

话筒里传来东西被推倒的哐当声和玻璃被打碎的啪啦声,在袁莹一声"别打人啊"的高喊之后,通话中断了。

再打过去多少遍,都没有人接听。

呼延云冲出报社,拦了辆出租车。一路上他都在挂念袁莹,直到车停在"旺西写字楼"的楼下,他才有些惭愧地想:不知道张振宇咋样了。

坐电梯来到十层,楼道里静悄悄的,没有一点儿声音。由于好几盏壁灯被打坏,地上明暗交错,走近了才能分辨出这儿一摊纸,那儿几只鞋,好像被洗劫过似的。张振宇办公室的两扇黄色对开门大开着,走进去一看:茶几被打烂了,绿植倒在地上,写字台的所有抽屉都被强行拽开,有的歪挂在屉斗,有的倒扣在桌面。老板椅被捅了好几个窟窿,露出里面的海绵,附近的地面有星星点点的血迹。有个人蹲在地上,拾掇散落的文件,将它们放回玻璃被砸碎的书柜里。

听到动静,那人抬起头,原来是邓云鹏。

"我跟张振宇联系不上,过来看看。"呼延云说,"你们这儿怎么了?"

"还不是托您的福。"

"什么意思?"

"您那篇稿子把所有的血头都写成反面形象,就树立了我们当正面典型,他们能不来'参观学习'吗?"

"可我没写你们公司和张振宇的名字啊?"

"圈子就这么大,谁还不知道谁。本来他们就恨我们乱了行规,坏了他们的生意,你这一匿名,他们更觉得我们是在玩儿阴的，串通媒体来砸他们的饭碗了。"

"地上那些血是谁的？"

邓云鹏没理他。

"问你呢，到底是谁的？"

"张振宇的，脑袋被人开了，流了不少血。袁莹替他挡了几棍子，也被打得不轻。"

呼延云一听急了："那你怎么不报警？"

"张振宇不让报警，跟袁莹一起去都西医院了。"

在急诊大厅门口，呼延云看到袁莹正和几个人推推搡搡，以为军三儿那伙流氓欺负到医院来了，赶紧冲上去，走近了才发现都是各大媒体跑健康口的记者。平日里在新闻发布会上经常碰见的，明白他们是得到风声，专门赶来采访张振宇——既然《医药周报》抢了个如此轰动的独家新闻，后续报道他们可不想再错过。

呼延云好说歹说，总算把他们劝走了，回头见袁莹揉着肩膀，赶紧问："伤得重不重？"

"我没事。"袁莹说，眼睛里却泛起了泪光。

呼延云正想跟她解释，袁莹突然朝急诊室里面跑去，原来是额头上裹着纱布的张振宇从诊室里走了出来。她扶着他在候诊椅上坐下，蹲在他身边，抓着他的手，不知道在说些什么，一双漂亮的大眼睛里满是关切。

张振宇神情呆滞，直到不经意间抬起头，看到呼延云的那一刻。

他一下子站了起来，大步走到呼延云面前，一把攥住他的手腕，拽着他往楼道深处走。拐过弯，来到一处没人的角落，张振宇将他使劲一抡，后背"哐"地撞在墙上，疼得他"哎哟"一声。

"你还是不是个爷们儿？你嘴里还有没有句实话？你说稿子撤了，为什么现在网上铺天盖地都是那篇稿子？！"张振宇一对儿眼珠子瞪得几欲爆裂。

还没等呼延云说话，张振宇指着他的鼻子破口大骂起来："打高中那会儿，你就觉得自己永远正确，永远大义凛然，下楼买个干脆面你都昂首挺胸跟他妈充了二百斤正气似的。其实呢，你就是个蠢货，24K的十足蠢货！像你这样的人我见得多了，自己是个单细胞生物，把世界也看得一样简单，不管啥事儿都用一条直线划成对立的两极：好就是好，坏就是坏，好人就好得跟纯净水似的，坏人吐口唾沫都能提炼出砒霜来。你们根本不在乎现实有多么复杂：黄牛、血头、无照摊贩，这些在你们眼里十恶不赦的坏蛋，很多时候就是能给最底下的人透口气。他们当然不是啥道德楷模，他们只是一群靠着打擦边球混口饭吃的边缘人，可是也轮不到你们这群脑子里塞了一层又一层过滤网的浑蛋对他们喊打喊杀——说到底，能推着这个世界往前走的一切一切，那下面装的轮子得是圆的而不是方的！当然，你们才不管这些呢，凡是跟你们迷信的那些大道理对不上号的，在你们眼里统统该死。一把年纪了你们还不明白：人不是按照道理活的，如果道理不让人活，那该死的是道理而不是人！"

这时袁莹跑了过来，见两个人正在对峙，赶紧挡在了张振宇的身前。

一看这情形，呼延云更加心寒，不想再替自己辩解，只淡淡地说了一句："我写的都是实话……"

"放屁！那些患者呼吁让政府管一管'吸血鬼'是实话？没

有一个买血的人会说这种话！那些说只有打击血头才能促进无偿献血繁荣是实话？说这种话的人连缺血的真正原因都没搞清楚！"张振宇将袁莹扒拉到一旁，继续冲着呼延云吼道："你那篇稿子一煽风点火，甭管在医院扎零活儿的还是组织集体献血的，统统得清场，至少几个月恢复不了元气。而血液中心的库存量，正常日子口还青黄不接呢，现在一下子把大动脉掐断了，到那时候要是不闹血荒，我他妈跟你姓儿！"

袁莹劝他道："别把话说死，事情也未必就真的发展到那么严重。"

"你不懂，这事儿来得太诡异，太突然了。事不寻常必有妖，虽然我还没想明白，到底是什么人在背后搞鬼，目的是什么，但凭直觉，我感到这场戏才刚刚开演，后面还不定憋着什么大招呢。"张振宇把后背靠在墙上，有气无力地说，"100减1等于99，作为数学题，答案正确，可有些事儿就不见得了。准备不充分的时候，上来一刀切掉一个坏的，接下来滋生出的也许会更坏。到那时，100减1不但不等于99，那答案很可能是0，甚至是负数。"

见呼延云的脸涨得通红，袁莹拉着他走出了医院。

沿着一条小路，踩着嚓嚓响的落叶，他们来到一条小河边。一轮月光洒在河面上，银晃晃的。倚着白色的石栏，呼延云把自己虽然撤换了稿件，却忘了通知各大网站的经过，原原本本地讲了一遍："我能理解张振宇的心情，可他骂得也太难听了。"

袁莹笑着说："张振宇就是那么个脾气，来得快去得也快。别看是老同学，我和邓云鹏工作上出了岔子他照样骂，你别怪他。"

"那会儿,我从派出所回家以后,歇了好几天,回到学校才知道,你们仨都转学了。"呼延云话赶话地问,"我一直没弄明白,你们后来怎么走到一起去了?"

"我大学也考上的北京工商大学,跟张振宇不是一个系,校园里遇上的。不过他那会儿很少和同学交往,连走路时都是低着头溜着边儿,一副不想让人注意到的样子。大学毕业后,几年没有他的消息,后来他突然联系我,说想开一个劳务公司,问我有没有兴趣跟他合伙。我那时刚刚辞职,想找个地方先干着,就答应了。来了以后发现邓云鹏也在,聊天时才知道,高中转学后他们俩一直有来往。"

"做了你的老板以后,你觉得张振宇跟过去比变化大吗?"

"高中那会儿,我和他交往不多,就觉得他一天到晚玩世不恭的。一起工作以后,发现他年纪轻轻的,做起生意来十分精明。商场如战场,在里面混的个个都是人精,可他处事老到,游刃有余。难得的是自己赚钱,又不让竞争对手输得太难看,必要时还会帮衬对方一把。在这个圈子里,算是难得的仁义了。"

呼延云望着她,轻声说:"看得出,你很喜欢他,对吗?"

袁莹歪了歪脑袋,白皙的面庞浮起羞赧的一笑:"也许是吧,朝夕相处,一起工作了这么久,慢慢就……"

"你真的了解他吗?这次见面,虽然他对我一副热火朝天的样子,可我总觉得有些夸张,好像是为了掩盖一些不想让我知道的东西,故意表演给我看的。"

"也许是吧,玩世不恭也好,热火朝天也罢,都是他掩饰自己的方式,只是根据时间、对象的不同,做出的不同表现而已。"袁莹说,"对我而言,无所谓,你要是真的想和一个人一直在一起,重要的是结果,而不是答案。"

呼延云点了点头:"那么,你不会觉得别扭吗?"

"别扭?"袁莹想了想,懂得了他的意思,淡淡一笑,"都过去那么多年了,我不想再被那些不愉快的事情纠缠。"

呼延云凝视着她。

袁莹笑道:"怎么了?干吗这么看着我?"

呼延云转过头,望着河面那波光粼粼的起伏,慢慢地说:"你真的把鬼笑石案件彻底抛在脑后了?"

"对啊,不然又能怎样?"

"可刘恋是你当年最好的朋友,你不想搞清楚她真实的死因吗?还有,那毕竟是我们学生时代共同经历过的一场灾难——一个一旦经历就永生难忘的可怕的灾难。"

"你说的都对,可正因为那是一场可怕的灾难,作为一个生还者,我逃避它,把它抛在脑后,不再去回忆它,难道有错吗?"

"你撒谎。"

"啊?"

呼延云重新把视线投向她:"我说,你撒谎。"

袁莹有点儿生气:"老同学一场,又是多年不见,你用不着这样说我吧。"

"我这样说是有根据的。"呼延云平静地说,"就在我第一次到'旺西写字楼'的时候,在洗手间撞见一个保洁阿姨。尽管她戴着口罩,把头埋得很低,但我还是把她认出来了。"

"谁啊?"

"孙萍。"

"孙萍是谁?"

"闫虎的妈妈——闫虎就是鬼笑石案件中的那个男性死者,当时警方推断他是对刘恋图谋不轨时,被刘恋反杀了。但闫虎的妈妈坚决不相信儿子会做出那样的事，反而认定张振宇才是制造了命案并嫁祸给他儿子的真凶。这些年来，她走遍万安山的角落，寻找给儿子翻案的证据。"

"她怎么会在我们的办公楼里做保洁？"

"当然是为了接近张振宇，这样做的目的，要么是寻找他的犯罪证据，要么是找机会杀死张振宇给儿子报仇。"

"这也太可怕了……"

"我问过'旺西写字楼'的物业，他们说孙萍是自己应聘来的——但是我坚信，她是被你引进来，潜伏在张振宇的身边，伺机而动的。"

袁莹目瞪口呆："你……你简直胡说八道！我从来就不认识什么孙萍，怎么可能把她引到张振宇的身边来？！"

说完她转身就要走。

然而呼延云接下来的话，却让她瞬间僵立在原地——

"就在前几天，我曾经和朋友一起去爬鬼笑石。经过废弃的北法海寺时，忽然听到一记钟声，走过去一看，原来是孙萍正在敲钟。敲完之后她又用一块抹布擦拭'敬佛碑'，然后才慢慢离去……"

袁莹缓缓转过身，望着他。

"从始至终，在孙萍的身边一直有个女孩相伴。虽然我只看到了她的侧脸，但在张振宇的办公室第一次见到你的时候，我就认出来了——那个女孩，就是你。"

第四章

"所以我说,你撒谎。"看着袁莹呆若木鸡的样子,呼延云说,"你并没有把鬼笑石案件抛在脑后,恰恰相反,你跟这起案件的几乎每一个当事人都保持着联系。一方面成为犯罪嫌疑人的下属,一方面又帮助受害者的家属秘密接近犯罪嫌疑人……我很好奇,你这样做的目的是什么?"

袁莹凝视着他,双眸在黑暗中闪烁着微光。

很久很久,她侧过身,面朝波浪起伏的河水,嘴角浮起一丝苦笑:"你说得对,我是撒谎了。十年了,我好像一直在通向鬼笑石的那条山路上徘徊。走过来,走过去,我想要找到一条下山的路,可就是找不到。我想不光是我,还有张振宇、邓云鹏、孙阿姨——也许还有你,我们都没有找到那条下山的路。"

呼延云没有说话。

"你也说了,我是刘恋最好的朋友,鬼笑石案件发生以后,每年她的祭日,我都会去她家里看望她的爸妈。一开始,我还担心这样会不会刺激他们想起伤心事,后来我发现不会的,因为对于失独的父母来说,剩下的日子就是回忆,就是把孩子活着时候的样子反复咀嚼,用嚼出来的苦水作为活下去的唯一滋味。一年,十年,就算剩下的生命还有一百年,也是一样。那种可怕的煎熬,根本不是普通人能想象的……后来刘恋的父亲病死了,就剩下老太太一个人，实话说，那已经不是一个人了，更像是一个孤魂野鬼。去年我去看她的时候，她瘦小的身体套着松松垮垮的衣服，坐在棺材一样黑咕隆咚的屋子里，呆呆傻傻的。临走时我拉了一下她的手，又冷又硬，那与其说是手，还不如说是一把白骨。

"每一次从刘恋的家里出来，我都更加坚定一个信念：我一定要找出鬼笑石案件的真相。对于失独的父母来说，最痛苦的就是不明白'我的孩子为什么会死'？可这个案子偏偏就是没有个确切的答案。刘恋那么小的力气怎么能反杀闫虎？奔逃下山的时候又怎么会失足吊死？当然，我想要找到真相的理由还有一个：我不知道你有没有想过，反正我这些年一直在想，也许刘恋遇害的时候，恰恰就是我沿着主路走向鬼笑石的时候。同一个时空，相隔只有几百米，我走过去了，而她却再也没有走过去。假如当时我俩调了个个儿呢？一想到这里我就毛骨悚然，老天爷让我活下来了，应该不仅仅是个偶然，还想让我为冤死的同学做点儿什么……"

"就因为那个梦太真切了，所以在你的潜意识里，觉得刘恋其实是'替'袁莹死的？"

林香茗的话，忽然回响在呼延云的耳畔。

"最初，我仅仅是翻查当年报纸对这一案件的报道，从没想过自己会再一次走近鬼笑石——你知道我胆子一向很小的。但是在大学里重新遇到张振宇之后，我发现他总是鬼鬼祟祟的，好像在刻意远离我，让我对他在那起案件中的真实面目产生了怀疑。于是我鼓起勇气，重新来到万安山，走到案发现场。我以为会像电影中那样，看到一片阴森森的、冤魂不散的密林，谁知那天天气晴朗，闫虎和刘恋遇害的那片山地上，草木茂盛，鸟语花香，好像什么都没有发生过一样。

"就是在那儿,我遇到了正扒拉着草丛寻找证物的孙阿姨。我在报纸上看过她的照片,可是眼前的她已经变成了另一个人,特别特别的苍老和呆滞。当我把自己的身份告诉她的时候,她像被突然唤醒一样,反复向我了解案发那天我看到和经历的一切,不管我讲得多么细致,她还是在问,用哀求的口吻,直到我一遍遍地告诉她,我真的回忆不起什么了……然后,我眼睁睁地看到她的表情从'希望'到'失望'到'绝望',最后重归麻木。

"那以后,我经常来看她,除了在山野间找证据的时候她还有点儿精气神外,剩下的时间都是傻傻的。一开始我并不想和她走得太近,毕竟刘恋就算不是被她儿子害死的,她儿子也脱不了干系。而且说到底,还不是她教子无方,才酿成了这么大的一个惨剧?但时间久了,我渐渐开始同情她,无论她儿子有多坏,她也只是一个失去孩子的母亲。所以我每次去的时候,都会给她买点东西,帮她干些活,陪她去撞那口钟,擦擦'敬佛碑'什么的。刚开始我不知道她为什么这样做,后来碰上了一个经常来看她的石叔叔,才知道她是在用这种方式给儿子招魂。那一刻,我突然明白了,这么多年,正因为坚信自己的儿子是无辜的,她才能不管风吹雨打,坚守在万安山上的小破屋子里,搜寻着连她自己都不知道是个什么样子的'证据'……她的坚定让我也开始怀疑:闫虎真的是鬼笑石案件的始作俑者吗?

"我相信,孙阿姨是感受到了我内心的变化的,所以慢慢和我熟悉了起来。不过她因为儿子的死,精神受了很大的刺激。加上南下洼村的村民,除了石叔叔等少数几个人,都说她是强奸杀人犯的妈妈,对她很是冷漠,所以她很少下山,语言能力也退化了,说话慢吞吞的。偶尔跟我聊上几句,她总是回忆在北大荒的日子，特别是她的'家'。

"她说她原本是北京知青，因为家庭成分不好，来到北大荒以后进不了兵团，只能插队，吃了很多苦。然后跟很多返城无望的人一样，嫁给了同在一个集体户的知青。农场为了支持'扎根'，腾出一间屋子给他们当婚房。孙阿姨和闫虎爸爸用报纸糊了顶棚，擦干净门窗，挂上碎花布窗帘，过上了小日子。

"每次回忆起这些，孙阿姨都会两眼放光，仿佛那是她这辈子最快乐的一段时光：她和闫虎爸爸用柳条子扎起篱笆，圈了个小菜园，种上豆角、丝瓜、黄瓜、茄子、西红柿、白菜，还搭了个鸡棚，养了十几只鸡。多亏了这些鸡，她生下闫虎后没有奶水，就用鸡蛋黄兑在白菜汤里给他喝，才保证了儿子的营养。孙阿姨说，闫虎小时候又馋又淘气，照当地话讲就是'一手薅鸡毛，一嘴塞鸡屎'，为此出过好几次事儿：掏蜂窝被蜇得满脸包，抓泥鳅差点儿掉河里淹死，摸鸟蛋从树上掉下来，偷水利工人的包子时搞炸了雷管……不过孙阿姨觉得这恰恰说明闫虎命大——每次她说到这里，我就得赶紧把话题岔开，不然她就又该犯病了。先是直眉瞪眼，然后不停地念叨，说我儿子没死，一定没死，一定不会死，接着开始呜咽……

"有时候，我也想跟孙阿姨好好谈谈，劝她不要再孤零零地守在山上，日复一日、年复一年地找那些根本不存在的东西。后来又一想，不行，因为我觉得，之所以她不像刘恋的妈妈那样，变成个人不人鬼不鬼的样子，就是因为心里还存着个念想，支撑着她没有倒下。因此我每次来，就那么陪着她。时间一长，她对我越来越依恋，每次我要走她都舍不得。有一次她看见我穿的乞丐裤，非要给我把膝盖上的'窟窿'补上，我哭笑不得，只能由着她。她坐在板凳上，一边穿针引线，一边哼起一首歌，很好听。我问她是什么歌,她说歌名叫《幸福不会从天降》,那时候北大荒的知青都会唱这首歌。她特别喜欢第二段:'莫说我们的家乡苦,夜明宝珠土里埋,只要汗水勤灌溉,幸福的花儿遍地开'——他们那一代人就是那么单纯,就是相信:只要努力耕耘,就一定会收获幸福……

"闫虎五岁的时候,随着政策放宽,北大荒的好多知青开始'曲线返城'①。孙阿姨跟闫虎爸爸一商量,由于闫虎爸爸是河北白沟人,离北京近,决定干脆先全家搬回白沟去。证明开了,户口销了,就连行李的托运都办妥了,谁知就在临走的前一天,突然出了事。他们家附近有一口水井,这天跟他们住邻居的一家知青,男的打水的时候,水桶掉进井里。他抓着井绳,让人慢慢摇着辘轳往下放,打算把水桶捞出来,才下到中间,就扑通一声掉了下去。井上面的人见了,忙喊救命,闫虎爸爸跑过来下井去救人,也是到了中间就掉了下去……两个人被捞上来的时候,都没了气儿。后来才知道,那口井严重缺氧,才要了两条性命。孙阿姨说她那阵子白天黑夜的哭,寻死的心都有,可一看闫虎还那么小,把牙一咬,带他回到了闫家庄。一个寡妇带着个孩子,在那人生地不熟的地方,日子过得别提多艰难了。婆家嫌多了两张吃饭的嘴,乡里乡亲的也把他们当成外乡人,没少受排挤。她仗着在北大荒练出的筋骨,硬是拼出了一条活路。"

"那么,她到'旺西写字楼'当保洁工,又是怎么一回事呢?"呼延云问。

"认识了孙阿姨以后,我从来没有对她讲过,我曾经跟张振宇在大学校园里重逢的事儿。因为我觉得毕业已经几年了,再没

---

①先把户口转到原住城市附近的农村地区,再慢慢想办法办回城里。

有张振宇的音讯，孙阿姨的执念又深，何必拎出这么个话题来惹她犯病呢？所以张振宇突然打电话要我跟他合伙开公司的时候，我惊讶极了，等见到邓云鹏，一个可怕的念头从我心里一闪而过：这么多年，其实张振宇一直在暗中监视我们，现在要把我们跟他牢牢地绑在一起，更利于他控制。不过在表面上，丝毫看不出张振宇有这一意图，他就是带着我们一起做事业，吃苦在前冲锋在前的。很快，忙于工作的我就没了防范之心，成为他最得力的助手，只有偶尔去山上看孙阿姨的时候，心里才会升起一丝愧疚。

"也许就是因为心虚吧，有一次我在孙阿姨家的时候，手提包里的手机响了，我怕是张振宇打来的，掏手机的时候慌里慌张的，名片夹掉在地上。等我走了以后，孙阿姨看见了，以为是很重要的东西，就下了一趟山，照名片上面的地址给我送了过来——'旺西写字楼'离万安山有一定的距离，但也不算太远。在公司门口的马路对面，她亲眼看见我和张振宇一起走出写字楼……她打电话约我见面，满脸怒火，问我怎么会跟张振宇在一起。没办法，我只好实话实说，她破口大骂，不管我怎么道歉，怎么哭，她还是骂个不停。

"后来很长一段时间，我没有再去看过她，我很想她，很惦记她，可又怕见了面，还是挨她的骂。有一天下大雨，我没带伞，晚上下班回家时，张振宇撑着一把大伞送我过马路坐车，走到路当间的时候，迎面有个穿灰色雨衣的人慢吞吞地走了过来。虽然她把雨帽的帽檐压得很低，但出于一种直觉，我感到心里凉飕飕的。擦肩而过的一瞬间，我上前一步挡在了张振宇的身前，然后我亲眼看见：一把已经探出雨衣的尖刀收了回去……那一夜我都没有睡好，第二天我上了万安山，走进孙阿姨的小屋，她坐在床上,身边是石叔叔,正用筷子给她搅拌感冒冲剂,说她昨天冒雨外出受了风寒。我指着墙上挂着的那件灰色雨衣,问孙阿姨为什么要杀张振宇?这一下把石叔叔吓得不轻,问我怎么回事?我把事情的前后经过一讲,孙阿姨也不否认,咬牙切齿地说要给儿子报仇。我气急了,冲她喊,说杀人是要偿命的,何况这么多年了你找到张振宇是真凶的证据了吗?她就骂我,说我是叛徒、两面派,石叔叔怎么劝也劝不住,最后我一句话,孙阿姨哑巴了——"

呼延云问:"你说的什么?"

"我说:你要再这样,我就再也不来看你了。孙阿姨一下子就愣住了,好久好久,她耷拉着脑袋不说话,脸上满是孤苦和无助。我知道,其实她是多么多么地盼望我能像过去一样,经常来看她啊!"

说到这里,袁莹擦了擦溢出眼角的泪花:"看她那个样子,我也心软了,虽然又说了她几句,但口吻更像是当闺女的呲儿不听话的妈妈。石叔叔在旁边帮着我批评她,话说得前言不搭后语的,但总之是不许她再胡来。孙阿姨哭了,说张振宇就是鬼笑石案件的真凶,可是谁都不信她……最后总算是保证不再去杀张振宇了,不过她提出一个条件,让我安排她接近张振宇,寻找证据。我一开始不同意,觉得这不是给张振宇身边埋雷么。后来一想:不答应她,她还不定出什么幺蛾子;答应下来,把她放在我身边,不是更便于我看着她吗?所以就同意了。"

"你就不怕张振宇发现孙萍是当年差点儿把他砸死的人?"

袁莹摇了摇头:"他一个公司老总,哪儿会注意到一个天天戴着口罩搞卫生的保洁阿姨?"

"那么,孙萍在张振宇的身边找到什么证据了吗?"

"就算张振宇是凶手,怎么可能把十年前的犯罪证据藏在自己办公的地方?这是正常人动动脑子都能想到的。只有孙阿姨那么傻傻的、轴轴的人才会冒出这么古怪的想法。"

他们一起沿着来时的小路往回走,呼延云问:"邓云鹏知道孙萍'潜伏'在你们公司的事儿吗?"

"他?应该不知道吧,其实这些年他跟我们若即若离的。"袁莹说,"据我所知,他高中毕业后没考上大学,在一些地下乐队串游了几年,一事无成,混得灰头土脸的。一起创业后,他一天到晚懒洋洋的,干啥都提不起劲儿来,工作上稍微遇到点困难就阴阳怪气地发牢骚,经常请假和无故离岗。但张振宇对他很宽容,从来不计较,工资照发。对此他不但没有表示感谢,还总是冷笑……"

想起林香茗对背包套叠的推理,呼延云越发觉得,张振宇对邓云鹏的过度包容,更加说明邓云鹏当年做出的"第一次供述"才是真话:"张振宇为什么对邓云鹏这么好?"

袁莹摇摇头:"有时候,我觉得我们三个人依然是在鬼笑石案件中的样子。我还是不顾一切地往前走,邓云鹏还是躲在阴郁的树林里——"

"张振宇呢?"

"他——"袁莹想了很久很久,才慢慢地说,"他还是一个谜——只是我已经不在乎谜底。"

呼延云一声长叹:"也不知道张振宇这浑蛋修了几世的福,才能有你这么个红颜知己。"

袁莹莞尔一笑。

回到医院,他们俩到急诊大厅转了一圈,没有发现张振宇的踪影。呼延云说:"那小子伤得不重,也许是先回家了。"袁莹拿出手机看了看:"他要走总该告诉我一声,现在连条短信都没有。"说完拨打张振宇的电话,连续几次都被挂断,她一下子紧张起来:"军三儿那帮人不会追到医院来了吧?"呼延云也有些担心:"咱们分头找找。"

沿着一条铺有鹅卵石的小道,呼延云来到住院楼的后花园,这里黑暗而幽静,幽静到能听见假山石后面传来的窃窃私语。绕过去一看,只见长椅上坐着两个人,肩靠着肩,手挽着手,正在聊着什么。走近了才发现男的是张振宇,而坐在他身边的是个衣着朴素,相貌普通,戴着一副眼镜的女人。

张振宇一见他,像被蜇了似的从长椅上跳了起来,神情紧张。

旁边那个女人站起身,大大方方地伸出手:"呼延你好,很久不见了。"

呼延云一愣,没认出她是谁。

"我是杨玉彤啊,高中同班三年,怎么,不记得啦?"

杨玉彤?

班里长得最不好看的那个女生,只记得她皮肤黑,个子矮,还有点儿含胸。

"你们怎么在一起?"呼延云问。

"听说振宇受了伤,我来看他。"

这亲昵的称呼,让呼延云有些恼火,问张振宇:"到底是怎么回事?"

"没什么啊。"张振宇装出一副满不在乎的样子,"我被人打破了头,女朋友来探伤,这也值得大惊小怪?"

呼延云勃然大怒:"她是你的女朋友,那袁莹算什么?"

"哥们儿,你是不是搞错了,袁莹是我的朋友、同事、一起开公司的合伙人。除了这些,我们俩没有别的啊!"

不远处,忽然传来一阵扑簌簌的响动,然后是快速离去的脚步声。

是袁莹,一定是袁莹。

呼延云想要去追她,可是脚下像生了根一样动弹不得,就算追到又能怎样?在刚刚那一番表露心迹的河边对谈之后,目睹此情此景,对一个女人而言,不啻当众被狠狠打脸,难道自己还要去数她的脸上有几道指印吗?

他瞪着张振宇,不知过了多久,上前一把抓住张振宇的手说:"你过来!"然后盯了杨玉彤一眼,意思是你别跟着。

杨玉彤安静地站在原地,根本就没有跟过来的意思。

拉着张振宇来到一处僻静的地方,呼延云才说:"甭跟我打马虎眼,你跟杨玉彤到底是怎么回事?"

张振宇一边押着被他拽皱的衣袖,一边告诉他说,当年从华大附中转学后,他在新的学校跟不上教学进度,成绩越来越差,想找个人帮忙补补课,可周围全是陌生的面孔。无奈之下,他想起了老同学杨玉彤,她是班里的学习委员,各科成绩都非常好,平时孤言寡语,重新见到他之后不会满世界张扬。更主要的是,张振宇合计过,这个女同学虽然家里穷,但从来不要其他同学的小恩小惠——当年自己买镜子赠给女同学们,她理也没理就从小卖部走了出去,所以在补课费用上或许可以压压价。他就打电话给杨玉彤,没想到杨玉彤不仅同意了,还丝毫没有收费的意思。张振宇脸皮奇厚,每周末跑到杨玉彤家里免费补课,一来二去,发现这是个心地善良的女孩。别看张振宇仪表堂堂,没少跟女孩厮混,但对感情的事儿一向不认真,反倒是这个相貌并不出众的杨玉彤,让他感到贴心和踏实。大学期间,两个人就确定了恋爱关系。

"那你怎么不早点儿跟袁莹说?"呼延云质问道,"她还傻乎乎地一直等你向她表白呢。"

"我知道袁莹对我好,就是这样,我才越来越不敢跟她说,怕她一生气,不跟我搭伙开公司了。"

"你这不是利用她对你的感情吗?"呼延云更加生气了。

张振宇用手搓了搓脸,不小心碰到额头上的伤口,疼得龇牙咧嘴:"哥们儿,你就先放我一马吧,我现在心烦意乱的,哪儿有工夫想什么儿女私情啊。"

"瞧把你高尚的,少跟我整这忧国忧民的把戏!"

"不是,我是真的发愁,万一闹起血荒来可怎么办……"

呼延云这才把撤稿的前后经过给他讲了一遍:"这真的只是一次采编流程上的失误——而且,我跟袁莹的观点一样,事情未必会发展到你想的那么糟糕。"

张振宇神色阴沉地摇了摇头:"你以为是走火,我觉得是瞄准。"

犹如暗夜中的决口。先是一注细沙缓缓流淌,然后是一块条石慢慢滚落,再接着是一段土方像斧削似的翻卷而下。截至现在,一切还都是无声无息的,然后,就在一瞬间,刚才裂解的局部,随着轰然一声巨响整体垮塌!裹挟着泥沙的洪水从缺口处喷涌而出,一边怒吼一边将崩溃撕裂得更大,待到昏睡中的人们觉醒的一瞬,触目所及已经是一片汪洋……

后来被以"十月血荒"的名字载入史册的悲剧事件,就是这样一个过程。

一开始,只是刊登在《生活时报》二版的一则新闻:房山区发生一起重大车祸后，救护车把伤者送往附近医院，院方因血库无血而将其转诊到其他医院，结果伤者死在半途。当读者们痛斥医院不负责任的时候，根本没人注意到这则新闻后面隐藏着的重大危机。很快，这样的"转诊"越来越多，特别是一些二甲医院，频频向位于马甸的红十字血液中心就"储血量不够"和"供血量不足"进行报备。紧接着，位于通州、密云和延庆的三大血站都开始出现"入不敷出"的现象。虽然他们都在第一时间将情况上报，但由于三大血站在预警制度上缺乏联网和共享，造成彼此都以为仅仅是在本地发生的局部事件……直到市属各大医院纷纷告急，说血液库存已经见底，不但O型血Ⅱ级预警[①]，连A型血和B型血也Ⅲ级预警[②]的时候，相关管理部门才发现大事不妙。在紧急召开的市卫生系统临床用血统一协调会议上，血液中心给出的数据让与会领导倒吸一口冷气——全市血液库存量只剩三千八百个单位，仅够支撑所有医院三天的用量！会议研究决定：除了急救用血、应对突发用血和孕产妇的抢救用血这三项用血必须保障外，其他择期手术依照患者病情"能延尽延"。对于那些需要长期输血维持生命的患者，根据血项高低值从低到高统一分配血液。与此同时，各大血液制品厂家开足马力生产，并从周边省市紧急调配血浆，"从速缓解本市缺血情况"。

只可惜收效甚微。

血液并非"速成品"，没有献血等于没有原料，纵使生产能力再强也无济于事，何况周边省市的缺血情况同样严重。在市领导牵头召开的电视电话会议上，几乎所有的外省官员都叫苦连天，仿佛不是来救援的而是求援的。在冗长而沉闷的会议尽头，

[①]择期手术中要用到某一类型血的病人不再接收。
[②]预期用血在两个单位以上的择期手术全部停止。

一位基层医院的代表小心翼翼地提出：是否可以恢复有偿献血以缓解危机？遭到了一致的否定，毕竟就在同一时间，多个工作组正深入一线，检查各个街道、社区是否存在行政献血的现象。那位基层医院的代表又提出，可否对全市发出无偿献血的总动员，但这一提议又被否决了，一来为了社会的和谐稳定，目前对"十月血荒"的一切信息仅限于内部掌握，不能扩散。另外根据以往的经验，这样的动员往往是雷声大雨点小，"现在的人们对于无偿献血的认知并不比九十年代提高多少"，更何况统计数据表明，一直以来，在血库总储血量中，无偿献血占比还不到30%。换言之，对于本市庞大的用血人群和他们庞大的用血需求而言，无偿献血能够提供的用血量只是杯水车薪。

解开死结的唯一办法，看来只剩下互助献血了。然而来京做大手术和治疗血液病的，以外地患者居多，临时根本不可能找到那么多"亲友"。何况就算把七大姑八大姨都从老家叫来，按照《献血法》的规定，单人单次采血量最多四百毫升，两次采集的间隔期至少半年。他们的献血也许能够支持一次大手术，但对于那些患有白血病、再生障碍性贫血、骨髓增生异常综合征，需要长期输血的患者而言，远远不够维持生命。有些医院迫于无奈，暗示患者家属去找外面的人"帮忙"，但他们人生地不熟的，怎么可能在短时间找到血源？还有，就算有幸找到了，这样的"帮忙"必然不是义务的，一旦涉及费用，又该如何定性？要知道这段时间的舆论风向已经开始强调"一个巴掌拍不响"了，有份报纸发表的评论员文章就是代表，它套用热播电视剧的名字，义正词严地指出："如果那些用血的患者敢于向血头'亮剑'，怎么可能助长这股歪风邪气？"当然，这位评论员实在是高估了患者们的体力，假如他愿意走进血液病房去看一看，就知道他们不要说拔剑，随着血小板维持指数不断下滑，便血和出血的症状大量出现，虚弱得连翻动身体的力气都没有了。尤其是那些小患者，以往他们害怕红色的液体从塑料管缓缓流进身体时，进针部位出现的胀痛感。而现在他们渴望那种感觉，就像渴望病房外面不要再传来父母的痛哭声一样……

随着时间一天天过去，市属卫生系统提交给卫生部的简报上，各种与血荒相关的信息像爬楼一样逐次攀高："各大医院因为严重缺血停掉的择期手术已经在 80% 以上"，"截至下午五点，本市配血申请单被血库全部退回"，"医院公共的血小板仅剩不到十个，而排队手术的患者多达三百人以上"……在这些冷冰冰的数字后面，不知道有多少鲜活的生命在漫长的等待中消逝。也许有人还记得，那年十月，很多医院住院楼的窗口出现了一双双眼睛，有的大，有的小，有的浑圆，有的狭长，有的丑陋，有的漂亮，唯一的相同之处，是每一双眼睛流露出的眼神都充满了绝望。在这个深秋时节，他们一起看着医院围墙上攀缘的爬山虎，看着它们褪尽了红色的叶片，在刺骨的寒风中一点点干枯、萎缩、凋亡……

万般无奈之下，很多患者慕名来到"旺西写字楼"，找张振宇帮忙，可他也爱莫能助。虽然在呼延云那篇报道中，把他和他的劳务公司树立为一个正面典型，但归根结底他搞的也是"有偿献血"，只不过擦边球打得比较狡猾罢了。他深知，在一个对卫生程度要求过高的环境里，等打扫完脏的地方，就该收拾那些不那么脏的地方了，所以比以前更加谨慎小心。况且因为袁莹的突然离职，公司的大小事务全部停摆，他必须把全部精力集中在处理这些问题上了。

不知道是不是因为工作压力太大，所有下属都发现，他的脾气越来越坏，动不动就直眉瞪眼地拍桌子骂人，闲下来的时候就一根接一根地抽烟，眉头紧锁的一张脸上，不见一点儿笑模样。

就在这时，他突然接到了一个找血的电话，而打电话的人是他万万都没有想到的。

"张振宇，你那儿能不能搞到血？"

"呼延云？"张振宇一听十分恼火，"你还有脸给我打这个电话？"

"哎呀我也是受人所托，有急用，等着救命呢！"

打击非法献血的专项整治行动，追根溯源是呼延云的那篇报道，所以"第一枪"必然打在南下洼村。虽然包括村主任金波在内的主要涉案人员大多落网，但关键人物马跃却不知所踪。为此工作组几次来到他家，向马静了解情况。

马静的肚子已经隆起老高，胳膊腿儿有些浮肿，系个鞋带都累得呼哧带喘的，脸却瘦得吓人，乍一看就是骨头外面包了一层皮儿。她两颗眼珠子突起老高，动不动就哭起来，嘴里骂骂咧咧的，像是在诅咒所有人，包括自己腹中的小生命。一直照顾她的石劲风没有任何育儿经验，这时彻底麻爪。好在孙萍听说这情况，从山上下来，除了带马静去西山妇幼保健院产检，还帮她准备尿布、奶瓶、小包被什么的。

面对工作组的登门，马静是一问三不知，急了就捂着肚子喊不舒服，每到这时，孙萍就把工作人员往屋子外面撵。有一次，一个配合工作组工作的年轻警员说了孙萍几句，把正在厨房做饭的石劲风惹毛了，呜哩呜噜地不知嚷着什么，把人赶了出去。那警员一怒之下，打算以妨碍公务罪拘留石劲风，多亏万安山派出所所长章敏说了几句好话，才把事情压了下来。

事后，章敏来到马跃家，批评石劲风不该干扰工作组的正常工作，并告诉他：此次打击非法献血的力度极大，马跃是重要的犯罪嫌疑人，如果不早点儿找到他，案子拖得越长将来对他的量刑越不利。这时章敏无意中发现，原本关得紧紧的里屋门开了一条缝，知道马静在偷听。他一想，这个时候不能刺激马静，就没有再多说什么。

下午，那个身材矮胖、嘴巴有点儿歪的年轻警员又来了，刚找马静问了没几句，她就捂着肚子喊疼，警员以为她又在演戏，十分生气。旁边的孙萍却发现马静的脸色煞白，额头上冒出豆大的汗珠，喊石劲风叫救护车，说这次看来是真的要生了。那警员一听说叫什么救护车，我警车就在门口，送她上医院！

来到西山妇幼保健院，医生一检查，宫口已经开了六指，眼瞅着就要生的样子，立刻将马静拉进产房。石劲风和孙萍坐在门外的椅子上，听里面传来此起彼伏的喊叫声。有个护士一会儿出来一趟，每次都拿着各种单子，让石劲风去办手续和缴费。石劲风本就不是个会办事的人，孙萍也木讷得很，多亏那个警员帮忙，楼上楼下的跑了好几趟，总算全办利落了。将盖好了章的单据全都交给那个护士时，护士随口说了一句："有无痛分娩，贵一千块钱，产妇不需要吧？我就是走程序问一下。"

石劲风问："怎么个无痛法啊？"

"就是打麻药，让产妇少遭点儿罪。你们这家庭情况（她看了一眼石劲风和孙萍粗朴的衣着），应该用不着。"

石劲风马上说："我们用得着！"

护士开好单子，石劲风把钱交给那个警员，催他去办，警员办妥了之后，出去接了一个电话。孙萍在石劲风的身边坐下，从后面看，两扇背脊都驼得厉害，活像是等着女儿生产的老两口。

今天产妇不多，随着时间的推移，产房外面人影渐稀，到七点多的时候，数排候诊椅已经空空荡荡，就剩下他们两个人。不知什么时候，头顶的白炽灯开了，灰白的光芒将四周照得更显冷清，就在这时，从产房里传来几声异常惨烈的嘶吼，然后，一阵清亮的婴儿啼哭声破门而出。

两个人刚站起身，扒着门缝儿往里面张望，门就开了，一直跟他们接洽的护士走了出来："女孩，六斤整。"

石劲风咧开大嘴就乐。

孙萍向那护士直作揖，又从兜里掏出一把红纸包着的糖果往她怀里塞。

等护士回到产房，石劲风和孙萍开始商量马静住院的事儿。因为是顺产，只住三天即可，但来的时候匆忙，产妇该用的洗漱用品都没带，得去买一趟。医院附近的小卖部东西贵，稍微远一点儿有家物美超市，可以去那里买。考虑到一会儿马静出来，孙萍更适合照顾，购物的任务就交给石劲风。孙萍担心他稀里糊涂的，特地把要买的东西写在一张纸条上，让他带着去。

石劲风正要动身，产房里突然传来一声凄厉的惨叫，吓得他一激灵。接着，一阵擂鼓似的脚步声从楼道的另一头由远及近，许多医生和护士冲进了产房。

石劲风和孙萍面面相觑，一种不祥的预感让两个人惊惶无措，谁也动弹不得。

好一会儿，先前那个护士从产房里走了出来，脸色十分难看："产妇产后大出血，已经用了止血药，但情况不是很好。医院储血量不足，我们跟血库联系，那边缺血也缺得厉害，你们要做好心理准备。"

什么心理准备？

石劲风想问个仔细,然而那护士已经像逃跑一样回到产房去了。

孙萍推开门冲进产房。片刻,里面响起高亢的叱责声,随后,一只袖子已经褪到肘窝的她被推了出来,推她的还是那个护士:"你当演电影呢,撸起袖子,插上一根管子就把血往人身上输?得先验血,血型匹配,血液质量合格才行。而且就算你们俩都献血也不够,产妇失血量已经超过一千毫升了,得再找人!"

说完,产房的门"哐"的一声关上了。

孙萍一拉石劲风:"我去验血。你给红军和窦京打电话,让他们快想办法!"

窦京的电话打不通,高红军倒是接听了。石劲风结结巴巴的,好不容易才把事情说明白。高红军想呼延云最近在采访中也许认识一些血头,就给他打电话,呼延云这才又找到张振宇帮忙。

张振宇才知道,血荒已经严重到连孕产妇的抢救用血都没法保障了,赶紧把邓云鹏和雷公嘴叫了过来,让他们立刻跟过去那些"长期合作"的献血者联系,愿意出高价买血。但得到的反馈令人沮丧,那些献血者都说最近的风声太紧了,不敢往枪口上撞。张振宇听完,脸色铁青,只好开车拉上邓云鹏和雷公嘴一起去西山妇幼保健院,想的是三个人能献多少血就献多少。

然而等他们赶到时,马静已经一瞑不视了。

最后的时刻,这个只活了二十多年的女孩,终于卸下了所有的怨恨和倔强,在她那张苍白的脸蛋上,竟浮起异常温柔的光芒。她说想看看自己的女儿,护士把孩子抱了过来,她望着那个似睡非睡的小家伙,满眼都是爱和遗憾。又说想见见自己的爸爸,护士叫来石劲风,马静一见,慢慢地翘起嘴角笑了笑,就永远地闭上了眼睛。

石劲风也不哭,也不闹,就那么站在原地,呆呆地看着那些医护人员摘掉马静身上的器械,为她整理衣服,擦洗产床和地上大片大片鲜红的血迹……

身后突然传来一声号啕,一个人扑上前来,抱着马静的尸身放声大哭,正是许久不见的马跃,因为哭得喘不上气,他哐哐哐地擂自己的胸口。石劲风赶紧伏下身,抱住他的肩膀想劝他,话还没出口,马跃跳起来,照着石劲风的脸上就是一拳,把这个胖大的家伙打得后仰在地,口鼻喷血。马跃发了狂似的,一边破口大骂一边朝着石劲风又踢又跺,疼得石劲风哇哇大叫。这时从门外冲进一人,一把将马跃掀翻在地,正是高红军:"你组织非法卖血,把自己的女儿害死了,还有脸打别人?!"那个矮胖的警员闻讯赶了过来,把马跃铐上,拖着他往外走。直到上了警车,马跃还抻着绽开青筋的脖子,瞪着血红的一对儿眼珠,怒骂不已。

高红军扶起石劲风,搀着他慢慢走出产房,在楼道里撞上了张振宇一行。双方打了个招呼,听说要救的人已经去世,张振宇神情黯然地转过身,带着邓云鹏和雷公嘴沿着长长的楼道往外走。在与孙萍擦肩而过时,丝毫没有注意到她射过来的两道阴冷的目光。

奥迪车沿着西五环一路前行,车上三个人很久没有说话,直到从晋元桥左拐上了阜石路,雷公嘴才嘀咕了一句:"不知这是第几个了?"

"什么第几个?"正在开车的张振宇问。

"我是说死在这场血荒里的人啊。虽说各医院在统计死因时都不会提这事儿,但是说到底,要是有血,他们就不会死了。"

正在这时,车载电话响了,张振宇接听后,敷衍了几句就把电话挂断。

坐在副驾上的邓云鹏问:"又是让你帮忙找血的?"

张振宇"嗯"了一声。

雷公嘴说:"我听说有关部门为这事儿开了好几次会了,怎么到现在一点儿主意都拿不出来?"

"这个时候,只怕他们也是心有余而力不足,指望不上……"张振宇说。

"那指望谁?指望你?"邓云鹏冷笑道。

张振宇目视前方,连绵的街灯在车窗上刷起一道道节奏,宛如囚服上的条纹。

整整一夜,他都没有睡好,第二天早晨挂着黑眼圈来到公司,签了几份和其他单位拟定的外包合同,然后关上办公室的门,坐在那把破烂不堪的老板椅上,摘下手腕上的佛珠,一边慢慢捻着,一边望向窗外。阴郁的天空灰蒙蒙的,稀疏的树枝镀了一层铁色,当寒风掠过的时候,所有的梢头都向同一个方向缓缓摇摆,仿佛在一条看不见的冰河上漂流。

不知过了多久,他打电话,让几个中层都来到自己的办公室,宣布了一件事情:从现在开始,公司停止一切献血的业务,并销毁跟此项业务相关的所有文件和材料,与此事做彻底的切割。

虽然没人吭声,但从表情上不难看出,所有人都松了一口气。

人们出去之后,把门关上,张振宇想清净一会儿,不知怎么,隔壁屋碎纸机的嚓嚓声不停地往耳朵里灌。正在烦躁,有人敲了敲门,接着雷公嘴走了进来,手里拿着个小本子:"张总,这上面的信息还有用没有,没用我就粉碎了。"

"这不是你的本子么,问我干啥?"张振宇刚刚说完,发现原来本子上有几页自己写的字。再一看,正是那天陪呼延云到都西医院采访时,随手记下的患者的用血信息。

他接过本子,让雷公嘴先出去。

瞪着那个本子看了半晌,他拿出手机,拨打了一个号码,刚一接通就问:"珊珊咋样了?我看了一下前几天的记录,她是不是又快没血了?"

珊珊的爸爸哽咽道:"不是快没有了,是早就没有了……"

"我现在就过去!"

来到位于六层的血液科住院部外面,也许是知道不会再有血头来,等候大厅里空落落的,除了珊珊的爸爸,没有别的人。一见张振宇,他的泪水像开了闸一样往下滚:"张总,您快点儿想想办法吧,因为没有珊珊需要的B型血,医院为了救她,已经牺牲供血质量,给她输O型血了,可现在连O型血也没了……"

张振宇大步走进"亲属联络室",拿起可视电话,接通了一病房,呼叫珊珊。一会儿,护士用轮椅把珊珊推了过来,她病弱的躯体蜷缩成一团,脖子像断了一样倾斜着,脑袋靠在粉色的靠枕上,裸露在病号服外面的皮肤惨白得能看见青色的血管。一见张振宇,她笑了笑,由于牙缝渗血,白森森的一排牙齿,每一颗都像刚刚用刀撬过一样绽着猩红色。

让张振宇没想到的是,这一回,不是他主动握起拳头给珊珊打气,而是珊珊用尽全身力气,把拳头抬起,轻轻地磕在了屏幕上。

张振宇明白了,这孩子还想活,他强忍泪水,握起了拳头,抬到胸前又停住了,他不知道该不该抵在屏幕上,能不能给珊珊活下去的希望——

谁知,就在下一刻,无数个贴着留置针纱布的小拳头争先恐后地磕在了那一边的屏幕上,是一病房里所有的孩子,都在一边哭一边哀求:"叔叔你磕磕我的拳头吧!""叔叔你也磕磕我的拳头吧!"……

张振宇瞬间泪崩,被泪水模糊的视线根本看不清任何图像,只把拳头在屏幕上一下下凿击着,尽可能磕到每一只小拳头。然后从椅子上跳到一旁,蹲在地上捂住脸痛哭,他用尽全力才压抑住自己的哭声,身躯像剧烈咳嗽似的颤抖不已。

不知过了多久,才渐渐止住哭泣。

他抬起头,用大巴掌在脸上胡噜了几把,使劲吐了口气,站起身,走出"亲属联络室",发现上次那位向自己表示感谢的护士正站在珊珊爸爸的身边。

一见张振宇满面湿漉的样子,她明白了:"张总,血荒太严重了,需要输血的人太多了,你别难为自己,尤其是这个时候。"

"你估计有多少人?"

"什么?"

"我是说这次血荒波及的所有患者。"

"我们内部掌握的数据,手术用血加上长期输血维持生命的,保守估计,至少一万人。"

至少一万人。

"那指望谁,指望你?"

脑海中回响起了邓云鹏不无轻蔑的反问。

坐在住院楼大银杏树下面的长椅上,等了不知多久,杨玉彤从医院外面跑了过来,气喘吁吁地问他:"什么事儿这么急啊?

我学校还有课呢。"当她发现他脸上的泪痕时,赶紧坐在他的身边,像哄孩子一样抱住他的两只手:"我已经找人帮我代课了,你慢慢说,到底出了什么事?"

张振宇把"十月血荒"的严重情况给她讲了一遍,说到刚才在"亲属联络室"里发生的一幕,依旧哽咽不止。

杨玉彤的眼圈也红了:"血荒的事情我也听说了,但媒体一直没有报道,没想到这么严重……我看今天的报纸上,几个慈善组织联名发出倡议,说血液无价、生命无价,号召所有人提高觉悟,自觉主动地参与到无偿献血的队伍中来,是不是就因为这个事儿啊?"

"问题是,在血液供应的整个链条中,从献血者到血库再到用血者,哪一个环节能真的做到'无价'?"张振宇愤愤地说,"当然,血液比较特殊,涉及生命安全和人道主义,所以国家才采取无偿献血制度,所以无偿献血者才伟大才了不起!但现阶段,当用血者越来越多、用血量越来越大,而大部分人却不愿意无私奉献的时候,怎么解决这个矛盾?坐这儿干等着大伙儿觉悟提高?那边儿患者可是等着救命呢!这个时候不是没有辙啊,《献血法》第六条写得清清楚楚:对献血者'有关单位可以给予适当补贴',这是对的呀,这是务实的呀!我这几年做的,不就是又遵守法律又尊重人性吗?干吗非要天天搁那儿唱高调呢?而且你瞅准了,凡是见天扯着嗓门嚷嚷某样东西'无价'的人,最后八成是想垄断它,给它定一个更高的价!"

杨玉彤点点头:"那你是怎么打算的?"

"当务之急是救人。"张振宇把自己的计划详细讲了一遍。

杨玉彤听完,半响才说:"这么做太危险了,一旦暴露,你可就彻底完了。"

"我挺大一老爷们儿，答应小朋友的事儿，最后说话不算话，将来还有脸在街上混吗？"张振宇说，"我会尽量小心的，你也知道我比泥鳅还滑，哪儿那么容易逮着我？"

杨玉彤还是有些犹豫："就算一切顺利，你这么多年攒出的这点儿身家，可就全没了，还得从头开始。"

"从头开始就从头开始吧，反正又不是第一次了。"张振宇从椅子上站了起来，把手揣进裤兜，昂起头，透过银杏树的万千枝丫，望了望支离破碎的天空，"不过，这么大的事儿，我不能就这么定了，还有个人，我得找到她，告诉她，征得她的同意。"

一连几天，袁莹把自己关在屋子里寸步不出，因为拉着厚厚的窗帘，她也分不清黑黢黢的周围是日是夜，反正要么睡着要么醒着，要么躺在床上要么坐在地上。

最初几天，胀痛的头脑像是填满了乱七八糟的东西，却又找不到一根可以捋清脉络的线头。接着又突然掏空了一切，什么都想不起来，仿佛生命中的一个阶段从来没有存在过一样，记忆中最清晰的一个景象竟是坐在呼延云的自行车后座上，咯噔咯噔地走过坎坷而黑暗的渣土路……一切都混淆了，白天与黑夜，往昔与当下，现实与梦境，过程与结果……错综复杂的思绪像带着正负电荷的云撞在一起，电光闪烁的一瞬，她终于想起了张振宇，想起了那个留着小胡子、头发梳得油光水滑的家伙。她恨透了他，觉得他就是个欺骗了自己感情的渣男，但下一刻，她又对这个结论表示怀疑。不错，他们是在很长时间里并肩工作，一起出差，一起签单，一起吃泡面，一起忙通宵，但细想一想，他对自己的所有关心都仅限于朋友的感情，没有表达过一丝一毫的爱意，就算开玩笑，也只是亲切而没有亲昵。意识到这些，她又羞又愤,对他的仇恨不但没有消解反而加重了,报复心在无法释放的环境里总是成倍地增强——而她自闭的斗室恰好就是这样的一个环境。

就在这时,她接到了那个电话。

"你好,你是袁莹吗?"

"谁?"一个字都说得有气无力。

"我是刘恋的小姨。她妈妈走了,就前几天,临走前让我把刘恋的几样遗物送给你留作纪念,不知道你有没有啥忌讳?"

袁莹怔了好一会儿,话筒里传来"喂喂"的声音,她强打起精神,让对方把话重复了一遍。

这么说,那个把自己锁在棺材一样黑咕隆咚的屋子里的老人,终于走了。

看了一下因为拉着厚厚的窗帘而同样黑咕隆咚的房间,她打了个寒战,清了清嗓子对着话筒说:"我这就过去。"

来到刘恋的家里,她给刚刚去世的老人上了炷香,望着黑褐色的五斗橱上并立的三张遗像,她想:这一家人总算在另一个世界里团聚了。

"挺好,挺好,总算不用再遭罪了……"刘恋的小姨在旁边嘀咕着,每当袁莹跟她说什么的时候,她就会把这句话重复一遍。

从刘恋家出来,袁莹回头看了一眼,她知道自己再也不会来这里了,心情说不上是沉重还是放松。

回到家,袁莹做的第一件事,就是拉开窗帘,打开窗户,让秋天那寒冷得令人清爽的空气泻进家中的每一个角落。然后她开始打扫卫生,扫地擦地抹桌子,直到一切都干净得像从镜子里倒映出来的,她才坐下歇口气儿,把刘恋妈妈留给她的东西一样样从挎包里拿出来:嵌着她和刘恋合影的相框;小虎队的签名海报；一本带密码锁的日记，里面抄满了席慕蓉的小诗……

最后，沉在挎包底部的是一个牛皮纸包，打开是一个塑料袋，塑料袋口用黄色的警用胶带密封。外面自带的卡兜里装有一张浅蓝色的证物卡，上面写有物品的名称、编号，涉及案件的名称、封存的日期和解除封存的日期。

塑料袋的里面，装着一面镜子。

一面外壳绘有雅典娜，周围镶嵌了一圈水钻的折叠化妆镜。

刘恋的小姨把它交给自己的时候说，虽然鬼笑石案件一直悬着，但这面镜子经过警方仔细考察，被认为并非有价值物证，所以后来解除封存，还给了刘恋妈妈。从那以后，再没有人将它打开过……

望着望着，袁莹的脑海中闪现出了她和刘恋一起走过的学生时代：为了刘德华和郭富城谁更帅争论不休的日子，把校服的裤腿改瘦后忐忑不安的日子，上课时偷偷临摹《尼罗河女儿》[①]的日子，在蒙蒙细雨中打着同一把伞慢慢走过白颐路的日子……

泪光中，那一颗颗水钻也熠熠闪光。

用手慢慢地抚摸了几下——

"咔嗒"！

心，猛地一沉！

对于袁莹的到来，孙萍毫无准备。

马静去世，马跃又被捕，那个刚刚生下的小闺女由谁来抚养成了问题，石劲风跟孙萍一合计，决定俩人一起收养这个孩子。照规矩有一大堆手续要办，但眼下村委会兵荒马乱的，连个主事

[①]由细川知荣子和芙美子联合创作的日本漫画，原名《王家的纹章》，二十世纪九十年代风靡校园。

的人都没有，最后还是章敏拍板，孩子让他们先接回家，收养协议、健康证明、入户审批表之类的找时间再慢慢补。

把小家伙安置在石劲风那院大房子里以后，俩人每天冲奶粉、洗尿布、哄睡觉，忙得晨昏不分、日夜颠倒，连喘口气儿的时间都没有。多亏孙萍有些育儿经验，才强撑起开头那几天，可是脸色越熬越差。石劲风实在看不下去，这天趁着孩子睡觉的时候，让她回家休息片刻。

回到半山腰的屋子里，孙萍想眯瞪一会儿，却怎么也睡不着。从炕上爬起来，往一只搪瓷缸子里倒了玉米面，掺上鸡蛋和黄瓜丝儿，搅拌均实，准备烙些糊塌子，傍晚时拿下山，跟石劲风一起吃。

就在这时，门突然被推开，吓了她一大跳。

袁莹是打车到了金山陵园停车场，然后一路跑上山来的，累得气喘吁吁，汗湿的秀发紧贴面庞，脸色十分难看。

"咋了？"孙萍问。

"孙阿姨，我，我……"

孙萍让她到里屋坐下，给她倒了杯水，让她喘口气儿，慢慢说。

捧着水杯，袁莹意识到，这杯水如果喝下去，心里翻涌的那团火可能就浇熄了，于是把水杯往旁边一放，从挎包里拿出那个牛皮纸包，又把里面用塑料袋装着的化妆镜取了出来。

"这面镜子是鬼笑石案件发生以后，警方从犯罪现场找到的物证，问过几个知情者，包括我和刘恋的父母，都认定是刘恋的，后来又觉得跟案件没什么关系，就退还家里人了。刘恋的妈妈前不久去世了，把这作为刘恋的遗物赠给我，留作纪念，我今天才拿到——但是我一看就发现，这根本不是刘恋的东西！"

孙萍半张着嘴,等她继续往下说。

"这镜子是《圣斗士星矢》的限量版周边,高中那会儿,有一回我们几个女生在小卖部买东西,正碰上张振宇来,趁机'敲诈'他,他就给刘恋买了一面——他自己也有一面,一模一样。刘恋非常喜欢这面镜子,走到哪里都带着,包括案发那天。我记得特别清楚,在香炉峰上的重阳阁,刘恋的头发有些乱,想梳一下,她找不到自己的镜子,就向张振宇借,张振宇拿出镜子抛给她,她没接住,镜子掉在地上,磕飞了两颗水钻。刘恋当时正在跟张振宇生气,以为他是故意的,把镜子捡起来就往他身上砸,张振宇接住后,从地上捡起那两颗水钻安好,若无其事地塞回兜里。刘恋为此大哭了一场,后来总算在包里找到自己的镜子,就跑到别的地方梳妆去了……所以,我们这些证人都以为,警方找到的镜子就是刘恋自己的。但今天我拿到警方退还的物证,才发现了真相!"

说到这里,袁莹指着装在塑料袋中的镜子给孙萍看——

围着镜子外壳整齐镶嵌的一圈水钻,有两处凹坑,而在袋底,沉着两颗水钻。

看孙萍还是懵懵懂懂的样子,袁莹大声说:"我隔着袋子轻轻一搓,这两颗水钻就掉了出来,这说明什么?说明这面镜子不是刘恋的,而是张振宇的!说明案发那天,张振宇不仅到过犯罪现场,还把自己的镜子丢在了那里!"

孙萍一下子懂了,浑身都在哆嗦:"他说假话,他说假话……"

"对!张振宇一直赌咒发誓,说自己那天没有到过犯罪现场,而这面镜子就是戳破他谎话的铁证!"袁莹说。

整整十年,孙萍苦苦搜寻张振宇犯罪的证据,谁知竟在早已不抱希望的时刻,如此意外地获得。她呆呆地站在原地,脸上的表情不知是哭还是笑。

袁莹拉了拉她的胳膊,她纹丝不动。袁莹一边喊她一边摇晃她的身子,她才如梦初醒一般,嘴里"哎哎"地答应着,浑浊的目光却四面巴望着,想找到叫醒她的人。

"孙阿姨,我来是想让您拿个主意,接下来该怎么办?"袁莹焦急地问。

孙萍一边傻笑着,一边说着车轱辘话:"我早就说过,我儿子是冤枉的,你们都不信,这下好了,有证据了,都信我了。你们得给他平反,开群众大会,登报纸,公开平反,谁让你们冤枉好人来着。我早就说过,我儿子是冤枉的,你们都不信,这下好了,有证据了……"

看着她魂不守舍的样子,袁莹紧紧抓住她的手,大声叫她的名字,又过了好半天,孙萍碎裂的目光才渐渐重新聚焦。

"孙阿姨,您看这样好不好,我们一起下山,到派出所去说明情况。有了这面镜子,加上我的证词——"说到这里,袁莹的神情浮现出一丝犹豫,而后又被一不做二不休的坚狠所取代。

"好好好,你先喝口水,我去准备一下。"孙萍拿起水杯,端给她,然后往外屋走去。

水杯的边沿刚刚碰到嘴唇。

咣当,哗啦哗啦!

袁莹跑到外屋,才发现房门已经从外面锁上。她抓住门把手又拉又拽,结实的木门却纹丝不动,由于门上嵌着的玻璃窗是磨砂的,她只能透过门缝往外望,只见孙萍手里攥着一把匕首,刀刃插在用挂历纸叠成的刀鞘里。

"孙阿姨,开门,快开门,您可别胡来啊!"袁莹拍着门大喊大叫。

孙萍理也不理她，朝院子外面走去。

（上部完）